DONGSUH MYSTERY BOOKS 21

THE THIRTEEN PROBLEMS

미스 마플 13 수수께끼

애거서 크리스티/박용숙 옮김

동서문화사

옮긴이 박용숙(朴容淑)
중앙대 국문학과 졸업. 자유문학 에 단편《부록》으로 문단 데뷔. 중앙일보 신춘문예 미술평론 당선 미술평론 활동. 홍익대·동덕여대 교수 역임. 지은책《구조적 한국사상론》작품집《순례자》《꿈을 꾸는 버러지》

DONGSUH MYSTERY BOOKS 21

미스 마플 13 수수께끼

애거서 크리스티 지음/박용숙 옮김

1판 1쇄 발행/1977년 12월 1일
2판 1쇄 발행/2003년 1월 1일
2판 3쇄 발행/2017년 3월 20일
발행인 고정일/발행처 동서문화사
창업 1956. 12. 12. 등록 16-3799
서울 중구 다산로 12길 6(신당동 4층)
☎ 546-0331~6 Fax. 545-0331
www.dongsuhbook.com
이 책의 출판권은 동서문화사가 소유합니다.
의장권 제호권 편집권은 저작권 법에 의해 보호를 받는 출판물이므로
무단전재와 무단복제를 금합니다.
사업자등록번호 211-87-75330
ISBN 978-89-497-0102-8 04840
ISBN 978-89-497-0081-6 (세트)

미스 마플 13 수수께끼
차례

지은이의 말

화요 나이트 클럽······11
아스타테의 신전······29
금괴······51
피에 물든 포석······69
동기 대 기회······84
성 베드로의 손가락 자국······103
파란 제라늄······124
말벗······149
네 사람의 용의자······175
크리스마스의 비극······196
죽음의 풀······220
방갈로 사건······240
익사······261
나이팅게일 장······289

우아한 통찰 견고한 지성 탐정 미스 마플······322

등장인물

미스 마플 세인트 메리 미드 마을에 사는 빅토리아 왕조 풍의 할머니. 경찰도 손을 든 어려운 사건을 하나하나 풀어나간다.

헨리 클리더링 경 은퇴한 전 런던 경시총감.

펜더 박사 교구의 목사.

페더릭 씨 변호사.

레이몬드 웨스트 작가. 미스 마플의 조카.

조이스 람프리엘 여류 화가.

아서 밴트리 육군 대령.

돌리 밴트리 밴트리 대령의 부인.

제인 헬리아 여배우.

로이드 의사

다.

  오늘날에는 미스 마플은 여러 권의 책에 나타났으며 연극에도 한 번 등장하였습니다. 그리고 실제로 엘큐울 포와로와 인기를 다투고 있을 정도입니다. 어떤 사람은 "언제나 미스 마플을 내주십시오, 포와로 따윈 말고요"라고 말하고, 다른 독자는 "미스 마플이 아니라 포와로를" 하고 써보내옵니다. 그러한 편지를 나는 꼭 절반씩 받고 있습니다. 나 자신은 어떤가 하면 미스 마플 쪽을 편들고 있는 셈입니다. 그녀는 짤막한 수수께끼를 푸는 데 있어서 특히 자신의 특색을 발휘하는데, 그런 짤막한 수수께끼가 미스 마플의 친밀감을 느끼게 하는 생활 태도에 잘 들어맞는 모양입니다. 이에 비해 포와로의 재능을 펼쳐 보이기 위해서는 아무래도 장편의 무대가 필요하기 때문입니다.

  이 《13 수수께끼》는 미스 마플을 사랑하는 분들에게 그녀의 생생한 면목을 보여 주리라고 생각합니다.

애거서 크리스티

지은이의 말

추리 소설 애독자 앞에, 《13 수수께끼》에서 처음으로 미스 마플이 등장합니다. 미스 마플은 나의 할머니와 어딘지 모르게 닮은 데가 있습니다. 나의 할머니도 역시 볼이 빨갛고 살결이 희며 매우 호감을 주는 노부인이었습니다. 집안에 들어박혀 빅토리아 왕조식 생활을 했으면서도 이 할머니는 인간의 옳지 못한 점을 속속들이 깊은 곳까지 알고 있는 것처럼 생각되었습니다. "그렇지만 애야, 그 사람들의 말을 믿어 버린 모양이구나. 그러면 안 되는 거란다. 나라면 절대로 믿지 않고 말고……" 하고 나무라듯 할머니가 말씀하시면, 모두들 마치 자신이 속기 쉽고 세상 물정이라고는 아무것도 모르는 어리석은 바보 같은 기분이 들곤 했습니다.

미스 마플의 이야기를 쓰는 것은 나로서는 매우 즐거운 일이었습니다. 이 부드러운 느낌을 주는 할머니에게 나는 말할 수 없는 애착을 느끼고 있었습니다. 나는 그녀가 많은 인간미를 얻으면 좋겠다고 바랐었는데, 아니나 다를까 독자들의 대환영을 받았습니다. 맨 처음에 6가지의 이야기를 발표했는데, 그 뒤에 다시 6가지를 더 써 달라고 했던 것입니다. 이리하여 미스 마플은 결정적으로 세상에 나왔습니

The Tuesday Night Club
화요 나이트 클럽

"해결되지 못한 수수께끼."

레이몬드 웨스트는 담배 연기를 후욱 내뿜고는 이 말을 되풀이했다. 자기 혼자서만 그것을 마음 느긋하게 즐기는 듯한 말투였다.

"해결되지 못한 수수께끼."

그는 만족스러운 표정으로 주위를 둘러보았다. 천장에 굵고 시커멓게 그을린 대들보가 걸려 있는 옛날식 방으로, 옛스러운 훌륭한 가구들이 잘 조화되어 있다. 레이몬드 웨스트가 의기양양한 눈길을 주는 것도 당연했다. 그는 작가이기 때문에 그 직업상 주위의 분위기가 잘 어울리는 것을 좋아했다. 제인 아주머니의 집은 그 주인의 사람됨과 꼭 맞기 때문에 언제나 그를 좋은 기분에 잠기게 했다. 그는 난로가 건너편으로 눈길을 주어, 큼직하고 고풍스러운 의자에 단정하게 앉아 있는 아주머니를 바라보았다. 미스 마플은 허리 둘레를 꼭 졸라맨 블록케이드의 검은 드레스를 입었는데, 그 가슴께에서 메크린레이스가 떨어지는 폭포수처럼 나풀거리고 있었다. 손에는 검은 레이스로 짠 벙어리 장갑을 끼고 높다랗게 빗어올린 숱 많은 백발 머리 위에 검은 레이스 모자를 살짝 올려놓고 있다. 그녀는 뭔지 희고 푹신푹신해 보이는 것을 뜨고 있었는데, 그 파랗고 다정스러운 늙은 눈에 조용한 기쁨을 떠올리며 조카 레이몬드와 그의 손님들을 둘러보았다. 맨 먼저 레이몬드가 눈에 띈다. 그는 스스로를 의식하며 명랑하게 행동하고 있다. 그리고 조이스 람프리엘——여류화가로서 검은 머리를 짧게 자르고 황갈색의 좀 색다른 눈을 하고 있다. 다음에는 세상 물정을 잘 아는 신사 헨리 클리더링 경, 한치의 빈틈도 없는 몸차림을 하고 있다. 그리고 이들 말고는 방에는 또 두 사람의 손님이 있었다. 꽤 나이가 많이 들어 보이는 교구의 목사 펜더 박사와 변호사 페더릭 씨였다. 변호사 페더릭씨는 깡마르고 몸집이 작은 사나이로 안경을 끼고 있었는데, 그 안경 너머로 보는 버릇이 있었다.

미스 마플은 이 사람들을 한 번 주욱 휘둘러보고는 입가에 조용히 미소를 띠고 다시 뜨개질을 시작했다.

페더릭 씨가 가볍게 헛기침을 했다. 이야기를 시작하려고 할 때는 언제나 그렇게 하는 것이다.

"뭐라고, 레이몬드? 해결되지 못한 수수께끼라고? 호, 그래서 그것이 어쨌다는 건가?"

"아무것도 아닐 겁니다" 하고 조이스 람프리엘이 말했다. "레이몬드는 그저 그 말의 울림이 좋아서일 거예요. 자기가 그렇게 말해 보는 것이 말예요."

레이몬드가 성난 것 같은 눈초리로 조이스를 흘끔 보았기 때문에 그녀는 얼굴을 뒤로 젖히며 크게 웃었다.

"레이몬드는 언제나 사람들을 골탕먹인답니다. 그렇지요, 미스 마플? 그렇지 않은가요?"

미스 마플은 그녀에게 상냥하게 미소지어 보였지만 아무런 대답도 하지 않았다.

"인생 그 자체가 해결되지 못한 수수께끼지요."

목사가 점잖게 말했다.

레이몬드는 의자에 반듯이 고쳐 앉으며 별안간 담배를 휙 내던졌다.

"그런 생각으로 말한 것이 아닙니다. 철학 따위를 토론하고 있는 게 아니에요" 하고 그는 말했다. "저는 현실에 일어난 있는 그대로의 산문적인 사실을 생각하고 있었지요. 실제로 있기는 있었지만, 아직 아무도 설명한 일이 없는 여러 가지 사건 말입니다."

"아, 그래. 마침 네가 생각하고 있는 것 같은 그런 이야기를 나는 알고 있단다."

미스 마플이 이렇게 말참견을 했다.

"이를테면 말이다. 어제 아침이었지. 카라더스 부인이 정말 이상한 일을 당했단다. 그 분이 엘리어트네 가게에서 껍질을 벗긴 새우를 2지르 사고 나서 다른 가게에 두어 집 들렀다가 돌아와 보니 그 새우가 없어졌다지 뭐냐. 그래서 그 뒤에 들렀던 가게에 다시 가서 알아본 모양인데, 새우는 그림자도 없더란다. 이런 일은 정말 이상한 이야기라고 생각하는데, 어떠니?"

"그거 참, 기괴하기 짝이 없는 이야기로군요." 헨리 클리더링 경이 진지한 표정으로 말했다. "그야 뭐, 설명하려고만 하면 얼마든지 할 수는 있겠지요. 예를 들면 누군가가——"

미스 마플은 흥분하여 빰이 벌겋게 상기되었다.

"아주머니."

레이몬드 웨스트는 좀 우습다는 듯이 말했다.

"전 동네에서 흔히 생기는 그런 일 같은 걸 말하는 게 아니에요. 살인 사건이니 실종 사건이니 하는, 헨리 경이 말할 생각만 있다면 얼마든지 할 수 있을 그런 사건을 생각했던 거예요."

"그렇지만 나는 내 직업상의 이야기는 하지 않소." 헨리 경은 소극적인 태도를 보였다. "정말이지, 난 내 분야에 관한 이야기는 하지 않아요." 헨리 클리더링 경은 아주 최근까지 런던 경시청의 경시총감이었다.

"살인 사건이니 뭐니 해서 경찰에서도 끝내 풀지 못한 사건이 퍽 많겠지요?" 하고 조이스 람프리엘이 말했다.

"그야 말하나마나 뻔한 일이지요" 하고 이번에는 페더릭 씨가 대꾸했다.

"대체 어떤 두뇌가 사건의 수수께끼를 가장 잘 풀 수가 있을까요? 수사계는 상상력이 풍부해야 한다는 것쯤은 알지만 말입니다" 하고 레이몬드 웨스트가 말했다.

"그건 전문적인 지식이 전혀 없는 사람의 생각입니다."

헨리 경은 조금도 웃지 않고 말했다.

"정말은 위원회 같은 것이 필요하다고 말씀하시고 싶은 거지요?" 하고 조이스는 웃으면서 말했다. "심리학이나 상상력에 대해서는 작가에게 맡겨 두라는 말씀이로군요."

조이스는 레이몬드에게 약간 짓궂게 고개를 숙여 보였지만, 그는 지나칠 만큼 진지한 얼굴로 그 말을 받아서 "글을 쓰면 인간성을 통찰하는 힘이 붙지요. 아마도 여느 사람이라면 못 보고 지나칠 만한 동기를 잡을 수도 있지 않을까요" 하고 짐짓 위엄있게 말했다.

"얘야, 너는 꽤나 재주있게 잘 쓰더구나. 하지만 세상 사람들이 네가 글로 쓰는 것처럼 그렇게 나쁜 사람들일까?" 하고 미스 마플이 말하자 레이몬드가 조용하게 대답했다.

"아주머니, 아주머니는 자신의 그 아름다운 신념을 소중하게 여기세요. 전 아주머니의 그 신념을 깨뜨리려는 생각은 없어요."

"내 말은 무슨 뜻인가 하면……" 미스 마플은 이맛살을 찌푸리고 뜨개질 코를 세면서 말했다. "대부분의 사람들은 착한 사람도 악한 사람도 아니고, 단지 사람이 좋다는 거지."

페더릭 씨가 또 가볍게 헛기침을 했다.

"레이몬드, 자네는 말일세, 너무 상상력이라는 것을 중요시하는 게 아닐까? 상상한다는 것은 매우 위험한 일이라는 걸 우리 변호사들은 지나칠 정도로 잘 알고 있지. 증거품을 공평하게 샅샅이 조사하여 가려 내려면 사실을 모으고, 그리고 그 사실을 사실로서 바라보는 능력——진상을 잡으려면 이것이 오직 하나의 논리적인 방법이라고 나에게는 생각되네. 내 경험으로는 이것 말고는 성공의 길이 없다고 해도 지나친 말이 아닐세."

"글쎄, 이것 보세요" 하고 조이스는 조급한 듯이 검은 머리를 뒤로 젖혔다. "이 승부에 있어서 제가 당신들을 모두 보기 좋게 이겨 보이겠어요. 저는 여자이고, 또 그림을 그리는 화가이니까요. 무슨 말씀을 하셔도 상관없지만, 여자는 남자들에게는 보이지 않는 것도 아주 잘 보인답니다. 그뿐 아니라 저는 붓을 들고 정말로 갖가지 종류의 사람들 사이를 떠돌아 다녔어요. 그렇기 때문에 여기 계시는 미스 마플 같은 분은 도저히 생각조차도 못하실 인생을 알고 있답니다."

"글쎄, 그게 어떨지……" 하고 미스 마플이 말했다. "동네에도 때로는 가슴 아프고 비참한 사건이 있답니다."

"나도 이야기에 넣어 주십시오."

펜더 박사가 빙그레 웃으며 말했다.

"요즘은 아무래도 목사를 욕되게 하고 싶어하는 경향이 있는 것 같습니다. 우리는 여러 가지 일들을 듣게 됩니다만, 책의 겉표지만 보고는 안에 무엇이 씌어 있는지 모르는 법이지요. 나는 그렇게 겉표면만으로는 절대로 알 수 없는 인간 성격의 일면을 알고 있답니다."

"그러고 보니 우리는 제법 각 방면 대표자들의 모임 같군요. 어떨까요, 클럽을 만드는 것이? 오늘이 무슨 요일이더라? 아, 그래, 화요일! 어때요, 화요 나이트 클럽이라 하면 매주 화요일마다 모여서, 차례로 한 사람씩 문제를 내는 거예요. 자기만이 알고 있는 문제, 그야 물론 그 결말까지도 알고 있는 사건 말이에요. 그런데 우린 모두 몇 명이지요? 하나, 둘, 셋, 넷, 다섯. 정말은 여섯 사람이라야 맞을 텐데, 그렇지요?"
"나를 잊었군요."
미스 마플이 명랑하게 웃으며 입을 열었다.
조이스는 잠깐 난처한 듯한 표정이 되었으나 곧 아무렇지도 않은 얼굴로 말했다.
"어머나, 멋져요. 미스 마플, 전 당신께서 저희들의 모임에 함께 끼어 주시리라고는 생각지 못했답니다."
"정말 재미있을 것같이 생각되는군요," 하고 미스 마플은 대답했다. "특히 이렇게 두뇌가 명석한 신사들이 많이 계시니까요. 나 자신은 그다지 영리하다고 할 수 없지만, 여러 해를 이 세인트 메리 미드 마을에 살고 있으면 인간이라는 것을 잘 알 수 있게 된다우."
"당신의 협력은 틀림없이 귀중한 것이 될 겁니다." 헨리 경이 정중하게 말했다.
"어느 분께서 맨 처음에 말씀해 주시겠어요?" 조이스가 말했다.
"그야 뻔한 일 아니겠습니까? 헨리 경 같은 유명한 분과 자리를 함께하고 있는 크나큰 행운을 우리에게 안겨 주었으니, 그것은 마땅히——"
펜더 박사는 끝까지 말하지 않고 헨리 경에게 공손히 머리를 숙였다.
헨리 경은 한참 동안 아무 말도 않더니 겨우 한숨을 푸욱 내쉬며 다리를 고쳐 포개고 이야기하기 시작했다.

"여러분의 마음에 드실 만한 이야기를 골라 낸다는 것은 좀 어려운 일입니다만, 마침 이 자리에 아주 꼭 알맞는 이야기가 하나 있습니다. 여러분은 1년 전의 신문에서 이 사건의 기사를 보셨으리라고 생각됩니다. 그 무렵에는 해결되지 못한 수수께끼로서 포기하고 말았던 것이었지요. 그런데 우연히 요 얼마 전에 그것을 바로 내가 해결하게 되었답니다.

사실은 매우 간단한 사건이었어요. 세 사람이 저녁 식사를 했는데, 그때 먹은 음식 가운데 통조림 새우가 있었더랍니다. 그날 밤이 깊었을 때, 세 사람이 모두 괴로워하기 시작했으므로 급히 의사를 불렀습니다. 그러나 그중 두 사람은 나았는데, 한 사람은 마침내 죽고 말았지요."

"아아!" 하고 레이몬드가 의기양양한 말투로 입을 열었다.

"조금 전에도 말했듯이, 사실 사건 그 자체로서는 아주 간단한 것이었습니다. 죽은 원인은 프토마인 중독으로 되었으며, 사망 증명서에도 그렇게 씌어져서 피해자는 매장되었지요. 그러나 일은 그것으로 끝나지 않았던 겁니다."

미스 마플이 고개를 끄덕이며 말했다.

"소문이 났군요. 무슨 일에나 늘 따라붙는 것이지요."

"그러면 이 조그마한 드라마에 등장하는 인물을 소개하겠습니다. 이를테면 남편과 아내를 존스 부부, 아내의 컴패니언(월급을 받으며 일상 생활에서나 여행할 때 말벗이 되어주는 사람)을 미스 클라크라고 해 두기로 하겠습니다. 존스 씨는 제약회사의 영업사원이었는데, 50살 가량의 무척 덜렁대는 차분하지 못한 사람으로 얼굴이 시뻘겋고 호남이며, 그 아내는 45살쯤 되는 그런대로 평범한 여자였습니다. 컴패니언인 미스 클라크라는 여자는 윤기있는 얼굴에 뚱뚱하고 건강한 여자로서 60살, 세 사람 다 그다지 두드러지게 눈에 띄어 흥미를 끌 만한 인물은 못되는 것 같았습니다.

그런데 문제는 묘한 일에서 비롯된 것입니다. 존스 씨는 사건이 일어나기 전날 밤 버밍엄의 어느 작은 여인숙에서 묵고 있었는데, 그날 우연히 수첩의 속지를 새로운 것으로 갈았답니다. 존스 씨가 편지를 썼을 때 그것을 처음으로 쓴 셈인데, 침실 담당 하녀가 그 속지를 거울에 비춰 무어라고 썼는가 하고 장난삼아 살펴보았습니다. 그런데 그 2, 3일 뒤에 새우 통조림을 먹고 존스 부인이 죽었다는 기사가 신문에 실린 것이지요. 그 하녀는 신문을 보고 재빨리 속지로 읽어 낸 문구를 동료들에게 알렸습니다. 그것은 이런 것이었지요.

나는 오로지 집사람의 재산으로 먹고 살고 있다. 내 아내가 죽으면 내가…… 얼마든지(헌드레드 앤 사우잰드――장식으로 곁들인 설탕이라는 뜻도 있다)……

게다가 그 얼마 전에 남편이 아내를 독살한 사건이 있었기 때문에 하녀들이 마구 상상하여 떠들어 댔던 겁니다. '존스 씨는 아내를 살해하여 수십만 파운드라는 재산을 몽땅 차지했다'라고 말입니다. 우연히 한 하녀의 친척이 존스 부부가 사는 작은 동네에 있었기 때문에 그리로 편지를 써보내어 물어 보았더랍니다. 그 답장으로, 존스 씨는 그 마을 의사의 딸인 33살난 제법 아름답게 생긴 여자와 매우 가까이 지낸다는 것을 알았습니다. 그리하여 그 추문은 점점 크게 번졌지요. 내무장관에게 탄원서가 제출되고, 런던 경시청에는 이름을 밝히지 않는 투서가 많이 날아들었습니다.

모두 존스 씨가 아내를 살해했다는 것을 호소하고 있는 것이었지요. 우리는 하찮은 마을의 소문일 뿐 아무 근거도 없는 일이라고 대수롭지 않게 생각했지만, 그래도 세상의 여론을 가라앉히기 위해 시체를 다시 검시해 볼 것을 허가했던 겁니다.

확실한 증거 따윈 아무것도 없는데도 사람들 사이에 소문이 퍼져서 조사해 보니 그것이 무서울 정도로 꼭 들어맞았다는 일이 가끔 있기는 합니다만, 이것이야말로 그 좋은 예였습니다. 검시의가 해부한 결과, 다량의 비소가 발견되어, 이 부인은 비소 중독으로 죽었다는 것이 명확해졌습니다. 런던 경시청은 그 지방의 당국과 힘을 합하여 어떻게 하여 그 비소를 먹게 되었는지 조사하게 되었지요."

"아!" 하고 조이스가 나섰다. "됐어요. 이야기가 제대로 우리가 요구하던 대로 옮아가기 시작했군요."

"의심은 당연히 남편에게로 쏠렸습니다. 남편은 아내의 죽음으로 재산을 몽땅 차지했으니까요. 물론 그것은 여인숙의 하녀가 과장해서 공상한 것처럼 몇십만이나 되는 금액은 못 되었지만, 고스란히 8천 파운드나 받았답니다. 게다가 자신이 벌어들이는 돈 말고는 그에게 재산다운 것은 전혀 없었고, 여자를 좋아해서 돈 씀씀이가 헤픈 편이었습니다. 우리는 그 의사 딸과의 사이를 될 수 있는 대로 신중히 조사해 보았습니다. 그러나 그 결과 두 사람은 한때 매우 친했지만 두 달 전에 갑자기 사이가 나빠져 서로 서먹서먹해져서 그 뒤로는 만나는 일이 없다는 것을 알았습니다. 아버지인 의사는 나이가 꽤 지긋하고 정직하여 전혀 남을 의심할 줄 모르는 사람이었으므로, 해부결과를 듣고 정말로 깜짝 놀라더군요.

밤중에 불러서 가 보았더니 셋 다 괴로워하고 있었는데, 그 중에서도 존스 부인이 가장 중태임을 곧 알아차리고 고통을 덜어주기 위해 자기 집으로 아편을 가지러 보냈다고 합니다. 이렇게 할 수 있는 데까지 온갖 방법을 다 써 보았지만 부인은 도저히 살아날 가망이 없었답니다. 그러나 의사는 수상한 점이 있으리라고는 조금도 의심해 보지 않았었지요. 일종의 식중독으로 죽은 거라고 생각했던 겁니다.

그날 저녁 식사는 통조림 새우와 샐러드, 트라이플(스펀지케이크를 술에 담근 것)과 빵, 그리고 치즈, 공교롭게도 그 새우는 조금도 남아 있지 않았습니다. 모조리 다 먹어 버렸기 때문에 깡통까지도 버렸던 것입니다. 의사는 글라디스 린치라는 젊은 하녀에게 자세히 물어 보았지만, 그 하녀는 완전히 이성을 잃고 흥분하여 울기만 하기 때문에 납득할 만한 대답을 얻을 수가 없었습니다. 다만 깡통은 전혀 부풀어 있지 않았으며 새우도 겉보기에 매우 좋아 보이더라는 말만 주장했습니다.

사건을 취급하는 데 있어 근거가 될 만한 사실은 고작 이것 뿐이었습니다. 만약 존스가 아내에게 비소를 먹이는 끔찍한 짓을 저질렀다 하더라도, 저녁 식사의 음식 속에 넣은 건 아닌 게 확실합니다. 세 사람 다 같은 음식을 먹었으니까요. 또 한 가지 점은——존스는 때마침 저녁식사가 식탁에 차려진 그 시간에 버밍엄에서 돌아왔으니까, 미리 음식에 손을 쓸 만한 기회는 없었습니다."

"그 컴패니언이라는 사람은 어떨까요?" 하고 조이스가 물었다.

"매우 상냥하고 뚱뚱한 여자였습니다." 헨리 경은 고개를 끄덕였다. "말씀하시는 대로 확실히 미스 클라크를 그대로 보아넘기지는 않았지요. 그러나 아무래도 그런 죄를 저지를 만한 동기가 없습니다. 존스 부인은 그녀에게 아무 유산도 남기지 않았고, 게다가 자기가 모시던 고용주가 죽었기 때문에 그녀는 다른 일자리를 찾아야만 했으니까."

"그렇다면 그 여자는 빼놓아도 좋을 것 같군요" 하고 조이스는 깊이 생각에 잠기면서 말했다.

"그런데 한 경감이 곧 중대한 사실을 발견했습니다."

헨리 경은 말을 계속했다.

"그날 밤 식사가 끝난 뒤에 존스가 부엌으로 가서 아내가 속이 거북하다니까 콘스타치(칡가루를 물에 풀어서 끓인 차)를 한 잔 만들어 달라고 말했답니다. 글라디스 린치가 그것을 만들어 줄 때까지 그는 줄곧 부엌에서 기다리다가 아내의 방으로 직접 가지고 갔다는 겁니다. 이것으로 사건은 결말이 났다고 우리는 생각했었습니다."

변호사는 고개를 끄덕이며 "동기와" 하고 손가락을 하나 꺾으면서 말했다. "기회입니다. 제약회사의 영업사원이라면 독약은 곧 손에 넣을 수 있지요."

"게다가 도덕 관념이 흐린 남자군요."

목사가 말했다.

레이몬드 웨스트는 헨리 경을 뚫어지게 지켜보았다.

"어딘지 함정이 있을 것 같은데요, 이 이야기에는. 어째서 그 사나이를 당장 체포하지 않았던가요?"

헨리 경은 쓸쓸하게 웃었다.

"그것이 사건의 공교로운 점이었습니다. 여기까지는 일이 제대로 진행되었지요. 그러나 곧 벽에 부딪치고 말았지요. 존스가 체포되지 않은 것은 이런 사연 때문이랍니다. 미스 클라크에게 물었더니, 콘스타치는 존스 부인이 아니라 자기가 모두 마셨노라고 대답했지요.

그렇습니다, 미스 클라크는 여느 때와 다름없이 존스 부인의 방으로 갔습니다. 존스 부인은 침대 위에 일어나 앉아 있었고, 그 곁에 콘스타치 찻잔이 놓여 있었습니다. 부인이 이렇게 말했습니다.

'난 속이 아주 나빠요, 밀리. 밤에 새우 따위를 먹은 것이 나빴던 거에요. 앨버트에게 콘스타치를 가져다 달라고 부탁했는데, 막상 가져오니까 먹을 생각이 없어졌어요.'

'그러시면 안돼요.'

미스 클라크는 이렇게 말했습니다.

'이렇게 맛있게 되었는걸요. 덩어리가 조금도 없이 말이에요. 글라디스는 정말 음식솜씨가 훌륭해요. 요즘 여자들은 좀처럼 콘스타치를 잘 만들지 못하거든요. 나라면 당장에라도 먹겠어요. 배도 출출하고요.'

'그런 어리석은 짓은 해서는 안 되요' 하고 존스 부인이 말했습니다."

헨리 경은 여기서 이야기를 끊었다.

"여기서 설명을 해야겠는데, 미스 클라크는 점점 더 살이 찌는 것을 괴로워하여 이른바 반팅 다이어트(지방·전분·당분을 피하여 체중을 줄이는 식이요법)라는 것을 하고 있었답니다.

'그것은 좋지 않아요, 밀리. 정말 좋지 않아요.'

존스 부인은 역설했습니다.

'신께서 당신을 살찌게 하신 거라면 그것도 주님의 뜻이지요. 그 콘스탄치를 모두 마시도록 해요. 틀림없이 당신의 몸에 좋을 거예요.'

이렇게 되어 미스 클라크는 재빨리 그것을 한 방울도 남기지 않고 마셔 버렸습니다. 그래서 아시겠지만, 남편에 대한 혐의는 완전히 허물어지고 말았습니다. 속지에 남아 있던 글이 무엇을 뜻하는 것인지 설명하라고 하자, 존스 씨는 망설이지 않고 설명해 주었습니다.

그 편지는 오스트레일리아에 있는 남동생에게서 온 편지에 대한 회답인데, 동생이 돈을 좀 빌려 달라고 했다는 겁니다. 그래서 회답에 그렇게 썼다는 말이었지요.

 '나는 오로지 집사람의 재산으로 먹고 살고 있다. 아내가 죽으면 내가 재산을 마음대로 할 수 있을 테니까 그때는 될 수 있는 대로 도와 주겠다. 힘이 되어 줄 수 없어 매우 유감스러우나, 이 세상에는 역시 곤란을 겪고 있는 사람이 얼마든지 (헌드레드 앤 사우잰드) 있는 것이란다'라고요."
"그래서 이 사건은 완전히 안개에 싸이고 만 셈이군요."
펜더 박사가 말했다.
"그렇지요. 안개에 싸이고 말았습니다. 아무런 증거가 없는데 존스를 억지로 체포할 수는 없으니까요."
헨리 경이 무겁게 말했다.
그 자리에 한참 침묵이 흐르다가 이윽고 조이스가 입을 열었다.
"그래서 그것으로 끝났나요?"
"작년에는 사건이 일단 그것으로 끝났습니다. 그런데 지금 진상이 런던 경시청의 손에 있답니다. 2, 3일 지나면 틀림없이 신문에 실릴 것으로 생각됩니다만……"
"진상이 말이지요?"
조이스는 깊이 생각에 잠겼다.
"글쎄, 어떨까? 5분 동안 모두 함께 생각하기로 해요. 그런 다음 발표하기로 합시다."
레이몬드 웨스트는 고개를 끄덕이고 손목시계를 보았다.
5분이 지나자 그는 펜더 박사 쪽을 보면서 말했다.
"목사님부터 먼저 이야기하시지요."
노인은 고개를 가로저었다.
"정말 나는 머릿속이 아주 혼란해지고 말았소. 다만 역시 어쩐지 남편이 좀 수상하게 생각되는군요. 어떤 방법으로 그렇게 했는지는 상상할 수 없지만, 다만 어떤 방법으로든 지금까지는 알 수 없었던 방법으로 아내에게 독을 마시게 한 것이 틀림없다는 말만은 할 수 있소. 어떻게 그 진상이 이런 때에 세상에 밝혀졌는지, 그것은 상상도 할 수 없지만."
"조이스는?"
"컴패니언이에요!"
조이스는 분명하게 딱 잘라 말했다.
"그건 컴패니언이 틀림없어요! 어떤 동기가 있었느냐 하면, 나이를 먹고 살이 쪄서 보기 흉하게 되었다지만 존스를 사랑하지 않았다고 할 수 없을 것 아니겠어요? 그 밖에 다른 이유로 부인을 싫어했을지도 모르는 일이고요. 컴패니언의 입장이 되어서 생각해 보세요. 언제나 상냥하게 무슨 일이나 거역하지 않고 고분고분 숨막힐 정도로 자신의 감정을 억누르고 있어야 하거든요. 마침내 더 이상 참을 수가 없어서 부인을 죽이고 만 거죠. 콘스타치 잔에 비소를 넣은 거예요. 자기가 마셔 버렸다는 것은 틀림없이 모두 새빨간 거짓말이에요."
"페더릭 씨는?"
변호사는 전문가답게 손끝을 맞대었다.
"글쎄, 뭐라고도 말씀드릴 수가 없군요. 사실로 나타난 점에서는 ㅡㅡ."
"하지만 말씀하셔야 합니다. 페더릭 씨. 재판을 연기하며 '권리를 침해하지 않고'라고 법률가답게 버티고 앉아 있을 그런 경우가 아니에요. 이건 우리의 놀이인걸요."
"사실을 보면, 이제는 더 말할 것이 없는 것 같은데요."
페더릭 씨는 말했다.

"이런 사건은 정말 지긋지긋할 정도로 보아 왔으니까요. 나 자신의 의견으로서는 남편에게 죄가 있다고 봅니다. 다만 미스 클라크가 어떠한 사정으로 존스를 신중하게 옹호하고 있는데, 그 까닭을 알 수 없다는 것만은 말할 수 있지요. 두 사람 사이에 무언가 금전상의 거래가 있었는지도 모릅니다. 존스는 자기가 의심받게 된다는 것을 알고 있었을 테고, 미스 클라크는 앞으로 돈에 곤란을 겪게 될 것을 생각하여 콘스타치를 마셨다고 이야기하기로 한 겁니다. 그 보수로써 상당한 금액을 남모르게 받기로 되어 있었을 테니까요. 만약 그렇다면 이것은 참으로 그다지 흔하지 않은 사건이로군요."

"저는 어느 분의 말씀에도 찬성할 수가 없군요" 하고 레이몬드가 말했다. "여러분들은 이 사건의 중요한 점을 한 가지 잊고 계십니다. 의사의 딸입니다. 저의 해석은 이렇습니다. 통조림 새우는 상해 있었어요. 그래야만 증세가 일어난 것을 설명할 수 있겠지요. 그리하여 의사가 불려 왔습니다. 다른 사람보다도 많은 분량의 새우를 먹은 존스 부인이 매우 괴로워하고 있으니까 말씀하신 바와 같이 의사는 아편을 가지러 보냈습니다. 자기가 직접 가지러 가지 않고 심부름을 보냈던 겁니다. 누가 그 심부름간 사람에게 아편을 내주었을까요? 그것은 다름 아닌 그 딸이었던 겁니다. 틀림없이 그녀는 아버지를 위해 약을 조제하고 있었을 거예요. 딸은 존스와 흉허물이 없을 만큼 다정한 사이였습니다. 그래서 그때 딸의 마음에 갑자기 최악의 본능이 끓어올라 지금 바로 존스를 자유롭게 해줄 수 있는 수단이 자기 손에 쥐어져 있다는 것을 알게 된 겁니다. 딸이 건네준 정제에는 틀림없이 하얀 비소가 들어 있었다——라는 것이 제 해결입니다."

"자, 헨리 경, 말씀해 주세요."

조이스는 매우 듣고 싶어하는 것 같았다. 그러나 "잠깐만 기다리시오, 아직 미스 마플께서 아무 말도 하지 않았으니까요" 하고 헨리 경이 말했다.

"에그머니나!" 하고 미스 마플이 대꾸했다. "뜨개질 코를 빠뜨렸군요. 이야기에 그만 정신이 팔려서 말예요. 슬픈 사건이로군요. 정말로 슬픈 사건이에요. 나는 마운트 저택에 살고 있던 허그레이브스 할아버지의 일이 생각나네요. 그 사람의 부인은 그가 죽을 때까지 조금도 알지 못했었지만 그 할아버지는 내연의 여자와의 사이에 아이가 다섯이나 있어서 그 여자에게 재산을 고스란히 물려 주었답니다. 그 여자는 전에 허그레이브스 할아버지의 하녀였는데, 부인이 늘 아주 참한 아이라고 칭찬했었지요. 모든 것을 다 맡겨 두었는데, 날마다 침대 매트리스를 뒤집어 주었을 정도로 아주 잘했어요. 물론 금요일은 그렇지 않았겠지만 말이에요. 그런데 허그레이브스 할아버지라는 사람은 이웃 마을에 이 여자를 몰래 숨겨 놓고 자기는 교구 위원 따위를 하며 일요일 예배에는 헌금함을 들고 돌아다녔답니다."

"아주머니, 이미 죽어 버린 허그레이브스 할아버지가 어째서 이 사건과 관련이 있다는 거지요?"

레이몬드가 안타까운 듯이 말했다.

"이 이야기를 들으니까 그 할아버지의 일이 생각나서 그런단다. 사정이 아주 똑같은걸. 안 그래요? 그 불쌍한 처녀가 지금에 와서 모든 것을 고백했기 때문에 알게 된 거지요, 헨리 경?"

"어떤 처녀 말씀인가요? 아주머니, 무슨 말씀을 하시는 겁니까?"
레이몬드가 물었다.

"그 불쌍한 처녀, 글라디시 린치 말이다. 물론 의사가 자세한 것을 묻기 시작하자 완전히 이성을 잃고 말았다는 그 아이 말이에요. 가엾기도 하지. 이성을 잃어 버린 것도 무리가 아니에요. 나쁜 사람인 존스야말로 교수형을 받아 마땅해요. 불쌍한 처녀에게 사람을 죽이게 만들었으니까요. 하지만 아무리 사정이 그렇다 하더라도 그 아이는 교수형을 면할 수 없을 거예요. 가엾기도 해라……"

"미스 마플, 당신은 생각을 좀 잘못하신 것 같습니다."

페더릭 씨가 말참견했다. 그러나 미스 마플은 고집스럽게 고개를 절래절래 저으면서 헨리 경을 보았다.

"내 말이 맞을 거예요, 그렇지요? 나는 분명하게 알고 있어요. 헌드레드 앤 사우잰드(매우 가느다란 설탕알)와 트라이플, 이것을 그냥 봐 넘겨서는 안돼요."

"트라이플과 헌드레드 앤 사운잰드가 뭐라고요?" 레이몬드가 큰 소리를 질렀다.

그를 돌아보며 말했다.

"요리하는 사람들은 대개 트라이플 위에 헌드레드 앤 사우잰드를 뿌리게 마련이지요. 그 아주 가는 핑크빛과 하얀 설탕알 말이에요. 나는 저녁 식사때 모두들 트라이플을 먹었다는 것과 남편이 누구에게인지 헌드레드 앤 사우잰드라고 편지에 썼다는 말을 들었을 때, 곧 이 두 가지를 한데 묶어서 생각했어요. 비소가 들어 있던 것은 ──이 헌드레드 앤 사우잰드였지요. 존스는 비소를 그 하녀에게 내주면서 트라이플에 넣으라고 말했던 거예요."

"하지만 그것은 불가능해요. 왜냐하면 모두가 다 트라이플을 먹었는걸요."

조이스가 재빠르게 말참견을 했다.

"오, 아니지요. 컴패니언은 반팅 다이어트를 했다지 않아요? 안 그래요? 반팅 다이어트를 하고 있다면 트라이플 같은 것은 절대로 먹지 않아요. 그리고 존스는 자기의 트라이플에서 헌드레드 앤 사우잰드를 긁어 내고 먹었으리라고 생각해요. 영리한 착상이지만 무척 가혹한 짓이에요."

모두들의 눈은 모두 헨리 경에게로 쏠렸다.

"정말 이상하군요. 미스 마플은 용케도 진상을 알아냈습니다. 존스는 글라디스 린치에게 임신을 시켰던 거요. 그녀는 거의 될 대로 되라는 심정이 되어 있었습니다. 그는 아내를 없애 버리고 싶었기 때문에 글라디스에게 아내만 죽으면 그녀와 결혼하겠노라고 약속했지요. 헌드레드 앤 사우잰드에 독을 섞어서 그 사용법을 알려 주며 그녀에게 주었던 겁니다. 글라디스 린치는 일주일 전에 죽었습니다. 아기는 사산되었지요. 존스는 글라디스를 버리고 다른 여자에게로 옮겨갔던 겁니다. 글라디스는 죽으면서 진상을 모두 털어놓았던 거지요."

한참 동안 침묵이 그 자리를 메웠으나, 조금 뒤 레이몬드가 말했다.

"저, 아주머니, 정말 굉장한데요. 하지만 저는 도대체 어떻게 아주머니가 진상을 알아 맞추었는지 도무지 알 수가 없군요. 부엌에서 일하는 보잘것없는 처녀가 이 사건과 어떤 관계가 있으리라고는 짐작조차도 할 수 없었어요."

"그럴 거야" 하고 미스 마플이 대답했다. "그렇지만 말이다. 너는 나만큼은 세상 일을 알지 못하잖니. 존스 같은 타입의 사나이――차분하지 못하고 덜렁대며 명랑한 성질의 사나이를 말이지. 나는 그 집에 젊고 예쁘장한 하녀가 있었다는 이야기를 들었을 때, 그 사나이가 절대로 그 처녀를 가만히 둘 리 없었다고 생각했어요. 정말 가슴아프고 안된 일이야. 도무지 말도 하고 싶지 않을 정도이지. 그때도 허그레이브스 부인이 받은 충격은 뭐라고 말할 수 없을 정도였지요. 그렇지만 이것도 오래지 않아 잊혀지고 말 동네의 한낱 사건이었겠지요."

Thd Idol House of Astarte
아스타테의 신전

"저, 펜더박사, 선생께서는 어떤 이야기를 들려 주시겠습니까?"

노목사는 조용히 미소를 지었다.

"나는 조용한 곳에서 줄곧 살아 왔기 때문에 사건의 파란이라는 것에 휘말린 일이 별로 없었습니다. 그러나 꼭 한 번 내가 아직 젊었을 무렵인데, 참으로 이상하고 끔찍한 사건에 부딪치게 되었었지요."

"어머나!"

조이스 람프리엘은 격려하는 것처럼 말했다.

"나로서는 절대로 잊혀지지 않는 사건입니다." 목사는 말을 계속했다. "그 사건이 일어났을 때, 나는 깊은 충격을 받았어요. 지금도 문득 옛날을 생각해 보면 그 끔찍하던 때의 몸서리쳐지는 심정이 생생하게 가슴에 되살아나곤 한답니다. 한 사나이가 도저히 사람의 짓이라고는 생각할 수 없는 것에 느닷없이 습격을 받아 죽는 걸 보았기 때문입니다."

"어쩐지 소름이 끼치고 머리털이 곤두서는 것 같군요, 펜더 씨."

헨리 경이 약한 소리로 말했다.

"말씀하신 대로 저도 온 몸의 털이 모조리 곤두섰었답니다." 목사는 이렇게 대답하고 말을 이었다. "그 일이 있은 다음부터 나는 분위기라는 말을 함부로 지껄이고 다니는 사람을 보고 웃을 수 없게 되었지요. 그런 건 반드시 있습니다. 좋은 일이든 나쁜 일이든 무엇인가가 그곳에 깊이 스며들어 있어 거기에서 나오는 마력과도 같은 것을 강하게 느끼게 하는 장소가 있게 마련이지요."

"그 집——낙엽송 저택이라는 그 집이 아주 불길한 곳이랍니다" 하고 미스 마플이 말참견을 했다. "스미더스 노인이 살았는데, 재산을 몽땅 잃어 버리고 그 집을 팔아야만 하게 되었기 때문에 카스레크스네 사람들이 그 집을 샀지요. 그런데 조니 카스레크스는 2층에서 떨어져 다리가 부러졌고, 카스레크스 부인은 건강이 나빠져 남프랑스로 전지 요양을 가야만 했답니다. 그 뒤로 이번에는 버든 씨가 이 집의 주인이 되었는데, 글쎄 그분은 불쌍하게도 이사온 뒤 바로 수술을 받게 되었다지 뭐예요."

"일이 그렇게 되면 으레 미신이라는 것이 따라붙기 마련이지요. 집이니 땅이니 하는 것은 무책임하게 퍼진 이런 어이없는 소문 때문에 구실이 생겨서 지독하게 손해를 보는 수가 이따금 있답니다" 하고 이번에는 페더릭 씨가 이야기했다. "나는 지금 현재도 기운이 펄펄 나게 살아 있는 '유령'을 한둘 알고 있답니다."

헨리 경은 매우 우습다는 듯이 소리내어 웃었다.

"펜더 박사님께서 말씀을 계속하시도록 하는 게 어떻겠어요?"

레이몬드가 말했다.

조이스는 일어나 불을 둘 다 껐다. 난로에서 타는 불만이 빨갛게 하늘하늘 흔들렸다.

"분위기입니다. 자, 이제부터 모두 들읍시다."

펜더 박사는 빙그레 웃으면서 의자에 벌렁 몸을 젖히고 앉아 조용히 옛날을 회상하는 듯한 어조로 말하기 시작했다.

"여러분 가운데 다트무어(영국 남서부 데븐셔 주의 바위투성이인 불모의 고원)를 아시는 분이 계신지 어떤지는 모르겠습니다만, 이제부터 이야기하려는 그 시골 저택은 다트무어의 변두리에 있었습니다. 여러 해 동안 살 사람도 나타나지 않아 팔려고 내놓은 채였는데, 매우 매력있는 곳이었지요. 아마도 겨울에는 바람이 몹시 강하겠지만 전망이 기막히게 훌륭해서 땅 그 자체에 이상하고 독특한 매력이 있었습니다. 그 저택은 헤이든, 리처드 헤이든 경이라는 사람이 샀는데, 나는 그와 대학 시절부터 친구였답니다. 여러 해 동안 만날 기회가 없었지만, 오랜 우정의 유대란 좀처럼 끊어지지 않는 법이어서 '침묵의 숲'의 저택──새로 산 저택의 이름이었지요──으로 와 달라는 초대를 받아 나는 기꺼이 이 초대를 받아들였답니다.

초대된 손님은 그다지 많지 않았어요. 주인인 리처드 헤이든과 그의 사촌 엘리어트 헤이든, 마녀링 부인과 얼굴이 창백하고 별로 눈에 띄지 않는 그녀의 딸 바이올렛, 말타기와 사냥을 위해 태어난 것 같은 햇볕에 새까맣게 탄 로저스 대위 부부, 시몬즈라는 젊은 의사, 또 다이아나 애슐리 양이었습니다. 나는 이 애슐리 양에 대해서는 조금 알고 있었습니다. 사진이 곧잘 사교 신문에 나곤 했으며, 런던의 사교기(초여름 무렵)에는 평판있는 미인 가운데 한 사람이었으니까요. 매우 인상적인 미인으로, 새까만 머리에 키가 후리후리하고 엷은 크림 빛깔의 매끄럽고 아름다운 피부를 가지고 있었지요. 약간 치켜올라간 듯한 반쯤 감은 검은 눈은 광채있는 신비한 동양적인 모습을 나타내고 있었고, 목소리가 또 기가 막혀 마치 방울을 흔드는 것 같았습니다.

나는 곧 친구인 리처드 헤이든이 그녀에게 홀딱 반해 있다는 것을 알아차렸습니다. 여기에 모인 다른 손님들은 다만 이 미인이 활동하는 무대의 소도구 노릇을 할 뿐이었지요. 그녀 자신은 어떻게 생각하는지 알 수 없었습니다만. 그녀는 매우 변덕스럽고 싫증을 잘 내는 편이었어요. 어느 날은 리처드하고만 이야기하고 다른 사람은 거들떠 보지도 않는가 하면, 다음날은 사촌인 엘리어트와 깔깔거리며 리처드라는 사람이 있는지 없는지도 모르는 식이었습니다. 그런가 하면 또 그 점잖고 소극적인 시몬즈 의사에게 마음을 녹여 버릴 것 같은 미소를 보내기도 했지요.

내가 그곳에 도착한 이튿날 아침, 주인은 그 집 저택을 구석구석 모두 안내해 주었습니다. 집 그 자체는 별로 남의 눈에 잘 띄지 않는 구조였습니다만, 데븐셔의 화강암으로 세월이나 비바람에도 견딜 수 있도록 탄탄하게 지어져 있었습니다. 로맨틱하지는 않았지만 매우 살기 좋은 집이었습니다. 창으로는 거친 들판의 전경이 한눈에 내다보이고, 비바람에 시달린 바위산이 구불구불 멀리 펼쳐져 있었습니다.

우리가 있는 곳에서 가장 가까운 바위산의 비탈은 여러가지 오두막 원을 그리고 있었습니다. 옛날 신석기 시대의 유적이었지요. 또 하나의 산에는 최근에 발굴된 흙무덤이 있었습니다. 그 속에서는 청동의 도구가 발견되었다고 했습니다. 헤이든은 고대에 관한 것에 흥미를 가지고 있었으므로 굉장히 힘주어서 열심히 설명하더군요. 여기에는 특히 많은 옛 유물들이 잠들어 있다고 그는 이야기했습니다.

신석기 시대의 오두막에 사는 도르이드 승(僧——고대 고트, 브리튼, 아일랜드의 켈트 족 사이에 성행하던 도르이드교의 승려), 로마 사람, 또 그보다 훨씬 옛날인 페니키아 인의 유적도 발견된다는 것이었습니다.
 '그러나 이곳이 가장 흥미있는 장소라네. 이름은 들어서 알고 있겠지——'침묵의 숲', 어떤 까닭으로 그런 이름이 붙었는지 알리라고 생각하네만' 하면서 그는 손가락으로 가리키더군요. 이 저택 둘레에는 거의 수풀도 없이 바위며 히드며 양치류 뿐이었지만, 집에서 백 야드쯤 떨어진 곳에는 빽빽이 나무가 들어찬 숲이 있었습니다.
 '저것은 아득한 과거의 유물이라네. 옛날의 나무가 말라 죽어 버렸기 때문에 다시 갈아 심었는데, 전체로 보아 전과 꼭 같은——아마도 페니키아 사람이 있던 시대와 꼭 같은 모양을 보여 주고 있네. 자, 가서 좀더 자세히 보세' 하고 헤이든이 말했습니다.
 우리는 그를 따라 숲속으로 들어갔는데, 금방 이상한 압박감에 사로 잡혔습니다. 아마 쥐죽은 듯이 조용했기 때문이겠지요. 나무들 사이에 둥지를 틀고 있는 새 한 마리도 없는 듯싶었습니다. 황량하고 을씨년스러운 두려움이 주위에서 느껴졌습니다. 문득 깨닫고 보니 헤이든이 야릇한 웃음을 띤 얼굴로 나를 보고 있더군요.
 '여기에는 무언가 이상한 느낌이 깃들어 있는 것 같지 않나, 펜더? 반항일까, 불안감일까?'
 '을씨년스럽군.'
 나는 조용히 이렇게 말했습니다.
 '그렇겠지, 그러나 이것은 자네 신앙의 옛 본거지였어, 아스타테(페니키아 사람이 숭배한 풍작과 생식의 여신. 그리스와 로마에서는 달의 여신이라고 생각했다)의 숲일세.'
 '아스타테?'
 '아스타테라네. 이슈터 또는 아슈트레——그 어느 쪽으로 부르든 상관없네만, 나는 페니키아 사람의 아스타테라는 이름이 좋아.

이 근방의, 아마도 성벽 북쪽에 아스타테의 숲으로 알려져 있는 것이 분명히 있을 거야. 확증은 없지만 나는 여기가 진짜 아스타테의 숲이라고 믿고 싶네. 여기에서, 이 빽빽이 우거진 나무로 둘러싸인 속에서 성스러운 의식이 행해졌었다고 말일세.'

'성스러운 의식이라고?'

다이아나 애슐리는 먼 옛날을 꿈꾸는 듯한 표정을 지으며 계속 중얼거렸습니다.

'어떻게 했을까?'

'누구에게 물어 보아도 그다지 훌륭한 의식은 아니었던 것 같아. 음흉한 행위로 의식을 올렸으리라고 상상해.'

로저스 대위는 의미도 없이 크게 웃었습니다.

헤이든은 그에게는 전혀 아랑곳하지 않고 '숲 한복판에는 성당이 있었을 거야. 정말로 성당이 있었는지 어떤지는 아직 모르지만, 혼자 심심풀이로 공상하며 즐기고 있다네' 하고 말했습니다.

그때 우리는 숲의 한복판 나무를 베어 낸 좁은 빈터에 나와 있었습니다. 한복판에는 돌로 만든 정자 같은 것이 있었습니다. 다이아나 애슐리는 무언가 묻고 싶은 듯이 헤이든을 보았습니다.

'나는 이것을 신전이라고 부른다네. 아스타테의 신전이지.'

헤이든은 이렇게 말하며 그곳까지 안내해 주었습니다. 안에는 자연 그대로인 흑단나무 기둥이 있고, 그 위에 이상하게 생긴 작은 여자의 상이 얹혀져 있었습니다. 초생달 모양의 뿔이 나 있으며, 사자 위에 앉아 있는 상이었습니다.

'페니키아의 아스타테, 달의 여신이라네' 하고 헤이든이 말했습니다.

'달의 여신이라고요?' 다이아나가 크게 소리쳤습니다. '오늘 밤에는 한바탕 떠들고 놀지 않으시겠죠? 가장을 하고 여기에 나와

달빛을 받으면서 아스타테의 의식을 하기로 해요.'

　내가 갑자기 몸을 움직였으므로 리처드의 사촌인 엘리어트 헤이든이 재빠르게 나를 뒤돌아보았습니다.

　'당신은 이런 일을 싫어하시나 보군요. 그렇지요, 목사님?'

　'그렇소. 좋아하지는 않아요.'

　나는 진지한 태도로 대답했습니다.

　그는 이상한 듯이 나를 보았습니다.

'그렇지만 어리석은 짓일 따름이지요. 딕(리처드 헤이든의 애칭)은 이것이 정말로 신성한 숲인지 어떤지 잘 모른답니다. 그저 재미로 그러는 거지요. 이것 저것 공상에 잠기는 것을 좋아하는 성질이라서요. 하지만 어떻든 만일 정말이라고 한다면──.'

'만일 정말이라고 한다면?'

'아닙니다. 뭐, 당신께선 그런 것을 믿지 않으시겠지요. 당신은 목사님이시니까요.'

　그는 기분나쁜 듯한 계면쩍은 웃음을 띠었습니다.

'목사니까 믿어서는 안 된다고 할 수는 없지요.'

'그러나 그런 것은 모두 끝나 버린 일입니다.'

'잘은 모르겠지만' 하고 나는 깊은 생각에 잠기며 말했습니다. '그러나 이것만은 확실합니다. 저는 대체로 분위기 같은 것을 느끼기 쉬운 사람은 아니지만, 이 숲 속에 들어와서 무언가 이상하고 불길한, 어쩐지 협박받고 있는 듯한 느낌이 절실하게 몸에 스며드는 것 같답니다.'

　엘리어트는 불안스럽게 어깨 너머로 흘끔 보더니 '그래요, 정말 무언가 이상하군요. 말씀하시는 바와 같지만, 다만 그렇게 느껴질 뿐이 아닐까요? 당신은 어떻게 생각하십니까, 시몬즈 씨?' 하고 물었습니다.

의사는 잠시 아무 말도 없더니 조금 뒤 천천히 대답했습니다.
'싫군. 왜냐고 묻는다면 대답할 수는 없지만, 아무튼 싫은데!'
그때 바이올렛 마너링이 불쑥 내 앞으로 나서며 소리쳤습니다.
'전 여기가 싫어요. 싫어. 밖으로 나가요.'
우리가 걷기 시작하자 다른 사람들도 뒤따라왔습니다. 다이아나 애슐리만이 혼자 꾸물거리고 있었습니다. 뒤를 돌아보니 그녀는 신전 앞에서 그 안의 상을 뚫어지게 지켜보고 있는 것이었습니다.

그날은 말할 수 없이 따뜻하고 기막히게 좋은 날씨였습니다. 그래서 가장 무도회를 하자는 다이아나 애슐리의 제안에 모두 찬성이었지요. 늘 그랬듯이 웃는 소리며 수군거리는 소리도 나고 정신없이 비밀스레 바느질을 하기도 하며, 저녁 식사를 하려고 모두가 나타났을 때는 여느 때처럼 떠들썩하여 매우 소란스러웠습니다.

로저스 부부는 신석기 시대의 오두막에 사는 사람이 되었지요. 어찌 된 일인지 난로 앞의 융단이 갑자기 없어졌더군요. 그리고 리처드 헤이든은 페니키아의 뱃사람이 되었고, 그의 사촌은 산적 두목, 시몬즈 의사는 요리장, 마너링 부인은 병원 간호사, 딸은 셔카샤(흑해에 접한 코카서스 고원 북서 지방)의 노예, 그리고 나는 수도사로 분장하여 두툼하게 옷을 껴입었습니다.

다이아나 애슐리는 맨 뒤에서 내려왔는데 모두의 기대에 조금 어긋났습니다. 그녀는 새카만 도미노 가장옷으로 온 몸을 완전히 감싸고 있었지요…….

'수수께끼의 여자' 하고 그녀는 가볍게 말했습니다. '그것이 제 이름이에요. 자, 어서 식사를 하시도록 해요.'

식사를 끝내고 우리는 밖으로 나왔습니다. 아름답고 훈훈하고 조용한 밤으로, 막 달이 솟으려 하고 있었습니다.

우리가 한가롭게 돌아다니며 잡담을 하는 동안 시간은 자꾸자꾸 지

나갔습니다. 우리는 다이아나 애슐리가 없어진 것을 깨달았습니다.

'설마 들어가서 잠든 것은 아니겠지?' 하고 리처드 헤이든이 말하자, 바이올렛 마너링이 고개를 저었습니다.

'아니에요. 전 15분쯤 전에 그분이 저쪽으로 걸어가시는 것을 보았어요.'

그녀는 이렇게 말하면서 달빛 아래 거뭇거뭇하게 그림자를 만들고 있는 숲 쪽을 가리키는 것이었습니다.

'무슨 짓을 하려는 걸까. 틀림없이 무언가 심한 장난을 할 생각인 모양이야. 좀 보러 가 볼까' 하고 리처드 헤이든이 말했습니다.

모두들 왠지 모르게 애슐리 양이 무슨 짓을 하려는 것인지 알고 싶어져서 천천히 그쪽으로 걷기 시작했습니다. 그렇지만 나는 도무지 그 컴컴하고 불길한 예감이 꽉 차 있는 숲 속에 들어갈 마음이 내키지 않았습니다. 자기보다도 더 강한 힘이 나를 뒤로 끌어다가 안으로 들어가지 못하게 하는 것처럼 생각되었습니다. 나는 전보다 좀더 분명하게 이 장소에 달라붙어 있는 불길함을 느꼈던 것입니다. 다른 사람들도 나와 마찬가지로 느꼈겠지만 모두 그런 것을 입 밖에 내어 말하기가 싫었을 것이라고 생각합니다. 나무가 서로 너무나 바싹 붙어 우거져 있기 때문에 달빛은 스며들 틈도 없었습니다. 우리 둘레에서는 낮은 소리와 소곤대는 목소리와 한숨 소리가 들릴 뿐 불길한 분위기는 정말 끝이 없어서 우리는 누가 먼저인지도 모르게 서로 몸을 바싹 대고 걷고 있었습니다.

갑자기 우리는 숲 한복판의 나무를 베어 낸 빈터로 나왔습니다. 그리고 깜짝 놀라 그 자리에 못박힌 듯 우뚝 서 버리고 말았습니다.

거기 신전 입구에 말갛게 비치는 비단으로 온 몸을 감싼 반짝반짝 빛나는 모습이 서있었던 것입니다. 초생달 모양의 두 뿔이 숱 많은 검은 머리카락 사이에서 솟아나 있었습니다.

'아, 저것은!'

리처드 헤이든이 말했습니다. 이마에서는 식은땀이 배어나오고 있었습니다. 그러나 바이올렛 마너링 쪽이 더 민감했습니다.

'어머나, 다이아나 양 아니에요? 무엇을 하는 걸까요? 어쩐지 저분은 사람이 전혀 달라진 것같이 보여요!'

입구에 선 사람은 두 손을 들고 한 걸음 앞으로 나서며 높고 아름다운 목소리로 노래하는 것처럼 말하는 것이었습니다.

'나는 여신 아스타테이니라. 나에게 가까이 오지 말라. 내 손에는 죽음이 쥐어져 있나니.'

'그러지 말아요, 다이아나. 기분 나쁘잖아? 정말이야' 하고 마너링 부인이 나무랐습니다.

헤이든이 앞으로 뛰쳐나가더니 '오, 다이아나, 당신은 정말 멋있구려.' 하고 크게 외쳤습니다.

내 눈은 이제 달빛에 익어 좀더 똑똑히 볼 수 있었습니다. 다이아나는 정말로 바이올렛이 말한 것처럼 전혀 다르게 보였습니다. 얼굴은 여느 때보다도 더 동양적으로 보였고, 눈은 좀더 가늘고 길게 뜨여져 있어 어쩐지 잔혹하게 번쩍이며, 입술 위에 떠오른 이상한 미소는 이제까지 본 적이 없는 그런 것이었습니다.

'명심하라. 여신에게 가까이 다가서서는 안 되느니라. 나에게 손을 대는 자, 모두 죽음에 이르리.'

그녀는 타오르는 것처럼 또 다시 말하는 것이었습니다.

'오오, 다이아나. 당신은 정말 훌륭하오.'

헤이든이 또다시 소리쳤습니다.

'그렇지만 이제는 그만두시오, 어쩐지 나는 마음이 언짢구려.'

헤이든은 풀을 밟으며 그녀에게로 걸어갔습니다. 그녀는 그에게로 팔을 내밀어 뻗쳤습니다.

'멈추시오. 한 걸음만 더 다가서면 아스타테의 저주에 의하여 나는 그대를 때려 죽일 것이오.'

리처드 헤이든은 웃으며 걸음을 더욱 빨리했습니다. 그때 갑자기 이상한 일이 일어난 것입니다. 아주 짧은 순간 헤이든은 걸음을 멈추었나 싶더니 다음 순간 비틀비틀하면서 폭 쓰러지는 것이었습니다.

헤이든은 다시는 일어나지 않고 쓰러진 채 땅 위에 엎드려 있었지요.

그러자 별안간 다이아나가 히스테릭하게 소리내어 웃기 시작했습니다. 그 웃음 소리는 숲 속 빈터의 정적을 깨뜨리고, 오싹하는 한기가 느껴질 것 같은 그런 웃음 소리였습니다.

엘리어트는 크게 소리지르면서 앞으로 뛰쳐나갔습니다.

'더 이상 못 보겠어요. 일어나요, 딕. 일어나라니까, 딕.'

그러나 리처드 헤이든은 그냥 쓰러진 채 꼼짝도 하지 않는 것이었습니다. 엘리어트 헤이든은 그의 한 옆에 쭈그리고 앉아 조용히 그를 위로 젖히고 얼굴을 들여다보았습니다.

그러더니 갑자기 후다닥 일어나 비틀거리면서 우뚝 섰습니다.

'선생님, 선생님, 와 주십시오, 죽은 것 같습니다.'

시몬즈는 뛰어갔습니다. 엘리어트는 천천히 우리가 있는 곳으로 걸어왔습니다. 무슨 까닭인지 모르겠지만, 그는 이상하다는 표정으로 자기의 손을 보고 있었습니다. 바로 그때였습니다. 다이아나가 미친 사람처럼 비명을 질렀습니다.

'내가 그분을 죽이고 말았군요! 오, 하느님, 이를 어찌합니까! 그럴 생각이 아니었는데. 나는 그분을 죽이고 말았어요.'

그리고 그녀는 몸을 비틀며 풀 위에 쓰러지더니 죽은 듯이 정신을 잃고 말았습니다. 로저스 부인이 소리쳤습니다.

'오, 무서워라! 이런 데서 이제 그만 나갑시다! 우리도 이러다가

는…… 오, 정말 어떻게 되고 말겠어요. 오, 무서워!'

엘리어트는 내 어깨를 움켜쥐었습니다.

'있을 수 없는 일이오. 이런 일은 있을 수 없는 일이 아니겠습니까. 사람이 이런 식으로 죽어 버린다는 것은, 그것은——그것은 있을 수 없는 일이오.'

그는 이렇게 중얼거리듯 말했습니다.

나는 그를 진정시키려고 했습니다.

'설명은 됩니다. 딕은 틀림없이 심장이 약했던 거요. 그 충격과 흥분으로 저도 모르게 그만——.'

그는 내 말을 끝까지 들으려 하지 않았습니다.

'당신은 이것을 이해하지 못합니다.'

그는 자기의 손을 나에게 보여 주는 것이었습니다. 그 손에 시뻘건 피가 묻어 있는 것을 나는 보았습니다.

'쇼크로 죽은 것이 아닙니다. 칼로 푹 찔린 겁니다. 심장을 찔렸어. 오, 그런데 흉기는 없소.'

믿을 수 있겠습니까? 나는 그의 얼굴을 뚫어지게 보았습니다. 그때 시몬즈가 시체를 다 살펴본 모양이었습니다. 그는 일어나 우리 쪽으로 걸어왔습니다. 얼굴은 새파랗게 질렸고 온 몸을 와들와들 떨고 있었습니다.

'모두 정신이 이상해진 것일까? 여기에서 이런——이런 일이 일어나다니.'

'그럼, 정말로 찔렸군요' 하고 내가 말했습니다.

의사는 말없이 고개를 끄덕였습니다.

'마치 가늘고 긴 단검으로 찔린 듯한 상처인데, 그 단검은 아무리 찾아도 없어요.'

우리는 모두 서로 얼굴을 마주 보았습니다.

'있을 거요. 이 부근 어디엔가 떨어져 있을 거요, 틀림없이.'
엘리어트가 큰 소리로 말했습니다.
'그것이 없을 리 없습니다. 찾아봅시다.'
눈을 크게 뜨고 온통 찾아보았으나 없었습니다. 그러자 갑자기 바이올렛 마너링이 말하는 것이었습니다.
'다이아나 양이 손에 무언가 들고 있었어요. 칼 같은 것이었어요. 저는 보았는 걸요. 리처드 씨를 위협했을 때 그것이 번쩍했어요.'
엘리어트 헤이든은 고개를 저어 반대했습니다.
'아닙니다. 리처드는 다이아나 양에게 3야드도 가까이 가지 않았어요.'
마너링 부인은 땅에 쓰러진 다이아나 위로 몸을 굽혀 살피고 있었습니다.
'지금은 아무것도 가지고 있지 않아. 땅에도 아무것도 떨어진 것이 없는걸. 넌 분명히 봤니, 바이올렛? 나는 못 보았는데.'
시몬즈 의사가 쓰러져 있는 처녀에게로 달려가며 말했습니다.
'이 사람을 집에까지 옮겨가야겠어요. 로저스 씨, 좀 도와 주시오.'
우리는 까무러쳐 있는 처녀를 집으로 옮기고 다시 돌아와서 리처드 경의 시체를 날랐습니다."
여기서 펜더 박사는 무엇인가를 변명하는 것처럼 도중에서 이야기를 끊고 모두를 주욱 둘러보았다.
"오늘날에는 이런 경우 어떻게 하면 좋을지 누구나 잘 알고 있지요."
박사는 이렇게 말하고 다시 말을 이었다.
"누구나 다 추리소설을 읽어서 거리의 아이들조차도 시체는 발견된 장소에 그대로 놓아 두어야 한다는 것쯤은 알고 있지만, 그 무렵에는 아직 그런 것도 몰랐답니다. 그래서 우리는 리처드 헤이든의 시체를 화강암으로 만든 집의 네모진 침실까지 옮겨놓고 말았던 겁니다. 그리고 경관을 부르기 위해 하인을 자전거에 태워 보냈습니다. 약 12마일이나 되는 먼 곳까지 말입니다.

그런 뒤였지요. 엘리어트 헤이든이 나를 구석으로 끌고 갔습니다.

'저, 나는 숲에 다시 한 번 가 보려고 생각합니다. 무슨 일이 있더라도 흉기를 찾아 내야 하오.'

'대체 그 흉기라는 것이 있을지 어떨지 모르겠군요.'

나는 도무지 알 수 없는 심정이었습니다.

엘리어트는 이러한 내 팔을 거머잡고 심하게 흔들었습니다.

'당신은 또 쓸데없는 미신에 사로잡혀 버렸군요. 딕이 죽은 것은 초자연적인 힘에 의한 것이라고 생각하시지요? 좋소, 나는 다시 한 번 숲으로 가서 어떻게든지 조사하고 오겠습니다.'

나는 그를 말리려고 했습니다. 이상하게도 그를 숲으로 가게 내버려 두고 싶지 않았던 것입니다. 그러나 헛일이었지요. 그 깊은 숲에 둘러싸인 빈터를 생각만 해도 으스스 한기가 듭니다. 나는 다시 아까보다 더 나쁜 일이 있을 것 같은 예감이 절실하게 느껴졌습니다. 엘리어트는 정말 고집스러웠습니다.

물론 그도 마음 속으로는 겁을 먹었겠지만, 억지로 공포심을 억누르고 무슨 일이 있더라도 이 수수께끼를 알아 내어 밝히겠다는 결의에 차서 나갔던 것입니다.

무시무시한 밤이었습니다. 아무도 잠을 잘 수 없었고, 또 자려고도 생각하지 않았습니다. 경찰관이 왔지만 그들은 이 이야기를 듣고 확인한 모든 사실을 믿지 못하겠다는 태도를 보이는 것이었습니다. 애슐리 양을 심문해야겠다고 한사코 우겼지만, 시몬즈 의사가 그 말에 강하게 반대했기 때문에 그들은 양보해야만 했지요. 애슐리 양은 의식을 되찾기는 했지만 독한 수면제를 먹였기 때문에 어떤 일이 있어도 이튿날까지는 가만히 두어야 했던 것입니다.

이튿날 아침 7시쯤까지 아무도 엘리어트 헤이든에 대해서는 생각하지도 않았는데, 그때쯤 되어 갑자기 시몬즈가 엘리어트는 어디에 갔느냐고 물었습니다. 내가 설명을 했더니 시몬즈는 침통한 얼굴을 한층 더 어둡게 하면서 말하는 것이었습니다.

'그만두었으면 좋았을 것을. 그건 너무 분별없는 짓이오.'

'그 사람에게도 무슨 나쁜 일이 일어날 거라고 생각하는 건 아니겠지요?'

'아무 일도 없으면 좋겠지만…… 목사님, 우리 둘이 나가서 찾아보는 게 좋지 않을까요?'

나도 그렇게 하는 것이 좋겠다고 생각했지만, 막상 실행하려니까 온 몸에 용기를 불어 넣어야만 했습니다. 우리는 함께 출발하여, 다시 그 불길한 숲으로 들어갔습니다. 우리는 두 번이나 엘리어트를 불렀지만 두 번 다 공허하게 메아리쳤습니다. 우리는 곧 그 나무를 베어낸 빈터로 나왔습니다. 그곳은 이른 새벽의 빛으로 푸르스름하니 마치 유령이라도 나올 것 같은 느낌이 들었습니다. 그때 시몬즈가 내 팔을 와락 잡았으므로 나는 쉬어 터진 비명을 질렀습니다. 어젯밤에는 달빛 속에서 풀 위에 엎드린 채 쓰러진 남자의 시체를 보았습니다. 오, 그런데 지금 또 이른 아침의 빛 속에서 우리는 똑같은 광경을 보았던 것입니다. 엘리어트 헤이든이 사촌인 리처드와 똑같은 자리에 누워 있는 게 아니겠습니까?

'오!'

시몬즈가 부르짖었습니다.

'또 당했군!'

우리는 풀 위를 달려갔습니다. 엘리어트 헤이든은 의식을 잃고 있었지만, 가느다랗게 숨은 쉬고 있었습니다. 무엇이 이 비극을 일어나게 했는지 이제는 의심할 나위도 없었습니다. 상처에는 가늘고 긴 청동의 검이 박혀 있었던 것입니다.

'어깨를 찔렸군요, 심장이 아니었소, 운이 좋게도.'

의사가 이렇게 말해 주었습니다.

'어떻게 된 것일까? 뭐가 뭔지 도무지 알 수가 없군. 아무튼 그는 죽지 않았으니까 어떻게 된 일인지 이야기할 수 있겠지요.'

그런데 엘리어트 헤이든의 이야기는 아무런 도움도 되지 않았습니다. 그의 설명은 매우 막연한 것이었습니다.

검을 찾아 돌아다녔지만 보이지 않았기 때문에 마침내 찾는 것을 단념하고 신전 가까이에 서 있었다. 그러자 누군가가 나무들 사이에서 가만히 자기를 지켜보고 것 같은 느낌이 들었기 때문에 그런 마음을 떨쳐 버리려고 필사적으로 버티는데 싸늘하고 야릇한 바람이 불기 시작했다, 그것은 나무들 사이에서가 아니라 신전 내부에서 부는 것 같아 그는 되돌아서서 안을 들여다 보았다, 여신의 작은 상이 있었는데 자기 눈의 착각이었는지 상이 점점 커져 가는 것처럼 생각되었다, 마침 그때 느닷없이 관자놀이를 심하게 얻어맞은 것 같은 느낌이 들어서 비틀비틀 뒤로 비틀거리다가 쓰러지면서 그는 왼쪽 어깨에 날카롭고 타는 아픔을 느꼈다······. 그의 이야기는 대충 이런 것이었습니다.

그 검의 정체를 알아 냈습니다. 그것은 산의 옛 흙무덤에서 발굴되어 리처드 헤이든이 사들인 것이었습니다. 그것을 어디에다 넣어 두었는지, 저택 안이었는지 숲의 신전 안이었는지, 그것을 아는 사람도 아무도 없었던 것 같습니다.

경찰은 처음부터 애슐리 양이 신중히 계획하여 리처드를 찔러 죽였다는 의견을 갖고 있었지만, 그녀와 그는 3야드나 넘게 떨어져 있었다는 우리의 증언을 생각하면 애슐리 양을 고발할 수도 없었던 것입니다. 그래서 이 사건은 수수께끼인 채 끝나고, 이제까지도 모든 것이 수수께끼로 남아 있습니다."
방 안은 물을 끼얹은 듯이 조용했다.
"뭐라고 말할 나위가 없군요."
가까스로 조이스 람프리엘이 입을 열었다.
"끔찍해요. 그리고 기분이 나빠요. 여기에 당신이 어떤 설명을 덧붙일 수는 없으신가요, 펜더 박사님?"
노인은 고개를 끄덕였다.
"설명을 할 수는 있지만——그것도 글쎄요. 설명 비슷한 것일 뿐이지요. 이상한 설명이지만 그렇다 해도 내 마음에는 아직도 뚜렷하지 않은 점이 많답니다."
"저는 강령술 모임에 가 본 적이 있었어요" 하고 조이스가 말했다. "여러분은 뭐라고 말씀을 하실는지 모르겠지만, 아주 이상한 일이 일어나는 수도 있답니다. 그것도 일종의 최면 상태였다는 말로 해결이 되지 않을까요? 그 여자는 실제로 아스타테의 무녀가 되어 버린 겁니다. 그리고 무언가 알 수 없는 수단으로 그 남자를 찔러 죽인 것이라고 생각해요. 틀림없이 단검을 던졌을 거예요. 마너링 양이 그녀가 손에 쥐고 있는 것을 보았다는 그 단검을 말입니다."
"그렇지 않으면 던지는 창이었는지도 몰라요."
이번에는 레이몬드 웨스트가 말을 가로채어 계속해 나갔다.
"결국 달빛이라는 것은 아무리 밝다고 해도 그다지 밝은 것은 아니잖겠어요? 그래서 그녀는 창 같은 것을 들고 있다가 상당히 떨어진 곳에서 그 사나이를 찔렀는지도 모르겠군요. 게다가 집단 최면 같은 것이 작용했는지도 모릅니다. 초자연적인 힘으로 헤이든이 살해되었다고 생각될 만한 여러 가지 조건이 갖추어져 있었으니까 그렇게 보았던 것이겠지요."
"나는 극장에서 검이나 나이프로 훌륭한 재주를 부리는 것을 자주 보았지만 말입니다." 헨리 경이 이렇게 말문을 열었다. "한 남자가 나무 그늘에 숨어 있다가 용케 잘 겨누어 나이프나 검을 던졌으리라는 것도 생각할 수 있겠습니다. 물론 그것은 전문적인 솜씨를 가진 사람입니다. 이것은 어쩌면 억지로 가져다 붙인 이론같이 보이겠지만, 단 하나의 합리적인 설명이라고 생각합니다. 엘리어트도 누군가가 나무 사이에서 자기를 보고 있는 듯한 느낌을 분명히 가졌다고 하지 않았습니까? 마너링 부인은 애슐리 양이 단검을 쥐고 있었다고 하고, 그 말에 다른 사람들은 반대했다는 것은 놀랍게도 서로 맞지 않는 일입니다. 만일 여러분이 나와 같은 경험을 하신다면 똑같은 일에 대하여 다섯 사람이 증언했을 경우, 거의 믿을 수 없을 만큼 다섯 사람이 모두 서로 엇갈린 말을 한다는 것을 알 수 있을 겁니다."

페더릭 씨가 헛기침을 했다.

"그러나 여러 가지 의견이 나왔지만 우리는 한 가지 중요한 사실을 놓치고 있습니다. 흉기는 어떤가요? 애슐리 양은 빈터 한복판에서 있었으니까 창을 던지고 재주를 부릴 수는 도저히 없었을 것입니다. 또한 만일 범인이 나무 뒤에 숨어 있다가 단검을 던졌다면 엘리어트가 시체를 위로 보도록 돌려 뉘었을 때, 아직도 그 상처에 검이 있었을 것입니다. 억지로 붙이는 이론은 그만두고 있는 그대로의 사실만을 문제 삼아야 한다고 생각합니다."

"그렇다면 있는 그대로의 사실에서 어떤 것을 아실 수 있습니까?"
"글쎄요, 한 가지만은 명확하다고 생각합니다. 그가 살해되었을 때에는 아무도 그의 가까이에 있지 않았습니다. 그러니까 그를 찔러 죽일 수 있는 사람은 오직 한 사람 그 자신이었습니다. 결국 자살이지요."

"그렇지만 도대체 무엇 때문에 자살할 심정이 되었다는 말입니까?"

레이몬드 웨스트는 믿을 수 없다는 얼굴로 물었다.

변호사는 다시 한 번 헛기침을 했다.

"아, 그것은 또 이론의 문제를 되풀이하는 거지요. 이론에 대해서는 나는 지금은 이러쿵 저러쿵 이야기할 생각이 없어요. 초자연적 신비 따위를 나는 한순간도 믿은 적이 없었지만, 그런 것을 제외하면 여기서는 오직 자살이라는 것만이 일어날 수 있는 단 한 가지 사실이지요. 그는 스스로 자신을 찔러 죽었습니다. 그리고 쓰러질 때 그의 팔이 움직여 상처에서 검을 빼어 그것을 훨씬 먼 나무숲에 던져버린 것입니다. 얼핏 생각하면 있을 법하지 않은 일이지만 일어날 수 있는 일이라고 생각합니다."

"분명하다고는 말하고 싶지 않지만" 하고 이번에는 미스 마플이 말참견을 했다. "퍽 묘한 이야기여서 도무지 뭐가 뭔지 모르겠군요. 하지만 이상한 일도 다 있군요. 작년에 샤프레이 부인의 야유회에서 콜록 골프(일종의 베이비 골프)를 준비하던 사람이 번호를 쓴 나무패에 걸려 넘어져서 정신을 잃고 말았답니다. 5분쯤 의식 불명이었었지요."

"알겠습니다. 하지만 그 사람은 찔려 죽은 것이 아니었겠지요?" 레이몬드가 조용하게 말했다.

"그야 그렇지. 그 말을 하고 싶은 거랍니다. 물론 불쌍하게도 리처드가 찔려서 죽었다는 데에는 무언가 꼭 한 가지의 방법이 있었을 겁니다. 하지만 우선 무엇보다도 첫째로 어째서 넘어졌는가 하는 것을 알았으면 하는 생각이 듭니다. 틀림없이 나무 뿌리가 있었겠지요. 리처드는 그 처녀 쪽만을 보고 있었을 것이고, 달밤에는 곧

잘 발부리가 걸리게 마련이니까요."
"당신은 그러니까 리처드가 살해된 이면에는 다만 한 가지 방법밖에 없다는 말씀이군요. 미스 마플?"
목사는 그녀를 신기한 것이라도 보듯이 유심히 바라보았다.
"매우 슬픈 일이기 때문에 나도 그렇게 생각하고 싶지는 않지만 말예요. 그 사람은 오른손잡이였을 거예요. 그렇지 않은가요? 자신이 직접 자기의 왼쪽 어깨를 찔렀으니까요. 나는 언제나 그 잭 베인즈가 전쟁하던 때의 일을 불쌍하게 생각하는데, 아마도 그 일을 아시겠지요?

 그 알라스의 격전에서 잭은 부상한 것처럼 보이려고 스스로 자기의 다리를 쏘았지요. 내가 병원으로 문병하러 갔을 때, 그것을 나에게 털어놓고 이야기하고는 부끄러워 했습니다. 그 불쌍한 엘리어트 헤이든도 그런 악의있는 죄를 저지르고 얻은 것이라곤 없었으리라 생각되는군요."
"엘리어트 헤이든이라고요?" 레이몬드가 소리쳤다.
"아주머니는 엘리어트가 죽였다는 말씀이신가요?"
"다른 사람이 어떻게 그런 일을 할 수 있었다고 생각하겠니?"
미스 마플은 잠깐 놀란 듯이 눈을 크게 떴다.
"아까 페더릭 씨가 매우 현명한 말씀을 하셨는데, 그다지 좋지 않은 이교의 여신의 분위기니 하는 것을 내버리고 사실만을 들어 본다면 말이에요. 엘리어트는 맨 먼저 리처드에게로 가서 반듯하게 돌려 눕혀 놓았을 겁니다. 물론 모든 사람들에게 등을 돌리고 그렇게 했겠지요. 게다가 산적의 두목으로 가장하고 있었으니까 분명히 혁대에는 무언가 검 같은 것을 가지고 있었을 거예요. 나는 어렸을 때, 산적 두목으로 분장한 남자와 춤을 춘 일이 있었답니다. 나이프며 단검을 다섯 개나 차고 있어서 아주 기묘하게 보였었지요. 정말 함께 춤추기가 힘들었어요."
모든 사람의 눈이 펜더 박사에게로 쏠렸다.
"이 비극이 일어나고 5년 뒤에야 나는 진상을 알았습니다."
박사는 설명하기 시작했다.
"엘리어트 헤이든이 나에게 보내 준 편지로 알았던 것입니다. 그 편지에는 '당신께서는 줄곧 나를 의심하셨을 줄 압니다만, 그때는 아마 악마가 씌웠었던 모양입니다'라고 씌어 있었습니다.

엘리어트도 다이아나 애슐리를 사랑했지만, 고작해야 가난한 법정 변호사의 처지는 어떻게도 할 수 없어 리처드를 없애 버리고 자기가 그 칭호와 재산을 고스란히 상속받게 되면 기막힌 앞날이 자신의 앞에 열린다고 생각했던 것입니다. 사촌의 옆에 쭈그리고 앉았을 때 단검이 혁대에서 빠져나와 있었답니다. 그래서 더 이상 생각할 겨를도 없이 느닷없이 그것으로 사촌을 찌르고는 다시 단검을 혁대에 돌려 놓았던 겁니다. 그리고 모든 사람의 의심을 자기에게서 다른 곳으로 돌리게 하기 위해 그 뒤에 스스로 자기의 어깨를 찌른 것입니다.

그는 남극 탐험의 길을 떠나기 전날밤 그 편지를 써서 나에게 보냈습니다. '또다시 살아 돌아오지 못할 경우를 생각하여'라고 그는 썼더군요.

돌아오려는 생각은 없었으리라고 나는 생각합니다. 미스 마플이 말씀하셨듯이 그가 저지른 죄는 아무런 이득도 되지 않았답니다.

'5년 동안 나는 정말 지옥의 고통을 받아 왔습니다. 하다못해 죽을 때라도 훌륭하게 죽어 내가 저지른 죄를 보상하려고 생각합니다.' 그 편지에는 이렇게 씌어 있었지요."
모두들 기침 소리 하나 내지 않았다.
"그리고 그는 훌륭하게 죽었습니다" 하고 헨리 경이 그 뒤를 받아서 말했다. "당신은 이야기 속에서 그의 이름을 바꾸셨더군요, 펜더 박사. 그렇지만 나는 그것이 누구인지 알 것 같습니다."

"앞에서도 말한 바와 같이" 하고 노목사는 말을 계속했다. "나는 아무래도 이 설명만으로는 그 사실을 모조리 다 이야기한 것으로 생각되지 않습니다. 아직도 그 숲에는 불길한 힘이 있는 것같이 느껴져서 말입니다. 엘리어트 헤이든에게 그런 짓을 하게 한 그 마력과도 같은 것이 말입니다. 지금에 와서도 아직 아스타테의 신전을 생각할 때마다 나는 몸서리가 쳐지는 것을 어쩔 수가 없습니다."

Ingots of Gold
금괴

"제가 지금부터 하려는 이야기가 이 자리에 어울리는 것인지 어떤지 모르겠습니다" 하고 레이몬드 웨스트가 말하기 시작했다. "왜냐하면 저로서도 아직 그 해결을 보고 있지 않기 때문입니다. 하지만 그 이야기는 매우 재미있고 신기한 일이므로 그저 하나의 문제로서 여러분께 내놓고 싶습니다. 여러분과 함께 의견을 나누다 보면 조리에 맞는 결론에 이르게 되는지도 모르니까요.

이것은 2년 전에 일어난 사건으로, 마침 제가 존 뉴만이라는 사나이와 함께 성령강림절을 지내기 위해서 콘월 주(영국 남서부 끝)까지 갔을 때의 일이었습니다."

"콘월이라고요?"

조이스 람프리엘이 깜짝 놀란 듯이 말했다.

"그렇습니다. 왜 그러시지요?"

"아무것도 아니에요. 그냥 조금 이상해서요. 제 이야기도 콘월에서 일어난 일이거든요. 라소울이라는 작은 어촌이지요. 설마 당신도 같은 마을은 아니겠지요?"

"네, 제가 이야기하려는 마을은 폴페랑이라는 마을입니다. 콘월의 서쪽 해안에 있는데, 거친 바위가 아주 많지요. 저는 그 2,3주일 전에 어떤 사람의 소개로 뉴만이라는 사나이와 알게 되었는데, 아주 재미있는 사나이였습니다. 영리한 사람으로 편안하게 생활할 수 있는 신분이었고, 게다가 로맨틱한 공상을 하고 있었지요. 아마 취미로 그랬지만 그는 폴 하우스(폴란드 식으로 지은 집)를 빌려 살고 있었습니다. 그 사나이는 엘리자베스 왕조 시대에 대해서 아주 잘 알고 있어서, 스페인의 무적함대가 완전히 패한 이야기 등을 마치 직접 본 것처럼 실감나게 들려 주곤 했습니다. 그때 그 자리에 있었던 것처럼 열심히 말입니다. 그야말로 옛날 시대에 살았던 사람이 죽었다가 다시 살아난 듯한 생각이 들 정도였답니다."
"너무 지나치게 로맨틱한 것 같구나, 레이몬드."
미스 마플이 그를 다정하게 바라보았다.
"아니오, 전 그다지 로맨틱한 편이 못됩니다."
레이몬드는 조금 기분이 상한 것 같았다.
"하지만 뉴만이라는 사나이는 온 몸이 그야말로 로맨틱 그 자체인 것 같아서, 어쩐지 과거가 이상하게 살아남아 있는 것 같아 저는 흥미를 느끼게 되었습니다. 그는 이런 이야기를 해주었습니다.

무적함대에 소속된 배 한 척이 스페니시 메인에서 많은 금덩어리를 싣고 오다가 콘월 해안의 험하기로 유명한 바위에 부딪쳐서 난파되었다는 것입니다. 그리고 그의 말에 따르면 벌써 몇 해 동안 그 배를 끌어올려서 금덩이를 차지하려고 많은 사람들이 궁리를 해왔다는 것이었습니다. 이런 것은 흔히 있는 이야기지요. 물론 보물선에 대한 꿈 같은 이야기가 정말로 바다에 가라앉은 보물선보다 훨씬 많겠지만 말입니다.

이 때문에 어떤 회사가 만들어졌으나 파산해 버렸으므로, 뉴만은 그 사업에 대한 권리──라고 해도 괜찮을는지 모르겠지만──를 거저나 다름없이 살 수 있었다는 것입니다. 처음부터 끝까지 뉴만은 마치 꿈속에서처럼 정신없이 열중해서 이야기해 주었습니다. 그의 말로는 이 사업을 하는 데는 다만 과학적인 최신식 기계만 있으면 되며, 금덩어리는 틀림없이 그곳에 있을 테니까 끌어올릴 수 있으리라는 것이었습니다.

그의 이야기를 듣는 동안 저는 세상 일이란 이런 것이로구나 하고 생각했습니다. 뉴만 같은 재산가는 그다지 노력하지 않아도 성공할 수가 있다, 더욱이 모르기는 해도 끌어올린 금덩어리의 실제 가치는 그에게 있어 그다지 대단하지는 않을 것이라고 말입니다. 다만 지나칠 만큼의 그의 열성이 저에게까지 물들고 말았다는 것은 분명한 일입니다. 저는 갈리온 선(15~17세기에 스페인에서 군함이나 무역선으로 쓰인 큰 범선)이 바닷가를 떠돌다가 폭풍우에 떠밀려 시커먼 바위에 부딪쳐서 산산이 부서지는 것을 눈앞에 선히 보는 것같이 생각되었습니다. 갈리온 선이라는 그 이름만으로도 로맨틱한 울림을 갖고 있을뿐더러, '스페인의 금덩어리'라는 말을 들으면 아이들은──아니, 어른이라도 가슴이 두근거리는 일이니까요. 더욱이 그때 저는 소설을 쓰고 있었는데, 그 소설에는 16세기를 무대로 한 몇몇 장면도 있었지요. 그리하여 그 사나이의 집에 머물게 되면 저는 제 소설에 귀중한 지방색을 곁들일 수가 있을 것이라고 기대했습니다.

저는 밝은 앞날을 기대하는 즐거운 마음으로 의기양양하게 파딩턴(런던의 종착역)에서 금요일 아침 기차에 올라탔습니다. 차 안은 텅 비어 있었는데, 단 하나 맞은편 구석에 내 쪽을 향해 앉아 있는 사나이가 있었습니다. 키가 후리후리하게 크고 군인 같아 보이는 사나이였는데 어디에선지 본 듯한 얼굴이었습니다. 한참 동안 고개를 갸웃거리며 생각했지만 좀처럼 알 수가 없었습니다. 그러나 간신히 생각해 낼 수가 있었습니다. 그 사나이는 밧지워스라는 경감인데, 제가 에바슨 실종 사건에 대해 연재물을 쓰던 때에 얼마쯤 도움을 받았던 사람이었습니다.

저는 이름을 밝히고 인사를 했습니다. 우리는 매우 유쾌하게 웃으며 이야기를 주고받기 시작했습니다. 제가 폴페랑에 가는 길이라고 말하자, 경감은 이상한 인연으로 만나게 되었다면서 자기도 그곳으로 가는 중이라고 말하는 것이었습니다. 무엇이든지 캐어 묻기를 좋아하는 사람이라고 여겨지는 것이 싫어서 저는 애써 그의 여행 목적을 묻는 대신 어째서 제가 그곳에 흥미를 가지고 있는가를 이야기하고 난파된 스페인의 갈리온 선에 대해서 말했습니다. 그러자 놀랍게도 경감은 그것에 대해 잘 알고 있었습니다.

'그것은 주앙 파라디즈 호에 대한 일이겠지요? 그 배를 건져올려서 한몫 재산을 만들기 위해 숱한 돈을 던진 건 당신 친구가 처음이 아닙니다. 로맨틱한 생각이지요.'

'아마도 그것은 꿈 같은 이야기겠지요. 그 부근에서 배 같은 것이 난파된 적은 한 번도 없는 것이 아닐까요?' 하고 저는 물었습니다.

'아니요, 그 배는 확실히 그 자리에 가라앉았습니다. 다른 배와 함께 말입니다. 그 바닷가에서 얼마나 많은 배가 난파되었는지 아신다면 깜짝 놀라실 겁니다. 사실은 나도 그 일 때문에 그곳으로 가는 참입니다. 여섯 달 전에 오틀란트 호가 침몰된 것도 그곳에서였지요.'

'그 기사는 나도 읽었습니다. 사람은 모두 구조되었지요?'

'모두 살아났습니다. 그러나 다른 것이 없어졌지요. 사람들에게는 알려져 있지 않지만, 오틀란트 호는 금덩어리를 싣고 있었습니

다.'

'그래요?'

저는 굉장히 흥미를 느꼈습니다.

'물론 잠수부들에게 인양 작업을 하게 했습니다. 그러나 금덩어리는 없어졌단 말입니다, 웨스트 씨.'

'없어졌다구요! 대체 어찌 된 까닭일까요?'

나는 뚫어지게 경감을 지켜보았습니다.

'문제는 바로 그 점입니다. 금고가 있는 선실이 바위에 부딪쳐 큼직한 구멍이 뚫려 있었으므로 잠수부는 쉽게 그리로 들어갈 수 있었는데, 그 금고는 아무것도 없이 텅 비어 있었다는 겁니다. 아마도 배가 난파되기 전에 이미 금덩어리를 도둑맞았거나 아니면 난파된 뒤에 도둑맞았을 것입니다. 또한 과연 금고에 줄곧 금덩어리가 들어 있었는지 어떤지도 알 수 없는 일이지요.'

'이상한 사건이로군요.'

'아주 이상합니다. 그것이 금덩어리인 것을 생각하면 더욱 이상합니다. 호주머니에 넣을 수 있는 다이아몬드 목걸이와는 다르니까요. 아무튼 무겁고 부피가 커서 매우 다루기 힘든 물건이니까요——모든 것이 정말로 불가능한 일이지요. 배가 출항하기 전에 요술처럼 속았을 수도 있겠고, 만일 그렇지 않다면 이 여섯 달 동안에 어디론지 가져갔다는 말이 되는데, 나는 그 사실을 조사하기 위해 그곳에 가는 길입니다.'

뉴만은 역에 마중나와 있었습니다. 그는 자동차가 토루노에 수리 중이라고 변명했는데, 대신 그의 농장에서 쓰는 트럭이 기다리고 있었지요. 저는 그의 옆자리에 올라탔습니다. 우리는 어촌의 좁은 길을 꾸불꾸불 조심스럽게 앞으로 나아갔습니다. 그리하여 얼마 동안 비탈지고 가파른 언덕길을 올라간 다음, 구불구불한 오솔길을 조금 더 달려 폴 하우스의 화강암 대문으로 들어갔습니다. 그곳은 아주 매력적이었습니다. 저택은 절벽 위에 높이 솟아서, 넓디넓은 바다가 내려다보이는 전망은 정말 놀라울 정도였습니다. 건물은 3, 400년 정도로 오래된 것이었는데, 거기에 근대식으로 집이 이어져 있고 저택 뒤에는 7, 8에이커(약 40평방 야드)쯤 되는 밭이 펼쳐져 있었습니다.

'이 폴 하우스에 잘 와 주었네' 하고 뉴만은 입을 열었습니다.

'그리고 이 금으로 만든 갈리온 선의 모형도 자네를 환영하고 있어.'

뉴만은 현관에 걸 돛을 활짝 편 스페인 갈리온 선의 정교하게 만들어진 모형을 가리켰습니다.

첫날 밤은 아주 재미있었고 유익했습니다. 뉴만은 저에게 주앙 파라디즈 호에 관한 사본을 보여 주었습니다. 그리고 수로도(水路圖)를 펴놓고 점선으로 여러 가지 위치를 가리켰습니다. 그리고 잠수 장치의 설계도 들려 주었는데, 이것은 나로서는 무엇에라도 홀린 것처럼 도무지 알 수가 없었지요.

제가 밧지워스 경감을 만났던 이야기를 했더니 그는 몹시 마음이 끌리는 것 같았습니다.

'이 바닷가에 사는 사람들은 모두들 조금 묘한 데가 있어서 말야……' 하고 그는 무언가 골똘히 생각하면서 말했습니다. '부모로부터 밀수와 난파선을 약탈하는 일을 이어받아 아주 몸에 배어 있다네. 배가 이 해안에 가라앉으면 그것을 자기들의 주머니를 두둑하게 만들어 주는 정당한 벌이라고 생각하는 거야. 자네에게 꼭 보여주고 싶은 사람이 있는데, 아주 재미있는 인물이라네.'

다음날은 날씨가 활짝 개어 상쾌한 새벽이었습니다. 저는 폴페랑으로 끌려가서 뉴만이 고용하고 있는 히긴스라는 잠수부를 만났습니다. 무표정하고 아주 말수가 적은 사나이로서, 다만 네, 라든가 아니오, 라고만 대답할 뿐이었습니다. 두 사람이 전문적인 사항에 대해서 몇 마디 말을 주고받은 다음 우리 세 사람은 '세 개의 닻'이라는 술집으로 자리를 옮겼습니다. 곧 맥주를 큰 잔으로 한 잔 들이켰는데, 그것이 그의 혀를 부드럽게 해주었습니다.

'런던에서 탐정이 찾아왔는데, 지난해 11월 이곳에 가라앉은 그 배는 굉장히 큰 금덩어리를 싣고 있었다는 겁니다. 하지만 그 배가 처음으로 가라앉은 것도 아니고 그것이 또 마지막도 아니니까.'

'허허허! 그래, 그래. 자네 말이 맞아. 빌 히긴스' 하고 술집의 주인이 맞장구를 쳤습니다.

'나는 진심으로 말하고 있는 거예요, 켈빈 씨.' 히긴스는 못마땅한 듯 말했습니다.

나는 호기심 어린 눈으로 술집 주인을 보았습니다. 검은 머리칼에, 햇볕에 그을어 누구나 보면 깜짝 놀랄 만한 얼굴이었습니다. 어깨가 묘하게 넓고 눈엔 핏발이 서 있으며, 남의 눈을 속이려는 것처럼 이상하게 떳떳하지 못한 느낌이 있었습니다. 이 사나이가 바로 뉴만이 재미있는 인물이라고 말한 당사자가 아닐까 하고 나는 생각되었습니다.

'이 바닷가를 다른 고장 사람들이 짓밟는 것을 가만히 보고 있을 수는 없어' 하고 술집 주인은 거칠게 말했습니다.

'경찰 말인가?'

뉴만이 빙그레 웃으면서 말했습니다.

'경찰도, 그리고 그밖의 놈들도 마찬가지지…… 잊지 마십시오, 나리.' 켈빈은 의미깊게 중얼거렸습니다.

저택 쪽으로 향해 언덕을 올라가면서 저는 말했습니다.

'내게는 마치 협박하는 것처럼 들렸다네, 뉴만.'

친구는 웃음을 터뜨렸습니다.

'그만두게나. 아무렇지도 않아. 나는 이곳 사람들에게 나쁜 짓을 한 적이 없으니까.'

그렇지만 저는 고개를 저었습니다. 저는 켈빈이라는 사나이에게서 악의에 찬 야만스러움을 느꼈던 것입니다. 마치 그는 마음 속으로 우리로서는 도저히 알아 낼 수 없는 굉장한 계략을 품고 있는 것처럼 여겨졌습니다.

그때부터 저는 불안해지기 시작했습니다. 첫날밤에는 세상 모르고 깊이 잠들었는데, 다음날 밤엔 어쩐지 걱정스러워서 자꾸만 깨어나곤 하여 좀처럼 잠을 이룰 수가 없었습니다.

일요일 아침은 어두컴컴하고 음산했으며 하늘에는 잔뜩 구름이 끼어 날씨가 흐렸습니다. 천둥이라도 칠 것 같았지요. 저는 여느 때에도 자신의 감정을 감추는 재주가 없으므로, 뉴만은 제 기분의 변화를 곧 알아차렸습니다.

'무슨 일이 있었나, 웨스트? 오늘 아침엔 어쩐지 몹시 신경이 날카로워져 있는 것 같군 그래.'

'글쎄, 뭔지는 모르겠지만, 왠지 무서운 일이 일어날 것 같은 불길한 예감이 드는군.'

'날씨 때문일 거야.'

'아마 그렇겠지.'

저는 더 이상 아무 말도 하지 않았습니다. 오후에 우리는 뉴만의 모터보트를 타고 바다로 나갔는데, 심한 비를 만나서 허둥지둥 기슭으로 돌아와 마른 옷으로 갈아입고 나니 그제야 조금 마음이 가라앉았습니다.

그날 밤 저는 더욱 더 불안에 휩싸여 갔습니다. 밖에서는 폭풍우가 미친 듯이 휘몰아치고 있었습니다. 10시쯤에 폭풍우가 잠잠해지자, 뉴만은 창문으로 밖을 내다보았습니다.

'날씨가 이제 갤 것 같군. 앞으로 반시간쯤 지나면 맑고 좋은 밤이 될 걸세, 틀림없이. 그러면 나는 밖을 좀 거닐다 오겠네.'

저는 하품을 했습니다.

'몹시 졸려서 견딜 수가 없네. 어젯밤에 잠을 설쳤거든. 오늘은 일찍 자야겠어.'

저는 일찍 잠자리에 들었습니다. 전날 밤에 별로 잠을 자지 못했기 때문에 그날 밤에는 푹 잘 수가 있었습니다. 그러나 그것은 편안한 잠이 아니었으며, 저는 어쩐지 좋지 않은 일이 일어날 것 같아서 마치 가슴이 짓눌리는 듯한 기분이었습니다. 저는 무서운 꿈을 꾸었습니다. 밑바닥을 알 수 없는 깊은 구덩이, 커다랗게 입을 벌린 땅의 균열, 한 발자국만 헛디디면 도저히 살아날 수 없는 것을 알면서도 저는 그 위를 방황하는 것이었습니다. 그런 꿈이었지요, 잠에서 깨어났을 때 시계는 8시를 가리키고 있었습니다. 머리는 쿡쿡 쑤시고 밤새도록 꾼 무시무시한 꿈은 아직도 눈앞에 생생하게 떠올라 왔습니다.

이런 기분을 강하게 느끼면서 제가 창문을 연 순간, 저는 또 새로운 공포감에 사로잡혀서 저도 모르게 한 걸음 뒤로 물러섰습니다. 제가 창문을 연 순간 본 것은, 또는 보았다고 생각한 것은 바로 무덤을 파고 있는 사나이였습니다.

조금 뒤 겨우 정신을 되찾은 저는 그 사나이가 뉴만의 집 정원사이며, 무덤이라고 생각한 것은 장미꽃 나무 세 그루를 심기 위해 파 놓은 구덩이라는 걸 알았습니다. 세 그루의 장미는 흙 속에 단단하게 심을 수 있도록 잔디 위에 놓여져 있었습니다.

'안녕히 주무셨습니까, 손님. 아주 날씨가 좋은 아침입니다.'

'그렇군요.'

저는 아직도 완전히 불안한 마음을 떨쳐 버릴 수가 없었으므로 날씨가 어떤지 잘 알지도 못하고 그냥 그렇게 대답했습니다.

하지만 정원사의 말대로 분명히 활짝 갠 좋은 아침이었습니다. 해가 빛나고 하늘은 선명한 노란빛으로 그 날의 좋은 날씨를 약속해 주는 듯했습니다. 저는 휘파람을 불면서 아침 식사를 하려고 아래층으로 내려갔습니다. 뉴만은 하녀를 두지 않아서 가까운 농가에 사는 중년의 두 자매가 날마다 간단한 일을 도와 주러 오가곤 했는데, 제가 식당에 들어가자 한 여자가 식탁 위에 커피 포트를 올려놓는 참이었습니다.

'안녕하시오, 엘리자베스, 뉴만 씨는 아직 내려오지 않았소?'

'나리께선 아침 일찍 밖에 나가신 것 같습니다.' 하고 엘리자베스가 대답하더군요.

'저희들이 왔을 때는 벌써 계시지 않았습니다.'

순간 저는 또다시 불안한 마음이 되살아났습니다. 전날도 또 그 전날도 뉴만은 아침 식사에 조금 늦게 내려오곤 했으므로 저는 그에게 아침 일찍 일어나는 습관이 있다고는 전혀 생각지 못했던 것입니다. 불길한 예감에 가슴이 철렁 내려앉아 저는 그의 침실로 뛰어 올라갔습니다. 침실은 비어 있었습니다. 더욱이 침대에서 잔 흔적도 없었지요. 언뜻 방 안을 살펴본 것만으로도 저는 다시 두 가지 사실을 깨달을 수 있었습니다. 뉴만이 밖을 거닐려고 나간 것이라면 틀림없이 잠옷을 입은 채로 나갔을 것입니다. 그는 밤에 나가서 돌아오지 않았던 것입니다.

잠옷이 없었으니까요. 저의 불길한 예감이 옳았음은 이제 의심할 나위가 없었습니다. 뉴만은 그가 말했듯이 어젯밤 산책을 나갔다가 무슨 까닭인지 돌아오지 않은 겁니다.

무슨 일일까? 사고가 난 것일까? 벼랑에서 떨어진 것일까? 빨리 찾아봐야겠다. 두어 시간만에 나는 구조대를 모았습니다. 모두 함께 벼랑을 따라, 또는 눈 아래 내려다보이는 바위 같은 곳을 찾아 보았지만 뉴만은 보이지 않았습니다. 끝내 어떻게 해야 할지 알 수가 없어 저는 밧지워스에게 도움을 청했습니다. 경감은 어두운 얼굴로 말하는 것이었습니다.

'어떤 몹쓸 일을 당한 것이 아닐까요. 이곳에는 좀 다루기 힘든 녀석들이 있습니다. 몹쓸 주인인 켈빈을 만나 보셨나요?'

나는 만난 일이 있다고 대답했습니다.

'그녀석은 4년 전에 감옥에 들어갔었답니다. 아십니까? 폭행 구타 죄였지요.'

'그래요? 어쩐지……'

'이곳 사람들의 말에 따르면 당신 친구는 쓸데없는 일에까지 곧잘 나선다는 것입니다. 호된 꼴을 당하지 않았으면 좋겠습니다만.'

수색은 이제까지보다 몇 배나 더 철저하게 계속되었습니다. 우리가 애쓴 보람이 나타난 것은 오후 늦게였지요. 뉴만의 저택 한구석의 깊은 도랑 속에서 우리는 그를 발견한 것입니다. 그는 손발을 단단히 밧줄로 묶이고 손수건으로 재갈이 물려 있었습니다. 그는 매우 지쳐 있었으며 몹시 고통스러워하더군요. 그러나 손목이며 발목을 잘 주물러 주고 위스키를 천천히 한 모금 마시고 나더니, 간신히 무슨 일이 일어났는지 설명할 수 있게 되었습니다.

폭풍이 지나고 완전히 개었기 때문에 그는 11시쯤 산책을 나갔다는 것이었습니다. 그는 얼마 동안 벼랑을 따라 걸어서 흔히 사람들이 '밀수선의 물굽이'라고 부르는 곳까지 갔었답니다. 동굴이 아주 많아서 그런 이름이 붙여졌다고 하더군요. 문득 깨달은 것인데, 여러 명의 사나이들이 작은 보트에서 짐을 내리고 있더랍니다. 무슨 일을 하고 있는 것일까 이상하게 여겨져 그는 천천히 내려가 보았답니다. 뭔지는 모르겠지만 꽤 무거워 보였으며, 더욱이 가장 먼 동굴로 나르는 중이었다는군요.

 무슨 나쁜 짓을 하고 있다고 의심한 것은 아니었지만, 뉴만은 왠지 이상한 생각이 들었답니다. 그래서 들키지 않게 조심하며 가까이 다가갔는데, 별안간 누가 왔다고 소리치는가 싶더니 건장한 선원 둘이 그에게 덤벼들어 뉴만은 그대로 의식을 잃었다는 것이었습니다. 정신을 차렸을 때는 자동차 같은 것에 실려 굉장히 흔들리면서, 모르기는 해도 바닷가에서 마을로 가는 오솔길을 올라가는 모양이더랍니다. 그리고 놀랍게도 그 트럭 같은 것은 뉴만의 집 문 안으로 들어가더랍니다. 거기서 사나이들은 수군수군하더니 그를 끌어 내려 도랑 속으로 처 넣었다는 것입니다. 여간해서는 좀처럼 발견하지 못할 만큼 깊은 곳에 말입니다. 그런 다음 트럭은 다시 나갔답니다. 마을쪽으로 4분의 1마일쯤 간 곳에 있는 또 하나의 문으로 나간 것 같다고 합니다. 누구의 짓인지는 전혀 알 수가 없으나——다만 분명히 선원들이었고, 말투로 보아서 콘월 토박이임에 틀림없다고 했습니다.

 밧지워스 경감은 매우 흥미를 느낀 듯이 소리쳤습니다.

 '틀림없이 그것은 그 물건이 감추어져 있는 장소입니다. 어떻게 하여 건져올렸는지는 알 수 없지만, 아무튼 난파된 배에서 꺼내다가 사람의 눈에 띠지 않는 동굴 속에 감추어 두었을 것입니다. 우리가 좀더 범위를 넓혀서 이제부터 밀수선 후미의 동굴을 모조리 뒤지려는 것을 그들이 안 거지요. 그래서 밤중에 금덩어리를 다른 곳으로 나른 것입니다. 이미 수색을 끝낸 동굴로 옮겨가려고 한 것이지요. 한 번 조사한 곳은 여간해선 다시 조사하지 않을 테니까요. 공교롭게도 녀석들은 금덩어리를 처리하는 데 지금까지 적어도 18시간은 걸렸을 것입니다. 어젯밤 뉴만에게 들켰으니 지금 그곳에

서 뭔가 발견할 수 있을 거라고는 생각할 수 없겠는데요.'

경감은 서둘러 조사하러 떠났습니다. 예상했던 대로 금덩어리를 감추어 두었다는 뚜렷한 흔적은 찾을 수 있었지만, 그 금덩어리는 다시 어디론가 옮겨져서 새로이 감춘 장소를 알 만한 단서는 거의 없었습니다.

하지만 꼭 한 가지 단서가 있었습니다. 경감은 다음날 아침 그것을 직접 저에게 설명해 주었던 것입니다.

'그 길은 자동차가 거의 다니지 않는데, 두어 군데 분명히 타이어 자국이 나 있더군요. 하나의 타이어에 세모꼴 마크 자국이 똑똑히 남아 있습니다. 그것이 저택의 문 안으로 들어가서 여기저기에 희미한 자국을 남기고 또 하나의 다른 문으로 나갔습니다. 그러므로 이것이 분명히 우리가 찾고 있는 자동차라는 것을 알 수 있었지요.

그리고 어째서 다른 쪽 문으로 나갔을까요? 이 트럭은 마을에서 온 것이 거의 확실하다고 생각됩니다. 그런데 마을에서 트럭을 가지고 있는 사람이 그다지 많지 않습니다. 겨우 두서넛 정도일 것입니다. 술집 주인인 켈빈도 그 가운데 한 사람이지요.'

'켈빈이 그전에 하던 장사는 무엇이었습니까?' 하고 뉴만이 물었습니다.

'그런 것을 물으시다니 좀 우습군요, 뉴만 씨. 켈빈은 옛날에 전문적인 잠수부였습니다.'

뉴만과 저는 서로 얼굴을 마주 쳐다보았습니다. 한 가지씩 사실이 맞아들어 수수께끼가 차츰 풀려 가는 것 같았습니다.

'바닷가에 있던 사람들 가운데 켈빈 같아 보이는 사람은 없던가요?'

경감이 물었습니다.

뉴만은 고개를 저으며 분한 듯이 말했습니다.

'저로서는 아무 말도 할 수가 없습니다. 아무것도 눈여겨볼 겨를이 없었거든요.'

경감은 함께 '세 개의 닻'에 갈 것을 쾌히 승낙해 주었습니다. 차고는 바로 그 옆골목에 있었습니다. 그 큼직한 입구는 닫혀 있었습니다. 그러나 옆의 오솔길을 올라가 보니 거기에 작은 입구가 있는데, 그것은 열려 있었습니다. 경감은 타이어를 잠깐 살펴보고 나더니 만족한 소리를 질렀습니다.

'녀석을 잡았다! 이젠 틀림없다. 왼쪽 뒷바퀴에 그 차의 타이어 자국과 똑같은 모양이 있었소. 자, 켈빈 선생, 아무리 영리하다 해도 이제는 빠져나갈 길이 없을걸.'"
레이몬드 웨스트는 여기까지 이야기하고는 일단 끊었다.
"그리고 어떻게 되었나요?"
조이스가 물었다.
"이제까지의 이야기에는 전혀 문제될 만한 것이 없는 듯싶은데요, '그러나 금덩어리는 발견되지 않았다'고 말하지 않는 한."
"분명히 그 금덩어리는 발견되지 않았습니다. 그리고 켈빈도 잡히지 않았지요. 녀석이 경찰보다도 재주가 뛰어났기 때문이라고 생각됩니다. 그러나 어떤 잔재주로 끝까지 속여 넘길 수 있었는지는 지금도 알 수가 없습니다. 그는 당연히 체포되었습니다. 타이어 자국이 보여 주는 증거로 말입니다. 하지만 터무니없는 장애가 생겼던 것입니다. 차고의 큼직한 문 맞은편에 여류 화가가 여름 동안만 빌려 쓰고 있는 작은 집이 있었는데——."
"어머나, 여류 화가라구요?" 하고 조이스가 웃으며 소리쳤다.
"네, 여류 화가입니다. 그 화가가 2,3주일 동안 앓아 누웠었기 때문에 간호사가 두 사람 곁에 붙어 있었다는 것이었습니다. 밤중에 근무하는 간호사는 창문의 덧문을 열어 놓고 팔걸이의자를 창가로 끌고 가서 그곳에 앉아 있곤 했으므로 트럭이 맞은편 차고에서 나갔다면 반드시 알았을 것이라고 말하는데, 그날 밤엔 차고에서 트럭이 나가지 않았었다고 굳게 단언했던 것입니다."

"그것은 별로 문제가 되지 않는다고 생각해요" 하고 조이스가 말했다. "그 간호사는 잠이 들어 버렸을 거예요, 틀림없어요. 그 사람들은 언제나 그렇거든요."

"그것도 글쎄, 있을 법한 일이로군요" 하고 페더릭 씨가 이해력이 풍부한 듯한 말을 했다. "그러나 우리는 충분한 확증도 없이 사실을 충분히 생각해 보지도 않고 그냥 넘겨 버리는 것 같군요. 간호사의 증언을 믿기 전에 그녀가 진실된 말을 하고 있는지 어떤지를 잘 조사해야만 합니다. 그런 자리에서 불쑥 내놓은 알리바이 따위는 오히려 의심스럽게 생각되는군요."

"그런데 또 여류화가의 증언도 있습니다." 레이몬드가 이렇게 말을 덧붙였다. "그녀는 몸이 아파서 거의 온 밤 내내 잠을 이루지 못하고 깨어 있었으므로, 만약 트럭이 나가면 굉장한 소리가 났을 터이고 폭풍이 지나간 뒤의 고요한 밤이었으니까 못 들었을 리가 없다는 겁니다."

"으음." 이번에는 목사가 물었다. "확실히 새로운 사실이군요. 그런데 켈빈은 자신의 알리바이를 분명히 말하고 있었나요?"

"네, 집에서 10시부터 잠자리에 들어 있었다는 것입니다. 하지만 그것을 증언할 사람은 없었지요."

"간호사도 깜박 졸았고, 환자도 틀림없이 그랬을 거예요. 환자들은 거의 누구나가 자기는 밤새도록 잠을 못 이루고 꼬박 밤을 세웠노라고 생각하게 마련이니까요" 하고 조이스가 말했다.

레이몬드 웨스트는 독촉하는 것처럼 펜더 박사를 바라보았다.

"나는 그 켈빈이라는 사나이가 불쌍하게 생각됩니다. '개를 죽이려면 먼저 그 개를 미친개라고 말하라(악평은 좀처럼 벗어날 수 없다는 뜻)'는 속담의 좋은 예라고 생각됩니다. 켈빈은 감옥에 간 일이 있었지만, 확실히 타이어 자국이 같은 것을 빼고는 그에게 불리한 일을 아무것도 집어 낼 수 없었습니다. 다만 그의 불행한 전과가 나쁠 뿐이지요."

"당신의 의견은 어떻습니까, 헨리 경?"

헨리 경은 고개를 저으며 미소를 띠고 대답했다.

"공교롭게도 나는 이 사건을 좀 알고 있으므로 이 자리에서 말하는 것은 삼가도록 하겠습니다."

"그럼, 제인 아주머니. 무언가 하실 말씀이 있으실 테지요?"

"잠깐만, 콧수를 잘못 센 모양이에요. 두 코 뒤로 뜨고, 세 코 앞으로 뜨고, 한 코를 줄이고, 두 코 뒤로 뜨고——그래요. 이젠 됐어요. 뭐라고 했지, 레이몬드?"

"아주머니의 의견은 어떠시냐고요. 이 이야기에 대해서 말입니다."

"너는 내 의견은 귀가 아프도록 들었지 않니? 그렇지? 젊은 사람들은 모두 그렇겠지. 그러니 아무 말도 하지 않는 편이 좋을 것 같구나."

"그런 어이없는 말씀 하시지 마시고 어서 말씀해 주세요, 제인 아주머니."

"그럼 말이다, 레이몬드."

미스 마플은 뜨개질하던 것을 내려놓고 조카의 얼굴을 들여다보았다.

"너는 친구를 고르는 방법에 조금 더 주의를 해야겠다. 너는 언제나 곧 사람을 믿곤 하므로 속기가 쉬운 것 같아. 글을 쓰는 사람이어서 상상력이 지나치게 풍부하기 때문이겠지. 모두가 꿈 같은 스페인의 갈리온 선 이야기니까 말이야! 좀더 나이를 먹어서 세상일을 알고 있었다면 곧 그 점을 조심했을 게다. 게다가 그 사람과는 겨우 2, 3주일 동안밖에 사귀지 못한걸, 뭐!"
헨리 경은 갑자기 큰 소리로 웃으면서 무릎을 탁 쳤다.
"이번에도 손 들었어, 레이몬드, 그건 그렇고, 미스 마플, 당신은 정말 훌륭한 분이오. 이보게, 레이몬드, 자네 친구인 뉴만은 말일세, 다른 또 하나의 이름——아니, 실제로는 다섯인지 여섯 개의 다른 이름이 있다네. 지금은 콘월에 있지 않고 데븐셔, 좀더 정확하게 말하면 다트무어에 들어가 있네. 프린스타운 형무소의 죄수로서 말일세. 우리는 그 금덩어리 사건에서는 녀석을 잡지 못했지만, 런던의 은행 금고를 털어낸 사건으로 체포할 수 있었지.

그래서 그놈의 전력을 샅샅이 조사해 나가다가 폴 하우스의 뜰에 도둑맞은 금덩어리가 대부분 묻혀 있는 것을 찾아 냈다네. 꽤 교묘한 방법이었지. 그 콘월 해안 지방은 가득히 금덩어리를 실은 채 가라앉은 갈리온 선의 이야기가 아주 많아. 그러므로 잠수부에 대해서도 설명이 가능하고, 그 뒤에 금이 나오더라도 변명할 수가 있지. 그러나 자기 대신이 될 사람이 필요했던 거야. 그리고 켈빈이 거기에는 안성맞춤이었던 거지. 뉴만은 이 촌극을 실로 훌륭하게 연기해 낸 것이었어. 그리고 우리의 벗 레이몬드 군은 명성높은 작가로서 나무랄 데 없는 증인이 된 셈이지."

"하지만 타이어 자국은 어떻게 된 것이지요?" 조이스가 이의를 말했다.

"아, 그것은 말이에요, 난 자동차에 대해서는 아무것도 모르지만 금방 알아차릴 수가 있었어요" 하고 미스 마플이 말했다. "타이어는 바꾸어 낄 수가 있거든요. 바꾸어 끼는 것을 여러 번 본 적이 있어요. 그러니까 켈빈의 트럭에서 타이어를 떼어 내어 작은 쪽 문으로 오솔길을 빠져나가 그것을 뉴만의 트럭에 끼었지요. 그리고 그 트럭을 타고 문으로 나와 해안으로 내려가서 금덩어리를 싣고 이번에는 다른 또 하나의 문으로 돌아온 거예요. 그런 다음 다시 타이어를 떼어 내어 켈빈의 트럭에 끼운 거지요. 그 사이에 누군가가 뉴만 씨를 묶어 도랑 속에 넣은 거죠. 몹시 고생스러웠을 거예요. 게다가 생각했던 것보다 발견이 늦어졌으니 말이에요. 그 일은 정원사라고 자칭한 사나이가 도왔으리라고 생각해요."

"'정원사라고 자칭한'이라고 어떻게 말씀하실 수 있지요, 제인 아주머니!" 레이몬드가 이상스럽다는 듯이 물었다.

"왜냐하면 그 사람은 진짜 정원사일 리가 없기 때문이지. 진짜 정원사라면 성령강림제 뒤의 첫 월요일에는 절대로 일을 하지 않아요. 그런 것쯤은 누구나 다 알고 있는 일이지."

미스 마플은 빙그레 웃으며 뜨개질하던 것을 반듯하게 갰다.

"사실 내가 정확하게 알아 낼 수 있는 것은 늘 아주 조그마한 일에서 비롯되지요."

그녀는 지그시 레이몬드를 바라보며 말을 맺었다.

"네가 가정을 가져 자신의 정원을 갖게 되면 이런 자질구레한 일을 알게 될 거야."

The Blood——Stained parement
피에 물든 포석

"참으로 이상한 일이지만……."
조이스 람프리엘은 이렇게 말했다.
"저는 여러분께 이 이야기를 하고 싶은 마음이 그다지 생기지 않는군요. 훨씬 오래전, 정확하게 말하면 5년 전에 일어난 일입니다. 하지만 그 뒤로 줄곧 제 머릿속에 달라붙어 버린 듯이 언제나 생각나곤 해요. 겉으로는 밝은 미소를 띠고 있으면서 그 속에는 소름이 끼칠 만한 것이 숨겨져 있다고 하면 알맞을까요? 그리고 이상하게도 그때 제가 그린 스케치에까지도 똑같은 분위기가 스며들어 있는 것 같아요. 잠깐 보기만 해서는 콘월의 좁은 언덕길에 햇빛이 비치고 있는 풍경을 아무렇게나 거칠게 그린 스케치이지만, 유심히 들여다보면 무언가 불길한 것이 슬며시 기어드는 것 같습니다. 저는 그 그림을 아무에게도 주지 않았습니다. 그리고 제 아틀리에 한구석에 벽을 향해 세워 두었을 뿐이에요.

 무대는 라소울, 콘월의 색다르고 아주 조그만 어촌이에요. 그림처럼 아름다운, 지나칠 만큼 아름다운 곳이었지요. 그 부근 일대가

'그리운 콘월의 찻집' 같은 분위기가 지나치게 많아서 오히려 싫증이 날 정도였어요. 머리를 짧게 자른 여자아이가 작업복 차림으로 양피지에 금글씨로 제자(題字)를 써서 파는 가게가 있었는데, 아주 특이하고 아름다웠어요. 하지만 그것을 파는 물건처럼 취급하는 것 같더군요."

"나도 잘 압니다" 하고 레이몬드가 한숨을 섞어 말했다. "도대체 그 관광 버스가 나빠요. 그림처럼 아름다운 마을이라고 하면 아무리 길이 좁더라도 상관없이 가니까 말이에요. 이건 정말 못 견디겠어요."

조이스는 고개를 끄덕였다.

"라소울로 가는 길도 좁고 아주 가팔랐어요. 지붕처럼 말이에요. 그건 그렇다 치고, 본론으로 들어가도록 하겠어요. 저는 2주일쯤 스케치를 하기 위해 콘월에 와 있었어요. 라소울에는 오래 된 폴하위즈 암즈 여관이 있어요. 천 오백 몇 년인가 스페인 사람이 그곳을 포격했을 때 오직 한 채만 말짱하게 남았다는 거였어요."

"포격 같은 것은 없었어요." 레이몬드 웨스트는 이맛살을 찡그렸다. "역사에 관해서 이야기를 할 때에는 좀더 정확하게 말해야 해요, 조이스."

"네, 네, 잘 알았습니다. 아무튼 스페인 사람이 바닷가를 따라 어디엔가 대포를 늘어놓고 건물을 포격했다는 거예요. 하지만 그것은 이 이야기에 그다지 중요하지 않아요. 여관은 아주 멋있는 옛날식 건물로 정면에 네 개의 기둥 위에 올라앉은 포치 같은 것이 있었어요.

제가 마음에 드는 좋은 자리를 골라잡아 막 일을 시작하려고 생각한 바로 그때였어요. 자동차 한 대가 언덕을 구불구불 돌면서 기어내려왔습니다. 물론 그 자동차는 여관 앞에서 멈춰섰어요. 제가 제발 멈춰서지 않기를 바랬던 자리에 말예요.

차에서는 남자와 여자 두 사람이 내렸습니다. 저는 아주 주의해서 보았는데 여자는 연보랏빛 마직옷을 입고 같은 빛깔의 모자를 썼더군요.

곧 다시 남자가 밖으로 나왔습니다. 그리고 고맙게도 자동차를 해안 벽 쪽으로 움직여 그곳에 세워 놓고 다시 한가로운 걸음으로 저를 지나쳐 여관 쪽으로 걸어 갔습니다. 바로 그때였어요. 속상하게도 또 한 대의 자동차가 덜컹덜컹 달려 오더니 여자가 하나 그 차에서 내렸습니다. 눈에 띄게 아주 화려하고 새빨간 포인세티아꽃 무늬가 고운 사라사 원피스를 입고 큼직한 밀짚 모자, 큐반이라고 하나요? 그것도 번쩍 정신이 날 만큼 빨간 모자를 쓰고 있었지요.

그 여자는 여관 바로 앞에다 차를 세우지 않고 조금 전의 그 자동차 옆에 세우더니 차에서 내렸습니다. 먼저 온 남자가 그녀를 보더니 깜짝 놀라며 크게 소리치더군요.

'캐롤, 이거 참 놀라운걸. 이런 데서 만나게 되다니 정말 기적 같군. 이게 몇 해만이지? 저기에 마젤리가 있어. 내 아내야, 만나 보아요.'

두 사람은 어깨를 나란히 하고 여관 쪽으로 올라갔습니다. 그때 조금 전의 그 여자가 현관에 나타나더니 두 사람 쪽으로 걸어왔어요. 전 캐롤이라는 여자가 지나쳐 갈 때에 흘끔 보았어요. 아주 짧은 순간이었지만 뿌옇게 분을 바른 턱과, 타는 듯이 빨갛게 칠한 입술이 보였어요. 저는 공연히 의심스럽더군요. 마젤리라는 여자가 이 여자를 만나면 과연 기뻐할까 하고 말예요. 가까이에서 자세히 본 것은 아니지만, 먼 발치에서 보기에 마젤리는 촌스럽고 조금 지나칠 만큼 사람이 딱딱해 보였거든요.

그러나 물론 이런 일은 제가 구태여 알 바 아니었어요. 하지만 누구든지 사람들의 하찮은 일을 잠깐 보고도 이상하게 생각되어서 그것이 묘하게 마음에 걸릴 때가 있는 법이에요.

그들이 서 있는 곳에서 제가 있는 곳까지는 이야기가 가끔 토막토막 들릴 뿐이라서 알아들을 수는 없었지만, 세 사람은 해수욕에 대한 이야기를 하고 있었어요. 남편은 데니스라는 이름이었는데, 보트를 타고 바닷가를 한 바퀴 돌고 싶다고 말하더군요.

1마일쯤 가면 한 번 보아 둘 만한 유명한 동굴이 있었어요. 캐롤은 동굴을 보고 싶기는 하지만 절벽을 걸어가 육지 쪽에서 보자면서 보트는 타기 싫다고 말했습니다. 결국 캐롤은 벼랑 길을 따라 동굴로 가서 그곳에서 두 사람을 만나기로 하고 데니스와 마젤리는 보트를 저어서 가게 된 모양이었어요.

해수욕에 대한 이야기를 듣고 보니 저도 수영을 하고 싶어졌습니다. 몹시 더운 아침이어서 일도 잘 되지 않았고, 게다가 오후의 광선이 그림에 더욱 인상적인 효과를 나타나게 할 수 있으리라고 생각되었기 때문이었습니다. 저는 도구를 챙겨 넣고 제가 알고 있는 작은 바닷가로 나갔습니다. 그 바닷가는 세 사람이 가는 동굴과는 정반대 방향으로, 저 혼자 발견한 장소였어요. 저는 그곳에서 기분 좋게 수영을 했습니다. 그리고 소혀 통조림과 토마토 두 개로 점심 식사를 하고 다시 스케치를 시작하려는 마음으로 가득차서 낮에 마을로 돌아왔습니다.

라소울은 마을 전체가 잠들어 있는 것 같았어요. 오후의 햇살은 제가 기대했던 대로였습니다. 그 음영은 무어라 말할 수 없을 만큼 훌륭한 것이었어요. 폴하위즈 암즈 여관이 제 스케치의 주안점이었는데, 비스듬히 기운 한 줄기 햇빛이 여관 바로 앞 마당을 비춰서 조금 재미있는 효과를 내고 있었습니다. 해수욕 갔던 세 사람도 무사히 돌아왔는지 새빨간 수영복과 감색 수영복이 발코니에 널려 있었습니다.

 스케치 한쪽 귀퉁이에 왠지 마음에 들지 않는 곳이 있어서 저는 한참 동안 그 위에 몸을 굽히고 그것을 고치고 있었습니다. 다시 머리를 들었을 때, 저는 폴하위즈 암즈 여관의 기둥에 한 사나이가 기대서 있는 모습을 보았습니다. 어쩐지 마술이라도 부려서 나온 사람 같더군요. 뱃사람의 옷차림을 하고 있어 아마도 어부인 듯했는데, 길고 검은 수염을 기르고 있어서 나쁜 흉계를 꾸미는 스페인 선장의 모델로 아주 안성맞춤인 모습이었어요. 저는 이 사나이가 가 버리기 전에 제 스케치 속에 넣으려고 부지런히 손을 놀리기 시작했습니다.

 그의 모습은 마치 이제부터 영원히 그곳에 머물러 있을 것처럼 보였습니다. 그러나 그는 움직이고 말았습니다. 다행히도 제가 그리고 싶은 그의 모습을 다 그리고 난 뒤였지요. 사나이는 제가 있는 곳으로 오더니 이야기를 늘어놓기 시작했습니다. 그리고 굉장히 많은 말을 지껄여 댔지요.

 '라소울은 재미있는 곳이랍니다.'

 저는 그것을 이미 잘 알고 있었지만, 그렇다고 대답해 봐야 그 사나이는 말을 멈출 것 같지 않았습니다. 저는 그에게서 그 포격, 아니, 마을이 전멸한 자초지종을 들었습니다. 폴하위즈 암즈 여관의 주인은 마지막까지 버티었지만 스페인 선장의 칼에 맞아 자기 집 문 앞에서 쓰러졌는데, 그 피가 그 부근의 포석 위에 튀어서 백년이 지난 뒤에도 아무도 그 핏자국을 씻어 버릴 수가 없었다는 이야기를 아주 자세하게 들려준 것입니다.

 이 이야기는 오후의 나른하고 졸린 듯한 기분에는 아주 안성맞춤이었습니다. 그 사나이의 목소리는 아주 부드러웠지만 동시에 밑바닥에 뭔지 위협하는 듯한 것이 숨겨져 있는 것 같았습니다. 비열하

리만큼 나긋나긋한 태도 뒤에는 잔혹함이 서려 있는 것처럼 느껴졌던 것입니다. 그 사나이는 종교 재판에 대한 이야기며 스페인 사람이 한 끔찍스러운 일들을 제가 이제까지 알던 것보다 더욱 자세히 알게 해주었답니다.

그가 이야기하는 동안에도 저는 계속 그림을 그리고 있었습니다. 그런데 문득 깨닫고 보니 저는 그의 이야기에 끌려들어가서 거기에 없는 것까지 그려 넣고 있었습니다. 폴하위즈 암즈 여관 앞의 햇빛이 내리비치는 하얗고 네모난 포석 위에다 저는 그 핏자국을 그려 넣고 있었던 거예요. 마음이 손을 움직이게 하여 저도 모르는 사이에 그런 일을 한 것인데, 이제까지 없었던 일이었어요. 하지만 한번 여관 쪽을 보았을 때 저는 오싹 소름이 끼쳤습니다. 아, 제 손은 역시 제 눈이 본 것을 그리고 있었던 것입니다. 하얀 포석 위에는 틀림없이 핏방울이 떨어져 있었던 것입니다.

한참 동안 저는 그것을 빤히 지켜보았습니다. 그런 다음 눈을 감고 자신에게 들려주었지요.

'쓸데없는 일은 생각하지 말아. 그곳에는 아무것도 없어, 절대로.'

다시 눈을 떴어요. 그래도 핏자국은 없어지지 않았더군요. 갑자기 저는 더 이상 참을 수가 없어져서 언제 끝이 날지 모르는 어부의 이야기를 막았습니다.

'저, 저는 눈이 그다지 좋은 편이 아닌데…… 저기 포석 위에 있는 것은 핏자국이 맞나요?'

사나이는 안됐다는 듯이 상냥한 얼굴로 저를 바라보며 말했습니다.

'이제는 핏자국 같은 것은 없습니다. 내가 이야기하고 있는 것은 벌써 500년 전인 옛날 일이니까요.'

'그래요. 하지만 지금 저 포석 위에……'

말이 입안에서 끊기고 말았어요. 저는 알았어요. 깨달았습니다. 사나이는 제가 본 것을 보려고 하지 않았던 것입니다. 저는 일어나서 떨리는 손으로 도구를 챙기기 시작했습니다. 그때 그날 아침 자동차를 타고 왔던 젊은 사나이가 여관 현관에서 나오더니 난처한 듯이 큰길 여기저기를 둘러보는 것이었어요. 위의 발코니에서는 그의 아내가 널어 놓은 수영복을 걷고 있었습니다. 사나이는 자동차로 가려고 하다가 갑자기 방향을 바꾸더니 길을 가로질러 어부에게로 다가와서 물었습니다.

'여보시오, 혹시 모르겠소? 나중에 자동차로 왔던 그 부인은 이곳으로 돌아왔을까요?'

'꽃이 잔뜩 그려진 옷을 입은 부인 말입니까? 모르겠는데요. 보지 못했습니다. 아마도 벼랑을 따라 동굴쪽으로 걸어가는 것 같았는데요.'

'그건 알고 있소. 우리도 함께 거기서 수영을 했으니까요. 그때 그녀는 우리를 남겨 두고 먼저 돌아왔어요. 그런데 아직 못 만난 거요. 이렇게 시간이 걸릴 리는 없을 텐데. 이 부근의 벼랑은 위험하지 않소?'

'그야 걸어가는 길에 따라서 다르지요. 안전한 것은 이 부근을 잘 아는 사람과 함께 가는 일이지요.'

그런 일에는 자신이 안성맞춤이라는 듯이 사나이는 자꾸 같은 말을 되풀이하는 것이었습니다. 그러나 그 젊은 사나이는 퉁명스럽게 그를 떨쳐 버리고 여관으로 달려가 발코니에 있는 아내를 불렀습니다.

'여보, 마젤리. 캐롤은 아직 돌아오지 않았다는군. 이상하잖소?'

마젤리의 대답은 들리지 않았지만 남편은 계속해서 말하는 것이었습니다.
 '이제는 더 이상 기다리고 있을 수가 없소. 이제부터 펜리더까지 가야 하니까 말이오. 준비는 다 되었겠지? 차를 돌리겠소.'
 이리하여 부부는 함께 차를 타고 가 버렸습니다. 그동안 저는 자신의 환상이 어리석었다는 것을 납득시키기 위해서 억지로 마음을 가라앉히며 스스로 용기를 북돋아 주고 있었습니다.
 자동차가 떠나 버리자 저는 여관 쪽으로 가까이 가서 차근차근 포석 위를 살펴보았습니다. 물론 핏자국은 없었습니다. 아, 모든 일은 나 자신의 잘못된 상상에 지나지 않았던 것입니다. 그것은 더 없이 분명한 일이었지만 저는 점점 더 기분이 언짢아지는 것 같았습니다. 저는 그 자리에 그대로 우두커니 서 있었습니다. 또 다시 어부의 목소리를 들었을 때, 그는 저를 이상한 눈초리로 바라보면서 묻고 있었습니다.
 '당신은 여기서 핏자국을 본 것 같은 느낌이 들었단 말이지요, 네?'
 저는 고개를 끄덕였습니다.
 '이상한 일도 다 있군. 이 마을에는 옛부터 전해지고 있는 말이 있는데, 누군가가 그렇게 핏자국을 보았다고 하면……. '
 그는 도중에서 말을 끊어 버렸습니다.
 '뭐라구요?'
 저는 다급하게 되물었습니다.
 그는 나직한 목소리로 말을 계속하더군요. 말의 억양은 콘월 사투리였지만, 매끄럽고 점잖은 발음이 몸에 익어 있어서 콘월 말투와는 전혀 달랐지요.
 '그런 핏자국을 보았다고 하면, 틀림없이 24시간 안에 누군가가 죽을 것이라고 말한답니다.'

오, 무서워! 저는 등에 찬물을 끼얹은 것처럼 오싹했습니다. 그러나 어부는 저를 납득시키려고 말을 계속하는 것이었습니다.

'교회에 재미있는 명판이 있지요. 사람의 죽음에 대해 새긴 명판입니다.'

'아, 이제 그만 하세요!'

저는 딱 잘라 말하고 홱 돌아서서 제가 머물고 있는 작은 집 쪽으로 난 길을 올라갔어요. 제가 집에 도착했을 때였습니다. 저 멀리에서 캐롤이라는 여자가 벼랑길을 따라 걸어오는 것이었습니다. 그녀는 서두르고 있었습니다. 그녀는 바위의 잿빛을 등지고 마치 새빨간 독(毒)의 꽃처럼 보였지요. 모자는 핏빛이었어요…….

저는 몸을 세게 흔들어 그런 생각을 떨쳐 버리려고 했습니다. 틀림없이 피가 머리로 거꾸로 올라온 것이라는 생각을요.

조금 지나자 그 여자의 자동차가 나가는 소리가 들렸습니다. 저는 그녀도 펜리더로 가는 것일까 하고 생각했지만 자동차는 반대 방향인 왼쪽으로 구부러졌습니다. 저는 자동차가 언덕을 기어올라가 모습이 보이지 않게 될 때까지 뚫어지게 바라보고 있었습니다. 어쩐지 마음이 놓이는 듯 차분한 느낌이 찾아들었습니다. 라소울은 다시 여느 때의 조용하고 졸린 듯한 분위기로 되돌아온 것 같았습니다."

조이스가 여기서 잠깐 이야기를 멈추자 레이몬드가 말참견을 했다.

"그것으로 이야기가 끝난 것이라면 나부터 의견을 말하겠는데, 그건 소화불량이오. 식사를 한 뒤에 있지도 않은 반점이 눈에 얼씬거린 것이지."

"제 이야기는 아직 끝나지 않았어요."

조이스는 말을 이어 나갔다.

"그런 지 이틀 뒤에 신문에 '해수욕의 희생'이라는 제목이 실린 거예요. 읽어 보니 데클 부인, 틴 데니스 데클 선장의 아내는 불행하게도 바닷가에서 떨어졌는데 탄디아 만(灣)에서 빠져 죽었다는 내용이었어요.

부인과 남편은 그곳 여관에 머물러 있었는데, 수영을 하려고 했으나 찬바람이 불어 왔으므로 틴 데클 선장은 수영을 하기에는 너무 춥다면서 여관의 다른 손님들과 함께 가까운 골프장으로 갔다. 데클 부인은 그다지 춥지 않다고 말하고는 혼자 만으로 갔는데 돌아오지 않았다. 남편은 몹시 놀라서 동료들과 함께 바닷가에 나가 보았다. 바위 옆에는 그녀가 벗어 놓은 옷이 있었지만, 불행한 부인의 모습은 보이지 않았다.

대강 이런 기사였어요. 시체는 1주일쯤 뒤에 그곳에서 조금 떨어진 바닷가로 떠밀려 올라왔습니다. 머리 부분에 죽기 전에 받은 것으로 생각되는 타박상이 있었는데, 이것은 물속으로 뛰어들 때 바위에 머리를 부딪쳤을 것이라는 이야기였어요. 아무리 생각해 봐도 저로서 분명한 일은, 그녀는 제가 핏자국을 보았을 때부터 24시간 안에 죽었다는 거였어요."

"잠깐, 이의를 말하겠는데요." 하고 이번에는 헨리 경이 말을 가로막았다. "이것은 수수께끼를 푸는 문제가 아닙니다. 괴담이에요. 미스 람프리엘은 영매(죽은 사람의 영혼과 의사를 통할 수 있는 매개자. 무당)가 되었군요."

페더릭 씨는 언제나 그렇듯이 헛기침을 했다.

"한 가지 마음에 걸리는 일이 있어. 머리의 타박상이 아무래도 의심스러워. 범죄가 저질러졌을지도 모릅니다. 그 일을 전혀 생각해 보지 않을 수는 없습니다. 그렇다고 근거가 될 만한 자료는 아무 데도 없거든요. 분명히 미스 람프리엘의 환각이랄까, 그 환영은 굉장히 흥미가 있지만, 조이스 양이 우리에게 어떤 점을 생각하라고 말씀하시는 것인지 그것을 알 수가 없군요."

"소화불량과 우연이 일치된 거예요. 아무튼 그 부부가 신문에 난 사람들과 같은 인물인지 어떤지도 모르는 일이고, 그 저주랄까 뭐, 아무래도 좋아요. 그런 것은 라소울에 사는 사람에게만 해당되는 것이에요." 하고 레이몬드가 강력하게 주장했다.

"그 불길한 듯한 어부가 어쩐지 이 이야기에 한 몫을 맡고 있다고 생각되는군요." 하고 헨리 경이 자신의 의견을 말했다. "그러나 나는 페더릭 씨와 같은 의견입니다. 미스 람프리엘은 너무 정보를 제공하지 않는 것 같습니다."

조이스는 펜더 박사를 바라보았다. 그는 빙그레 웃으면서 고개를 저었다.

"매우 재미있는 이야기였습니다. 그러나 나도 헨리 경과 페더릭 씨의 의견에 찬성입니다. 증거가 될 만한 것이 아무래도 너무 적어요."

조이스가 무언가 묻고 싶은 얼굴로 미스 마플을 보자, 그녀는 조이스에게 미소로 대답했다.

"나 역시 당신이 조금 불공평하다고 생각해요, 조이스 양" 하고 그녀는 말하는 것이었다. "그러나 나로서는 말씀드릴 수가 있어요. 왜냐하면 우리는 여자이기 때문에 옷차림에 대한 것을 잘 알 수 있답니다. 그러므로 남자분들에게 있어 이 문제는 좀 공평하지 못한 것 같아요. 몇 번씩이나 자꾸 바꾸어 입은 것이 틀림없군요. 어쩌면 그토록 지독한 여자가 있을까요? 그보다도 더욱 나쁜 것은 그 사나이에요."

조이스는 눈을 깜박거리며 미스 마플을 빤히 지켜보았다.

"제인 아주머니…… 어머나, 죄송해요, 미스 마플이라고 부르려고 했는데 그만! 미스 마플께선 벌써 진상을 알고 계세요. 틀림없이 그럴 거예요."
"글쎄, 이봐요, 조이스 양."
미스 마플은 천천히 말했다.
"이렇게 조용히 앉아서 뜨개질을 하는 편이 문제를 푸는 데는 훨씬 더 좋은가 봐요. 당신은 화가이고, 그러니까 분위기에 말려들기 쉽지 않겠어요? 이렇게 뜨개질을 하고 있으면 누구든지 사실만을 보게 된답니다. 핏방울은 발코니에 널려 있던 수영복이 포석 위로 떨어져 있었던 것이었어요. 빨간 수영복이었으니까요. 범인들 자신도 그것이 핏방울인지 아닌지를 깨닫지 못했을 거예요. 불쌍하게도 젊은 사람을 그처럼 무참하게!"
"잠깐, 실례지만, 미스 마플." 헨리 경이 말을 가로챘다. "나로선 아직도 종잡을 수가 없군요. 당신과 미스 람프리엘은 잘 이해하고 있는 모양이지만, 우리 가엾은 남자들은 모두 다 짐작도 할 수 없습니다."
"그럼, 이 이야기의 결말을 말씀드리겠어요" 하고 조이스가 이야기를 계속했다. "그런 일이 있은 지 1년 뒤에 저는 동해안의 작은 피서지에 갔었답니다. 그곳에서 스케치를 하고 있었는데, 아아, 전에 이것과 똑같은 일이 일어났었다는 아주 기묘한 기분이 문득 엄습하는 거였어요. 제 앞의 길에 남자와 여자가 서 있었는데, 한 여자에게 인사를 하더군요. 인사를 받는 여자는 새빨간 포인세티아 무늬의 사라사 옷을 입고 있었어요.

'캐롤, 이거 참 놀라운걸. 이런 데서 만나게 되다니. 정말 기적 같군. 이게 몇 해 만이지? 아참, 집사람을 모르겠구먼! 조온, 이분은 나의 오랜 친구인데, 미스 하딩이라고 해. 인사해요.'

저는 곧 그 사나이를 알아보았습니다. 틀림없이 라소울에서 본 그 데니스였습니다. 부인은 달랐지만요. 마젤리 대신 조온이었던 거예요, 하지만 같은 타입의 부인이었어요. 젊고 어수룩하고 촌스러웠으며 눈에 띄지 않았지요. 저는 얼마 동안 내가 어떻게 된 것이 아닐까 하고 생각했어요.

그 세 사람은 해수욕에 관한 이야기를 시작했어요. 제가 어떻게 했는지 말할까요? 저는 재빨리 경찰서로 달려갔어요. 남들이 미치광이라고 해도 상관없다는 심정으로. 그리고 마침내 모든 일이 잘 되었어요. 런던 경시청에서 사람이 와 있었는데, 그는 마침 이 일에 대해서 조사를 하기 위해 온 것이었지요. 경찰은, 아, 생각만 해도 무서운 일이지만 데니스 데클이 잔혹한 짓을 하는 게 아닐까 하고 의심을 했던 것입니다. 데니스는 그의 본명이 아니었습니다. 그는 그때그때에 따라서 이름을 쓰고 있었던 것입니다.

우선 여자를 알게 됩니다. 그 여자는 반드시 얌전하고 어수룩하며 남의 눈에 얼른 띄지 않고, 또 일가 친척이나 친구가 적어야만 합니다. 그리고 결혼을 합니다. 그런 다음 액수가 큰 생명보험에 드는 겁니다. 그 다음에는, 오, 무서워요. 캐롤이라는 여자가 사실은 진짜 그의 아내였던 것입니다. 그들은 언제나 같은 식으로 일을 실행했던 것이지요. 그리고 사실상 그것이 두 사람의 운명을 막다른 골목으로 들어서게 한 것이었어요. 보험회사가 좀 수상쩍다고 여기게 된 것입니다. 조용한 바닷가로 새 아내와 함께 오는 것이 그 줄거리의 첫 대목입니다. 거기에 다른 한 여자가 나타나 거기서 새 아내는 살해되고 캐롤은 그 아내의 옷을 입고서 보트를 타고 남편과 함께 돌아옵니다. 그런 다음 캐롤이라는 여자의 일을 사람들에게 물어 본 뒤 머물러 있던 곳을 뒤로 하고 떠납니다. 마을을 벗어난 곳까지 오면 캐롤은 재빨리 자신의 화려한 옷으로 갈아입고 짙은 화장을 한 다음 다시 그 자리로 되돌아갑니다. 그리고 그곳에 세워 두었던 자신의 차를 타고 사라져 버리는 것이지요.

두 사람은 바닷물이 어느 쪽으로 흐르는가를 미리 조사해 둡니다. 그리고 새 아내가 바닷가를 따라 이어진 부근의 다른 해수욕장에서 물에 빠져 죽은 것처럼 보이도록 흘러가게 만드는 것이었어요. 캐롤은 다시 아내 행세를 하여 어떤 인적이 드문 바닷가로 내려가 아내의 옷을 바위 옆에 벗어 놓고, 그 꽃무늬가 있는 사라사 옷으로 바꾸어 입은 다음 그곳을 떠나 다음에 남편을 만날 때까지 조용히 어디론가 몸을 감추는 것입니다. 이야기는 이렇게 되는 것이었답니다.

그 불쌍한 마젤리를 살해했을 때 틀림없이 피가 캐롤의 수영복에 튀었던 모양입니다. 그리고 미스 마플이 말씀하셨듯이 수영복이 새빨간 빛이었기 때문에 미처 깨닫지 못했던 것입니다. 그래서 발코니에 널었을 때 피가 떨어진 것이지요. 아! 끔찍해라!"

조이스는 몸서리를 쳤다.

"아직도 눈에 선히 떠올라요."

"아참, 그래요, 이제 생각이 났습니다" 하고 헨리 경이 말했다.

"데이비스, 그 녀석의 본명입니다. 숱한 가짜 이름을 써 왔었지요. 그 가운데에 데클이라는 이름이 있었던 것을 까맣게 잊고 있었습니다. 그 두 사람은 극악무도하고 간사한 꾀가 유난히도 뛰어났었습니다. 아무도 그 1인 2역의 속임수를 알아차리지 못했다는 것만 보아도 알 수 있지요. 미스 마플의 말씀처럼 모두 얼굴보다도 옷으로 아, 그 사람이구나 하고 생각해 버리니까요. 하지만 아주 영리한 방법이었습니다. 왜냐하면 아무리 데이비스가 수상하다고 생각해도 좀처럼 그 수법을 꼬치꼬치 캐내어 들이댈 형편까지는 몰고 가지 못했던 것입니다. 언제나 트집을 잡을 수 없이 알리바이를 가지고 있었으니까요."

"제인 아주머니."

레이몬드는 미스 마플을 이상한 듯이 바라보면서 물었다.

"어떻게 아셨지요? 이렇게 평화로운 생활 속에서 조용하게만 살아오신 아주머니가 말이에요. 이제는 어떤 일이 일어난다 해도 놀라지 않으실 것 같군요."

"나는 언제나 이 세상에서 일어나는 일은 무엇이나 모두 비슷비슷하다고 생각한단다" 하고 미스 마플은 말했다. "그린이라는 여자가 있었는데, 아이 다섯을 낳았으나 모두 어려서 죽어 버렸답니다. 그런데 아이 하나하나에게 모두 보험을 들어 두었더군요. 그렇게 되니 모두들 어째 좀 수상하다고 생각하게 되었지요."

이렇게 말하면서 그녀는 고개를 절레절레 내저었다.

"마을의 생활에도 무척 잔혹한 일이 있답니다. 당신네들 젊은 사람들이 이 세상이 얼마나 가혹한가를 모르는 채 살아갈 수 있다면 정말 좋은 일이에요."

Motive v. Opportunity
동기 대 기회

페더릭 씨는 다른 때보다 약간 위엄있는 헛기침을 했다.
"나의 작은 문제는 여러분에게 좀 따분한 이야기일지도 모르겠습니다."
그는 매우 송구스럽다는 표정으로 말했다.
"지금까지 깜짝 놀랄 만한 이야기만 들었으니까요. 내 이야기에는 유혈이 낭자한 참사 같은 것은 없답니다. 그렇지만 나에게는 매우 흥미있고 얼마쯤 창의성도 엿보이는 이야기라고 생각됩니다. 다행히 나는 그 옳은 답도 알고 있고요."
"무시무시하게 법률적인 이야기가 아닌가요?" 조이스 람프리엘이 물었다. "법률 제 몇 조가 어떠니, 1881년 버너비 대 스키너의 소송 사건이니 하는 것이 잔뜩 나오는 게 아닐까요?"
패더릭은 안경 너머로 그녀를 보며 잘 알아들었다는 듯이 밝게 미소를 지었다.
"원, 천만의 말씀입니다, 아가씨. 그런 점에서는 염려하실 것 없어요. 내가 이야기하려는 것은 단순하고 솔직하여 아무리 전문적인 지식이 없는 사람이라도 알 수 있는 것이니까요."

"법률에 대한 까다로운 용어는 저도 질색이에요" 하고 미스 마플이 페더릭 씨 쪽으로 뜨개질 바늘을 흔들어 보였다.

"지당하신 말씀이십니다" 하고 페더릭 씨는 잘 알겠다는 표정으로 대꾸했다. "하지만 어떠실지는, 아무튼 들어 보십시오."

그리고 그는 이야기를 시작했다.

"이것은 전에 나에게 사건을 의뢰했던 사람에 대한 일인데, 이름을 클로드라고 해 두겠습니다. 사이먼 클로드라고 말입니다. 그는 굉장한 재산가로, 여기서 그다지 멀지 않은 곳에 큰 저택을 가지고 있었습니다. 아들을 전쟁 때 잃었는데, 그 아들이 남겨 두고 간 어린 딸아이가 있었어요. 그 딸아이의 어머니는 그 아이를 낳고 죽었습니다. 그래서 아버지가 전사하자 그애는 할아버지와 함께 살게 되었는데, 할아버지는 그 아이에게 얼마나 정이 들었는지 눈에 넣어도 아프지 않을 정도였답니다. 크리스토벨이라는 그 여자아이가 하고 싶어하는 일은 물론 갖고 싶어하는 것을 무엇이든 해주었답니다. 정말이지 의젓한 어른이 그런 어린아이에게 그토록 밤낮없이 정신을 빼앗기다니, 나는 그런 사람을 본 일이 없답니다. 그런데 그 아이가 11살 때 폐렴으로 하루 아침에 죽어 버렸는데, 그만큼 아끼고 사랑했으니 그때 그의 슬픔과 절망이란 도저히 글이나 말로 표현할 수 없는 것이었답니다.

사이먼 클로드는 불쌍하게도 그 이후로는 답답하고 울적하게 시간을 보내고 있었지요. 그러다가 클로드의 남동생 가운데 하나가 너무 가난에 쪼들리다가 죽어 버렸기 때문에 사이먼 클로드는 그 동생의 아이를, 글레이스와 메어리라는 두 딸과 조지라는 아들을 자기 집에서 기르기로 했습니다.

그러자 그는 이 조카들에게도 상냥하고 다정하게 잘해 주기는 했지만 잃어버린 손녀딸에게 품었던 것 같은 애착은 갖지 못했던 것 같았어요. 조지 클로드는 가까이에 있는 은행에 취직도 시켜 주고 글레이스는 필립 갸롯드라는 젊고 머리가 좋은 화학자와 결혼도 시켰습니다. 얌전하고 말수가 적은 처녀인 메어리는 집에서 큰아버지의 시중을 들고 있었습니다. 메어리는 겉으로 나타내지는 않았지만 이 큰아버지를 좋아했던 것 같았습니다. 얼핏 보기에는 모든 것이 조용하고 평화롭게 아무 일도 없는 날이 계속되었습니다. 아참, 빠뜨린 이야기가 있군요. 손녀인 크리스토벨이 죽은 뒤에 사이몬 클로드는 바로 나를 찾아와서 새로운 유서를 작성해 줄 것을 의뢰한 일이 있었습니다. 이 유서에 의하면 그의 재산——이것이 또 상당히 많은 것이었는데——그의 세 조카들에게 공평하게 나누어 주라는 것이었습니다.

세월은 흘러갔습니다. 어느 날 우연히 조지 클로드를 만나 나는 얼마동안 만나지 못한 큰아버지는 요즈음 어떻게 지내시는지 안부를 물어 보았습니다. 그랬더니 놀랍게도 조지의 얼굴 표정이 금방 어두워지더니 '선생님께서 큰아버지께 좀더 분별을 갖도록 말씀 좀 해주시면 좋겠습니다'라고 침울하게 말하는 것이었습니다. 성실해 보이는, 그러나 별로 강한 인상을 주지 못하는 그의 표정은 걱정 때문에 암담한 것 같았습니다.

'이 강령술이라는 것이 큰아버지를 점점 더 병적으로 만들어 드리는 것 같습니다.'

'강령술이라니, 그건 또 뭐지요?'

나는 깜짝 놀라 되물었습니다. 그러자 조지는 모든 이야기를 해주었는데, 이것이 그 이야기의 전부입니다. 클로드 씨가 점점 강령술에 흥미를 갖고 마음이 끌리기 시작할 무렵 우연히 미국인 영매 율리디스 스플락 부인을 만났다는 군요. 여자는 조지의 말을 들어 보면 완전히 사기꾼인데, 사이몬 클로드를 감쪽같이 속여 넘겨 저택에 들어와 앉아서 강령술의 모임을 열곤 한답니다. 그때에는 죽은 크리스토벨의 영혼이 사랑에 빠진 할아버지 앞에 나타난다는 것입니다.

미리 말씀해 두지만, 나는 강령술이라는 것을 비웃거나 비난하는 사람은 아닙니다. 나는 전부터 말하고 있듯이 증거를 중하게 여기는 사람입니다. 그렇지만 공평한 눈으로 보면, 강령술이 믿기에 충분할 만한 사실도 없으며 또한 간단히 사기 행위라고 말할 수만은 없는 점도 있다고 생각합니다. 그러니까 이른바 그 신봉자도 아니고 반대자도 아닌 입장입니다. 이의를 내세울 수 없을 것 같은 그런 증거도 있으니까요.

그러나 또한 강령술은 사기 따위에 협력하는 일도 흔히 있습니다. 들을수록, 사이몬 클로드는 그 악랄한 수단에 걸려든 것이라는 생각이 자꾸만 들더군요. 스플락 부인은 쉽게 맞서서 싸울 수 없는 사기꾼임에 틀림없다는 확신을 갖게 된 것입니다. 실무상에 있어서는 빈틈이 없는 노인도 죽은 손녀에 대한 애정 문제에 이르자 속절없이 속아 넘어가고 말았던 것이지요.

그것을 생각하자 나는 슬그머니 걱정스러워졌습니다. 나는 클로드 집안의 젊은 사람들이 좋았습니다. 메어리도 조지도, 게다가 이 스플락 부인이 큰아버지를 그런 식으로 속이고 있다면 앞으로 틀림없이 귀찮은 일이 생기리라고 생각한 것입니다.

나는 구실을 만들어 될 수 있는 대로 빨리 기회를 잡아 사이몬 클로드를 방문했습니다. 스플락 부인은 절친한 손님처럼 점잖게 대접받고 있었습니다. 나는 그녀를 본 순간 내가 걱정하던 일이 의심할 나위 없는 것이라고 확신할 수 있었습니다. 옷을 화려하게 차려입은 뚱뚱한 중년 여인으로 '저 세상으로 간 사랑스러운 사람들'이니 하는 등의 건방지고 그때그때 아무렇게나 둘러 대는 말만을 골라 쓰고 있었습니다.

 그 여자의 남편도 함께 저택에 머물고 있었습니다. 앱설론 스플락이라고 하는, 우울한 얼굴에 매우 교활해 보이는 눈초리의 깡마른 남자였습니다. 나는 될 수 있는 대로 빨리 사이몬 클로드와 단둘이 있게 될 기회를 잡아, 무심코 묻는 것처럼 강령술에 대한 것을 넌지시 물어 보았습니다. 그러나 그는 벌써 꿈 속에서 헤매는 것 같았습니다.

 '율리디스 스플락은 기막히게 훌륭한 부인이라오. 내 기도가 이루어져 하늘에서 내려보내 준 사람이지. 돈 같은 것은 전혀 생각조차도 하지 않고, 오로지 병든 마음을 위로해 주는 기쁨만으로 충분하다고 말하고 있소.

 어린 크리스토벨에게 정말 어머니 같은 애정을 쏟아 주고 있지요'라고 말하며 사이몬 노인은 자신이 그 여자를 딸처럼 생각하기 시작했다는 것입니다. 그리고 그는 나에게 자세한 이야기를 하기 시작했습니다. 그의 귀여운 크리스토벨의 목소리가 그의 귀에 대고 말해 준 이야기, 아빠 엄마와 함께 건강하고 행복하게 살고 있다는 이야기 따위를 말입니다. 또 크리스토벨이 할아버지에게 보여 준 다른 심정에 대해서도 이야기했습니다. 그렇지만 내가 기억하고 있는 한 크리스토벨에게는 어울리지 않는 일도 있었습니다. 크리스토벨은 '아빠와 엄마도 스플락 부인을 아주 좋아해요'라고 자꾸만 다짐하듯이 말하더라는 것입니다.

 '그러나 물론 당신은 웃어 버리고 마실 겁니다, 페더릭 씨'라고 그는 말하는 것이었습니다.

 '아닙니다. 웃음거리로 알 리가 있습니까? 오히려 강령술에 대해 글을 쓴 사람들 중에는, 저도 두 손 번쩍 들고 찬성할 만한 증언을 해준 사람이 있지요. 그 사람들이 추천한 영매라면 저는 믿고 존경도 합니다. 이 스플락 부인도 분명히 그 방면에서는 정평있는 분이시겠지요?'

사이몬은 스플락 부인에게 온통 정신이 빠져서 황홀한 상태에 있었습니다. 그녀는 하느님이 자기에게 보내 주신 존재다, 두어 달쯤 지냈던 여름 온천장에서 우연히 만났는데, 그 우연한 만남이 어쩌면 이렇게도 훌륭하게 되었단 말인가 하는 등 지껄여대는 형편이었습니다.

나는 무언가 부족한 듯이 서운한 심정으로 돌아왔습니다. 걱정했던 일이 확실해졌지만 대체 어떻게 하면 좋을지 알 수가 없었습니다. 골똘히 생각한 끝에 클로드 집안의 맏딸 글레이스와 결혼한 지 얼마 되지 않은 필립 갸롯드에게 편지를 써서 사정을——물론 말에는 조심을 해서——모두 알려 주었습니다. 여자가 노인을 속여 넘기는 것은 위험하다는 것을 지적하고, 될 수 있으면 클로드 씨가 정평있는 강령술 그룹과 접촉하도록 해 드리면 어떻겠느냐고 써보냈습니다. 필립 갸롯드에게는 이런 일쯤 어려운 일이 아니라고 생각되었던 것입니다.

갸롯드는 기민하게 행동해 주었습니다. 나는 미처 알아차리지 못했지만, 그는 사이몬 클로드의 건강이 매우 위험한 상태에 있음을 알고 있었습니다. 현실적인 사람이기도 해서, 그는 아내며 처남과 처제가 받을 정당한 유산을 빼앗기는 것을 잠자코 보고 있을 수 없었던 모양입니다.

그 다음 주일에 그가 찾아왔습니다. 그는 유명한 롱맨 교수를 손님으로 함께 데리고 왔던 것입니다. 롱맨은 이름난 과학자로, 이 사람이 강령술에 관심을 가지고 있는 덕택에 강령술이 존경받게 되었을 정도입니다. 두뇌가 명석한 과학자일 뿐만 아니라 고결하고 정직한 사람으로 보였습니다.

그런데 이 방문으로 인하여 굉장히 불행한 일이 일어나고 말았습니다. 롱맨 교수는 사이몬의 집에 있는 동안 그다지 말을 하지 않았던 모양입니다. 그동안에 두 번 강령술이 행해졌습니다. 어떤 상태로 했는지는 잘 모르겠지만, 롱맨 교수는 그곳에 있는 동안 조금도 단정적인 말은 하지 않았던 모양입니다. 그러나 돌아간 다음 필립 갸롯드에게 편지를 썼더군요. 스플락 부인이 사기꾼이라고 일방적으로 나무랄 수만은 없지만, 자기의 개인적인 생각으로는 그 심령현상이 진짜라고 생각할 수 없다면서, 갸롯드가 좋다고 생각한다면 이 편지를 큰아버지께 보여 드려도 괜찮다, 그리고 원한다면 자기도 좀더 안전하고 견실한 영매를 소개할 수 있다는 말들을 써보냈던 것입니다.

필립 갸롯드는 즉시 그 편지를 사이몬 노인에게 보였습니다. 예상은 보기 좋게 빗나갔습니다. 노인은 펄펄 뛰며 노했습니다. 이것은 모두 스플락 부인을 헐뜯고 신용을 떨어뜨리게 하려는 음모라면서 그녀는 중상 모략에 상처를 입고 시달리는 성녀다, 그녀는 평소에도 이 나라에서는 자기를 시기하는 사람이 너무 많다고 말했었다, 롱맨 교수도 사기꾼이라고 단정할 수는 없다고 하지 않는가? 율리디스 스플락은 내가 슬픔의 밑바닥에 빠져 있을 때 찾아와서 나를 도와 주고 위로해 주었다, 나는 가족들과 싸움을 해서라도 그녀의 편이 될 생각이다, 스플락 부인은 내게 있어서는 이 세상에서 가장 중요한 사람이라고 말입니다.

필립 갸롯드는 매우 냉담하게 저택에서 쫓겨나고 말았습니다. 그런데 클로드는 그토록 격분한 나머지 건강이 결정적으로 나빠지기 시작했습니다. 마지막 한 달 동안은 자리에 누웠다 일어났다 하는 상태이더니 마침내 누운 채로 꼼짝도 못하고 죽음을 기다릴 수밖에 없게 되고 말았습니다. 필립이 다녀간 지 이틀이 지나, 나는 급히 와 달라는 전갈을 받고 서둘러 클로드의 집으로 갔습니다. 클로드는 자리에 누워 있었는데, 전문적인 의학 지식이 없는 내 눈에도 중태인 것처럼 보였습니다. 그는 가쁜 숨을 몰아쉬고 있었습니다.

'나도 이제는 얼마 남지 않았어요. 내 자신이 잘 압니다. 아무 말씀도 하지 마십시오, 페더릭 씨. 다만 죽기 전에 이 세상 어느 누구보다도 나를 위해 애써 주었던 어느 사람을 위해 내 의무를 다하고 싶은 생각이 들었어요. 그래서 새로운 유언장을 작성하려고 합니다.'

'잘 알았습니다. 지금 저에게 말씀하시면 유언장으로 만들어 보내 드리겠습니다.'

'아니오, 그렇게 하면 안됩니다. 왜냐하면 나는 이제 오늘 밤에라도 죽을지 모른다는 생각이 들기 때문이오. 그래서 여기 내가 소망하는 일을 이미 다 써 놓았소.'

그는 베개 밑을 부시럭부시럭 찾더군요.

'자, 이것이면 되겠는지 좀 보아 주시오.'

그는 종이 한 장을 꺼내는 것이었습니다. 거기에는 연필로 짤막한 말이 휘갈겨 씌어져 있었습니다. 조카들에게는 각각 5천 파운드씩 주고, 나머지 거액의 재산은 모두 율리디스 스플락 부인에게 감사함과 경애의 표시로 남겨 준다는 내용이었습니다.

매우 곤란한 유언이었지만 어떻게 할 수가 없었습니다. 병적인 정신이라서 이 유언은 무효라는 문제도 있을 수 없었습니다. 노인의 정신은 뚜렷했으니까요.

사이몬은 초인종을 울려 두 하인을 불렀습니다. 그들은 곧 왔습니다. 하녀인 에마 고운트는 오랫동안 이 집에서 일하고 있었던 키가 큰 중년 여자로, 클로드를 헌신적으로 간호해 왔습니다. 그녀와 함께 온 여자는 통통하고 건강해 보이는 30살쯤의 요리사였습니다. 사이몬 클로드는 숱 많은 눈썹 아래로 두 사람을 번들거리는 눈으로 뚫어지게 보았습니다.

'너희들에게 내 유언의 증인이 되어 줄 것을 부탁하려는 것이다. 에마, 내 만년필을 가져다 다오.'

에마는 얌전히 책상 앞으로 갔습니다.

'왼쪽 서랍이 아니야. 오른쪽 서랍에 있는데, 그것도 모르느냐?'

늙은 사이몬은 몹시 초조한 듯 짜증을 부리고 있었습니다.

'아닙니다. 왼쪽에 있습니다, 나리' 하고 에마는 만년필을 건네주었습니다.

'그렇다면 네가 지난번에 잘못 넣어 둔 게로구나.'

노인은 못마땅한지 투덜투덜 불평하는 것이었습니다.

'언제나 정해진 장소에 넣어 두지 않는 통에 참을 수가 없단 말야.'

아직도 투덜거리기를 계속하면서 사이몬은 만년필을 들어 새로운 종이에 내가 수정한 초안을 보고 깨끗이 옮겨 쓴 다음 그의 이름을 서명했습니다. 에마 고운트와 요리사 루시 데이비드도 서명했습니다. 나는 그 유서를 접어서 길다란 파란색 봉투에 넣었습니다. 물론 경우가 경우였던 만큼 보통 종이에 씌어졌는데, 이 사실을 잘 이해해 주실 것으로 믿습니다.

하녀들이 방에서 물러나가려고 했을 때, 클로드는 얼굴에 경련을 일으키고 숨을 헐떡이면서 베개에 몸을 묻는 것이었습니다. 나는 걱정이 되어 그에게로 몸을 굽혔고, 에마 고운트도 급히 되돌아왔습니다. 그러나 노인은 곧 다시 조금 전의 상태로 돌아와 약하디약하게 미소지었습니다.

'괜찮소, 페더릭 씨. 놀랄 것 없어요. 아무튼 하고 싶은 일을 해

버렸으니까 이제는 마음 푸욱 놓고 죽을 수 있겠구려.'

　에마 고운트는 방에서 나가도 될지 어떨지 걱정스러운 듯이 내 쪽을 보았습니다. 내가 그녀에게 안심해도 된다는 듯이 고개를 끄덕여 보이자 그녀는 나가려고 하다가 아까 당황할 때 바닥에 떨어뜨린 봉투를 우선 집어들었습니다. 에마가 그것을 나에게 주어 나는 외투 주머니에 집어넣고, 그런 다음 그녀는 방에서 나갔습니다.

　'당신은 불쾌하게 생각하겠지요, 페더릭 씨?' 하고 사이몬 클로드가 말했습니다. '다른 사람들과 마찬가지로 편견을 가지고 있을 테니까 말이오.'

　'편견을 갖고 있느냐 그렇지 않느냐는 것이 문제가 아닙니다. 스플락 부인은 당신 자신도 지금 말하고 있듯이, 그런 사람이 아닙니까. 저는 감사의 표시로 얼마쯤의 유산을 그녀에게 남긴다는 것에는 조금도 반대하지 않습니다. 그러나 숨김없이 솔직하게 말씀드린다면, 클로드 씨, 아무런 핏줄도 섞이지 않은 남을 위해서 자신의 피와 살을 나눈 분들에게 유산을 남기지 않는다는 것은 잘못된 일입니다.'

　이 말만을 하고 나는 돌아오려고 했습니다. 나로서는 할 수 있는 한의 일을 했고, 할 말도 모두 했기 때문이지요.

　메어리 클로드가 객실에서 나와 홀에서 나와 마주쳤습니다.

　'돌아가시기 전에 차를 한 잔 드시고 가세요. 자, 이리로' 하고 그녀는 객실로 나를 불러들였습니다.

　난로에는 불이 타고 있어 방 안은 매우 기분이 좋았으며, 즐거운 듯했습니다. 메어리는 내 외투를 벗겨 주었는데, 마침 그때 동생인 조지도 방으로 들어왔습니다. 그는 나의 외투를 누나의 손에서 받아 방 구석의 의자에 걸쳐 놓았습니다. 그런 다음 난로 옆으로 돌아와 우리는 모두 함께 차를 마셨습니다. 차를 마시면서 토지에 관한 이야기가 나왔습니다. 사이먼 클로드는 그런 일은 귀찮다면서 조지에게 모든 것을 맡겼는데, 조지 또한 자신의 판단에 그 모든 일이 맡겨졌다는 것이 걱정이었던 모양입니다. 그래서 내가 먼저 이야기하여 차를 마신 다음 서재로 가서 문제의 서류를 훑어 보았습니다. 메어리 클로드도 함께 따라왔습니다.

15분쯤 뒤에 나는 돌아갈 준비를 했는데, 객실에 외투를 두고 온 것이 생각났기 때문에 그것을 가지러 갔습니다. 그 방에는 스플락 부인이 혼자 있었습니다. 부인은 외투가 걸려 있는 의자 곁에 무릎을 짚고 앉아 있는 것이었습니다. 무명으로 만든 의자 커버를 필요도 없이 공연히 만지작거리고 있었습니다. 우리가 들어가자, 부인은 얼굴이 새빨개져서 일어났습니다.

'이 의자 커버는 아무래도 잘 맞지 않는 것 같아요. 내가 한다면 좀더 잘 맞는 것을 만들겠는데 말이에요' 하고 그녀는 말하는 것이었습니다.

나는 외투를 입으려고 하다가 유언장이 들어 있는 봉투가 주머니에서 삐져 나와 마룻바닥에 떨어져 있는 것을 보았습니다. 나는 그것을 주워 주머니에 넣고 그 집을 나왔습니다.

사무실로 돌아온 다음 내가 한 일을 자세하게 말하기로 하겠습니다. 나는 외투를 벗고 주머니에서 유언장이 들어 있는 봉투를 꺼내어 손에 든 채 테이블 곁에 서 있었습니다. 그러자 그때 우리 사무실의 서기가 들어왔습니다. 나에게 전화가 걸려 왔는데, 내 책상의 내선이 고장이라는 것입니다. 그래서 하는 수 없이 서기와 함께 바깥 사무실로 가서 5분쯤 전화로 이야기했습니다.

나오니까 그 서기가 나를 기다리고 있더군요.

'스플락 씨가 좀 뵙고 싶다고 말씀하기에, 사무실로 안내해 드렸습니다.'

사무실에는 스플락 씨가 테이블 옆에 앉아 있었는데, 내가 들어가자 벌떡 일어나더니 뭔가 나의 비위를 맞추려는 듯한 인사를 하면서 끝도 없이 긴 말을 늘어놓는 것이었습니다. 결국 자기와 자기 아내에 대해 괴로운 듯이 변명하는 것이었어요. 세상 사람들이 공연히 말을 많이 하는 모양이라는 둥, 아내는 이 세상에 태어난 뒤 줄곧 때묻지 않은 깨끗한 마음과 욕심을 모르는 사람으로 세상에 알려져 있다는 둥 했는데 나는 조금 퉁명스럽게 대했던 것 같습니다. 마지막에는 그도 방문한 보람이 없다는 것을 알아차렸던 모양이에요. 조금 갑작스럽게 허둥지둥 나가더군요. 그런 다음 나는 유언장이 책상 위에 그대로 놓여 있었던 것이 생각나서 그것을 봉하고 겉봉을 써서 금고 안에 넣었습니다.

그런데 이제부터가 이야기의 가장 중요한 대목입니다. 두 달 뒤 사이몬 클로드는 세상을 떠났습니다. 장황하게 늘어놓는 것은 그만두고, 있는 그대로의 사실만을 말씀드리겠습니다.

유언장이 들어있는 봉인된 그 봉투를 공개했더니, 안에는 아무것도 씌어 있지 않은 백지 한 장밖에 들어 있지 않더란 말입니다."

페더릭 씨는 여기서 이야기를 끊고 이야기를 듣는 데 정신이 팔려 있는 모두의 얼굴을 한 바퀴 둘러본 다음 빙그레 웃음을 지었다.

"물론 이야기의 요점은 아셨겠지요? 두 달 동안 봉인된 봉투는 금고 안에 잘 간직해 두었습니다. 그동안 아무도 그것을 만질 수는 없었어요. 아니, 내가 가지고 있던 시간도 아주 짧은 동안이었지요. 유언장에 서명한 다음 내가 금고의 열쇠를 잠글 때까지의 사이였으니까 말입니다. 글쎄, 누가 그렇게 할 기회를 가졌을까요? 또 그렇게 함으로써 누가 이익을 얻겠습니까?

되풀이해서 가장 요긴한 대목을 대강 그 요점만 말씀드리겠습니다. 유언장에 클로드 씨가 서명하고 내가 그 봉투에 봉인을 했습니다. 여기까지는 좋았습니다. 외투는 메어리가 벗겨 주었고, 조지에게 내주었습니다. 조지가 외투를 의자에 놓을 때까지 나는 눈을 떼지 않고 보고 있었습니다. 내가 서재에 가서 조지와 토지에 관한 서류를 보는 동안에 스플락 부인은 외투 주머니에서 봉투를 빼내어 안에 든 유언의 내용을 천천히 읽었습니다. 사실 봉투는 주머니에서 마룻바닥에 떨어져 있었으니까 이것은 충분히 생각할 수 있는 일입니다. 그렇지만 말입니다. 여기서 기묘한 문제에 부딪치게 됩니다. 부인에게는 유언장을 백지와 바꿔치기할 기회가 있었습니다. 그러나 그렇게 할 동기는 전혀 없을 것입니다. 유언은 그녀에게 절대적으로 유리한 것이었으니까 백지와 바꿔친다는 것은 자신이 그토록 탐냈던 유산을 스스로 내버리는 것이나 마찬가지가 아니겠습니까. 이와 똑같은 말을 스플락 씨에 대해서도 할 수 있습니다.

그도 또한 기회는 있었습니다. 사무실에서 2, 3분 동안 그 문제의 서류를 앞에 놓고 혼자 앉아 있었으니까요. 그러나 이것은 그에게도 또한 손해가 되는 일입니다. 그래서 우리는 참으로 이상하기 짝이 없는 문제에 부딪치게 된 것입니다.

다시 말해서 백지와 바꿔치기할 기회가 있었던 두 사람에게는 그렇게 할 '동기'가 전혀 없고, 동기를 갖고 있었던 두 사람은 전혀 '기회'를 갖지 못했다는 것입니다. 말이 나온 김에 말씀드리지만 하녀인 에마 고운트 말입니다. 이 여자도 의심할 수 없었던 것은 아닙니다. 이 여자는 젊은 주인 남매에게 매우 충실해서 스플락 부부를 몹시 미워하고 있었으니까요. 그녀가 그럴 생각만 갖는다면 유언장을 바꿔치는 일쯤 간단히 해치웠겠지요. 그러나 실제로 봉투를 손에 잡기는 했지만 마룻바닥에서 주워올려 나에게 주었을 뿐이니까, 그 안에 든 것을 만질 기회는 없었던 것입니다. 또한 요술쟁이 같이 재빠른 솜씨로(물론 그런 재주가 있을 만한 여자도 못되었습니다만) 알맹이를 바꿔친다는 것도 불가능했습니다. 문제의 봉투는 내가 사무실에서 가지고 갔던 전용 봉투였으므로 거기에 있던 아무도 그것과 똑같은 봉투를 가지고 있지 못했을 테니까요."

페더릭 씨는 그 자리에 모인 사람들을 다시 한 번 둘러보고는 빙글빙글 웃었다.

"자, 이것이 나의 작은 문제입니다. 똑똑히 설명을 드렸다고 생각합니다만 여러분의 의견을 듣고 싶습니다."

그러자 미스 마플이 웃음을 터뜨려 그 웃음이 좀처럼 멎을 줄 몰랐기 때문에 모여앉은 사람들은 매우 놀랐다. 무엇인지는 알 수 없지만 무척 우스운 일이 있는 모양이다.

"뭡니까, 제인 아주머니. 혼자서만 웃으시다니 안 좋은데요." 레이몬드가 한 마디 했다.

"말씀을 듣다가 갑자기 그 장난꾸러기 토미 시몬즈가 생각났어요. 너무 지나친 개구쟁이는 곤란하지만 그래도 이따금 아주 유쾌한 일도 있지요. 언제나 무언가 장난거리가 없을까 하고 찾는 순진하고도 귀엽게 생긴 아이가 흔히 있지 않아요. 그것 말이에요. 지금 문득 생각이 났는데, 글쎄 지난 주일에도 주일 학교에서 '선생님, 달걀 노른자위는 희다고 하나요, 아니면 달걀 노른자위는 흽니다라고 하나요? 어느 쪽이 올바르게 하는 말일까요?' 하고 물었으므로, 다른 선생은 '달걀 노른자위는 희다고 해도 좋고 흽니다라고 해도 좋아요'라고 어떻게 말해도 틀린게 아니라고 설명했답니다. 그러자 개구장이 토미는 이렇게 말하더랍니다.

'나 같으면 달걀 노른자위는 노랗다고 말하겠는데요.'

얼마나 장난스러운 일이에요? 하지만 옛날부터 곧잘 하는 장난이어서 내가 어렸을 때에도 곧잘 남들을 골탕먹였답니다."

"재미있는 이야기군요, 제인 아주머니" 하고 레이몬드는 조용히 말을 이었다. "그렇지만 페더릭 씨가 이야기해 주신 재미있는 이야기와는 아무 관계도 없는 일이에요."

"천만에, 관계가 있고말고. 사람을 슬쩍 걸어 넣은 함정이야! 마찬가지로 페더릭 씨의 이야기에는 함정이 있어요. 과연 변호사다우신 이야기였습니다. 역시 경험이 풍부하신 관록을 갖추셨어요."

미스 마플은 페더릭 씨에게 나무라듯이 머리를 저어 보였다.

"정말로 아셨습니까?" 변호사는 눈을 껌벅거렸다.

미스 마플은 종이에 쓱쓱 무엇인가 쓰더니 그것을 접어서 맞은편에 앉은 변호사에게 건네 주었다. 페더릭 씨는 종이를 펴서 읽더니 매우 감탄한 것 같은 표정으로 그녀를 빤히 건너다보는 것이었다.

"미스 마플, 당신이 모르는 일은 이 세상에 아무것도 없는 것 같군요."

"전 어렸을 때부터 그걸 알고 있었어요." 미스 마플은 말했다. "저도 그걸로 무척 장난을 했으니까요."

"나로서는 도무지 이 문제에는 손을 들어야겠는데요" 하고 헨리 경이 말했다. "나는 아무래도 이 이야기 속에 페더릭 씨가 법률상의 오묘한 비결이랄까, 그런 것을 숨겨 놓고 있는 것같이 생각됩니다만."

"천만의 말씀입니다. 그런 것은 털끝만큼도 없습니다. 이것은 진짜 있는 그대로, 그리고 공정한 이야기입니다. 미스 마플에게 신경쓰지 마십시오. 저 분은 저분 나름의 눈으로 사물을 보시는 분이니까요."

"생각하면 모를 것도 없어요." 레이몬드는 다소 조바심이 나는 듯이 말했다. "사실은 확실히 분명한 것 같습니다. 다섯 사람이 실제로 그 봉투를 만졌다는 것, 스플락 부부는 확실히 봉투를 만졌지만 바꿀 까닭이 없다는 것. 그렇다면 나머지는 세 사람이군요. 요술쟁이는 사람들이 보는 앞에서 있을 수도 없는 것 같은 짓을 거뜬히 해치우더군요. 그러니까 조지 클로드가 방 한쪽 구석으로 외투를 가지고 갈 때 종이를 빼내고 대신 백지를 슬쩍 바꾸어 넣었는지도 모르겠군요."

"전 말예요, 메어리 양이라고 생각해요. 하녀가 달려가서 유언장의 내용을 메어리에게 이야기했을 거예요. 그래서 메어리는 다른 파란색 봉투를 가져다가 그것과 바꿔친 거예요."

조이스가 말했다.

"나로선 양쪽 다 수긍할 수 없어요" 하고 헨리 경이 고개를 절래절래 내저으며 천천히 입을 열었다. "이런 것은 요술쟁이나 하는 일이지요. 그것도 무대 위나 소설 속에서 나오게 마련입니다. 실제적인 생활에서는 있을 수 없는 일입니다. 특히 페더릭 씨와 같이 예민한 눈을 가지고 있는 사람 앞에서는 더욱 그렇습니다. 하지만 지금 잠깐 생각난 일인데요——물론 생각난 것에 지나지 않습니다만——롱맨 교수가 얼마전에 그 댁을 방문하였지만 별로 말을 하지 않았다고 했지요. 그러니까 그 방문의 결과가 어떤가 하고 스플락 부부가 매우 조바심했을 것이라는 점을 생각할 수 있지요. 사이몬 클로드 씨가 아마도 자기의 마음을 그들 부부에게 털어놓고 밝히지는 않았으리라고 생각할 수 있습니다.

그렇다면 노인이 페더릭 씨를 불러오게 한 것을 그들 부부는 전혀 다른 각도에서 보았던 게 아닐까 생각합니다. 부부는 클로드 씨가 이미 율리디스 스플락 부인에게 유리한 유서를 작성해 놓았을 것으로만 생각했어요. 그러니까 롱맨 교수의 의견에 따라 특히 그녀를 빼놓으려고 새로운 유서가 만들어졌다고 생각한 것이지요. 그렇든가 아니면 당신네 변호사들이 곧잘 쓰는 말이지만, 필립 갸롯드가 육친의 권리를 요구하여 큰아버지의 마음을 움직였나 보다고 착각한 모양입니다. 그렇게 생각해 보면 스플락 부인은 유서를 슬쩍 바꿔칠 기회를 노렸을 것입니다. 부인은 그것을 실행했지만 공교롭게도 그때 페더릭 씨가 들어왔기 때문에 부인은 진짜 유서를 읽을 겨를이 없었지요. 그리고 눈치를 채면 큰일이라 싶어서 급히 불태워 버렸다는 이야기입니다."

조이스는 단호하게 고개를 저었다.

"아무리 겁 많은 여자일지라도 읽지도 않고 태워 버리는 일은 하지 않을 거예요."

"그 해결은 조금 약하군요." 헨리 경은 두말없이 인정했다. "그러니까, 뭡니까, 설마 페더릭 씨 자신이 직접 신의 손을 대신해서 그렇게 하신 것은 아닐 테고……"

이것은 그냥 우스갯소리로 말했는데도 몸집이 자그마한 변호사는 자신의 위엄이 손상되기라도 한 것처럼 성을 내며 몸을 앞으로 내밀었다.

"무슨 그런 쓸데없는 말씀을 하십니까?" 그는 엄한 표정으로 말했다.

"펜더 박사께서는 어떻게 생각하십니까?" 하고 헨리 경이 물었다.

"나도 뭐 확실히는 모르겠습니다만, 스플락 부인이나 그 남편 중 누군가가 봉투 속의 것을 바꾸어친 게 아닐까요? 지금 헨리 경께서 말씀하신 것이 동기가 되어서 말입니다. 페더릭 씨가 돌아가신 뒤에야 겨우 부인이 그 진짜 유언장을 읽었다고 한다면 이것은 모두에게 알려졌으니…… 그래서 틀림없이 클로드 씨의 서류 속에라도 그 유서를 넣었던 것이 아닐까요? 클로드 씨가 세상을 떠난 뒤에 발견되도록 말입니다. 그것이 어째서 발견되지 않았는지 나도 잘 모르겠습니다만, 그 에마 고운트가 그것을 우연히 발견하여 주인들에 대한 과잉 충성으로 몰래 찢거나 태워 버렸다고도 생각할 수 있겠지요."

"전 펜더 박사의 말씀이 가장 맞는 것 같아요" 하고 조이스가 말했다. "그것이 옳은가요, 페더릭 씨?"

변호사는 고개를 저었다.

"그럼, 그 다음을 계속하기로 합시다. 나도 그때는 어이가 없어서 정말 뭐가 뭔지 알 수 없어 꼭 지금의 여러분과 마찬가지였습니다. 이 진상을 풀 수가 없었어요. 풀기는 다 틀렸다고 했지요. 그런데 그것을 알 수 있게 되었단 말입니다. 그것도 아주 쉬운 방법이었어요.

그런 다음 한 달쯤 지나 필립 갸롯드와 함께 밖에서 식사를 했는데, 식사가 끝난 뒤 이것저것 잡담을 하다가 그는 최근에 들은 재미있는 사건이라면서 다음과 같은 이야기를 해주었습니다.

'이 사건에 대해 말씀드리고 싶은 일이 있습니다, 페더릭 씨. 물론 극히 비밀로 말입니다.'

'아, 네, 비밀로 말이지요.' 나는 대답했습니다.

'제 친구의 일인데 말입니다. 그 사나이는 친척에게서 유산을 물려받을 것을 기대하고 있었는데, 그 친척은 전혀 아무 연관도 없는 다른 사람에게 유산을 물려 줄 생각을 하고 있다는 것을 알았답니다. 그 사나이는 정말로 우울해지고 말았습니다. 그는 어떤 사람인가 하면 어떤 목적을 위해서는 수단을 가리지 않는 그러한 성질이었습니다.

그 친척집에는 정당한 유산 상속자인 이 사람의 이익에 대해 매우 충실한 하녀가 있었는데, 친구는 이 하녀에게 아주 간단한 지시를 해 두었던 것입니다. 잉크를 가득 넣은 만년필을 그녀에게 내주면서 주인의 방에 있는 책상 서랍에 넣어 두라고 했지요. 언제나 펜을 넣어 두는 서랍이 아닌 다른 쪽에 넣도록 지시한 것입니다.

그리고 다만 이렇게 지시해 두었습니다. 어떤 서류에 주인이 서명할 때에 증인이 되어달라고 하거든, 언제나 주인이 쓰는 그 펜이 아니라 그 펜과 조금도 다름이 없는 이 펜을 가져가도록 단단히 일렀습니다. 하녀에게 시킨 일은 다만 그것뿐이었습니다. 그 친구는 그 밖에 다른 지시는 전혀 하지 않았습니다. 그리고 하녀는 충실한 여자로, 그의 지시를 정직하게 실행한 것입니다.'

필립 갸롯드는 갑자기 여기서 이야기를 끊고 묻는 것이었습니다.

'지루하신가요, 이런 이야기는, 페더릭 씨?'

'원, 천만에요. 매우 흥미롭게 듣고 있습니다.'

우리는 서로 뚫어지게 상대편의 눈을 마주보았습니다.

'제 친구란 사람은 물론 당신께서 알지 못하는 사나이입니다.'

'물론 그렇겠지요.'

'그렇다면 좋습니다.' 필립 갸롯드는 이렇게 말하더군요. 그리고 잠깐 잠자코 있더니 빙글빙글 웃으며 덧붙였습니다. '이제는 아셨습니까? 그 펜에는 말입니다. 지워지는 잉크라고 말하는, 녹말가루를 물에 풀어 두서너 방울의 요오드를 떨어뜨린 것이 들어 있었던 겁니다. 이렇게 하면 짙은 블루 블랙 빛이 되는데, 그것으로 쓴 글씨는 4, 5일만 지나면 깨끗하게 지워지지요.'"

미스 마플은 또다시 소리내어 웃었다.

"지워지는 잉크 말이지요? 알고 있어요. 나도 어렸을 때에는 곧잘 그것으로 장난을 했답니다."

그녀는 모든 사람들을 둘러보고 빙그레 웃음을 지어 보이더니 다시 한 번 페더릭 씨 쪽을 향해 손가락을 흔들었다.

"하지만 역시 그것은 사람을 걸어 넣는 함정이에요, 페더릭 씨. 정말 변호사님에게 잘 어울리는 그런 이야기로군요."

The Thumb Mark of St. Peter
성 베드로의 손가락 자국

"자, 제인 아주머니, 드디어 아주머니 차례가 되었어요."
레이몬드 웨스트가 말했다.
"그래요, 아주머니. 모두들 무언가 짜릿한 맛이 나는 이야기를 해 주시리라고 기대하고 있어요."
조이스 람프리엘이 맞장구를 쳤다.
"어머나, 모두들 나를 좋은 웃음거리로 알고 있군요." 하고 미스 마플은 차분하게 대답했다. "내가 줄곧 이런 외딴 곳에서 살고 있으니까 재미있는 일을 만난 적이 없을 거라고 생각하시겠지요?"
"시골 마을의 생활이 평화롭고 아무 일 없이 조용하기만 한 것이라고는 이제 생각할 수 없어요." 레이몬드가 열심히 기분을 맞추어 주었다. "아주머니에게 그토록 끔찍스럽고 무시무시한 이야기를 많이 들었는걸요. 넓은 세상이 오히려 이 세인트 메리 미드 마을에 비하면 조용하고 평화로운 곳인 것 같아요."
"그건 말이다, 애야." 미스 마플은 이제야 꺼낼 것 같은 태도로 말을 이었다. "인간성이라는 것은 어디에 있든 마찬가지이기 때문이란다. 게다가 이렇게 시골에 살고 있으면 사실을 훨씬 가까이에서 관찰할 기회가 많으니까 말이야."

"아주머니는 정말 신기한 분이세요." 이번에는 조이스가 말을 받았다. "제인 아주머니, 제인 아주머니라고 불러도 괜찮을까요? 전 어째서 이렇게 부르는지 저도 잘 모르겠지만."

"정말 모르겠나요, 어째서인지? 네, 아가씨?"

미스 마플이 말했다. 그녀는 한참 동안 묻는 듯한 눈으로 올려다보았다. 그러자 조이스는 얼굴을 붉혔다. 레이몬드는 왠지 들뜬 몸짓을 하며 난처한 듯이 헛기침을 했다.

미스 마플은 그 두 사람을 보고 또다시 빙그레 웃고 나서는 다시 뜨개질감으로 눈을 돌렸다.

"과연 나는 세상 사람들이 말하는 평온 무사한 생활을 하고 있지만, 여러 가지로 작은 문제를 해결한 경험이 많이 있답니다. 그 가운데는 정말 복잡하고 힘들었던 것도 있지만, 여러분께 이야기할 만한 것은 못되는군요. 너무나 하찮은 일들이어서 여러분에게는 재미없을 테니까요. 이를테면 '누가 존 양의 뜨개질 가방의 뜨개코를 끊었느냐'라든가, '심즈 부인은 어째서 단 한 번밖에 모피 외투를 입지 않았는가' 하는 따위의 일이랍니다. 사람의 여러 가지를 깊이 알아 내려는 사람에게는 매우 재미있는 재료지만 말이에요. 하지만 꼭 한 가지, 여러분도 재미있다고 생각할 만한 경험이 생각났어요. 그것은 어떤 이야기인가 하면, 나의 가엾은 조카 메벨의 남편 이야기예요.

벌써 10년인가 15년 전의 이야기로군요. 고맙게도 이미 지나가 버린 일이고, 이제는 완전히 다 처리되어 누구나 모두 잊어 버린 일이에요. 세상이란 모든 것을 잊게 마련이니까요. 나는 언제나 생각하지만, 그것이 또 매우 좋은 일이에요."

미스 마플은 잠깐 입을 다물었다가 혼잣말처럼 중얼거렸다.
"잠깐만요, 이 단의 콧수를 좀 세어야겠어요. 코를 줄이는 것은 아주 귀찮답니다. 하나, 둘, 셋, 넷, 다섯——그리고 세 번 뒤로 뜨고, 이제 됐어요.

그런데 무슨 이야기를 했던가요? 아참, 그렇지. 가엾은 메벨의 이야기였었지요? 메벨은 저의 조카딸인데, 아주 좋은 아이였지만, 뭐랄까요, 좀 모자랐답니다. 그 아이는 뭐든지 거창하게 허풍을 떨어서 멜로드라마처럼 되는 것을 좋아하여 마음이 산란해지면 생각해 본 일도 없는 엉뚱한 말을 지껄여 대곤 했었지요.

그 아이는 22살 때 덴만이라는 사람과 결혼했어요. 행복한 결혼은 아니었다고 생각해요. 나는 처음부터 이 두 사람이 서로 좋아서 사귀는 것은 좋지만, 결혼까지는 하지 말았으면 좋겠다고 퍽 바랐었답니다. 덴만 씨는 성질이 과격한 편이어서 메벨의 모자라는 점을 참고 견디어 줄 만한 사람은 못되었으니까요. 또 그 가족에 정신병의 피가 흐르고 있다는 말도 들었지요. 그렇지만 여자아이란 옛날이나 지금이나 또 앞으로도 그렇겠지만, 어쨌든 절대로 말을 듣지 않는 법이니까요. 그래서 메벨은 마침내 결혼하고 말았답니다.

결혼한 뒤로 나는 메벨과 그다지 만나지 못했습니다. 메벨도 한 번인가 두 번 우리집에 와서 머물렀고, 또 그 아이 부부가 여러 번 나를 초대해 주었지만, 나는 솔직히 말해서 남의 집에서 묵는 것을 좋아하지 않았기 때문에 언제나 무슨 핑계를 둘러 대어 거절하곤 했었지요.

그들이 결혼한지 10년이 지났을 때였어요. 덴만 씨가 별안간 죽었답니다. 그들 사이에는 아이가 없었기 때문에 재산은 고스란히 메벨의 것이 되었지요. 물론 나는 만일 내가 있어 주기를 바란다면 언제라도 가겠노라고 편지를 써 보냈더니, 아주 믿음직스러운 회답을 보내 왔더군요. 슬픔 때문에 몹시 풀이 죽은 것 같지는 않았습니다. 그들은 그다지 걸맞는 부부는 아니었으니까 치명적인 충격을 받지 않았다는 것도 당연한 일이라고 나는 생각했습니다.

그로부터 석 달쯤 지난 뒤의 일이었지요. 나는 메벨에게서 매우 신경질적인 편지를 받았답니다. 사태가 점점 악화되어 가서 이제는 더 이상 참을 수가 없게 되었으니, 부디 빨리 와 주었으면 고맙겠다는 내용이었어요.

그래서 나는 클라라에게 수당을 주기로 하고서 금이며 은으로 된 식기류와 가보인 찰스 왕 시대의 큰 컵을 은행에 맡기고 곧 떠났습니다. 메벨은 매우 조바심내는 태도였어요. 마틀 딘 저택이라는 그 집은 아주 컸는데, 살림살이도 모두 좋은 것들이었어요. 집에는 요리사와 잔심부름하는 하녀와 늙은 덴만 씨의 시중을 들어 주는 간호사가 있더군요. 이 덴만 씨는 메벨의 시아버지로, 이른바 '머리가 돌아 버린' 사나이였습니다. 매우 조용하고 예의범절도 차릴 줄 아는 점잖은 사람이었지만, 가끔 이상한 점이 나타나곤 하는 거예요. 내가 아까 덴만 집안에는 정신병의 피가 흐르고 있다고 말씀드렸었지요?

나는 메벨이 달라진 것을 보고 굉장히 큰 충격을 받았어요. 그녀는 온통 신경이 곤두선 신경질덩어리였답니다. 그렇지만 도대체 무엇 때문에 그토록 고민하는지, 그것을 그녀에게서 알아 내기에는 꽤나 힘이 들었지요. 나는 이런 때에 사람들이 곧잘 편지에다 써 보내오곤 했던 친구 갤러네 집안 사람들은 어떻게 지내고 있느냐고 물었더니, 놀랍게도 요즈음에는 전혀 왕래가 없다는 말이었어요. 다른 친구들의 말을 물어도 거의 마찬가지였습니다. 그래서 나는 '혼자 집에 틀어박혀서 대수롭지도 않은 자잘한 일로 자꾸만 걱정하는 것은 좋지 않아. 특히 친구들을 자기에게서 멀리해 버리다니, 더없이 어리석은 일이로구나' 하고 타일렀답니다. 그랬더니 갑자기 그 아이는 모든 것을 털어놓기 시작하는 것이었어요.

'제 탓이 아니에요. 그 사람들이 그렇게 하는 걸요. 이제는 저에게 말을 걸어 주는 사람이 아무도 없어요. 제가 큰길을 걸어가면 모두들 저와 말을 하지 않으려고 옆길로 피해 가는 거예요. 마치 문둥병 환자처럼 말이에요. 아, 못 살겠어요. 이제는 더 이상 참을 수가 없어요. 집을 팔고 외국에라도 가 버렸으면 좋겠어요. 하지만 무슨 까닭에서일까요? 어째서 이렇게 쫓겨나야만 하지요? 전 아무 짓도 하지 않았는데 말예요.'

나는 이루 말할 수 없이 이성을 잃었답니다. 그때 헤이 씨의 노마님에게 드릴 목도리를 짜고 있었는데, 그 이야기에 너무나 정신을 쓰다 보니 코를 두 개나 빠뜨렸더군요. 그것도 훨씬 나중에야 깨달았답니다.

'글쎄, 메벨, 너는 나를 꽤나 놀라게 하는구나. 대체 어떻게 된 까닭이냐?'

아주 어렸을 적에도 메벨은 곧잘 애를 먹이는 아이였었어요. 내 질문에 확실한 대답이 나오도록 하기까지는 무척 힘이 들었답니다. 메벨은 그저 막연한 이야기밖에는 해주지 않았거든요. 악의 있는 소문이며, 소문을 퍼뜨리는 일밖에는 할 일도 없는 게으름뱅이의 이야기며, 남의 귀에 무언가 쑤군쑤군 퍼뜨리고 다니는 참견쟁이의 이야기 따위 말예요…….

'그래, 그건 잘 알겠다' 하고 나는 말해 주었습니다. '틀림없이 너에 관한 일로 무언가 소문이 퍼져 있는 모양이구나. 하지만 그것이 어떤 소문인지, 너도 알고 있을 것 아니니? 자, 그것을 말해 다오.'

'아주 심한 이야기예요.'

메벨은 부르짖는 것처럼 말했습니다.

'물론 심하겠지. 소문이란 으레 그렇지 않니?' 나는 분명하게 딱 잘라 말했습니다. '아무리 세상 사람들이 심한 소리를 한다고 해도 나는 이제 놀라거나 어이없어 하지는 않는다. 그러니까 애야, 그런 사람들이 네 이야기를 뭐라고 하는지 분명히 말해다오.'

이렇게 해서 간신히 모든 것이 확실해졌습니다.

제오플레이 덴만 씨가 갑작스럽게 죽었기 때문에 여러 가지 소문이 난 것이었지요. 정말은——내가 메벨에게도 말한 바와 같이 노골적으로 말한다면——메벨이 남편을 독살했다는 소문이 떠돌고 있었던 겁니다.

그런데 여러분들도 아시리라고 생각합니다만, 소문처럼 잔혹한 것은 없어요. 그리고 그것과 싸우는 일만큼 어려운 일도 없지요. 듣지 않는 곳에서 수군댈 뿐이니까 반대할 수도, 내놓고 반박할 수도 없거든요. 그러는 동안에 소문은 자꾸자꾸 퍼져 갈 뿐이어서, 나중에는 어떻게도 막을 도리가 없어지고 맙니다. 다만 한 가지, 메벨이 사람을, 그것도 남편을 독살하다니, 그런 짓을 할 수 있는 여자가 아니라는 것만은 내게 확신이 있었어요. 다만 무언가 어리석은 짓을 저지른 것뿐일 거예요. 단지 그것으로 그 아이의 일생을 망쳐 버리고 가정 생활을 견디어 내지 못하게 만들다니, 정말 심한 이야기지요.

'아니 땐 굴뚝에 연기 나겠느냐고 말하지 않더냐. 안 그러니, 메벨? 어떤 일에서 모두들 그런 말을 꺼내게 됐는지, 그것을 말해 봐라. 무슨 일인가 있었을 게 아니겠니, 그렇지?'

메벨은 더듬더듬 말을 시작했습니다. '아무 일도 없었어요, 전혀 아무것도…… 다만 제오플레이의 죽음이 그야말로 갑잡스러운 일이었다는 것뿐이에요.' 하고 그녀는 말하는 것이었어요. 그는 그날 저녁 식사할 때는 매우 건강했는데 밤중에 갑자기 중태가 되어 의사를 부르러 사람을 보냈으나 의사가 오자 2, 3분 뒤에 죽어 버렸는데, 죽은 원인은 독버섯을 먹었기 때문이라는 것이었답니다.

'그렇구나, 그런 변사는 특히 말썽이 많은 법이지. 하지만 그밖에 좀더 무언가 있을거야. 제오플레이와 다투었거나 그런 일은 없었니?'

메벨은 고개를 끄덕였습니다. 그 전날 아침 식사를 할 때 다투었다는 것이었어요.

'하인들이 그걸 들은 게 아니었을까?' 하고 나는 물었습니다.

'방안에는 없었어요.'

'그렇지만 애야, 문 바로 밖에 있었는지도 모르는 일 아니겠니?'

나는 메벨의 새된 신경질적인 목소리가 멀리까지 잘 들린다는 것을 알고 있었습니다. 게다가 제오플레이 덴만도 성이 나면 큰 소리를 지르는 버릇이 있는 사람이었지요.

'무엇 때문에 다투었느냐?' 나는 이렇게 물었습니다.

'언제나 그런 거지요, 뭐. 언제나 똑같은 일을 되풀이하고 또 되풀이하고 하는 거예요. 대수롭지도 않은 일이 실마리가 되어서 제오플레이가 말할 수 없을 만큼 성을 내며 심한 말을 했어요. 그래서 저도 마음에 있던 말을 마구 퍼부었지요.'

'그럼, 너희 부부는 늘 그렇게 다투기만 했단 말이냐?' 하고 나는 어이가 없어서 물었습니다.

'저 때문이 아니었다니까요.'

'애야, 누구 때문이라는 말이 아니야. 그런 것은 문제도 안돼. 이런 좁은 마을에서는 말이야, 한 사람 한 사람의 사사로운 개인적인 일이 많건 적건 세상의 관심거리가 되는 법이에요. 너희들은 늘 부부 싸움을 하다가, 그날 아침에는 특히 심한 말다툼을 했다는 말이로구나. 그리고 그날 밤 까닭없이 갑작스럽게 남편이 죽었을 뿐이란 말이지? 그러지 않으면 그밖에 또 무언가 있느냐?'

'그밖에 또 무언가 있느냐라니, 전 고모님의 말씀을 모르겠어요.'

메벨은 발끈해서 이렇게 말하더군요.

'그것뿐이란 말이지. 애야, 무언가 바보 같은 짓을 했다면 숨기지 말고 말하렴. 나는 다만 어떻게 해서든지 너를 도와 주고 싶은 생각밖에 없어.'

'누가 무엇을 어떻게 한다 해도 저를 도와 줄 수 없어요. 저는 오직 죽으면 되는 거예요.'

메벨은 체면이고 예의고 차릴 수 없을 만큼 이성을 잃고 이런 말을 하는 것이었습니다.

'애야, 이렇게 비참한 경우일수록 신의 손에 매달려 좀더 생각해야 하는 거란다. 자아, 메벨, 너는 아직도 나에게 무언가 감추고 있는 모양이구나. 나는 알 수 있어.'

그 아이가 어렸을 적에도 모든 것을 다 털어놓고 고백하지 않을 때에는, 마치 손으로 만져 보듯이 나는 그것을 알 수 있었답니다. 이때도 상당히 애를 먹었지만, 마침내 모든 것이 명확해졌어요. 그녀는 그날 아침 약국에 가서 약간량의 비소를 사왔던 겁니다. 물론 극약이므로 사올 때 서명을 하고 왔기 때문에 약국 주인이 이것을 말했을 건 아주 당연한 일이지요.

'의사 선생님은 어떤 분이시냐?'

'로린슨 선생님이에요.'

나는 전에 의사를 만난 일이 있었습니다. 메벨이 가르쳐 주었었지요. 간단히 말해서 이 의사는 아주 늙어 빠진 할아버지였습니다. 나처럼 오랜 인생 경험을 하다 보면 의사의 진단도 절대적으로 믿을 수는 없더군요. 개중에는 의술이 뛰어난 분도 계시지만 그렇지 못한 분도 있지요. 그리고 아무리 명의라도 어디가 나쁜지 좀처럼 알아 내지 못하는 일이 절반은 있게 마련이랍니다. 그래서 나는 의사라든가 의사가 주는 약 따위에 그다지 기대를 걸지 않아요.

나는 사정을 주욱 생각해 보았습니다. 그런 다음 모자를 쓰고 로린슨 선생님을 찾아가 보았습니다. 그분은 내가 생각했던 바와 다름이 없었습니다. 좋은 할아버지여서 친절하고 흐리멍덩하며, 게다가 불쌍할 정도로 근시인데다가 귀가 멀어서 별일도 아닌 것을 가지고 기분이 언짢아져 시무룩해지는 그런 사람이었어요.

내가 제오플레이 덴만의 죽음에 대한 말을 꺼내자, 그는 거드름을 피우며 늘어놓기 시작했지요. 독버섯이 어떠니 식용 버섯이 어떠니, 그밖의 버섯에 대해 여러 가지 이야기를 퍽 많이 늘어놓더군요. 의사는 요리사에게 물었는데, 그 요리사가 그날 저녁 요리를 한 버섯 가운데 하나인지 둘인지 조금 이상한 것이 있었지만 가게에서 배달해 온 것이기 때문에 괜찮으리라 생각했다고 대답했다더군요. 요리사는 그런 다음, 곰곰이 생각하면 할수록 그 버섯이 좀 이상한 것으로 생각된다고 말하더랍니다.

나는 말했습니다.

'그렇게 생각할 거예요. 그런 사람들은 처음에는 양송이 버섯과 아주 똑같다고 했으면서도 나중에는 보랏빛 반점이 있는 오렌지빛이었다는 둥 말할지도 모르니까요. 그럴 마음만 먹으면 밑도 끝도 없는 엉뚱한 일을 생각해 내거나 한답니다.'

의사가 왔을 때, 이미 덴만은 말할 수 없을 만큼 기력이 쇠약해져 있음을 알 수 있었답니다. 물 한 방울도 넘기지 못하더니 2, 3분 뒤에 그대로 죽고 말았답니다. 의사는 자기가 쓴 사망 진단서에 매우 만족하고 있었지만, 그러나 그것이 어느 정도 확고한 생각에서 나온 것인지, 또 어느 정도 진짜로 믿고 있는 것인지 나로서는 알 수 없었어요.

나는 곧장 집으로 돌아가서 메벨에게 무엇에 쓰려고 비소 같은 것을 샀느냐고 다그쳐 물었습니다.

'무언가 생각이 있어서 산 것일 테지?' 나는 이렇게 물었습니다.

메벨은 울음을 터뜨리고 말았습니다.

'죽고 싶었던 거예요. 전 너무나도 불행했었어요. 모든 것을 끝내 버리려고 생각했었어요.'

'그래, 아직도 그 비소를 가지고 있니?'

'아니오, 버렸어요.'

나는 그 자리에 앉은 채 이 사건에 대해 다시 처음부터 되풀이해서 거듭 곰곰이 생각했습니다.

'그 사람이 갑자기 상태가 나빠졌을 때 어떻게 하던? 곧 너를 부르더냐?'

'아니오.'

메벨은 고개를 설레설레 저었어요.

'그이는 초인종을 눌렀어요. 대여섯 번 울렸나 봐요. 간신히 심부름하는 도로시가 그것을 알아듣고 요리사를 깨워 둘이서 방으로 갔대요. 도로시는 그이를 보자마자 기겁을 했다더군요. 영문을 알 수 없는 말만 자꾸 헛소리처럼 중얼거릴 뿐이었다고 말했어요. 요리사만 거기에 남아 있고 도로시는 저에게로 달려왔어요. 그래서 저는 그제야 일어나 그이에게로 갔지요. 물론 곧 중태라는 것을 알 수 있었지만, 그날 따라 공교롭게도 시아버지의 시중을 드는 블루스터가 외박을 하여 집에 없어서 이런 경우에 어떻게 하면 좋을지 아는 사람이 아무도 없었어요. 하는 수 없이 의사를 모셔오라고 도로시를 내보내고, 저는 요리사와 둘이 남아 있었는데, 2, 3분쯤 그렇게 서 있는 동안 저는 도저히 참고 견딜 수가 없었어요. 그 괴로워하는 모습은 차마 눈으로 볼 수 없을 정도로 굉장했거든요. 그래서 제 방으로 돌아와 문을 잠가 버리고 말았어요.'

'저런, 정말 인정머리 없는 아이도 다 있구나. 어떻게 그토록 멋대로 굴 수가 있단 말이냐. 그런 짓을 했으니까 아무도 네 편을 들어 주려고 하지 않는 게 아니겠니. 너도 그런 것쯤은 알겠지. 요리사가 그것을 사람들에게 떠들어 댄 거지 뭐겠니. 참말로 아주 성가시게 되었구나.'

그런 다음 나는 하녀에게 말을 하게 했습니다. 요리사는 버섯에 대한 이야기를 자꾸 지껄이고 싶어했지만, 나는 그것을 막았어요. 버섯에 대해서는 이미 진저리가 나도록 들었으니까요. 그 대신 그 두 사람에게 그날 밤의 주인 어른 상태를 자세히 이야기하게 했습니다. 그러나 둘 다 똑같은 말을 하는 것이었습니다. 말할 수 없이 괴로워하면서 아무것도 마시지 못했다는 것이었어요. 목이 콱 막힌 듯한 목소리로 뭐라고 말씀하셨지만, 알아들을 수 없는 헛소리여서 도무지 뜻을 알 수 없었다는 것이었지요.

'알아들을 수 없는 말이라니, 어떤 말을 하던가요?'

나는 그점을 파고들어 물었습니다.

'뭔가 생선에 관한 말씀이 아니었던가 싶어요. 그렇지?'

그녀는 이렇게 말하면서 도로시를 쳐다보았습니다.

도로시도 그렇다고 맞장구를 치더군요.

'생선 무더기라든가 뭐라든가 하는 알아들을 수 없는 말씀만 하셨어요. 저는 대뜸 주인 어른께서는 정신이 이상해지신 거로구나. 불쌍하셔라 이렇게 생각했었어요.'

이런 말만으로는 아무것도 잡히지 않습니다. 그래서 마지막 하나 의지하는 것은 블루스터였어요. 나는 그녀를 만났습니다. 50살쯤

된 야윈 중년 여인이었습니다.

'그날 밤 제가 없었던 것이 정말 분한 일이었어요. 의사 선생님이 오실 때까지 정말 모두 그분을 위해 아무것도 못하고 손을 마주잡고 보고만 있었다니 말이에요.'

'헛소리를 하더라는데, 그런 상태가 되는 것은 프토마인 중독 증세이지요?'

'그건 때와 경우에 따라 다릅니다.'

나는 그녀가 보살피는 환자는 좀 어떠냐고 물어 보았습니다.

'별로 좋지 않답니다.'

'아주 몸이 수척하신가요?'

'웬걸요. 몸은 매우 건강하시답니다. 시력만은 매우 떨어졌지만, 어쩌면 오히려 우리보다도 훨씬 오래 사시게 될지도 모릅니다. 그렇지만 머리가 점점 더 나빠지고 있어요. 나는 오래 전부터 덴만 씨 부부에게 병원 시설이 되어 있는 곳에 입원시키시도록 말씀드렸지만, 두 분께선 어떤 희생을 치르더라도 그분을 편히 모셔야 한다면서 그것만은 승낙하시지 않았습니다.'

메벨을 위해 말씀드리지만, 메벨은 언제나 마음씨가 고운 아이였습니다.

그런데 눈 앞에 맞닥뜨린 문제를 나는 여러 가지 각도에서 자세히 검토해 보았습니다. 그리고 마침내 한 가지 일만은 무슨 일이 있더라도 해야 한다고 결심했습니다.

이런 소문이 떠돌아 다니는 이상 아무래도 시체 발굴 허가를 신청해야만 하며, 그리고 올바른 검시 해부를 의뢰하여 밑도 끝도 없는 헛소문을 깨끗이 씻어 주어야만 한다는 것이었습니다. 메벨은 과연 이러쿵저러쿵 떠들어 대며 반대했습니다. 주로 감상적인 이유에서였지요. 무덤 속에서 평화롭게 잠들어 있는 그이를 다시 파헤

치다니 무슨 소리냐고 말입니다. 하지만 나는 딱 잘라 말하고 결심을 바꾸지 않았지요.

 이 일에 대해서는 이제 길게 말씀드리지 않겠어요. 지시가 내려——검시라고 하나요?——그것을 하게 되었습니다. 그러나 기대했던 바와 같은 만족스러운 결과를 얻을 수는 없었어요. 비소가 몸 안에 들어간 흔적은 전혀 없었지만——이것은 매우 고마운 일이었지만 말이에요—— 보고서의 구절은 '죽음에 이르게 한 원인이 될 만한 것은 아무것도 발견할 수 없었음'이라는 것이었습니다.

 그것만 가지고서는…… 아실 만하겠지요? 이 곤란한 사태에서 우리는 도무지 빠져나올 수가 없었던 거지요. 뜬소문이 멎기는 커녕 오히려 사람들은 검출할 수 없을 만한 진귀한 독약을 썼을 것이라느니 하는 식으로 말도 되지 않는 소리를 지껄여 대는 것이었어요.

 나는 시체를 해부했던 병리학자에게 여러 가지 질문을 했습니다. 그는 대개의 질문에는 되도록 답변하기를 피했지만, 독버섯이 죽은 원인이 아니라고 생각한다는 것은 분명히 확인할 수 있었습니다.

 문득 나는 어떤 생각이 떠올랐기 때문에 '혹시 어떤 독 때문이라면 어떤 독이 그러한 결과를 가져오는 것일까요?' 하고 물어 보았습니다. 학자는 길다란 설명을 해주었습니다. 거의 모든 이야기가 솔직히 고백하면 나로서는 뭐가 뭔지 알 수 없는 것이었지만 말이에요. 하지만 결국 이러한 것이었습니다. 죽은 원인은 강한 식물성 알칼로이드에 의한 것일 거라고.

 내 머리에 떠오른 생각이란 이런 것이었습니다. 만약 제오플레이덴만의 핏속에도 정신병 혈통이 전해지고 있었다면, 그가 자살한 것인지도 모르는 일 아니겠느냐고 말입니다. 그는 어떤 시기에 의학 공부를 한 일도 있으므로, 독약이라든가 그 효과에 대해서는 잘 알고 있었을 테니까요.

 나는 틀림없이 그럴 거라고 단정할 수까지는 없지만, 그 밖의 일은 생각할 수가 없었어요. 그래서 나도 정말 어찌해야 할지 암담했지요. 이런 말을 하면 당신들 같은 요즈음의 젊은 분들은 틀림없이 웃으시겠지만, 나는 더 이상 어떻게 할 수 없는 절망에 빠지게 되면 언제나 남몰래 혼자서 기도를 한답니다. 길을 걸을 때에도, 바자에 있을 때에도, 장소가 어디든 상관 않고 말이에요. 그러면 언제나 그 기도는 이루어져서 해답이 나온답니다. 그것은 대수롭지 않은 하찮은 것일 수도 있고, 또한 전혀 그 문제와는 아무 관계없는 것처럼 보이는 일도 있지만, 아무튼 해답이 나와요.

 나는 어렸을 때 '구하라, 그러면 얻으리라.'라는 성서의 구절을 침대 베게머리에 핀으로 꽂아 놓았었습니다. 그래서 그날 아침 나는 바깥의 큰길을 걸으면서 열심히 기도했지요. 눈을 감았다가 다시 떴습니다. 그 순간 맨 먼저 눈에 들어온 것, 그것이 무엇이었다고 생각하세요?"

다섯 사람이 서로 정도의 차이는 있었지만 한결같이 흥미에 찬 표정을 얼굴에 띠고 미스 마플 쪽을 보았다. 그렇지만 틀림없이 아무도 올바른 해답을 알아맞출 수는 없었을 것이다.

"내가 본 것은" 미스 마플은 감정을 담아 말했다. "생선 가게였어요. 거기에는 단 한 마리, 싱싱한 대구가 있었지요."

그녀는 의기양양해서 모두를 둘러보았다.

"오, 하느님! 기도한 보람이 겨우 싱싱한 대구라고요!" 레이몬드 웨스트가 말했다.

"그렇단다, 레이몬드. 하느님을 욕되게 하는 그런 말을 해서 못써요. 신께선 어떤 곳에라도 그 거룩하신 손을 내밀어 주시는 거란다. 내가 맨 처음으로 본 것은 까만 반점(성 베드로의 엄지손가락 자국. 마태복음 17장 27절. 예수께서 베드로에게 물고기를 잡아 그 입에 문 은화를 납입금으로 하라고 명했는데, 그때의 베드로의 손가락 자국이 대구의 반점이 되었다는 전설)이었어요. 전설에 있잖아요, 성 베드로의 손가락 자국! 나는 그 순간 불현듯 어떤 일을 알게 된 것같이 생각되었지요. 나는 신앙이 필요했습니다. 성베드로와 같은, 언제나 변하지 않는 신앙 말이에요. 나는 두 가지를 한데 결부시켰습니다. 신앙과 그리고 생선을."
헨리 경은 당황한 듯이 코를 울렸고, 조이스는 입술을 삐죽거리며 웃음을 삼켰다.
"나는 무엇에서 그런 것을 생각해 냈을까요? 물론 요리사와 도로시가 모두 덴만 씨가 죽기 직전에 생선이라는 말을 중얼거렸다는 것에서였어요. 나는 이 말 속에 틀림없이 해결의 열쇠가 있으리라고 확신했던 겁니다. 그래서 일의 진상을 반드시 알아 내어 확인해 보이겠다고 굳게 결심하며 집으로 돌아갔습니다."
그녀는 여기까지 이야기하고 잠깐 말을 끊었다.
"당신들도 경험이 있을 거예요."
노부인은 조금 뒤에 다시 이야기를 계속했다.
"말이라는 건 그 앞뒤의 관계에 퍽 많이 좌우되는 일이 많지요. 다트무어에 그레이 웨더(흐렸다는 뜻)라는 곳이 있는데, 그 지방의 농부와 이야기를 하면서 그레이 웨더라고 하면 그 농부는 바로 그곳의 스톤 써클루즈(원시시대의 유물인 커다란 돌 건물)를 말하고 있는 줄로 여기겠지만, 이쪽에서는 날씨에 관한 이야기인 경우도 있을 거예요. 마찬가지로 이쪽에서는 스톤 써클루즈를 가리켜 말하고 있는데도 상대방은 말꼬리만 듣고서 날씨에 관한 이야기를 하는 줄 생각할지도 모르지요. 그리고 우리는 전에 들은 이야기를 다시 되풀이할 때, 대개는 그 말을 물었던 때와 똑같은 말을 다시 되풀이하지는 않는 법이지요. 자신은 똑같은 말을 한다고 생각하겠지만, 무언가 조금 틀린 말을 흔히 쓰기 쉽습니다.

나는 이번에는 요리사와 도로시를 저마다 한 사람씩 따로따로 만나 보았습니다. 먼저 요리사에게 정말로 생선 한 무더기(아 히이프 오브)라고 말한 것이 분명하냐고 물었더니, 그렇다는 대답이었습니다.

'생선 한 무더기라고 정확하게 말하던가요? 그렇지 않으면 어떤 특정한 생선 이름을 말하던가요?'

'그렇습니다. 무언가 생선 이름이었어요. 하지만 무슨 생선이었는지 잘 기억이 나지 않습니다. 무슨 히이프(무더기)였더라? 식탁에 올려놓는 그런 물고기가 아니었습니다. 파아치(농어 종류의 하나인 담수어)라고 하셨는지, 파이크(강꼬치 고기의 무리)였었는지…… 아니에요. P로 시작하는 이름이 아니었습니다.'

다음에 물어 본 도로시도 역시 물고기의 이름을 말했다는 대답이었습니다.

'무엇인지 색다른 물고기의 이름이었어요. 무슨 아 파일 오브(한 무더기)라고 하셨던가?'

'아 히이프 오브라고 하셨나요? 아니면 아 파일 오브라고 하시던가요?'

나는 이렇게 다그쳐 물었습니다.

'아무래도 파일이라고 말씀하신 것 같지만, 어느 쪽이었는지 잘 모르겠어요. 아무튼 그때 하신 말씀은 좀 외기가 어려운 것이었습니다. 게다가 마님, 헛소리 같은 말은 더욱 알아듣기가 어렵지요. 하지만 아, 생각나는 것 같아요. 분명히 파일이라고 말씀하셨어요. 그리고 생선은 구인지 고로 시작되는 이름이었습니다. 그렇지만 곳드(대구)도 아니었고 구레이 피쉬(가재)도 아니었습니다.'

이 뒤의 일은 내가 조금 우쭐할 수 있을 만한 거랍니다. 그것은 물론 나는 약품에 관해서는 전혀 모릅니다. 아주 언짢고 위험한 것이라고 생각해요. 나는 쑥갓차라는 우리 할머니가 만드신 오래 된 처방전을 가지고 있는데, 대개의 신약보다 훨씬 잘 듣지요. 그런데 메벨의 집에 의학 책이 대여섯 권 있었는데, 그 가운데 한 권에 약에 관한 색인이 실려 있더군요. 그래서 제오플레이는 무언가 특별한 독약을 마시고서 그 이름을 말하려고 했던 것이 아니었던가 생각했던 거랍니다.

그래서 나는 H의 난을 훑어보기 시작했습니다. '히이'라고 발음하는 것은 아무것도 없었습니다. 다음에는 P의 난을 보아 나갔지요. 그리고 곧 어렵지 않게 찾아 냈습니다. 뭐라고 생각되시나요?"

그녀는 자랑스럽고 유쾌한 순간을 조금이라도 길게 하려는 것처럼 그 자리에 앉은 사람들을 휘이 둘러보았다.

"파이로카핀이었어요. 이 말을 하려고 혀가 잘 돌지 않는 상태에서 가까스로 말했다면 어떻게 될까 하는 것은 모두들 잘 아실 수 있겠지요? 이런 어려운 말을 들어 본 일이 없었던 요리사에게 어떻게 들렸겠어요? '파일 오브 카프(한 무더기의 잉어)'라는 말처럼 들리지 않았을까요?"

"야, 이거 참!"

헨리 경이 감탄하여 소리쳤다.

"거기까지는 조금도 알아차리지 못했군요" 하고 이번에는 펜더 박사도 한 마디 했다.

"정말 재미있군요. 흥미진진한데요."

페더릭 씨도 빠지지 않았다.

"나는 색인에 있던 그 페이지를 급히 펴 보았습니다. 파이로카핀과 그것이 눈에 미치는 영향이 어떻다는 둥 여러 가지 씌어 있어서 이 사건과는 아무 관계도 없는 것처럼 생각되었어요. 그러다가 간신히 가장 중요한 말을 발견해 냈습니다. 그것은 '아트로핀 독(유독 알칼로이드)의 해독제로서 효능을 갖는다'는 것이었어요.

그때의 기쁨은 말로 다할 수 없답니다. 이제는 완전히 안개가 활짝 걷힌 것 같았어요. 제오플레이 덴만이 자살한다는 건 있을 수 없는 일이라 생각하던 참이었으니까요. 이때 알게 된 일은, 다만 그럴지도 모른다는 것이 아니라 틀림없이 단 한 가지의 해결이라고 뚜렷이 확신할 수 있었지요. 여러 가지 일이 모두 이치에 딱 들어맞았으니까요."

"전 이제 알아 맞추려는 생각 따위는 하지 않겠어요." 레이몬드가 감격한 목소리로 말했다. "그 다음 말씀을 계속해 주세요, 제인 아주머니. 어떻게 생각지도 못했던 일이 분명해졌나요?"

"물론 나는 약에 대해서는 전혀 전문적인 지식을 갖지 못한 문외한이랍니다."

미스 마플은 차분하게 말을 이어 갔다.

"하지만 나는 우연히 알고 있는 게 있었지요. 그것은 내가 시력이 흐려졌을 때, 의사선생님이 아트로핀 유산염이 들어 있는 안약을 주었다는 것이었어요. 나는 곧장 2층으로 올라가 덴만 노인의 방으로 갔습니다. 이제는 넌지시 겉돌며 말하거나 할 필요 따위가 없었습니다.

'덴만 씨, 전 모든 것을 다 알고 있습니다. 어째서 아들을 죽이는 끔찍스러운 일을 하셨지요?'

그러자 노인은 잠깐 동안 나를 무섭게 노려보았습니다. 정신이 오락가락하는 미친 사람이었지만 그는 얼굴이 잘생긴 노인이었습니다. 그러더니 별안간 껄껄 웃기 시작했습니다. 이제까지 들어 본 일도 없는 듯한 무시무시한 웃음 소리였어요. 온 몸의 피가 얼어붙는 것 같은 오싹한 느낌을 주는 웃음이었습니다. 전에 꼭 한 번, 그래요, 존 부인이 미쳐 버렸을 때 그런 식으로 웃었던 기억이 나는군요.

'아, 제오플레이에게 앙갚음을 해주었지. 난 머리에 있어 그 녀석 따위에게는 절대로 뒤지지 않으니까. 그녀석이 나를 어딘가에 집어넣으려고 했기 때문이야. 병원에 처넣으려고 말야. 메벨하고 둘이서 의논하는 것을 내가 들어 버렸거든. 내가 못들을 줄 알고? 하지만 메벨은 좋은 아이야. 그 아이는 내 편을 들어 주었어. 하지만 제오플레이에게는 당할 수 없단 말야. 그 녀석은 하려고 생각한 일은 끝내 하고야 마니까. 언제든 그렇게 되어 버리지. 하지만 나는 그 녀석을 해치웠어. 나의 그 효자님을 말야, 하하하!

난 밤에 살그머니 방으로 기어들어갔지. 어려운 건 하나도 없었어. 블루스터도 없었겠다, 아드님께서는 깊이 곯아떨어져서 세상 모르고 주무시더군. 침대 옆에 물을 담은 컵이 있었어. 그 녀석은 밤중에 잠이 깨어 물을 마시는 버릇이 있지. 나는 물을 버리고――하하하――그리고 그 빈 컵에 안약을 한 병 쏟았지. 그 녀석은 잠이 깨었을 때 감쪽같이 그런 줄 모르고 꿀꺽 마신 거야! 겨우 큰 숟가락으로 하나쯤 밖에는 안 됐지만 그것이면 충분해. 정말 그것으로 충분하다니까. 그래서 녀석은 뻗어 버린 거야. 집안 사람들은 그날 아침 내게로 와서 아주 조용하게 그것을 알려 주더군. 내가 그 말을 듣고 깜짝 놀라 기절해 자빠질지도 모른다고 생각하고 말야. 핫핫핫!'

자아, 이것으로 이야기는 끝이에요. 물론 불쌍한 노인은 정신 병원에 입원시켰습니다. 하지만 자기가 저지른 행위의 책임 따위는 전혀 물을 수 없었지요. 그리하여 진상이 밝혀지자 모든 사람들은 메벨을 딱하게 생각하였고, 그때까지 메벨에게 그 끔찍스러운 혐의를 씌웠던 일을 속죄라도 하려는 것처럼 열심히 마음을 써 주게 되었어요. 그러나 제오플레이가 자신이 마신 것이 뭔지 알아차리고 조금이라도 빨리 그 해독제를 가져오게 하려고 했기 때문에 이런 해결을 보게 된 것이랍니다. 그렇지 않았다면 끝까지 도무지 알 수 없었을 거예요. 아트로핀을 마셨을 때의 분명한 증세가 있었을 거예요. 눈동자가 열려 있다든가 하는 여러 가지 증세가 말이에요. 하지만 앞에서도 말했듯이 로린슨 선생님은 지독한 근시인데다가 늙어 빠진 할아버지였지요. 게다가 예의 의학책 뒤쪽에 재미있게도 프토마인 중독과 아트로핀 중독의 증세가 대체적으로 비슷하다고 씌어 있더군요. 그 뒤로 나는 한무더기의 대구를 볼 때마다 성 베드로의 손가락 자국을 생각한답니다."

길고 긴 침묵이 이어졌다.

"정말이지, 당신은 기막히게 훌륭한 분이오." 페더릭 씨가 말했다. "나는 런던 경시청에 당신을 추천하겠습니다. 모르는 게 있으면 뭐든지 물어 보러 가라고 말입니다."

헨리 경은 농담만은 아닌 것 같은 말투로 이렇게 말했다.

"하지만 아무튼 제인 아주머니" 하고 레이몬드가 진지한 표정으로 나섰다. "아주머니께서 모르시는 것이 꼭 한 가지 있습니다."

"천만에, 나는 알고 있어."

미스 마플은 웃음 띤 얼굴로 말했다.

"저녁 식사를 하기 조금 전의 일 말이지? 조이스 양과 함께 저녁해를 구경하려고 갔던 때의 일 말이야. 그곳은 정말 좋은 장소더구나. 재스민 울타리가 있고 말이야. 게다가 그곳은 우윗집 사람이 애니에게 교회에서 결혼을 공표해도 좋으냐고 물었던 곳이란다."

"참 너무하시군요, 제인 아주머니."

레이몬드는 하는 수 없다는 듯이 말했다.
"로맨스를 형편없이 망쳐 놓지 말아 주세요. 조이스와 저는 우웃집 사람과 애니와 똑같지는 않습니다."
"그것이 네가 잘못되어 있는 점이야. 사람이란 누구나 다 비슷하게 닮은 거란다. 다만 다행하게도 그것을 깨닫지 못할 뿐이지."

The Blue Geranium
파란 제라늄

"지난해 내가 이곳으로 왔을 때……."

헨리 클리더링 경은 이렇게 말하며 말꼬리를 흐렸다.

여주인인 밴트리 부인은 알 수 없다는 듯한 표정으로 그를 보았다.

전 런던 경시청의 경시총감 헨리 클리더링 경은 세인트 메리 미드 가까이에 살고 있는 옛 친구인 육군 대령 밴트리의 집에서 묵고 있다.

밴트리 부인은 그날 저녁의 여섯 명째 손님으로 누구를 골랐으면 좋겠느냐고 펜을 손에 든 채로 지금 막 헨리 경에게 의견을 물어 본 참이었다.

"뭐라고요?"

밴트리 부인은 독촉하는 것처럼 말했다.

"지난해 여기에 오셨을 때라니요?"

"흐음, 당신은 미스 마플을 아십니까?"

밴트리 부인은 깜짝 놀랐다. 이런 말을 묻다니 정말 뜻밖이었기 때문이었다.

"미스 마플을 아느냐고요? 그야 누구나 다 알고 있지요. 소설에 곧잘 나오는 올드 미스의 표본 같은 이거든요. 아주 좋은 사람이지만, 꽤 시대에 뒤떨어진 분이에요. 그분을 저녁 식사에 초대하고 싶으시다는 말씀인가요?"

"놀라셨습니까?"

"네, 조금은. 저, 솔직히 말씀드려서 뜻밖이에요. 하지만 그렇게 말씀하신 데에는 무슨 까닭이 있으시겠지요?"

"까닭은 아주 간단합니다. 지난해 이곳에 왔을 때였습니다. 해결되지 못한 사건을 서로 토론하기로 했는데――대여섯 명쯤 모였었지요――작가인 레이몬드 웨스트가 처음에 말을 꺼냈답니다. 이제 각기 한 가지씩 이야기를 내놓자고요. 자기 자신만이 결말을 알고 있을 뿐, 다른 사람은 모르는 이야기를 말입니다. 그것은 추리력――누가 가장 진상에 가까운 것을 알아맞추는가 하는 연습이 된다고 생각했었지요."

"그래서요?"

"그런데 옛날 이야기에 있는 것처럼, 미스 마플이 우리들 사이에 끼어들리라고는 좀처럼 생각지도 못했었는데――우리는 아주 예의바른 태도를 취했었지요――나이 든 분의 감정을 상하게 하고 싶지는 않았으니까요. 그런데 우스운 일이지만, 우리는 모두 매번 그 할머니를 당해 내지 못했답니다!"

"그래요?"

"거짓말이 아닙니다. 그 할머니는 마치 자기 집으로 돌아가는 전서구처럼 곧장 진상을 향해 나아가는 것이었습니다."

"하지만 꽤 이상한 이야기로군요! 왜냐하면 미스 마플은 세인트 메리 미드 마을에서 나가 산 일이 한 번도 없답니다."

"아, 바로 그겁니다! 미스 마플의 말에 따르면, 그것이 오히려 인

파란 제라늄

간성을 관찰하는 끝없는 기회를 가져다 주었다는 것이었습니다. 이른바 현미경으로 들여다 보는 것처럼 자세하게 말이지요."

"그럴 수도 있겠지요." 밴트리 부인은 한 걸음 양보했다. "적어도 인간의 조그마한 일면을 알 수 있을 거예요. 하지만 정말로 우리의 손에 땀을 쥐게 할 만한 범죄자가 이 부근에 살고 있으리라고는 생각할 수 없어요. 그렇다면 식사가 끝난 다음 아서의 유령 이야기를 해서 미스 마플을 시험해 보는 게 좋으리라고 생각해요. 그것을 풀어 주신다면 고맙겠군요."

"아서가 유령을 믿고 있다는 것은 처음 듣는 이야기인데요."

"아니, 믿고 있지는 않아요. 하지만 그렇기 때문에 고민하고 있답니다. 그의 친구 조지 플리처드에게 일어난 일인데, 이 친구분은 정말 말할 나위 없이 평범한 사람이랍니다. 그런데 불쌍하게도 이런 조지 씨에게 있어, 그것은 얼마쯤 비극적인 사건이었어요. 이 어쩐지 믿어지지 않는 이야기가 정말이라 해도——또 그렇지 않으면……."

"그렇지 않으면?"

밴트리 부인은 대답하지 않았다. 그러더니 잠시 뒤 전혀 짐작도 못한 말을 했다.

"저, 저는 조지를 좋아해요. 누구라도 그 사람을 좋아할 거예요. 설마 그 사람이 그런 일을 했으리라고는 생각할 수 없지만, 그러나 사람이란 터무니없는 짓을 할 수도 있으니까요."

헨리 경은 고개를 끄덕였다. 사람은 터무니없는 짓을 저지를 수도 있다는 것을 그는 밴트리 부인보다 더 잘 알고 있었던 것이다.

이리하여 그날 밤 밴트리 부인은 식탁을 한 바퀴 주욱 둘러보았다. 그때 그녀가 조금 몸을 떨었던 것은 대개의 영국 식당처럼 이 식당도 아주 추웠기 때문이었다. 그녀는 남편의 오른쪽 자리에 점잖은 노부인이 단정하게 앉아 있는 것을 보았다. 미스 마플은 검은 레이스 장갑을 끼고, 어깨에는 역삼각형의 낡은 레이스 숄을 걸치고, 하얀 머리 위에도 레이스로 만든 머리 장식을 쓰고 있었다. 그녀는 나이 지긋한 로이드 의사와 활발하게 이야기를 나누고 있었다. 구빈원에 대한 일이며, 마을 파출 간호사의 좋지 못한 점 따위를. 밴트리 부인은 다시금 의심스러운 생각이 들었다. 헨리 경이 계획적으로 장난을 하는 것이 아닐까? 그래 봐야 아무런 소용도 없을 텐데…… 이렇게 생각하자 헨리 경이 한 말이 도저히 믿어지지 않았다.

그녀는 다음으로 어깨가 딱 벌어지고 얼굴이 불그레한 남편에게 애정어린 눈길을 보냈다. 남편은 아름다운 인기 여배우 제인 헬리아와 말에 대해서 이야기를 하고 있었다. 제인은 무대에서 보는 것보다 여느 때의 모습이 더욱 아름다웠다. 파랗고 커다란 눈을 크게 뜨고 영리하게 맞장구를 쳐 주고 있다.

"정말이에요?" "어머, 멋있어요." "어머나, 어쩌면 그런 일이!" 이런 식으로. 말에 대해서는 아무 것도 알지 못하고, 그다지 마음을 쓰고 있지도 않지만, 그녀는 이야기상대를 하고 있었던 것이다.

"여보," 부인은 가만히 불렀다. "그런 이야기는 가엾게도 제인 양을 지루하게 만들 뿐이에요. 말에 대한 이야기 같은 건 아무래도 상관없으니까, 대신 당신의 그 괴담을 들려 주세요. 저…… 그 조지 플리처드의 괴상한 이야기 말이에요."

"뭐라고, 돌리? 아, 그 이야기? 하지만——."

"헨리 경께서도 듣고 싶어하세요. 오늘 아침에 저는 잠깐 조지에 대해서 이야기를 했었어요. 그 일에 대해 여러분들께서 어떻게 말씀하실지 매우 궁금해요."

"어머나, 그래요! 저는 괴담을 아주 좋아해요."

"그럼——나는 그다지 신비적인 것을 믿지 않는 편이지만——그러나 이것만은 아무래도――"

밴트리 대령은 조금 망설이다가 말했다.

"여러분은 조지 플리처드를 모르시라고 생각합니다만, 그는 아주 훌륭한 사람이랍니다. 그의 아내는――그렇지요, 불쌍하게도 지금은 이미 세상을 떠났으므로 여러 말 하지 않는 게 좋을 듯합니다만, 그의 아내는 살아 있을 무렵엔 조지에게 잠시도 마음을 놓을 겨를을 주지 않았었답니다. 이른바 반쯤 병자였던 셈이지요. 확실히 어딘가 나빴던 모양으로, 그것을 기회로 멋대로 안하무인격인 행동을 했답니다. 변덕스러워서 하루에도 몇 번씩 이랬다저랬다 하고, 성격이 거친 데다 분별력이 없었으며, 아침부터 밤까지 투덜투덜 불평만을 일삼았지요. 조지를 마치 자신의 손발처럼 부려 자기에게 시중들게 하면서도, 그가 하는 일은 뭐든지 마음에 들지 않아 트집을 잡곤 했습니다. 만일 그가 다른 사람과 같은 보통 남자였다면 벌써 오래 전에 도끼로 아내의 머리통을 내리쳤을 겁니다. 그렇게 생각하지 않소, 돌리?"

"네, 정말 그녀는 끔찍스러운 아내였어요." 부인은 서슴지 않고 잘라 말했다. "만약에 조지 플리처드가 도끼로 부인을 내리쳐서 재판을 받게 되었다 하더라도, 배심원 가운데 만일 여자가 끼어 있었다면 조지는 틀림없이 무죄 판결을 받았을 거예요."

"어째서 이 사건이 일어났는지 나는 전혀 모릅니다. 조지도 굉장히 애매한 말투였지요. 내 상상은 이렇습니다. 플리처드 부인은 점쟁이며 수상(手相)이며 천리안등――뭔가 그런 종류의 것을 아주 좋아했답니다. 조지는 그것을 별로 대수롭지 않게 생각했었다고 합니다. 다만 아내가 그것으로 마음이 편하다면 그로써 충분하며, 자기도 열중해서 좋아해야겠다는 생각은 결코 없었답니다. 그러나 이러한 남편의 태도가 아내에게는 아주 못마땅했던 것입니다.

간호사들은 끊임없이 이 집에 왔다가 며칠도 안 되어 곧 나가 버리곤 했습니다. 플리처드 부인은 어떤 간호사든 2, 3주일만 지나면 싫증을 냈기 때문입니다. 그런데 한 간호사는 점치는 것을 아주 좋아했기 때문에 오랫동안 부인도 마음에 들어했답니다. 그런데 별안간 크게 싸움을 하여 그녀를 내쫓으려 했습니다. 그리고 하는 수 없이 전에 있었던 다른 간호사를 다시 불러오게 되었습니다. 이 여자는 나이가 지긋한 간호사로, 정신병 환자를 다루는 데 익숙하고 아주 능숙한 사람이었답니다. 이름은 코플링이라고 했으며, 조지의 말에 따르면 아주 좋은 사람으로, 이야기를 나눠 보니 사리 판단을 할 줄 아는 여자였답니다. 이 간호사는 플리처드 부인이 마구 성을 내고 신경질을 부려도 가볍게 받아 넘기곤 했었답니다.

플리처드 부인은 언제나 2층에서 점심 식사를 했으므로, 조지와 간호사는 늘 이 점심 식사 시간에 오후에 할 여러 가지 일들을 의논하곤 했답니다. 좀더 자세히 말하면 간호사는 2시에서 4시까지를 자신의 자유로운 외출 시간으로 정하고 있었는데, 조지가 오후에 어디 가야 할 일이 있을 때에는 호의를 보여 차 마시는 시간 뒤까지 외출을 미루는 일도 가끔 있었습니다.

문제의 그날, 그녀는 골더스 그린에 있는 동생을 만나야 하므로 돌아오는 시간이 조금 늦어질 것 같다고 말했습니다. 조지는 난처한 표정을 지었습니다. 그도 골프를 한 라운드 즐기고 오려고 생각하고 있었으니까요. 그러자 코플링 간호사는 그에게 걱정하지 않아도 된다면서 이렇게 말했습니다.

'우리가 모두 없어도 괜찮을 거예요.'

그녀의 눈은 이때 반짝 하고 빛났습니다.

'부인에게는 우리보다 훨씬 기쁜 손님이 오게 되어 있으니까요.'

'누굽니까, 그 손님은?'

'잠깐만요. 생각해 보겠어요.'

그녀의 눈은 더욱 더 빛났습니다.

'아, 생각났어요. 정확한 이름은 잘리다, 미래를 예언하는 심령 투시가랍니다.'

'허허, 참, 또 새로운 사람이로군, 그렇지요?'

'정말 처음 보는 사람이에요. 제가 오기 전에 있던 카스테아스 간호사가 소개한 사람이라고 생각됩니다. 부인께서는 그 사람을 만나신 일이 없지만, 저더러 편지를 쓰라고 하셔서 오늘 오후에 만날 약속을 하신 거예요.'

'아, 그래요? 아무튼 나는 골프를 치러 가겠소.'

그리하여 조지는 예언자 잘리다에게 진심으로 감사하는 마음마저 품고서 집을 나갔습니다.

그가 집으로 돌아왔을 때, 플리처드 부인은 매우 초조해 하고 있었습니다. 여느 때처럼 병상에 누워 각성제(두통이나 뇌빈혈에 쓰는 약) 병을 한 손에 들고 줄곧 약냄새를 맡고 있는 것이었습니다. 그리고 남편을 보고 그녀는 소리쳤습니다.

'조지, 내가 전에 이 집에 대해서 이야기한 적이 있었지요? 내가 이 집에 발을 들여놓은 순간 무언가 불길한 것이 감돌고 있는 것처럼 느꼈다는 말 말이에요! 전에 내가 당신에게 말했었잖아요?'

조지는 '귀에 못이 박힐 정도로 들었다'고 말하고 싶은 것을 꾹 참고 '아니, 기억이 안 나는데' 하고 대답했습니다.

'내 말은 아무것도 기억 못하는군요. 남자란 정말 냉담하기만 해요. 더욱이 당신은 그 중에서도 특히 더 무감각한 사람이에요.'

'아니, 여보, 당신 좀 너무 심한 것 같구려.'

'좋아요. 내가 당신에게 말했던 것과 똑같은 말을 그분은 당장 깨달았단 말예요! 그분은──그래요, 그분은 아주 새파랗게 질렸어요. 그분은 이 집 현관에 서서 이렇게 말씀하셨어요. 불길한 것이 감돌고 있다. ──이 집은 불길해서 위험해요. 나는 그것을 느낄 수가 있어요.'

조지는 자기도 모르게 그만 웃음을 터뜨리고 말았습니다.

'아무튼 당신은 오늘 오후, 돈을 지불한 것만큼 소득은 있었구려.'

아내는 눈을 감고 각성제를 오래오래 들이마셨습니다.

'당신은 나를 싫어해요! 내가 죽어 가고 있다 해도 놀려 대거나 비웃을 테지요!'

조지는 바보 같은 소리 말라고 거듭 말했지만, 조금 뒤에 부인은 또다시 계속하는 것이었습니다.

'당신은 웃을 지도 모르지만, 모두 이야기하겠어요. 이 집에 이대로 머물러 있으면 제 목숨이 위태롭대요. 그 사람이 그렇게 말했어요.'

아까 잘리다에게 조지가 품었던 감사하는 마음은 싹 사라져 버렸습니다. 변덕을 부려 일단 마음을 먹으면, 아내는 새 집으로 이사 가겠다고 끝까지 고집부릴 것이 틀림없는 일이었습니다.

'다른 말은 없던가?'

조지는 이렇게 물었습니다.

'아니오, 다른 말은 없었어요. 완전히 제정신이 아니었는걸요. 단 한 마디 이렇게 말하더군요. 컵에 제비꽃이 꽂혀 있었는데, 그 사람은 그것을 가리키면서 소리치는 것이었어요.

──이 꽃을 버려요. 절대로 파란 꽃을 꽂으면 안 돼요. 파란 꽃은 당신의 목숨과 관계된답니다. 이것을 절대로 잊지 않도록 해요.'

이렇게 말한 다음 부인은 다시 덧붙였습니다.

'네, 여보, 나는 언제나 파란 꽃은 어쩐지 좋아지지 않는다고 말했었지요? 역시 직관적으로 위험하다는 것을 알았던 거예요.'

조지는 그런 말을 들어 본 적이 없다고 소리치고 싶었으나 애써서 꾹 참고, 다만 그 신비로운 존재인 잘리다는 어떤 사람이더냐고 물었습니다. 플리처드 부인은 기분이 조금 풀어져서 이야기를 하기 시작하더랍니다.

'새까만 머리를 귀 위에서 감아올리고――눈을 절반쯤 감고――그 눈 가장자리에 거멓게 그늘이 있고――입과 턱은 베일로 가리고 있었어요. 노래하는 듯한 어조로 말을 했어요. 외국 사투리가 특히 나타났지만요――아마도 스페인 계통인 것 같아요――.'

'요컨대 그것들은 모두 장사 도구요.'

조지는 아무것도 아니라는 듯 쾌활하게 말했습니다.

그러자 아내는 얼른 눈을 감아 버렸습니다. 그리고 말하더랍니다.

'아주 기분이 나빠요. 간호사를 불러 주세요. 매정한 행동은 병을 나쁘게 한다는 것쯤은 알고 계실 텐데요.'

그런 일이 있은 지 이틀 뒤 코플링 간호사가 잔뜩 흐린 얼굴로 조지를 찾아왔습니다.

'제발 부인한테 가 봐 주세요. 편지를 한 통 받으셨는데, 그 편지로 매우 흥분하고 계십니다.'

조지가 가 보니, 아내는 들고 있던 편지를 그에게 내밀었습니다.

'읽어 보세요.'

조지는 편지를 읽었습니다. 그것은 뭔가 향내가 강하게 풍기는 종이에 큼직하고 검은 글씨로 씌어 있었습니다.

'나는 미래를 내다보았습니다. 늦어지지 않도록 미리 경고합니다. 보름달이 떠오르는 밤을 조심하십시오. 파란 앵초는 경계를, 파란 접시꽃은 위험을, 그리고 파란 제라늄은 죽음을 뜻하는 것입니다…….'

하마터면 웃음이 터져나올 것 같아 조지는 코플링을 보았습니다. 그녀가 웃지 말라고 눈짓을 했으므로 그는 계면쩍게 말했습니다.

'그 여자가 당신에게 겁을 먹게 하려고 그러는 거요, 메어리. 아무튼 파란 앵초니 파란 제라늄 따위가 있을 리 없잖소.'

그러나 이 말을 들은 플리처드 부인은 그만 소리내어 울음을 터뜨리며, 이제는 얼마 더 못 살 거라고 넋두리를 늘어놓더랍니다. 코플링과 조지는 방에서 층계참으로 나왔습니다.

'어리석게 구는군.'

그는 내뱉듯이 말했습니다.

'그렇기는 합니다만'

간호사의 말투에 무언가 마음에 걸리는 것이 있어 그는 깜짝 놀라며 그녀를 물끄러미 쳐다보았습니다.

'설마 당신도 저 편지의 글을 믿는 것은 아닐 테지요?'

'아니에요. 그렇지는 않아요, 주인님. 미래를 내다보다니, 어이없는 일이에요. 어리석은 일이지요. 다만 제가 걱정하는 것은 거기에 무슨 의미가 있어서 그런 짓을 하는 것인가, 하는 일이에요. 점쟁이는 돈을 벌어들이려고 그런 짓을 하는 것인데, 그 여자는 아무런 이익이 없는데도 부인을 겁주려 하고 있어요. 무엇을 바라는 것인지 모르겠어요. 그리고 또 한 가지――.'

'뭡니까?'

'부인께서는 잘리다를 어디선가 본 적이 있는 것 같다고 말씀하셨어요.'

'그래서?'

파란 제라늄

'글쎄요. 왠지 그 말이 마음에 걸리는군요. 그뿐이에요.'
'당신이 그처럼 미신을 믿으리라고는 생각 못했습니다.'
'아니오, 미신을 믿지는 않아요. 다만 뭔가 수상쩍은 일이 일어날 경우, 그것을 제법 알아차리는 편이지요.'

 그리고 나흘 뒤에 최초의 사건이 일어났답니다. 그것을 이야기하려면 우선 플리처드 부인의 방 안을 설명해야 합니다."
"그 일이라면 제가 하겠어요."

밴트리 부인이 말을 가로막았다. 그녀는 자세히 설명하기 시작했다.

"플리처드 부인은 방 안을 꽃밭처럼 보이게 하려고 여러 가지 화초가 그려진 새로운 벽지로 벽을 꾸몄습니다. 그래서 그 방에 있으면 정말로 꽃밭 속에 있는 것처럼 생각되곤 했지요. 물론 그 꽃밭은 잘못되어 있는 것투성이였지만 말이에요. 그처럼 여러 꽃들이 한꺼번에 필 리는 없거든요."

"원예에 대해 그렇게 의기양양해서 떠들지 않아도 되오, 돌리. 그런 말을 하지 않아도 당신이 열성적인 원예가라는 것은 이미 모두 알고 있으니까."

그러자 부인이 항의하고 나섰다.

"하지만 잔대 초롱꽃과 수선화와 등꽃과 접시꽃, 그리고 국화가 함께 피어있다니 말도 안돼요."

"정말 비과학적이군요."

헨리 경이 밴트리 부인을 거들었다.

"자, 그러면 부디 이야기를 어서 계속해 주십시오."

"그런데 그 많은 꽃 속에 앵초가 끼어 있었답니다. 노란색과 핑크빛 앵초였어요. 그리고──아, 아서, 그 다음을 계속해서 말씀해 주세요. 이것은 당신의 이야기인걸요."

밴트리 대령은 이야기를 이어받았다.

"어느 날 아침이었습니다. 플리처드 부인이 요란하게 초인종을 울리더랍니다. 집안 사람들이 모두 달려갔지요. 부인께서 이제는 마침내 죽으려나 보다 하고 생각했던 거지요. 그러자 생각과는 달리 그녀는 매우 흥분하여 손가락으로 벽지를 가리키고 이었습니다. 거기에는 다른 앵초에 섞여서 틀림없이 '한 포기의 파란 앵초'가 있더라지 않습니까……."

"오, 등골이 오싹해지는군요."

미스 헬리아가 말했다.

"조지도 간호사도 전부터 그곳에 파란 앵초가 있었다고 말했습니다. 그러나 플리처드 부인은 어림도 없는 소리 말라고 우기더랍니다, 그날 아침에 처음 보았으며, 그리고 '아, 어젯밤에는 보름달이 떠올랐어요'라고 말하면서 울먹이고 겁을 내며 어쩔 줄 몰라하더랍니다."

"저도 마침 그날 조지 플리처드를 만나서 이 이야기를 들었답니다."

밴트리 부인은 맞장구를 쳤다.

"저는 플리처드 부인을 문병하고, 모든 것을 웃음거리로 넘겨 버리려고 몹시 애를 썼었지요. 하지만 헛일이었어요. 오히려 저까지도 걱정스러워하면서 돌아왔답니다. 그리고 나서 인스토우 양을 만나 이 이야기를 했지요. 그 사람은 좀 색다른 괴짜였어요.

'그 부인은 여간 걱정스러워하지 않지요?'

이렇게 물어 보는 것이었어요.

'그야말로 두려움 때문에 죽을지도 몰라요. 병적일 만큼 미신을 믿는 사람이니까요' 하고 저는 대답해 주었지요.

그러자 정말 어이없게도 그 사람은 이렇게 말하지 뭐예요.

'그래요. 하지만 오히려 잘된 일이 아니겠어요?'

이런 말을 아무것도 아닌 것처럼 냉랭하게 하는 것이었요. 저는 정말로 어이가 없었어요. 물론 지금은 그 말투가 유행인가 보더군요. 사양하거나 조심성없이 함부로 아무렇게나 말해 버리는 것 말예요. 하지만 전 몹시 놀랐습니다. 그러자 그 사람은 야릇하게 웃으며 말하더군요.

'제 말투가 못마땅하신가 보군요. 하지만 솔직히 말해서 그 부인이 살아 있다 한들 무슨 소용이 있나요? 아무 소용도 없잖아요? 그리고 조지 플리처드 씨에게는 정말 생지옥이에요. 놀라게 해서 겁을 먹고 죽어 버리면 조지 씨로서는 바라던 일이 이루어지는 걸 거예요.'

그래서 저는 이렇게 말했답니다.

'조지는 부인께 언제나 아주 다정하게 대해 주신답니다.'

그러자 그녀도 질세라 대답하더군요.

'그래요. 상을 받아도 될 사람이에요. 딱하기도 하지. 조지 플리처드는 아주 매력있는 분이에요. 전에 있던 간호사도 그렇게 느꼈다더군요. 그 아름다운——이름이 뭐였더라? 아참, 그래요, 카스테아스예요. 카스테아스와 플리처드 부인 사이에 복잡한 일이 일어난 것은 그것이 원인이었다더군요.'

하지만 전 그 사람의 말을 그다지 하고 싶지 않아요. 그야 뭐, 수상하다고 생각하게 되면——."

밴트리 부인은 무슨 까닭이라도 있는 것처럼 입을 다물었다.

"그렇고말고요. 그렇답니다" 하고 미스 마플이 조용히 말을 받았다. "세상 사람들이란 곧 그렇게 생각하는 법이랍니다. 그 인스토우 양은 매우 예쁜 분이었나요? 아마 그분도 골프를 치시겠지요?"

"그럼요. 뭐든지 한답니다. 아름다워서 남의 눈길을 끄는 아가씨였어요. 팽팽하고 고운 살결에 파랗고 차분한 눈을 가지고 있지요. 우리는 곧잘 생각해 보곤 했답니다. 그녀와 조지 플리처드 씨라면──사정이 그런 경우만 아니라면 말예요──아주 걸맞은 부부가 될 것이라고요."

"친구처럼 교제했겠지요?" 미스 마플이 물었다.

"그럼요, 아주 친하답니다."

"돌리!" 대령이 이제 그만 하라는 어조로 아내에게 말했다. "이야기의 다음을 계속하게 해주구려."

"아서는 괴담 이야기를 하고 싶은 모양이에요." 밴트리 부인은 단념하며 말했다. "이제부터의 이야기는 조지 자신에게 직접 들은 것입니다."

대령은 다시 이야기를 계속하기 시작했다.

"플리처드 부인은 다음날 그믐께가 되자 굉장히 겁을 먹었습니다. 달력에 표시를 해놓고 보름달이 되는 날을 기다리고 있었는데, 그날 밤 조지와 간호사를 방으로 불러서 면밀하게 벽지를 조사하게 했습니다. 핑크빛과 빨간빛 접시꽃은 있었지만, 파란색은 하나도 없었습니다. 그리고 조지가 방에서 나가자 부인은 직접 문을 열쇠로 잠그었지요."

"그런데 이튿날 아침이 되자 큼직한 파란 접시꽃이 한 송이 있었다는 이야기로군요?"

미스 헬리아가 기쁜 듯이 물었다.

"그렇습니다."

밴트리 대령이 대답했다.

"꼭 맞지는 않았으나 그렇게 멀리 떨어진 해답도 아닙니다. 부인의 머리맡에 있는 접시꽃 한 송이가 파랗게 변해 있었던 거지요. 그러자 조지도 놀라지 않을 수 없었지요. 그러나 물론 조지는 더 이상 생각하려 하지 않고 누군가가 나쁜 장난을 한 것이 틀림없다고 주장했습니다. 플리처드 부인이 방을 열쇠로 잠갔다는 것도 간호사 코플링이 아침에 방으로 들어오기 전에 꽃 빛깔이 변했다는 것도 웃어넘기고 말았습니다.

조지는 사실 매우 놀랐지만, 또한 그만큼 고집스러워지고 말았던 것입니다. 아내는 한사코 이사를 가고 싶어했지만, 그는 절대로 말을 듣지 않았습니다. 태어나서 처음으로 초자연적인 것을 믿게 되는 것 같은 마음이 들었지만, 진심으로 그것을 긍정하려고는 하지 않았습니다. 다른 경우 아내의 말이라면 무엇이든지 다 들어 주는 조지였지만 이번만은 듣지 않았습니다.

'메어리, 바보 같은 생각은 말아요. 모두 쓸데없는 일이니까.'

그는 이렇게 말할 뿐이었습니다.

그리고 그 달도 또 눈 깜짝할 사이에 지나가 버렸습니다. 플리처드 부인이 아주 귀찮게 설득했으리라고 생각하시겠지만, 그렇지도 않았습니다. 미신을 굳게 믿는 바이니만큼 어차피 피할 수 없는 운명이라 여기고 단념해 버린 것인지도 모르지요. 하지만 그녀는 거듭 되풀이하여 중얼거리는 것이었습니다.

'파란 앵초――경계. 파란 접시꽃――위험. 파란 제라늄――죽음.'

그리하여 침대 머리맡에서 가장 가까이 있는 빨간빛과 노란 제라늄을 바라보면서 침대에 누워 있었던 것입니다.

하나에서 열까지 집 안은 온통 신경과민이 되어 버리고 말았습니다. 간호사마저 보름달 밤이 되기 이틀 전에 조지를 찾아와 플리처드 부인을 다른 곳으로 옮기도록 하자고 부탁하는 형편이었습니다. 조지는 버럭 성을 내어 고함을 쳤습니다.

'저 괘씸하기 이를 데 없는 벽의 꽃 전체가 모조리 파란빛이 된

들 아무도 죽지는 않을 거요.'

'그야 알 수 없는 일이지요. 지금까지의 예로 보아서 충격으로 말미암아 죽은 일도 있으니까요.'

'바보 같은 소리 말아요.'

조지는 그 일을 몹시 불쾌하게 생각하던 참이었으므로 물러서지 않았던 것입니다. 그는 아내가 스스로 직접 파란빛으로 변하게 만들지도 모르는 일이라고 마음 속으로 생각했는지 모르겠습니다.

그리하여 드디어 운명의 밤이 찾아왔습니다. 플리처드 부인은 언제나처럼 방문을 잠갔습니다. 매우 침착하게 말입니다. 숭고하게 보일 만큼 차분한 마음 상태였답니다. 간호사는 그런 상태를 오히려 걱정하여서 흥분제 스트리키닌을 주사하려고 했으나 부인은 싫다고 했습니다. 어떤 의미로서는 부인 스스로가 이러한 상태를 일종의 쾌감을 가지고 즐기고 있었던 것이 아닐까요? 조지도 나중에 이와 같은 말을 한 적이 있지만……"

"그렇게 생각할 수도 있어요." 밴트리 부인이 냉큼 나섰다. "무언가 신비로운 마력과도 같은 것이 이 모든 과정을 통해 감돌고 있었던 모양이니까요."

"이튿날 아침, 요란스러운 초인종 소리가 울리지 않았습니다. 플리처드 부인은 언제나 8시쯤에 잠을 깨곤 하는데, 그날 아침엔 8시 반이 되어도 아무런 소리가 나지 않아 간호사는 세게 문을 두드렸습니다. 그래도 대답이 없었습니다. 간호사가 조지를 불러 방문을 부수고라도 들어가야 한다고 말했습니다. 그래서 끌로 쇠통을 비틀어 열고 방으로 들어갔답니다. 침대 위에 꼼짝 않고 누운 모습을 언뜻 보는 것만으로도 간호사는 곧 부인의 급변을 알 수 있었습니다. 조지에게 전화로 의사를 부르라고 했지만 이미 손을 쓰기에는 너무 늦어 있었습니다. 플리처드 부인은 적어도 죽은 지 8시간은 지났다고 의사는 말하더랍니다. 침대 위의 손이 닿는 곳에 냄새를 맡는 각성제가 있었습니다. 그리고 바로 곁의 벽에 그려져 있던 빨간빛과 노란 제라늄이 한 송이 선명하게 짙은 파란빛으로 변해 있더랍니다."

"어머나, 무서워."

미스 헬리아가 부르르 몸을 떨며 소리쳤다.

헨리 경은 이맛살을 찡그렸다.

"그 밖에 뭔가 덧붙이실 것은 없습니까?"

밴트리 대령은 고개를 설레설레 저었으나, 밴트리 부인이 재빨리 끼어들었다.

"가스예요."

"가스가 어떻게 되었는데요?"

헨리 경이 물었다.

"의사 선생님께서 오셨을 때 희미했지만 가스 냄새가 나더랍니다. 난로의 가스 마개가 아주 조금 열려 있더래요. 하지만 아주 적은 양이었으므로 더 이상 문제시되지는 않았어요."

"플리처드 씨와 간호사가 처음에 들어갔을 때에는 깨닫지 못했었나요?"

"간호사는 조금 냄새를 느꼈다고 말했지만, 조지 씨는 전혀 몰랐다고 하더군요. 다만 왠지 가슴이 답답한 것 같았지만, 그것은 아마도 너무 놀랐기 때문일 거라는 이야기였어요. 아마 그랬을 거예요. 아무튼 가스 중독이라는 것은 문제가 되지 않았답니다. 거의 깨달을 수 없을 정도였으니까요."

"그 이야기는 그것으로 끝난 것인가요?"

"아니오, 그렇지 않아요. 그 뒤 이런저런 뜬소문이 나돌기 시작했어요. 그 집 하녀들이 여러 가지 말을 듣고 있었거든요. 이를테면 부인이 남편에게 '당신은 나를 싫어해요.'라고 했다느니 '내가 죽은 것을 보면 비웃겠지요.'라고 했다는 둥 그런 것입니다. 게다가 이것은 좀더 최근의 이야기지만, 이사하자는 말을 했다가 거절당하자, 어느 날 부인이 이렇게 말했다고 하더군요.

'좋아요, 내가 죽으면 모두 당신이 죽였다고 생각할 테니까, 두고 보세요.'

그리고 운나쁘게도 마침 운명의 날 바로 전날에 그는 마당의 오솔길에다 뿌릴 잡초제초제를 조합했었다는군요. 그리고 젊은 하녀 하나가 그것을 직접 보았다고 했으며, 또 그 뒤에 조지가 아내에게 따뜻한 우유 컵을 들고 들어가는 것도 보았다는 것이었어요.

소문은 자자하게 퍼져 갔어요. 의사는 사망 진단서를 썼습니다. 어떻게 썼는지는 나도 정확히 잘 모르지만요. 충격, 급격한 혈압 강하, 심장마비, 아마도 그 이상의 의미를 갖지 않는 의학 용어가 씌어졌을 테지만, 이 가엾은 부인이 묻힌 지 한 달도 안되어서 시체를 파 보겠다는 신청이 나와 허가되었답니다."

"검시 결과 아무것도 알아 내지는 못했습니다. 지금 생각이 나는군요." 헨리 경이 무게있게 입을 열었다. "이 사건만은 드문 예로, 아니 땐 굴뚝에서 연기가 났지요."

"모든 것이 이상하기만 했어요." 밴트리 부인이 말했다. "이를테면 점쟁이가──잘리다 말이예요. 잘리다가 살고 있다고 말한 마을에서는 아무도 그 여자를 알고 있는 사람이 없었어요!"

"그 여자는 하늘에서 떨어진 거요." 밴트리가 맞장구를 쳤다. "별안간 뚝 떨어진 거요. 그리고 그 뒤에 또 형태도 그림자도 없이 사라진 거지요. 하늘에서 떨어졌다──실로 그 말이 맞습니다."

"그리고 좀더 이상한 것은 그 몸집이 자그마한 간호사 카스테아스예요. 잘리다를 부인께 소개한 것은 그녀라고 했는데, 그녀는 잘리다에 대해서는 들은 적도 없다는 거였어요" 하고 밴트리 부인이 말했다.

모두들 서로 얼굴을 마주 보았다.

"정말 이상한 이야기로군요. 추측할 수야 있겠지만, 어떻게 추측해야 할지." 하고 로이드 의사가 고개를 저었다.

"플리처드 씨는 인스토우 양과 결혼했나요?" 미스 마플이 다정한 목소리로 물었다.

"어째서 그런 것을 물으시는 거지요?" 헨리 경이 물었다.

미스 마플은 다정하고 파란 눈으로 말했다.

"그것이 아주 중요한 일인 것 같아요. 결혼하셨나요?"

벤트리 대령은 고개를 옆으로 저었다.

"우리는 뭔가 그렇게 되리라고 기대하고 있었는데 1년 반이 지난 요즘, 그 두 사람은 별로 만나지 않는 것 같습니다."

"그 점이 중요해요. 가장 중요하지요" 하고 미스 마플은 말했다.

"그럼 당신도 저와 같은 생각이시군요. 당신은" 하고 밴트리 부인이 말하려 했다.

"이봐요, 돌리" 하고 남편이 사이에 끼어들었다. "그런 것은 좋지 않아. 당신이 말하려는 것은. 증거라고는 하나도 없는데 사람을 비난하는 일은 하지 말아요."

"그렇게 남자답게 굴지 않아도 돼요, 아서. 남자란 언제나 뭐든지 말하기가 무서워서 겁을 먹는다니까요. 아무튼 이것은 모두 이 자리에서 말할 수 있는 이야기인걸요. 그저 이런 일도 있을 수 있을 것이라는 저의 색다른 공상이라고 생각해 주세요. 인스토우 양이 점쟁이로 변장을 했을지도 몰라요. 그야 뭐, 장난으로 그렇게 했다고 생각할 수도 있지요. 반드시 나쁜 흉계로 그랬으리라고는 여겨지지 않아요. 만일 그 아가씨가 그런 짓으로——플리처드 부인이 좀 어리석은 듯하기는 하지만 그 때문에 겁을 먹어 죽은 것이라면 저, 미스 마플도 그렇게 생각하신 것 아니세요?"

"아니오, 전혀 달라요." 미스 마플은 말했다. "만약 내가 누군가를 죽이려고 생각했다고 해보세요. 물론 그러리라고는 꿈에도 생각지 않지만 말예요. 그것은 사악한 일이에요. 벌 한 마리라도 죽인다는 일은 끔찍스러워요. 마땅히 죽어야 하는 경우라도 그래요. 정원사라도 벌을 죽일 때는 되도록 인정있는 방법을 쓴다고 듣고 있어요. 어머나, 내가 무슨 이야기를 하고 있는 거지?"

"만약 당신이 누군가를 죽이려고 생각한다면" 하고 헨리 경이 일깨워 주었다.

"아참, 그랬었지요. 그래요, 만약 내가 누군가를 죽이려고 생각한다면 겁을 먹어 죽기를 기다리는 그런 짓은 하지 않아요. 공포 때문에 죽는 일은 책 같은 데에 곧잘 씌어 있긴 하지만 그다지 확실한 방법이라고 생각할 수 없어요. 신경질적인 사람이라 할지라도 생각보다는 훨씬 용감한 법이랍니다. 나라면 좀더 확실한 방법을 택하겠어요. 철저하게 계획하여 충분히 생각한 다음에……."

"미스 마플, 정말 놀랐는데요." 헨리 경이 말을 받았다. "부디 저를 어떻게 해야겠다는 생각 따위는 하지 말아 주십시오. 당신의 계획은 당해 낼 도리가 없을 테니까 말입니다."

"그런 나쁜 짓을 하려는 생각은 꿈에도 해본 적이 없다고 분명히 말씀드렸을 텐데요." 미스 마플도 지지 않고 대꾸했다. "그냥 이를테면 그, 저——어떤 사람의 입장이 되어 한 번 생각해 보았을 뿐이에요."

"조지 플리처드 씨 말씀인가요?" 벤트리 대령이 물었다. "조지만은 절대로 그런 일을 생각할 수가 없습니다. 비록 간호사가 그렇게 믿었다 하더라도 그렇습니다. 한 달 뒤 시체를 다시 파낼 때, 저는 간호사를 만나 봤습니다. 간호사도 어떤 방법으로 살해되었는지 모르겠다고 했었지만——아니, 그녀는 입 밖에 내지는 않았지만——부인이 죽은 사실에 대해 조지에게 어떤 책임이 있다고 믿고 있었던 것만은 틀림없습니다. 그녀는 그렇게 생각하고 있는 것 같았습니다."

"그래요? 아마도 그녀는 무슨 증거를 잡은 모양이지요?" 로이드 의사가 말했다. "간호사란 곧잘 육감이 작용하게 되는가 보더군요. 아무 말도 할 수는 없지만——증거를 잡지 못했으니까요——하지만 뭔가 '번개처럼 번쩍인 것'이 있었나 보군요."

헨리 경은 몸을 앞으로 내밀며 "저, 미스 마플!" 하고 넌지시 독촉하는 듯한 말투로 말했다. "그렇게 멍하니 생각에 잠겨 있지만 마시고 모두 이야기해 주시지요."

미스 마플은 문득 정신을 차리고 얼굴을 살짝 붉혔다.

"어머나, 미안해요. 파출 간호사에 대해서 생각하고 있었답니다. 꽤 어려운 문제인 것 같아요."

"이 파란 제라늄보다 더 어려운 문제입니까?"

"그것은 앵초 나름이지요. 밴트리 부인은 앵초는 노란빛과 핑크빛이라고 하셨습니다만, 핑크빛이라면 물론 파란빛으로 변색합니다. 그렇다면 분명히 알 수 있겠지만 만일 노란빛이 파랗게 되었다면 그것은······."

"핑크빛이었어요, 그것은" 하고 밴트리 부인은 말하고 나서 미스 마플을 빤히 바라보았다.

다른 모든 사람도 일제히 미스 마플을 보았다.

"그렇다면 이 문제는 해결된 거나 같아요." 그녀는 참으로 안됐다는 듯한 어조로 말했다. "게다가 벌도 한창 나돌아다닐 때였고, 모든 것이 아주 잘 들어맞는군요. 그리고 물론 가스에 대해서도요."

"아, 여러 가지 마을의 비극이 생각나신 모양이시군요?" 헨리 경이 말참견을 했다.

"비극이 아니에요." 미스 마플은 엉뚱한 말을 했다. "또 범죄와 같은 것도 아니에요. 그 파출 간호사의 일로 귀찮은 문제가 일어나고 있다고 하셨지요? 그것이 생각난 거예요. 결국은 간호사도 인간이기 때문이지요. 언제나 예의바르고 모범적인 태도로 있어야 하고, 그 불쾌한 딱딱하고 거북한 칼라를 달고 가족들의 생활 속으로 들어가야 하니까요. 그와 같은 일이 이따금 일어나는 것도 무리는 아니라고 생각되지 않으세요?"

헨리 경은 눈을 번쩍 빛냈다.

"아, 당신은 카스테아스 간호사가……."

"아니에요. 카스테아스가 아닙니다. 코플링 간호사에요. 그 간호사는 전에 있었던 적이 있다고 말했었지요? 아주 매력적인 플리처드 씨와 함께 생활해 오다가 틀림없이 무언가 착각을 했을 거예요. 딱하기도 하지——뭐, 더 이상 말하지 않아도 아시겠지요. 인스토우 양의 일에 대해 전혀 알 수가 없었다고 했지요? 그리고 물론 나중에 그것을 알게 된 순간, 사랑이 지나쳐 몇 배나 더 미워하게 된다는 말이 있듯이 되도록 고통을 주려고 했었겠지요. 물론 그 편지가 그 사람의 정체를 나타내고 있어요. 안 그래요?"

"편지라니오?"

"그 사람은 플리처드 부인의 부탁으로 점쟁이에게 편지를 썼다고 했지요. 그래서 다른 사람들이 알기에는 그 편지를 받고 점쟁이가 왔던 것으로 되어 있었어요. 하지만 나중에 그 점쟁이의 주소에는 그런 사람이 살고 있지 않다는 것을 알았습니다. 그러므로 이것은 코플링이 한 짓이 틀림없어요. 코플링은 다만 편지를 쓰는 체했을 뿐이며——그러므로 코플링 자신이 점쟁이로 변장했었다고 생각할 수 있지 않을까요?"

"편지에 대해서는 미처 생각이 미치지 못했습니다." 헨리 경이 솔직하게 말했다. "과연 그것이 가장 중요한 것 같군요."

"아주 대담한 방법이었지요. 아무리 변장을 하더라도 플리쳐드 부인이 알아볼지도 모르니까요. 하지만 비록 부인이 알아보았다 하더라도 그때는 간호사가 장난을 하느라고 그랬다고 발뺌할 수도 있었을 테지요."

"그럼, 어떻게 된 일입니까?" 헨리 경은 다시 물었다. "만약 당신이라면 다만 공포로 죽게 되는 것을 기다리지는 않을 것이라고 하신 말씀 말입니다……."

"그런 방법은 확실한 것이 못되니까요. 그래요. 경고나 파란 꽃 따위는 군대 용어로 말한다면" 미스 마플은 계면쩍은 듯이 웃고 나서 말을 마쳤다. "단순한 '위장'입니다."

"그럼, 그 말 뒤에 감추어져 있는 것은?"

"나는 벌에 대한 일이 도무지 머리에서 떨어지지를 않았습니다. 불쌍하게도 수천 마리나 되는 많은 벌이 죽음을 당하는 것이니까요. 그것도 대개 이렇게 활짝 갠 좋은 여름날이지요. 하지만 난 곧 생각해 냈답니다. 정원사가 병 속에다 물과 청산가리를 섞어서 흔들어 대는 것을 본 일이 있는데, 그때 그 냄새가 어쩌면 코로 맡는 각성제와 그토록 흡사할까 하고 생각한 적이 있었지요. 각성제가 들어 있는 약병에서 약을 쏟아 버리고 그것을 바꾸어 넣어 두면——불쌍한 부인은 언제나 각성제를 사용하는 습관이 있었으니까요. 침대 위 손이 닿는 곳에 각성제 약병이 있었다고 하셨지요? 진짜 각성제 약병이었겠지만, 그것은 물론 플리쳐드 씨가 의사에게 전화를 걸고 있는 사이에 간호사가 살그머니 바꾸었겠지요. 그리고 이상하게 느끼면 안되므로 아몬드(살구) 냄새(청산가리는 살구와 같은 냄새가 난다)를 지우기 위해 가스를 조금 틀어 놓았던 거예요.

게다가 오랜 시간이 지나면 청산가리는 아무런 흔적도 남기지 않는 다는 말을 들은 일이 있어요. 하지만 물론 내가 잘못 생각하고 있는 것인지도 모르겠지요. 병 속에는 전혀 다른 것이 들어 있었는지도 모르지만, 그런 것은 이야기의 본줄거리와는 관계가 없겠지요."
미스 마플은 조금 숨이 가쁜 듯했다. 흥분한 것이다.
제인 헬리아가 몸을 앞으로 내밀었다.
"하지만 그 파란 제라늄이며 다른 꽃은 어떻게 된 것이지요?"
"간호사는 언제나 리트머스 시험지를 갖고 있답니다. 여러 가지 시험을 하기 위해서지요. 별로 좋은 이야기는 아니므로 자세하게 설명하지는 않겠습니다만(임신을 판별하는데 리트머스 시험지를 쓴다), 나도 조금은 간호에 대한 경험이 있답니다."
미스 마플은 아주 조금 뺨을 붉혔다.
"파란색은 산(酸)을 만나면 빨갛게 변하고 빨간빛은 알칼리에 의해 파란빛이 되지요. 빨간 리트머스 시험지를 빨간 꽃 위에 붙이기는 쉬운 일입니다. 물론 침대 바로 가까운 곳에. 그리고 그 부인이 각성제를 쓰면 그 강한 암모니아 가스로 그 빨간빛이 파랗게 변색되고 맙니다. 상당히 손이 많이 가는 방법이지요. 물론 맨 처음 방문을 부수고 들어갔을 때에는 제라늄이 파랗지 않았습니다. 아무도 그것을 깨닫지 못했었습니다만 간호사가 약병을 바꿀 때 아주 짧은 시간——약 1분쯤 벽지에 염화암모늄을 쐬었던 것입니다. 난 그렇게 생각해요."
"당신은 마치 그 자리에 있었던 것 같군요. 미스 마플." 헨리 경은 감탄했다.
"내가 마음이 쓰인 것은 플리처드 씨와 그 아름다운 인스토우 양에 대한 것이랍니다. 아마도 그 두 분은 서로 의심하느라고 만나는 것을 피하고 있겠지만——인생은 눈 깜짝할 사이에 지나가 버리는 것이랍니다."

그녀는 이렇게 말하며 고개를 설레설레 저었다.

"걱정하실 것 없습니다" 하고 헨리 경은 말했다. "실은 내게도 마침 갖고 있는 자료가 있었습니다. 살인을 했다는 죄명으로 잡힌 간호사의 일인데, 이 여자는 자기에게 유산을 남겨 준 어떤 노인을 코로 맡는 각성제와 청산가리를 바꾸어서 죽였답니다. 코플링은 이것과 같은 수법을 썼군요. 인스토우 양과 플리처드 씨는 이제 진상에 대해 의심해서 마음을 괴롭힐 필요가 없는 것입니다."

"그럼, 경사로군요." 미스 마플이 외쳤다. "하지만 이 새로 알게 된 살인 사건이 경사로운 것은 아닙니다. 너무 슬픈 이야기로군요. 이 세상은 정말 죄악으로 가득차 있어요. 이 일 하나만 보아도 알 수 있지요——조금만 악의 유혹에 지면 말예요——그건 그렇고, 파출 간호사에 대한 이야기를 로이드 선생님과 의논하고 있던 참이었지요? 그것은 결말을 지어야만 했던 일이었어요."

The Companion
말벗

"자, 다음은 로이드 선생님 차례예요. 무언가 소름이 쪽 끼칠 만한 그런 이야기가 없겠어요?"

미스 헬리아가 로이드 의사에게 미소를 보냈다. 제인 헬리아는 영국에서 으뜸가는 미인이라고들 말했다. 그 미녀가 밤마다 연극을 구경하러 다니는 사람들을 황홀하게 해주는 바로 그 미소를 지었다. 동료 예술인들은 질투 때문인지 대개 이런 말을 하곤 했다.

"아무튼 제인은 예술가가 아니야. 마치 무처럼 생겼으니 말예요. 하지만 아시잖아요? 그 눈이 사람을 꼼짝 못하게 하거든!"

그 문제의 눈은 이때 흰 머리가 희끗희끗 섞인 독신의 노의사에게 호소하는 것처럼 못박혀 있었다. 이 의사는 5년 동안 줄곧 세인트 메리 미드 마을의 환자들을 돌봐 오고 있는 것이다.

의사는 무의식적으로 조끼를 아래로 잡아당겼다(요즈음 와서 좀 작아져 거북스러운 것이다). 이렇게 자기를 믿고 말을 걸어 온 귀여운 사람을 실망시키지 않으려고 애쓰며.

"저는 말이에요, 지금 이런 기분이 든답니다." 제인은 꿈꾸는 것처럼 말했다. "오늘 밤은 범죄의 이야기 속으로 빠져 보고 싶은 기분."

"그거 참, 멋지군." 주인인 밴트리 대령이 말했다. "정말 멋진데! 안 그래, 돌리?"

그는 진심으로 군인다운 호탕한 웃음을 크게 웃었다.

부인은 깜짝 놀란 듯이 사회 생활 속에서의 자신의 여주인의 의무를 생각해 내고(그녀는 자신의 봄의 꽃밭을 이것저것 머릿속에서 계획하고 있었던 것이다) 힘주어 고개를 끄덕였다.

"멋있어요, 물론."

걱정어린 말투였지만 무슨 뜻인지 알 수 없어 애매한 어조로 말했다.

"저도 언제나 그렇게 생각했었어요."

"그렇게 생각하셨다고요, 부인?"

미스 마플은 눈을 깜박깜박 했다.

"이 세인트 메리 미드에는 그렇게 소름끼칠 만큼 끔찍한 이야기는 별로 없답니다. 헬리아 양. 범죄 같은 것은 더욱 그렇지요" 하고 로이드가 말했다.

"뜻밖의 말씀을 하시는군요. 나는 여기에 계시는 나의 친구에게서 언제나 세인트 메리 미드는 범죄와 악행의 훌륭한 온상이라는 말을 듣고 있었는데요."

런던 경시청에 있던 전 경시총감 헨리 클리더링 경은 이렇게 말하고 미스 마플 쪽을 향했다.

"어머나, 헨리 경!"

미스 마플은 빰이 발갛게 물들어 항의했다.

"그런 말을 한 기억은 없는데요. 난 다만 인간성이라는 것은 마을이나 어디서나 마찬가지라는 것, 그것을 좀더 가까이에서 관찰할 기회와 여가가 좀 있다고 했을 뿐이에요. 하지만 선생님은 줄곧 여기에 오시지 않으셨어요?"

제인 헬리아는 아직도 단념하지 않고 의사에게 말을 건넸다.

"온 세상의 온갖 재미있는 곳을 다니셨잖아요. 여러 가지 일들이 일어났던 곳을 말이에요!"

"그야 물론 그렇습니다만……" 로이드 의사는 아직도 생각에 잠기면서 말했다. "그렇지요, 물론…… 그렇지만…… 아, 있었어요! 그것이 좋겠군!"

그는 한숨을 푸욱 쉬며 의자에 깊숙이 몸을 묻었다.

"벌써 그게 몇 년 전이지? 거의 잊혀져 가던 일이었어요. 그러나 그 사건은 정말로 이상한 것이었습니다. 정말 이상했어요. 맨 끝에 내가 우연히 사건을 해결한 셈인데, 그 단서가 아주 기묘한 것이었답니다."

미스 헬리아는 그의 쪽으로 약간 의자를 끌어당기고 입술 연지를 고친 다음 기대에 차서 기다렸다.

다른 사람들도 흥미있는 표정으로 의사쪽을 보았다.

"여러분은 카나리아 제도를 아시는지 어떤지 모르겠습니다" 하고 의사는 이야기하기 시작했다.

"아주 기막히게 좋은 곳인 모양이지요? 남태평양에 있지 않나요? 아니면 지중해던가?" 제인 헬리아가 말했다.

"나도 남아프리카로 가는 도중에 거기에 들른 일이 있었어요" 하고 대령이 말참견을 했다. "테네리페 곶은 일몰 경치가 아름다운 곳이더군요."

"이제부터 이야기하려는 사건이 일어난 곳은 테네리페가 아니라 그랜드 카나리아 섬입니다. 이미 퍽 오래 전의 일인데, 나는 건강이 나빠져 영국에서 개업한 병원을 그만두고 해외로 가야만 했었답니다. 그랜드 카나리아 섬의 수도 라 스팔마스에서 나는 개업을 했지요. 여러 가지 점에서 그곳의 생활은 참으로 재미있게 지냈습니다. 기후는 따뜻하고 쾌청한 날씨가 계속되어 해수욕을 할 수도 있었습니다. 나는 수영광이었으니까요. 그리고 항구의 생활도 마음에 들었습니다. 온 세계에서 모여드는 배가 라스팔마스에 입항하는 것입니다. 나는 아침마다 방파제를 산책했지요. 부인네들이 모자 가게 앞길을 걷는 것보다도 더 흥미롭게 말입니다.

지금 말씀드렸듯이 세계의 배가 라스팔마스에 입항합니다. 두세 시간 정박하는 것이 있는가 하면, 하루나 이틀 정박하는 것도 있었어요. 이 고장에서 가장 큰 호텔인 메트로폴에는 온갖 인종, 온갖 국민이 있었어요. 그것은 마치 철새와도 같답니다. 테네리페 섬으로 가는 사람들도 대개는 그전에 여기서 2, 3일 묵어 가곤 했어요.

내 이야기는 이 메트로폴에서 시작됩니다. 1월 어느 목요일 밤이었습니다. 댄스 파티가 있어 나는 친구들과 작은 테이블에 앉아 그것을 바라보고 있었습니다. 오케스트라가 탱고를 연주하기 시작하자 스페인 사람 여섯 쌍만이 춤을 추기 시작했습니다. 그곳에는 영국 사람이며 그밖의 외국인들도 상당히 있었지만, 춤을 추는 것은 스페인 사람들뿐이었습니다. 모두 춤을 아주 잘 추어서 우리는 감탄하며 구경하고 있었는데, 한 여자가 특히 솜씨가 뛰어나 우리는 완전히 마음이 끌려 있었습니다. 키가 후리후리하고 나긋나긋한 아름다운 몸매의 여자로, 마치 잘 길들여진 암표범처럼 이리저리 흔드는 동작을 되풀이하고 있었습니다. 그녀에게는 어딘지 모르게 위험한 것이 있었습니다. 나는 그것을 친구에게 말했더니, 친구도 그렇다는 뜻으로 고개를 끄덕이더군요.

'저런 여자는 반드시 사연이 많은 몸이라네. 세상은 저런 여자를 그냥 두지 않으니까' 하고 그는 말하는 것이었습니다.

'아름다움이라는 것은 대개 위험한 소유물이야.'

이러한 나의 말에 그는 '아름답다는 것만이 아닐세'라고 힘주어 말했습니다. '뭔가 다른 것이 있네. 그 여자를 다시 한 번 보게나. 반드시 저 여자에게, 아니면 저 여자 때문에 사건이 일어날걸세. 내가 말했듯이 세상은 저런 여자를 그냥 내버려 두지 않거든. 이상하고 조마조마하게 마음을 죌 만한 사건이 저 여자에게 일어날 걸세. 척 보기만 해도 알 수 있어.'

친구는 잠깐 말을 끊었다가 다시 미소를 지으며 덧붙였습니다.

'여보게, 저기에 있는 두 여자를 좀 보게나. 저 여자들에게는 이상한 일이 일어나지 않을걸세! 둘 다 조용하고 별탈없이 살아 가도록 정해져 있을 거라구.'

나는 그의 눈길을 쫓았습니다. 그가 말하는 두 여자란 지금 막 도착한 이들이었습니다. 네덜란드 로이드 조합의 배가 그날 밤에 입항하여 선객들이 호텔에 도착한 참이었던 것입니다.

그곳으로 눈길을 한 번 보냈을 뿐으로도 난 곧 친구의 말뜻을 알 수 있었습니다. 그 두 사람은 영국 여성으로, 해외에서 곧잘 만나게 되는 정말 점잖은 영국의 여행자였습니다. 나이는 글쎄요, 40살쯤일까? 한 사람은 얼굴이 희고 몸집이 자그마했으며 아주 조금이지만 약간 살이 좀 찐 것 같았습니다. 또 한 사람은 가무잡잡한 얼굴에 몸집이 작았으며 역시 아주 조금이지만 야윈 편이었습니다. 두 사람은 젊은 여성들로, 그다지 눈에 띄지 않는 고급 트위드 옷을 차분하게 입고 있었습니다. 화장은 전혀 하지 않았으며, 좋은 교육을 받고 자란 영국 여성의 천성적인 조용함과 차분함을 보이고 있었어요. 두 사람이 서로 비슷하며 이렇다할 뛰어난 점도 없는, 그런 유형의 전형적인 여성들이었지요.

베데커 여행 안내서를 읽고서 보아야겠다고 생각한 곳은 반드시 구경하고, 그 밖의 곳은 눈을 감고 지나치지요. 그리고 영국의 도

서관을 이용하고, 가다가 마주치게 되는 영국 교회에 나가겠지요. 어느 쪽인가 한 사람, 아니 두 사람에게는 아마 이 세상 절반을 여행한다 해도 놀랄 만한 사건은 아무것도 일어날 것 같지 않았습니다. 이 두 사람에게서 그 눈을 반쯤 감고 몸을 이리저리 흔들고 있던 조금 아까의 스페인 여자 쪽으로 눈길을 옮기며 나는 빙그레 웃었습니다."

"불쌍하기도 하지."

제인 헬리아는 한숨을 푸욱 쉬었다.

"그렇지만 여자가 자기 자신을 될 수 있는 대로 아름답게 보이려고 하지 않는다는 것은 거짓말이라고 생각해요. 본드 거리에 있는 여자──발렌타인이라고 하는 그 여자는 정말 훌륭한 사람이에요. 오드리 덴만도 그곳에 간답니다. 오드리는 '타락에의 길'에 출연하고 있지요. 보셨나요? 제1막에서 여학생으로 나오는데 정말 훌륭하게 꾸몄더군요. 오드리는 그렇게 젊어 보이지만 50살이에요. 제가 우연히 들었는데, 실제로는 60이 가깝다더군요."

"그 다음을 계속해 주세요." 밴트리 부인이 말했다. "몸을 이리저리 흔들면서 춤추는 스페인 무희의 이야기는 정말 좋아요. 자신이 나이를 먹고 살이 피둥피둥 쪘다는 것도 다 잊어 버리게 되니까요."

"정말 안되었습니다만……" 로이드 의사는 변명하는 것처럼 말했다. "솔직하게 말하면 이 이야기는 스페인 여자의 이야기가 아닙니다."

"그래요?"

"네, 공교롭게 친구도 나도 잘못 생각했던 겁니다. 그 스페인의 미녀에게는 놀랄 만한 사건은 아무것도 일어나지 않았습니다. 해운회사 직원과 결혼했는데, 내가 그 섬을 떠날 때에는 다섯 아이의 어머니가 되어 벌써 뚱뚱하게 살이 찌기 시작했었지요."

"마치 이즈리얼 피터스 씨 댁의 마님과 같군요" 하고 이번에는 미스 마플이 말했다.

"그녀도 무대에 섰었지요. 아주 다리가 멋있어서 팬더마임에서는 주역인 남자아이가 되기도 했었답니다. 모두들 장래에는 별 신통한 일이 없을 거라고 말했지만, 지방 순회 외교원과 결혼하여 훌륭하게 자리를 잡았답니다."

"또 마을의 예를 들고 나왔군." 헨리 경은 가만히 중얼거리듯 말했다.

"스페인 미인이 아니라" 의사는 그제야 이야기를 계속했다. "그 두 사람의 영국 여성이 이야기의 주인공이랍니다."

"그 두 여성에게 무슨 일이라도 일어났나요?" 미스 헬리아가 목소리를 낮추어 물었다.

"그렇습니다. 그 두 사람에게 사건이 일어났습니다. 그것도 바로 그 이튿날에."

"어머나, 어떤 일이었지요?" 밴트리 부인이 앞을 재촉하는 것처럼 말했다.

"그날 밤, 나는 호텔에 돌아와 호기심으로 숙박부를 슬쩍 들여다보았습니다. 곧 두 사람의 이름을 찾을 수 있었지요. 미스 메어리 버튼과 미스 에미 듀란인데, 주소는 버킹검 주 코튼 위어 리틀 패독이라고 씌어 있었어요. 그때는 다시 곧 이 이름의 소유자를 만나게 되리라곤 꿈에도 생각지 못했었고, 특히 그런 슬픈 사정이 될 줄은 생각지도 못했었습니다.

다음날은 대여섯 명의 친구들과 피크닉을 갈 계획을 세워 놓았습니다. 도시락을 준비하여 자동차로 섬을 가로질러 라 니브스——라던가요? 그런 이름이었습니다. 무척 오래된 옛날 일이니까요——라는 곳으로 가기로 했던 것입니다. 그곳은 깊숙이 에워싸인 후미로, 하려고 생각만 하면 해수욕도 할 수 있는 곳이었어요.

계획은 착오없이 실행되었는데, 출발이 조금 늦어졌기 때문에 도중에서 자동차를 세우고 점심을 먹었습니다. 그리고 라 니브스에는 그 뒤에 가기로 하고 차 마시는 시간까지 해수욕을 하면 좋겠다는 데 의견이 모아졌습니다.

우리가 바닷가에 가까이 다가갔더니 굉장한 소동이 일어나 있더군요. 조그마한 이곳 마을의 모든 사람들이 바닷가에 모여 있는 게 아닐까 생각될 정도였습니다. 마을 사람들은 우리의 자동차를 보더니 급히 달려와서 흥분되어 설명하기 시작했습니다. 나는 스페인 말을 그다지 잘하지 못하여 알아듣게 될 때까지 꽤 시간이 걸렸지만, 가까스로 사정을 이해할 수 있었습니다.

도무지 분별없는 두 영국 여자가 해수욕을 하러 왔다가 그중 한 여자가 너무 바다쪽으로 멀리 나가서 빠져 버렸다는데, 또 한 여자가 헤엄쳐 가서 살려 내려고 했으나 힘이 미치지 못해 자칫하면 둘 다 빠져 죽게 되었을 때 한 남자가 보트를 저어 가서 구해 냈지만 처음에 빠진 여자는 끝내 살아나지 못했다는 것이었습니다.

모든 사정을 알자 나는 곧 모여선 사람들을 헤치고 바닷가로 뛰어내려갔습니다. 처음에는 어제 보았던 그 두 여자인 줄 깨닫지 못했습니다. 까만색 수영복을 입고 꼭 맞는 초록빛 수영모자를 쓴 오동통한 부인이 걱정스러운 얼굴을 들었을 때에도 나는 전혀 알아보지 못했습니다.

그녀는 누워 있는 친구 곁에 앉아 서투른 솜씨로 인공 호흡을 시키고 있었습니다. 내가 의사라고 하자 한시름 놓았다는 듯이 한숨을 내쉬더군요. 나는 얼른 오두막으로 가서 몸을 잘 문지른 다음 마른 옷으로 갈아입으라고 말했습니다. 우리 동료인 한 부인이 함께 따라가 주었습니다. 나는 익사한 부인에게 할 수 있는 데까지

애를 써 보았지만 아무 소용이 없었습니다. 이미 명확하게 틀린 일이었으니까요. 마침내 하는 수 없이 단념하는 수밖에 없었습니다.

나는 친구들이 있는 어부의 오두막으로 갔습니다.

거기에는 슬픈 소식을 전해야 했는데, 살아남은 쪽 여자는 벌써 자기의 옷으로 단정히 갈아입고 있었기 때문에 어렵지 않게 어제 저녁에 도착한 두 여자 가운데 한 사람이라는 것을 알 수 있었습니다.

그녀는 그다지 이성을 잃지 않고 슬픈 소식을 차분히 듣더군요. 친구의 죽음을 슬퍼하는 개인적인 감정보다는 그 끔찍스러운 사건에 그만 넋을 잃었던 것 같았습니다.

'가엾은 에미……' 그녀는 이렇게 말하는 것이었습니다. '불쌍하기도 하지, 에미. 그 친구는 여기서 수영하기를 정말 애타게 고대했었는데. 그리고 수영을 아주 잘했지요. 도무지 모르겠군요, 어째서 이렇게 되었을까요, 선생님?'

'아마 준비 운동이 불충분해서 쥐가 난 것이겠지요. 어떻게 된 일인지, 정확하게 이야기해 주시지요.'

'우린 한참 동안 헤엄을 쳤어요. 20분쯤 되었을까요? 그런 다음 이제 그만 나가야겠다고 생각했는데, 에미는 한 번 더 헤엄치고 오겠다면서 바다 쪽으로 갔어요. 그런데 갑자기 비명 소리가 들리더군요. 에미가 살려 달라고 소리를 치는 것이었어요. 나는 허둥지둥 정신없이 헤엄쳐 갔지요. 에미가 있는 곳까지 갔을 때에는 그래도 아직 물에 떠 있었지만 정신없이 나에게 매달리는 바람에 우리는 둘 다 물 속으로 가라앉고 말았어요. 만약 그 남자의 보트가 와 주지 않았다면 저도 그대로 빠져 죽고 말았을 거예요.'

'흔히 있는 일이지요. 물에 빠진 사람을 구해 낸다는 것은 쉬운 일이 아니니까요.'

'오, 끔찍해요!' 하고 그녀는 말을 계속했습니다. '우린 어제 막 여기에 도착한 참이었답니다. 이 햇빛을 받으며 우리의 평화롭고 재미난 휴일을 즐기려고 그토록 기뻐했었는데…… 그런데 이런 끔찍스러운 비극이 일어나다니, 정말.'

그런 다음 나는 그 죽은 여자에 대해 자세하게 물었습니다. 스페인 당국도 충분한 보고를 요구하겠지만, 나로서도 될 수 있는 한 힘이 미치는 데까지 도와주고 싶다고 말했지요. 이에 대해 그녀는 쾌히 응해 주었습니다. 죽은 여자는 미스 에미 듀란이라고 하는 그녀의 말벗(말동무로 삼기 위해 고용한 사람)으로 다섯 달 전에 왔다는 것이었습니다. 두 사람은 매우 사이가 좋았지만 미스 듀란은 자기 가족들에 대해서는 그다지 말을 하지 않았답니다. 어렸을 때 부모를 모두 여의고 의지할 곳이 없는 고아가 되었기 때문에 숙부 밑에서 자라다가 21살 때부터 자기 힘으로 살아 왔다더군요. …… 대충 그런 이야기였어요."

의사는 잠깐 말을 끊었다가 이번에는 분명하게 잘라 말했다.

"이것으로 이야기는 끝입니다."

"영문을 모르겠군요. 그것으로 끝이라고요?"라고 제인 헬리아가 말했다. "정말 참으로 슬픈 이야기로군요. 하지만 그것만으로——그래요, 그것만으로는 제가 말하는 소름이 쭉 끼칠 만한 그런 스릴이 없어요."

"그 뒷이야기가 있겠지요" 하고 헨리 경도 중얼거리듯 말했다.

"그렇습니다. 있었어요. 마침 그때 이상한 일이 있었습니다. 나는 어부와 다른 사람들이 목격한 일을 여러 가지로 물어 보았지요. 그러자 한 여자가 좀 이상한 말을 하는게 아니겠습니까? 그때에는 그다지 마음에 두지도 않았지만, 나중에야 문득 생각이 나더란 말입니다. 그 여자의 말로는, 미스 듀란이 소리쳤을 때에는 물에 빠지려는 것이 아니었다고 분명하게 주장하는 것이었어요. 그런데 또 한 여자가 헤엄쳐 가더니, 그 여자의 말로는 미스 듀란의 머리를 일부러 물 속에 처박았다는 것입니다. 나는 조금 전에도 말했던 것처럼 그다지 귀담아 듣지 않았습니다. 너무나도 근거가 없는 이야기였고, 이런 일은 기슭에서 바라보면 사실과는 달리 보이는 수도 있으니까요. 미스 버튼은 일부러 친구의 의식을 잃게 하려고 그랬는지도 모르는 일입니다. 친구가 필사적으로 미친 사람처럼 매달리면 양쪽 다 빠져 버리고 마니까요. 그 스페인 여자의 말에 의하면 마치 미스 버튼이 일부러 자기의 말벗을 물 속에 빠뜨리려고 한 것처럼 생각됩니다만.

몇 번이나 말했지만 나는 이때에는 그 이야기를 무심히 들었는데, 나중에야 그랬었구나 하는 생각이 들었습니다. 이 부인——에미 듀란의 신원을 조사하는데 무척 애를 먹었습니다. 연줄이라고는 전혀 찾아볼 만한 곳이 없는 것 같았기 때문에, 미스 버튼과 나는 둘이서 그녀의 소지품을 잘 조사해 보았습니다. 꼭 한 군데 주소를 알 수 있었기 때문에 그곳으로 편지를 보냈지만, 그곳은 그녀의 짐을 놓아 둔 방에 지나지 않았지요. 하숙집의 여주인도 그녀에 대해서는 아무것도 아는 것이 없었으며, 방을 얻으러 왔을 때 한 번 만났을 뿐이라는 것이었습니다. 미스 듀란은 그때 언제라도 마음이 내킬 때 돌아올 수 있는 자기의 방을 가지고 싶다고 말했다는 것입니다.

거기에는 한두 가지 고급스러운 옛 가구와 미술원의 화집, 싸구려 가게에서 산 듯한 물건들이 잡다하게 담겨 있는 트렁크가 있었지만, 단서가 될 만한 것은 아무것도 없었습니다. 그녀의 부모는 어렸을 때 인도에서 세상을 떠났고, 목사인 숙부가 키워 주었다고 하숙집 여주인에게 이야기했다는 것이었습니다. 그렇지만 그 숙부가 아버지의 형제인지 어머니의 형제인지는 말하지 않았기 때문에 듀란이라는 이름도 단서가 될 수는 없었지요.

이것은 그다지 신비로운 일도 아니지만, 다만 이것만으로는 도저히 분명하지 않다는 것입니다. 이와 마찬가지인 경우로서, 자존심이 강하고 말수가 적고 쓸쓸한 여자는 얼마든지 있는 법입니다. 라스팔마스에 남겨진 그녀의 소지품 가운데 사진 두 장이 있었습니다. 낡고 색이 바랜 사진인데, 액자에 넣기 위해 가장자리를 잘랐기 때문에 사진관의 이름도 알 수 없었습니다. 그리고 아마도 그녀의 어머니나 할머니의 물건이었던 것 같은 낡아 빠진 은판 사진도 있었습니다.

미스 버튼은 그녀에 대해 알아볼 만한 곳을 두 곳 듣기는 한 모양이지만, 하나는 잊어 버리고 남은 한 곳을 간신히 생각해 냈습니다. 오스트레일리아에 가 있는 부인이었습니다. 그곳으로 편지를 냈지요. 물론 회답은 오래오래 걸려 간신히 오기는 했으나, 그것으로는 아무런 도움도 얻을 수 없었습니다. 미스 듀란은 자신의 말벗으로서 여러 가지로 시중을 들어 준 일이 있으며 매우 유능하고 좋은 사람이었지만, 사생활에 관한 일이나 그녀의 신상에 대한 일 따위는 전혀 모른다는 것이었습니다.

이런 형편이었으므로 아까도 말씀드렸듯이 사실 아무것도 이상한 점이 없었던 것입니다. 다만 두 가지 사실이 결부되어 나를 불안하게 만들었습니다. 에미 듀란에 대해 알고 있는 사람이 아무도 없다는 것, 그리고 스페인 여자의 그 이상한 말입니다. 그렇습니다. 또 한 가지, 세 번째 일을 덧붙이기로 하겠습니다. 내가 맨 처음 시체를 조사하려고 몸을 굽히고 미스 버튼은 오두막 쪽으로 가려고 한 바로 그 순간, 미스 버튼은 문득 뒤를 돌아보았는데 그때 그녀의 표정이 좀처럼 잊혀지지 않는 것입니다. 그녀는 걱정이되어

못 견디겠다는 듯한, 고통과도 같은 불안감에 찬 표정으로 뒤를 돌아보았던 것입니다.

 그때는 그다지 묘하게 느껴지지 않았었지요. 친구에 대한 비통한 감정 때문이라고 생각했습니다. 그러나 나중에 그들 두 사람은 그토록 애정이 알뜰한 사이가 아니었다는 것을 알았던 것입니다. 상대를 위해서는 몸과 마음을 바치겠다는 그런 열렬한 애정은 털끝만큼도 없었으며, 미칠 듯한 슬픔 같은 것은 조금도 없었답니다. 미스 버튼은 에미 듀란이 마음에 들었습니다. 그리고 그녀가 죽었기 때문에 충격을 받은 것만은 사실입니다. 그러나 단지 그뿐이었던 것입니다. 그렇다면 어째서 미칠 것 같은 격렬한 불안을 느꼈을까요? 이 의문이 내 마음에 뭉클뭉클 솟아올랐습니다. 그녀의 표정에서 받은 내 느낌은 절대로 잘못되지 않았을 것입니다. 나는 굳이 그렇게 생각하고 싶지는 않았는데도 대답은 마음 속에서 저절로 혼자 형태를 잡기 시작했습니다. 아, 스페인 여자의 이야기가 정말이라고 한다면? 메어리 버튼이 일부러 냉정하게 에미 듀란을 빠져죽게 했다면? 듀란을 구해주는 것처럼 보이게 하면서 일부러 물 속에 처박고 버튼은 보트로 구조되어 두 사람은 멀리 떨어진 쓸쓸한 해안으로 끌어올려졌는데, 거기에 내가 나타났다, 뜻밖의 일이었지요. 의사! 더욱이 영국인 의사! 그녀는 에미 듀란보다 더 오래 물 속에 있었던 사람도 인공 호흡으로 숨이 되돌아온다는 것을 잘 알고 있었습니다. 그러나 자기가 맡은 바 역할을 해내야만 했습니다. 즉 그녀는 그 자리를 떠나 의사와 희생자만을 남겨 두고 가야만 했던 것입니다. 그러니까 마지막으로 뒤를 돌아보았을 때 무어라 형용할 수 없는 심한 불안을 얼굴에 나타냈던 것이지요. 에미 듀란이 되살아나서 '정말로 있었던 일을 지껄이지나 않을까' 하는 불안을 말입니다."

"아, 어쩐지 벌써 등골이 서늘해지기 시작하는군요." 제인 헬리아가 말참견을 했다.

"이렇게 생각을 해 나가자, 사건 전체가 아주 음침하고 비참한 일인 것처럼 느껴지기 시작했습니다. 에미 듀란이라는 사람이 더욱더 알 수 없게 되었습니다. 에미 듀란이란 도대체 어떤 사람일까? 어째서 아무 가치도 없는 하찮은 고용살이를 하는 말벗에 지나지 않는 그녀가 고용주에게 살해되었는가? 이 운명의 해수욕 여행 뒤에는 어떤 이야기가 숨겨져 있는 것일까? 그녀는 겨우 한두 달 전에 메어리 버튼에게 고용되었으며, 메어리 버튼은 그녀를 데리고 외국으로 여행을 했다, 그리고 두 사람이 도착한 이튿날 이 비극이 일어났다, 더욱이 두 사람 다 빈틈없고 착실하며 그리고 흔히 볼 수 있는 점잖은 영국 여자인데, 도무지 사건 전체가 구름을 잡는 것 같은 이야기였습니다. 나는 나 자신에게 이렇게 말했답니다. '어쩌면 난 이렇게도 터무니없는 상상을 하는 것일까'라고 말입니다."

"그럼, 그 뒤로는 아무 일도 하지 않으셨나요?" 미스 헬리아가 물었다.

"그럼요, 내가 무엇을 할 수 있었겠습니까. 증거도 없고, 목격자들은 대부분 미스 버튼과 같은 말을 했는걸요. 나의 의심만 하더라도 뚜렷하지 않은 순간적인 표정을 보고 그저 추측함으로써 생긴 것에 지나지 않았으니까요. 그래도 단 한 가지 할 수 있었던 일은, 될 수 있는 대로 널리 에미 듀란에 대해 조사하는 일에 힘쓰는 것뿐이었습니다. 그 뒤 영국으로 돌아와서 나는 에미 듀란이 방을 빌렸던 집 여주인을 만났습니다. 그 결과는 아까 이야기했었지요."

"하지만 뭔가 이상하다고 느끼셨겠지요?" 하고 미스 마플이 말했다.

로이드 의사가 고개를 끄덕였다.

"나는 그런 생각을 품는 나 자신을 얼마쯤 부끄럽게 생각했습니다. 이 진실하고도 호감이 가는 이 영국 여자를 무슨 까닭으로 그 냉혹한 범죄자로 의심하는가 하고 말입니다. 미스 버튼은 그 뒤 잠시 동안 섬에 머물러 있었는데, 나는 될 수 있는 대로 친절하게 해주었습니다. 스페인 당국과의 접촉에서도 그녀 편이 되어 주었지요. 외국에 있는 동포를 돕기 위해 영국인으로서 최선을 다했던 것입니다. 하지만 미스 버튼은 틀림없이 내가 자기를 의심하여 좋지 않게 생각한다는 것을 알고 있었을 겁니다."

"그녀는 얼마 동안 그곳에 머물러 있었습니까?" 미스 마플은 물었다.

"2주일 가량이었다고 생각합니다. 미스 듀란은 그곳에 매장되었지요. 미스 버튼이 영국행 기선을 탄 것은 그로부터 열흘이 지난 다음이었을 겁니다. 마음의 충격이 너무나 커서 처음에 계획했던 대로 거기서 겨울을 날 수는 없다고 말하더군요."

"정말 가슴 아파하는 것 같던가요?"

미스 마플이 묻자 의사는 조금 주저하더니 조심스럽게 대답했다.

"그렇지요, 겉으로 보기에는 조금도 이상한 데가 없었습니다."

"예를 들어, 전보다 조금 살이 찐 것 같지는 않던가요?" 미스 마플이 물었다.

"어떻게 당신이 그런 것을? 이상하군요. 지금 생각해 보니 말씀하신 대로 미스 버튼은 어쩐지 살이 찐 것 같았어요."

"참으로 끔찍한 일이군요." 제인 헬리아가 덜덜 떨면서 말을 이었다. "마치 피해자의 피로 살이 찐 것 같잖아요."

"하지만 생각하기에 따라서는, 그녀를 지금까지 공연히 오해하고 있는지도 모르지요." 로이드 의사가 말을 계속했다.

"그녀는 섬을 떠나기 전에 나에게 어떤 말을 했는데, 그것은 전혀 다른 심정을 나타내고 있었습니다. 조금씩 달라지는 양심——상당히 시간이 흐른 다음에 큰 죄를 저질렀다는 것을 깨달은 듯한 양심, 그런 양심이 있는 법이지요.

미스 버튼이 카나리아 섬을 떠나기 전날 밤이었습니다. 잠깐 와달라고 하기에 가 보았더니, 그녀는 그동안 내가 그녀를 위해 애쓴 데 대해 깊은 감사를 나타내더군요. 나야 물론 무심히, 이런 경우에 당연히 해야 할 일을 했을 뿐이라고 말했지요. 그랬더니 그녀는 잠시 아무 말없이 있더니 갑자기 나에게 묻는 것이었습니다.

'자기 손으로 법률을 행사하는 것은 인간으로서 허용되는 일일까요?'

나는 그것은 상당히 어려운 문제이나 전체적으로 생각해 볼 때 옳지 않게 여겨진다고 말하고, 법률은 법률로서 우리들이 지켜야만 한다고 대답했지요.

'법이 무력할 때에도 말인가요?'

'무슨 뜻으로 말씀하시는 건지 모르겠군요.'

'설명하기가 좀 힘들지만요…… 세상 사람들이 틀림없이 죄악이라고 여기는 일, 범죄 행위라고 여기는 일이라도, 올바르고 충분한 이유가 있다면 해도 좋지 않느냐는 거예요.'

나는 지금까지 많은 범죄자들이 그런 사고방식을 가지고 나쁜 짓을 저질렀을 것이라고 쌀쌀하게 대답했습니다. 그러자 그녀는 지금까지 당당하던 그 기세는 어디로 갔는지 '하지만 끔찍한 일이에요, 정말 끔찍해요' 하고 중얼거렸습니다.

그리고 난 다음 말투를 바꾸어 잠을 푹 잘 수 있는 약을 좀 달라고 했습니다. 그녀는 한숨도 잘 수가 없다면서——조금 주저하더니——그 무서운 일이 있은 다음부터는 잠을 잘 수 없다고 말했습니다. 나는 이렇게 물었습니다.

'정말 그 일 때문에 충격을 받아서 그런가요? 다른 걱정거리는 전혀 없습니까? 마음에 걸리는 일 같은 것 말입니다.'

그녀는 격한 어조로 마음에 걸리는 일 따윈 있을 리 없다고 말하는 것이었습니다.

'걱정이 불면증의 원인이 되는 수도 있으니까요' 하고 나는 가볍게 받아 넘겼지요.

그녀는 잠시 생각에 잠기는 듯했습니다.

'앞일을 걱정하기 때문일 것이라는 말씀인가요? 또는 돌이킬 수 없는 과거가 마음에 걸리기 때문이라는 말씀인가요?'

'양쪽 모두입니다.'

'지난 일은 아무리 생각한들 무슨 소용이 있겠어요. 본디대로 되돌려 놓을 수는 없으니까요. 아! 쓸데없는 일이에요! 생각할 필요가 없어요!'

나는 수면제의 처방을 써 주고 작별인사를 했습니다. 집으로 돌아오며, 나는 그녀가 한 여러 가지 말에는 적지 않게 이상한 데가 있다고 생각했습니다. '본디대로 되돌려 놓을 수는 없으니까요'라니, 도대체 무엇을? 누구를?

이 마지막 만남으로 인해 나는 그 뒤에 부닥치는 사건에 대하여 어느 정도 마음의 준비를 갖출 수 있었던 것 같습니다. 물론 그런 사건이 일어나리라고는 생각지도 않았었지만, 그 사건이 일어났을 때 나는 놀라지 않았습니다. 메어리 버튼은 본디 양심적인 여자――마음 약한 죄인이 아니라 확신을 가지고 있는 여자라는 생각이 들었기 때문입니다. 확신을 가지고 행동하고 확신을 가지고 있는 한 자비로운 마음은 일어나지 않는 그런 여자일 것이라고 말입니다. 우리가 마지막 대화를 나누었을 때 그녀는 자기의 확신을 의심하기 시작한 게 아닐까 하고 나는 생각했습니다. 그 말, 그 영혼을

심하게 도려 내는 듯한 말, 즉 자책의 마음이 그녀에게 일어나기 시작했다는 것을 나는 느꼈던 것입니다. 그 다음 사건은 콘월에서 일어났습니다. 작은 해수욕장이었는데, 그 계절에는 쓸쓸하기 짝이 없는 곳입니다. 때는 아마 3월 말이었을 겁니다. 나는 신문에서 다음과 같은 기사를 읽었습니다.

'한 부인이 이곳의 작은 호텔에 묵고 있었는데 이름은 미스 버튼, 매우 수상하여 사람들이 이상하게 여겼다. 밤에는 중얼중얼하며 온 방 안을 돌아다녔기 때문에 옆방 사람들은 잠을 잘 수가 없었다. 어느날 그녀는 목사를 찾아가 가장 중대한 일을 고백해야겠다면서 자기는 죄를 저질렀다고 말했다고 한다. 그리고는 말을 계속하는가 했더니 그대로 불쑥 일어서며 다음에 다시 오겠다고 말하고는 돌아가 버렸다. 목사는 머리가 조금 이상해진 사람인 모양이라고 생각하고 그녀의 고백을 대수롭지 않게 생각했다. 그 다음날 아침의 일이었다. 그녀는 방에서 모습을 감추었고 한 통의 편지가 검시관 앞으로 남겨져 있었다. 그 편지는 다음과 같다.

──나는 어젯밤 목사님에게 이야기하려고 생각했습니다. 모든 것을 고백하려고 했습니다. 그러나 그러지 못했습니다. 그 여자가 나를 그렇게 하지 못하게 했던 것입니다. 내 죄의 벌로는 단 한 가지 방법밖에 없습니다. 목숨에는 목숨을 내놓아야 한다는 것입니다. 나의 목숨은 그 여자가 간 것과 똑같은 운명을 더듬어야만 합니다. 나 역시 깊은 바닷속에 빠져 죽어야만 합니다. 나는 내가 옳다고 믿고 있었습니다. 그러나 지금은 그렇지 않다는 것을 알았습니다. 에미에게 용서를 빌기 위해서 나는 에미에게로 가야 합니다. 아무도 나의 죽음을 책망하지 말아 주십시오. ──메어리 버튼'

사람들이 잘 가지 않는 가까운 산 밑의 후미진 해안에서 그녀의 옷이 발견되었지요. 그곳에서 옷을 벗고 바다 쪽으로 헤엄쳐 나갔음에 틀림이 없습니다. 그녀는 재산이 많아 유산이 10만 파운드나 되었습니다. 유언도 없이 죽었으므로 가장 가까운 친척의 손에 넘어갔습니다. 오스트레일리아에 있는 사촌네 가족들이었습니다. 신문은 카나리아 섬의 비극을 신중히 다루어 미스 듀란의 죽음이 버튼의 머리를 돌게 했다고 주장했지요. 배심들도 '일시적인 정신 이상을 일으켜 자살했다'는 틀에 박힌 평결을 내렸습니다.

이리하여 에미 듀란과 메어리 버튼의 비극은 막을 내린 것입니다."

긴 침묵 끝에 제인 헬리아가 숨가쁘게 말했다.

"아, 하지만 여기에 그치면 안돼요. 지금이 클라이맥스가 아니에요? 계속해 주세요."

"그러나 미스 헬리아, 이것은 연재소설이 아니에요. 실제로 있었던 이야기입니다. 실화란 아무 데서나 끝이 나는 법이지요."

"하지만 그 뒤의 일이 궁금해요."

"여기가 바로 우리들의 머리를 써야 할 대목입니다, 미스 헬리아. 어째서 메어리 버튼은 자기의 말벗을 죽였을까요? 이것이 로이드 선생께서 우리에게 내놓는 문제랍니다" 하고 헨리 경이 설명했다.

"네, 그렇군요. 여러 가지 이유로 죽였겠지요. 그것은――아, 그것은 그저 신경을 건드렸기 때문일지도 모르고, 질투 때문이었는지도 모르지요. 로이드 선생님은 남자 문제에 대해서는 아무 말씀도 안하셨지만, 배를 타고 갔으니까――그, 저…… 흔히 있잖아요. 바다 위에서의 사랑이니, 배 위에서의 연애니 하는 것 말이에요."

미스 헬리아는 숨을 거칠게 쉬며 입을 다물었다. 이 말을 듣고 있던 모두는 제인의 두뇌가 아름다운 외모에 도저히 미치지 못한다는 것을 알았을 뿐이었다.

"여러 가지 상상을 할 수 있겠지만" 밴트리 부인이 말했다. "이런 상상은 어떨까요? 미스 버튼의 아버지는 에미 듀란의 아버지를 파산시켜 자기가 재산가가 되었을 것입니다. 그래서 에미는 복수를 하려고 했지요. 아, 아니에요. 그러면 반대가 되는군요. 문제는 어째서 부자인 고용주가 가난한 말벗을 죽였을까 하는 거였지요? 옳지, 알았어요. 미스 버튼에게 남동생이 있었는데 에미 듀란을 짝사랑하다가 자살했어요. 미스 버튼은 그래서 때를 노리고 있었는데 에미가 몰락하자 말벗으로 고용하여 카나리아 섬으로 데리고 갔지요. 그리고 복수했던 거예요. 이런 상상은 어떨까요?"

"훌륭하십니다. 다만 미스 버튼에게 남동생이 있었는지는 모르겠습니다만" 하고 헨리 경은 말했다.

"그렇게 추정해 보는 거지요, 뭐. 남동생이 없으면 죽여야 할 동기가 없으니까요. 그래서 남동생이 있다고 생각할 필요가 생기지요. 아시겠어요, 와트슨(코난 도일의 추리소설에 나오는 의사로 셜록 홈즈의 친구)."

"그럴 듯하긴 해. 하지만 그것은 추측에 지나지 않아, 돌리" 하고 그녀의 남편은 말했다.

"물론 추측이지요." 밴트리 부인은 말했다. "우리들이 할 수 있는 일은 오직 추측하는 것뿐이에요. 아무런 단서도 없으니까요. 자, 여보, 말씀해 보세요. 알아맞춰 보세요."

"글쎄, 뭐라고 하면 좋을까. 미스 헬리아의 말대로 그녀들은 남자 때문에 사이가 나빠진 것이 아닌가 하는 생각이 드는군, 돌리. 어떤 목사가 있었는데, 그녀들은 코프(고위층 목사가 의식을 거행할 때 입는 망토 같은 겉옷)인지 뭔지에다 수를 놓아 바쳤을 거야. 그래서 그 목사는 듀란 양이 바친 것을 먼저 입었겠지. 틀림없이 그랬을 거야. 그런 여자들은 대개 미남 목사에게 홀딱 반하는 법이니까. 여보, 당신도 가끔 그런 말을 들은 적이 있지 않소?"

"나는 설명을 좀더 깊숙이 파고들어가서 해보겠소" 하고 헨리 경이 말했다. "물론 단순한 추정에 지나지 않지만요. 미스 버튼은 전부터 정신에 이상이 있었을 거요. 그런 일은 상상 외로 많은 법이니까요. 그 정신병이 점점 더 악화되어, 이 세상에서 어떤 종류의 사람을 ──소위 불행한 여자를 제거하는 것이 자기의 의무라고 믿게 되었겠지요. 미스 듀란의 과거는 잘 알 수 없지만 아마도 불행한 과거를 지니고 있었을 겁니다. 그래서 미스 버튼은 그녀를 없애야겠다고 결심한 거지요. 그 일을 해치우고 난 뒤 정상으로 돌아간 그녀는 괴로워하기 시작했겠지요. 양심의 가책에 못이겨 마지막에는 정말로 미쳐 버리고 만 것입니다. 어떻습니까, 내 말에 찬성해 주셨으면 좋겠는데요, 미스 마플?"

"미안합니다만 찬성할 수가 없어요" 하고 미스 마플은 안됐다는 듯이 미소를 지으면서 말했다. "미스 버튼이 그런 최후를 마친 것으로 미루어 보아 그녀는 매우 두뇌가 좋은 책략가였으리라고 짐작합니다."

제인 헬리아가 작은 탄성을 지르며 말참견을 했다.

"아, 저는 바보였어요. 다시 한 번 말해도 괜찮겠지요? 미스 듀란은 틀림없이 그녀를 협박했을 거예요! 다만 미스 마플이 어째서 그녀의 자살이 기묘하다고 말씀하셨는지 모르겠군요."

"미스 마플은 말입니다. 세인트 메리 미드 마을에서 이와 매우 비슷한 사건이 일어난 일이 있었는데, 그것이 생각나서 그랬을 겁니다" 하고 헨리 경이 말했다.

"당신은 늘 그 일을 가지고 놀리시는군요."

미스 마플은 눈을 흘기며 말했다.

"정말은 트라우트 부인 사건이 생각났었지요. 그 사람은 각각 다른 교구에서 죽은 세 노부인의 명의로 양로 연금을 공짜로 받아먹었지요."

"그것은 아주 공을 들인 계략적 범죄로군요. 하지만 이 문제를 푸는 열쇠가 될 것 같지는 않은데요." 하고 헨리 경이 말했다.

"그러실 테지요. 당신으로서는 말이에요. 하지만 이 세상에는 지독하게 가난한 가족들이 많아요. 그런 사람들에게 양로 연금이 얼마나 고마운 것인지 모르실 겁니다. 다른 사회층에서 보면 이해할 수가 없지요. 내가 말하고 싶은 이 문제의 요점은 나이 든 여자들이란 서로 비슷하다는 것입니다."

"네?" 헨리 경은 여우에게라도 홀린 듯이 말했다.

"나는 늘 설명하는 것이 서투릅니다만, 로이드 선생님이 맨 처음에 그 두 여자에 대한 설명을 하실 때 어느 쪽이 어느 쪽인지 모를 만큼 두 여자는 비슷하다고 하셨지요? 호텔의 다른 사람들도 몰랐을 겁니다. 그야 물론 며칠 지나면 알 수 있었겠지만, 바로 다음날 두 사람 가운데 한 사람이 익사했으니까요. 그래서 남은 사람이 자기가 미스 버튼이라고 해도 그렇지 않다는 것을 알아차린 사람은 없었을 겁니다."

"당신은——어쩌면!——알겠습니다." 헨리 경이 천천히 말했다.

"그렇게밖에 생각할 수가 없는걸요. 밴트리 부인이 조금 아까 말씀하셨잖아요? 어째서 부자인 고용주가 가난한 말벗을 죽였을까, 라고 말이에요. 그 반대의 일은 흔히 있을 수 있거든요."

"과연, 놀랍군요." 헨리 경은 말했다.

"그래서 그녀는 미스 버튼의 옷을 입어야만 했지요. 틀림없이 옷이 너무 꼭 끼었을 겁니다. 그래서 다른 사람들의 눈에는 살이 찐 것처럼 보였겠지요. 그래서 제가 아까 그런 질문을 했던 거예요. 남자분들은 옷이 작다고 생각하지 않고 그 여자가 살이 쪘다고 생각하기 쉽거든요."

"하지만 에미 듀란이 미스 버튼을 죽이고 무슨 이득이 있었을까요? 그런 속임수는 오래 가지 못할 텐데요." 밴트리 부인이 물었다.

"한 달 정도는 지탱할 수 있었겠지요. 그동안 아마도 아는 사람을 피해서 여행을 계속했을 겁니다. 어느 연령층의 여인들은 서로 비슷하다고 한 말은 이런 점에서 한 것입니다. 여권의 사진만 하더라도——여권이란 엉성하거든요. 본인과 조금 다르다고 해도 알아내지 못하니까요——그리고 3월이 되자 콘월에 가서 일부러 이상한 거동을 하여 사람들의 눈길을 끌었겠지요. 그러다가 해안에 옷을 벗어 놓고 편지를 남겨 놓으면 절대로 상식적으로 생각할 수 있는 결론 같은 것이 머리에 떠오르지 않지요."

"상식적으로 생각할 수 있는 결론이라니오?"

헨리경이 물었다.

"시체가 발견되지 않았다는 점 말입니다."

미스 마플은 지적했다.

"살인과 후회라는 것을 내걸고 사람들의 눈을 속이지만 않았다면 시체가 없다는 것은 명백한 사실로서 주의를 끌 겁니다. '시체가 없다', 이것은 참으로 의미깊은 사실이 아니겠어요?"

"그렇다면" 밴트리 부인이 물었다. "아무런 후회도 하지 않았다는 말씀이신가요? 그럼, 그 사람은 바다에서 자살하지 않았나요?"

"자살을 하기는요." 미스 마플은 말을 이었다. "여기서 또다시 트라우트 부인의 이야기를 해야겠군요. 트라우트 부인은 사람의 눈을 아주 잘 속이고 있었지요. 그런데 나라는 상대와 부딪쳤던 것입니다. 여러분은 양심의 가책을 받았을 것이라고 말씀하셨지만, 나는 그 미스 버튼이 수상쩍다는 것을 꿰뚫어 보았지요. 자살했다고요? 자살은커녕 오스트레일리아로 가 버렸을 겁니다. 어떻습니까, 내 추측이?"

"맞았습니다." 로이드 의사는 말했다. "아주 꼭 맞았습니다. 이 사건은 다시금 나를 놀라게 했지요. 멜버른에서 내가 얼마나 놀랐는지, 나는 뒤로 나자빠질 뻔했답니다."

"그것이 선생님께서 말씀하신 우연한 최후의 해결이었나요?" 미스 마플이 묻자 로이드 의사는 고개를 끄덕였다.

"그렇습니다. 미스 버튼──아니, 미스 에미 듀란이라고 해도 상관없습니다만──으로서는 운이 막혀 버린 것이지요. 나는 그 무렵 어떤 기선의 의사직을 맡아보고 있었는데, 멜버른에 상륙하여 거리를 거닐다가 맨 처음 만난 여자가 콘월에서 익사한 것으로 알려진 그 여자였습니다. 나하고 맞부딪치자 그녀는 이제 별수없다 싶었나 보지요. 매우 대담하게 나오더군요. 나에게 비밀을 털어놓는 것이었어요. 도덕 관념이라고는 전혀 없는 여자였습니다. 그녀는 9남매의 장녀로, 집안은 배를 주릴 만큼 가난했답니다. 그래서 영국의 부자인 사촌 미스 버튼에게 도움을 청했지만, 미스 버튼은 그녀의 아버지와 싸운 적이 있었기 때문에 거절했다는군요. 마침내 세 동생이 몸이 약해서 치료비가 쌓여 꼭 돈이 필요하게 되었답니다. 그래서 에미 버튼은 그때 냉혹하게도 사촌을 죽여야겠다고 결심했지요. 그녀는 가는 도중 이 집 저 집에서 아이를 돌봐주며 영국으로 건너갔고, 에미 듀란이라는 이름으로 미스 버튼의 말벗 역할을 하게 되었지요. 그녀는 방을 빌어 가구를 들여놓기도 했는데, 그것은 듀란이라는 존재를 좀더 뚜렷이 하기 위해서였습니다. 익사시킬 계획은 즉석에서 세운 것이었지만, 미스 버튼을 없앨 기회는 늘 노리고 있었답니다. 그리고 그 연극의 마지막 장면까지 해치운 다음 오스트레일리아로 돌아갔던 것입니다. 그리하여 적당한 시기에 자기와 자기 동생들은 미스 버튼의 가장 가까운 친척으로서 그 재산을 상속했던 겁니다."

"참으로 대담하고도 빈틈없는 범죄로군요." 헨리 경이 말했다.
"거의 완전 범죄에 가깝습니다. 카나리아 섬에서 죽은 것이 미스 버튼이었다면 에미 듀란이 의심을 받아 버튼 집안과 그녀의 관계가 곧 폭로되었을 터인데, 정체를 바꾸어 놓고 나중에 자살한 것으로 해 놓았으니 말하자면 이중 범죄를 저지른 셈이군요. 그 때문에 감쪽같이 속일 수 있었지만요. 정말이지, 거의 완전 범죄에 가깝습니다."
"그래서 그 여자는 어떻게 되었습니까? 선생님은 어떻게 하셨나요?"
벤트리 부인이 물었다.
"나는 난처한 입장에 서게 되었지요. 법률상의 문제로 삼을 만한 증거가 별로 없으니까요. 게다가 의사로서 똑똑히 알 수 있는 어떤 징조를 나는 보았던 것입니다. 겉으로는 건강하고 멀쩡하게 보이지만 그 여자는 앞으로 오래 살 것 같지 않았습니다.

나는 그녀와 함께 그녀 집에 가서 동생들을 만나 보았어요. 단란한 가정이더군요. 모두들 제일 맏이인 그녀를 몹시 따르며 그런 끔찍한 범죄를 저질렀다고는 꿈에도 생각지 못하더군요. 아무런 증거도 없는데 일부러 형제들을 괴롭힐 필요는 없겠지요. 그 여자의 고백은 나 말고는 아무도 모르니까요. 나는 결과를 자연의 손에 맡기기로 했습니다. 미스 에미 버튼은 그리고 나서 여섯 달 뒤에 죽었지요. 최후의 날까지 양심의 가책을 느끼지 않은 채 즐거운 나날을 보냈을까 하고 이따금 생각한답니다."
"아마 그렇지는 않았겠지요." 벤트리 부인이 말했다.
"나는 양심의 가책을 느끼지 않았으리라고 생각해요. 트라우트 부인도 그랬거든요." 미스 마플은 말했다.
제인 헬리아는 몸을 조금 떨며 말했다.

"정말 스릴있는 이야기였어요. 하지만 저는 잘 이해할 수가 없었어요. 어느 쪽이 어느 쪽을 익사시켰는지 그 점을 말이에요. 그리고 어째서 그 트라우트 부인이 이 이야기와 관계가 있다고 말씀하시나요?"

"관계는 없어요, 아가씨" 하고 미스 마플은 말했다. "트라우트 부인은 그저 마을에 살고 있던 한 여자——그다지 좋지 않은 여자였다는 것에 지나지 않아요."

"아! 마을에 살고 있었단 말이지요?" 하고 제인은 말했다. "하지만 마을에서는 아무 일도 일어나지 않았잖아요?"

여기까지 말하고 제인은 한숨을 쉬었다.

"나도 마을에 살고 있으면 아마 할머니가 되어 버릴 거예요."

The Four Suspects
네 사람의 용의자

　모두들 아직 발각되지 않은 범죄며 처벌당하지 않은 범죄의 이야기로 다시 꽃을 피우고 있었다. 모두 번갈아 가며 자기의 의견을 그럴싸하게 발표했다. 밴트리 대령, 포동포동하고 사랑스러운 그의 부인, 제인 헬리아, 로이드 의사, 그리고 늙은 미스 마플까지. 이야기를 하지 않는 사람은, 모두가 말하기를 이런 이야기에는 가장 적임자라고 지목하는 바로 그 사람이었다. 전 런던 경시청 경시총감 헨리 경은 수염을 비틀며——아니, 오히려 쓰다듬으며 말없이 히죽 웃고 있었다. 마치 머릿속으로 혼자 즐기고 있는 듯이.
　"헨리 경, 아무 말씀도 안하시면 큰 소리를 지르겠어요. 처벌당하지 않고 넘어가 버린 범죄도 무척 많겠지요? 아니면 없단 말씀이세요?"
　밴트리 부인이 참지 못하겠다는 듯이 말했다.
　"신문에 실린 표제를 말씀하시는군요, 밴트리 부인. 런던 경시청, 또다시 검은 점(패배를 뜻함). 그리고 이어서 죽 나와 있는 해결하지 못한 범죄의 표를 보셨군요."

"하지만 전체적으로 볼 때 그것은 겨우 일부분에 지나지 않을 겁니다" 하고 로이드 의사가 말했다.

"그럼요. 해결해 버린 많은 범죄며 처벌당한 범인들에 대해서는 그다지 떠들썩하게 말하지도 않고 크게 다루지도 않으니까요. 하지만 그런 것은 그리 문제가 되지 않아요. '발각되지 않은 범죄'니 '해결되지 못한 범죄'니 하지만, 이 두 가지는 다른 것입니다. 발각되지 않은 범죄란 런던 경시청에서도 들은 적이 없는 범죄, 범죄 행위가 이루어졌다는 사실조차 아무도 모르는 범죄가 모두 포함되지요."

"하지만 그런 것은 많지 않겠지요?" 하고 밴트리 부인이 말했다.

"많지 않을까요?"

"어머나, 헨리 경! 그럼, 많단 말씀인가요?"

"그런 일은 대단히 많다고 생각합니다."

미스 마플은 깊이 생각하며 말했다. 먼 옛날 그대로의 침착성을 지니고 있는 이 인상좋은 노부인은 매우 차분했다.

"그럴 겁니다, 미스 마플." 밴트리 대령이 말했다. "물론 얼간이들도 많지요. 그런 사람들은 무슨 짓을 하건 곧 발각되고 말아요. 그러나 얼간이가 아닌 사람들도 많답니다. 그런 사람들이 확고한 도덕의 관념에 입각하여 행동하면 좋지만, 그렇지 않고 뭔가 나쁜 짓을 꾸미면 몸서리칠 만큼 무섭거든요."

"맞아요." 헨리 경이 맞장구를 쳤다. "하지만 얼간이가 아닌 사람이 더 많지요. 대부분의 범죄는 아주 사소한 착오로 세상에 알려진답니다. 그리고 그럴 때마다 자기 스스로에게 말하지요. 이런 착오만 일으키지 않았더라면 아무도 진상을 알지 못했을 것이라고 말입니다."

"하지만 그것은 꺼림칙한 문제일세, 클리더링. 정말 꺼림칙한 문제란 말이야" 하고 밴트리 대령이 말했다.

"그럴까?"

"그럴까라니, 그게 무슨 뜻인가? 중대하지 않단 말인가?"

"범죄가 처벌당하지 않는다고 자네는 말하지만, 과연 처벌당하지 않고 넘어갈 수 있을까? 그야 법률에 의한 처벌은 받지 않을는지도 모르지만, 인과라는 것은 법률 밖에서도 움직이고 있거든. 그 즉시 천벌이 내린다고 말하면 진부하게 들리겠지만, 내 의견으로는 그 이상의 진실이 없다고 생각하네."

"그야 그럴 테지만, 그렇다고 해서 꺼림칙하지 않다고 할 수는 없지."

밴트리 대령은 당황하며 입을 다물었다.

헨리 클리더링 경은 미소지었다.

"100명 가운데 99명은 자네와 같은 생각을 하지. 하지만 정말 중요한 것은 범죄가 아닐세. 중요한 것은 억울한 누명을 쓴 죄라네. 아무도 알아 주지 않으니까."

"저는 뭐가 뭔지 도무지 모르겠어요." 제인 헬리아가 중얼거렸다.

"나는 알아요" 하고 미스 마플이 입을 열었다. "트렌트 부인이 핸드백 속에 넣어 두었던 반 크라운이 없어진 것을 알았을 때, 그때 가장 난처한 입장에 서게 된 사람은 통근하는 하녀 아사였어요. 트렌트네 가족들은 그 하녀의 짓임에 틀림이 없다고 생각했지요. 그러나 친절한 사람들이었기 때문에 그 하녀가 많은 식구를 거느리고 있는데다가 남편이 술주정꾼이라는 사정을 알고 있었으므로 굳이 극단적인 조치는 취하고 싶지 않아서였는지, 다만 그녀를 보는 눈길이 그전과 달라졌고 그녀에게 집을 보아 달라는 부탁을 하지 않게 되었지요. 이것은 그때까지 그녀를 대하던 태도와는 아주 다른 대우였어요. 다른 집 사람들까지도 그녀를 경계하기 시작했으니까요. 그런데 말이에요, 우연히 범인이 가정교사라는 사실을 알게 되었답니다. 트렌트 부인은 거울을 통해 문 저쪽에서 가정교사가 몰래 돈을 훔치는 것을 보았던 겁니다. 참으로 우연한 일이었지요. 나는 그것이 하느님의 뜻이라고 말하고 싶어요. 헨리 경은 이런 일을 말씀하시는 것이겠지요. 대부분의 사람들은 그저 누가 돈을 훔쳤느냐에 흥미를 품고 있었는데, 뜻밖의 사람이 범인이었다는 사실이 폭로되자 놀라고 만 거예요. 마치 추리소설에서처럼 말이에요! 아무런 나쁜 짓도 하지 않은 가엾은 아사에게는 정말 죽느냐 사느냐의 문제였지요. 당신이 말씀하시려는 것이 바로 이런 것 아닙니까, 헨리 경?"

"맞습니다, 미스 마플. 내가 하고 싶은 말을 꼭 집어서 말씀하셨군요. 지금 말씀하신 그 하녀는 운이 좋았어요. 결백하다는 것이 드러났으니까요. 하지만 어떤 사람들은 터무니없는 의심을 받고 그 때문에 일생이 엉망으로 되는 수도 있답니다."

"뭔가 그런 특별한 예라도 생각이 나서 그러시는 건가요, 헨리 경?"

밴트리 부인이 빈틈없이 질문했다.

"네, 그렇답니다, 부인. 매우 기묘한 사건이었어요. 살인 사건임에 틀림이 없는데, 그것을 증명할 만한 증거가 하나도 없었지요."

"독약이었겠죠, 죽은 뒤에 아무런 흔적도 남지 않는 독약 말이에요" 하고 제인 헬리아가 중얼거렸다.

로이드 의사는 몸을 부스럭거렸고 헨리 경은 고개를 저었다.

"아니오, 그것은 남아메리카 인디언의 신비스러운 독화살은 아니었으니까요! 차라리 그런 것이었다면 좋았지요. 좀더 평범한——아주 산문적인 것이었답니다. 너무 산문적이어서 범인에게 '이런 수법으로 했지' 하고 들이댈 수도 없을 정도였답니다. 한 노신사가 2층에서 굴러떨어져 목이 부러졌다고 하는, 날마다 어디에서나 흔히 일어날 수 있는 우연한 참사였거든요."

"그런데 정말은 어째서 그런 일이 일어났나요?"

"어째서 일어났는지 아무도 모르지요."

헨리 경은 어깨를 움츠렸다.

"뒤에서 누가 떠밀었는지, 실이나 끈을 계단 위에 걸쳐 놓았다가 누가 뒤에서 살짝 잡아당겼는지 도무지 알 수가 없었답니다."

"그런데 당신은 어째서 우연한 사고가 아니라고 생각하십니까?" 의사가 물었다.

"말을 하자면 길어집니다만——네, 우리는 상당한 확신을 가지고 있었지요. 그러나 아까도 말했듯이, 누군가에게 네가 했지 하고 들이댈 수는 없었어요. 증거가 너무 약해서 말입니다. 그러나 그 사건을 다른 각도에서 보면 알 것 같았거든요. 그런 나쁜 짓을 할 기회를 가지고 있는 것으로 간주되는 인물이 네 사람 있었습니다. 그중 하나가 '유죄'이고 '나머지 셋이 무죄'인 셈이지요. 진상이 밝혀지지 않는 한 이 세 사람은 언제까지나 무서운 의심의 그림자에 쫓겨야만 한답니다."

"그 긴 이야기를 들려 주셨으면 좋겠네요."

밴트리 부인이 말했다.

"뭐, 그다지 길게 이야기할 필요는 없겠지요."

헨리 경은 말하기 시작했다.

"처음 부분은 대강 이야기해 드리겠습니다. 그것은 독일의 비밀 결사 슈바르쯔 한트(검은 손이라는 뜻)와 관계되는 이야기입니다. 카모라 당(1820년경 이탈리아의 나폴리에서 일어난 정치적, 범죄적 비밀 결사)과 비슷한 단체로, 일반 사람들이 카모라 당이라고 하면 곧 상상할 수 있듯이 공갈과 폭력의 단체지요. 전쟁 뒤에 갑자기 결사되어 놀랄 만한 기세로 퍼졌답니다. 수없이 많은 사람이 그 때문에 희생당했지요. 당국은 그들을 다스릴 수가 없었답니다.

비밀이 매우 엄중하게 지켜져서 누구 하나 배신하는 자를 찾아 낼 수 없었기 때문입니다.

영국에서는 그다지 알려져 있지 않지만 독일에서는 그야말로 무서운 세력을 떨치고 있었습니다. 그러나 마침내 한 사람의 노력으로 해산되어 뿔뿔이 흩어지고 말았지요. 그 사람은 로젠 박사라고 하여 한때 기밀 조사부의 일로 유명했었는데, 스스로 그 결사의 당원이 되어 내부에 파고들어가 아까 말씀드린 대로 그들을 붕괴시키는 데 큰 역할을 했답니다.

그러나 그 결과, 그는 요주의 인물이 되고 말았습니다. 그래서 잠시 동안이라도 독일을 떠나는 편이 현명하다고 여기고 영국으로 왔지요. 우리는 베를린 경찰로부터 그를 보호해 달라는 부탁을 받았습니다. 그 자신이 개인적으로 나를 찾아왔기 때문에 만나 보았는데, 그의 견해는 참으로 냉정하고 숭고한 것이었습니다. 앞으로 어떻게 되리라는 것을 환히 알고 있더군요.

'놈들은 나를 붙잡을 겁니다, 헨리 경. 틀림없어요' 하고 훌륭한 용모의 이 거인은 굵은 목소리로 말하더군요. '뻔한 일 아닙니까. 나는 아무렇지도 않습니다. 각오하고 있어요. 본디 위험하다는 것을 알면서 이 일에 손을 댔으니까요. 하고자 하던 일을 완수했습니다. 결사는 절대로 다시 조직되지 못할 것입니다. 그러나 당원들은 아직 많이 자유로운 몸으로 있습니다. 그들은 자기들이 할 수 있는 유일한 복수를 위해 나의 목숨을 틀림없이 빼앗을 겁니다. 다만 시간 문제겠지요. 그때가 될 수 있는 대로 늦게 오기만을 바라고 있을 뿐입니다. 지금 매우 흥미진진한 자료를 모아 편집하고 있기 때문입니다. 생애의 일대 총결산이랍니다. 될 수만 있다면 일을 완성하고 싶습니다.' 그는 매우 간단하게 이야기했지만 그 기개 있는 모습에 나는 탄복하지 않을 수 없었습니다. 나는 되도록 경호해 드리겠다고 했더니, 그는 손을 저으며 그 말을 거절하더군요.

'머지않아 놈들은 나를 죽일 겁니다' 하고 그는 되풀이해서 말하더군요. '그런 날이 와도 부디 비관하지 마십시오. 당신이 최선을 다했다는 것을 의심하지 않을 테니까요.'

그리고는 앞으로의 계획에 대하여 대강 설명했습니다. 그는 시골에 작은 집을 빌려 그곳에서 조용히 살면서 그 일을 계속하겠다는 것이었어요. 결국 그는 서머세트(영국 남서부의 주)의 한 마을인 킹스 네이튼을 택했지요. 그곳은 철도 역에서 7마일이나 떨어진, 문명의 혜택이라고는 하나도 입지 않은 보기 드문 곳이었어요. 그는 아담한 집을 사서 여기저기 수리하기도 하고 구조를 바꾸기도 하여 매우 만족하며 자리를 잡았습니다. 가족은 조카딸 글레타와 비서, 40년 동안이나 충실하게 그를 섬겨 온 나이 든 독일인 하녀, 그리고 심부름이나 정원을 손질해 주는 그 마을 사람이 하나, 이들이 전부였지요."

"그 네 사람이 용의자였군요" 하고 로이드 의사가 조용히 말했다.
"맞아요. 네 사람의 용의자였지요. 이 이상 더 이야기할 것은 그다지 없습니다. 다섯 달 동안은 킹스 네이튼에서 평온하게 살았는데, 어느 날 운명의 일격이 가해진 것입니다. 어느 날 아침, 로젠 박사는 2층에서 떨어져 20분쯤 뒤에 숨이 끊어진 상태로 발견되었던 겁니다. 사고가 일어난 시각에 하녀 게르트루트는 문을 꼭 닫고 부엌에 있었기 때문에 아무 소리도 들리지 않았다고 '스스로' 말했습니다. 글레타 양은 뜰에 나가 구근을 심고 있었다고 그녀도 '스스로' 말했습니다. 정원사 돕브스는 작은 화분들이 있는 오두막에서 점심을 먹고 있었다고 역시 '스스로' 말했습니다. 그리고 비서는 산책하러 나갔습니다. 그러나 그것 역시 비서의 입에서 나온 말이었으며 아무도 알리바이를 증명해 주진 못했지요. 아무도 자기 자신

말고는 확증을 해 줄 사람이 없었습니다. 그러나 단 한 가지만은 분명했습니다. 외부 사람이 범행을 했을 리 없다는 사실 말입니다. 킹스 네이튼 같은 작은 마을에서는 낯선 사람은 반드시 사람 눈에 뜨일 것이고, 앞쪽도 뒤쪽도 입구는 모두 잠겨 있었으니까요. 그리고 가족은 모두 각각 여벌쇠를 가지고 있었거든요. 그래서 혐의가 이 네 가족에게 한정되었지만, 이 네 사람 모두 수상쩍은 데는 전혀 없는 것 같았습니다. 글레타는 친동생의 딸이었고, 게르트루트는 40년이나 충실히 박사를 섬겨 온 하녀, 돕브스 역시 킹스 네이튼에서 다른 지방으로 나가 본 일도 없는 사람이고, 비서 찰스 템플턴은——."

"옳지" 하고 대령이 말했다. "그 사나이는 어땠나? 아무래도 나는 그가 수상한 인물처럼 느껴지는군그래. 자네는 어떻게 생각하나?"

"그는 전혀 문제가 되지 않았지. 적어도 그때는 말일세. 찰스 템플턴은 나의 부하였으니까."

"그랬었나!"

밴트리 대령은 아연했다.

"그랬답니다. 나는 그곳에 부하를 배치하여 경계시키고 싶었지만, 마을에 소문이 퍼지면 곤란하다고 생각했지요. 로젠 박사는 아무래도 비서가 필요했으므로 나는 템플턴을 그 자리에 있게 했던 것입니다. 그는 신사였고, 독일어에 능숙했으며, 아주 유능한 인물이었거든요."

"그렇다면 당신은 누가 수상하다고 생각하시나요?" 하고 밴트리 부인이 물었다. 도무지 알 수 없다는 말투였다. "모두 한결같이 살인 따위는 할 사람 같지 않잖아요."

"맞아요, 적어도 겉으로 보기에는 그랬어요. 하지만 관점을 바꾸어 보는 방법도 있지요. 글레타 양은 그의 조카딸이고 가엾은 처녀이긴 하지만, 세계 대전 때에 동생이 누이를 배반하고 아버지가 아들을 속이는 실례를 싫도록 보았거든요. 지극히 사랑스럽고 상냥한 젊은 여자가 가장 놀라운 짓을 하는 수도 있으니까요. 역시 게르트루트에게도 같은 말을 할 수 있습니다. 더구나 어떤 다른 원인이 그 경우에 작용했는지 누가 압니까. 아마도 오랫동안 충실하게 섬겨 왔던만큼 그녀의 마음 속 깊이 뿌리를 박고 있던 원한이 차츰 쌓여서 주인을 나쁘게 생각하고 있었는지도 모르지요. 그런 환경에 있는 노파란 때로 놀랄 만큼 잔인한 짓을 하는 수가 있으니까요. 그리고 돕브스는 또 어떻습니까? 그는 가족과는 아무 관계도 없으니 문제가 안 된다고 할 수 있을까요? 돈이면 그만인 세상이니까 누가 그를 매수했는지도 모르지요.

한 가지 확실하다고 여겨지는 일은 외부로부터 어떤 전갈이라든가 명령을 받았으리라는 것입니다. 그렇지 않고서야 어째서 다섯 달 동안이나 아무 일 없이 그냥 지내게 했겠습니까? 아니, 결사 당원들은 활약하고 있었겠지만 로젠 박사가 배신했다는 확증이 없었기 때문에 그것이 확실해질 때까지 연기했겠지요. 그러다가 확실해지자 그 집에 있는 스파이에게 지령을 내렸겠지요. '없애라'는 지령을 말입니다."
"어머나! 잔인해요!"
제인 헬리아는 몸을 떨었다.
"어떤 방식으로 그 전갈을 보냈을까? 이 점을 나는 밝히려고 했답니다. 문제를 푸는 길은 이것밖에 없으니까요. 네 사람 중의 누군가가 어떤 방법으로든 매수를 당했든지 지령을 받았든지 했음에 틀림이 없어요. 조금의 여유도 두지 않고——나는 잘 압니다만——지령을 받자마자 즉석에서 실행에 옮겼을 겁니다. 그것이 슈바르쯔 한트의 특색이니까요.

나는 심문했습니다. 남들이 보면 어리석다고 여길 만큼 미주알고주알 캐물었지요.

그날 아침, 누가 그 집에 왔었는지 한 사람도 빼놓지 않고 기록했습니다. 여기에 그 리스트가 있습니다."

그는 호주머니에서 봉투를 꺼내 그 속에서 한 장의 종이를 집어 냈다.

"푸줏간 사람——양고기 배달. 조사 결과 확인.

식료품점 점원——옥수수가루 한 부대, 설탕 2파운드, 버터 1파운드, 커피 1파운드 배달. 조사 결과 역시 확인.

우편 배달부——로젠 양에게 광고 우편물 두 통, 게르트루트에게 마을에서 편지 한 통, 로젠 박사에게 세 통(그 가운데 한 통은 외국 우표가 붙어 있었음), 템플턴에게 두 통(그 가운데 한 통은 외국 우표가 붙어 있었음)."

헨리 경은 입을 다물었다. 그리고 봉투에서 한 뭉치의 서류를 꺼냈다.

"이것은 여러분이 직접 읽어 보십시오. 수취인에게서 직접 받은 것, 쓰레기통에서 찾아 낸 것들인데, 보이지 않는 잉크나 그와 비슷한 것이 사용되지 않았나 하고 전문가에게 물론 조사시켰지요. 그런 섬찟한 것은 없었습니다."

모두들은 그 편지를 읽으려고 서로 이마를 마주댔다. 카탈로그는 종묘상에서 온 것과 런던의 유명한 모피상에서 온 것 두 가지였다. 로젠 박사에게 온 두 통의 청구서는 뜰에 뿌릴 화초 씨앗의 대금을 청구한 마을의 가게와 런던 문방구점에서 보내온 것이었다. 또 한 통의 편지 내용은 다음과 같다.

친애하는 로젠

일전에 헬름즈 스퍼 박사 댁에서 돌아오다가 우연히 에드거 잭슨을 만났는데, 그와 아모스 페리는 친타우에서 막 돌아왔다고 하더군요. 정직하게 말해서(in all Honesty) 나는 그런 여행은 조금도 부럽지 않습니다. 속히 그곳 소식을 전해 주십시오. 전에도 말씀드렸지만 어떤 인물을 조심하셔야 합니다. 누구를 두고 하는 말인지 아시겠지요? 당신은 찬성하지 않으실는지도 모르겠습니다만. 그럼, 안녕.

조지나

"템플턴에게 온 우편물은 보시다시피 그의 단골 양복점에서 보낸 청구서와 독일 친구가 보낸 편지였습니다."
헨리 경은 말을 이었다.
"그 편지를 그는 공교롭게도 산책하면서 찢어 버렸다더군요. 그리고 게르트루트가 받은 편지는 다음과 같습니다."

사랑하는 슈바르쯔님

금요일 밤의 교회 친목회에 꼭 참석하시기 바랍니다. 목사님도 한 분도 빠짐없이 참석하시기 바라고 계십니다. 그 햄 요리는 정말 맛있었습니다. 대단히 감사합니다. 몸조심하시기를 빌며, 금요일에 뵐 때까지 안녕히 계십시오.

엠마 그린

로이드 의사와 밴트리 부인이 이것을 읽고 웃었다.
"이 편지는 문제삼을 점이 없군요" 하고 로이드 의사는 말했다.
"동감이오. 하지만 나는 그린이라는 사람이 정말 있는지, 교회 친목회가 정말 있는지 확인했습니다. 어디까지나 확인해 보아서 나쁠 것은 없으니까요."

"그것은 미스 마플이 늘 하시는 말씀이지요." 로이드 의사는 웃으며 말했다. "아니, 미스 마플, 당신은 뭘 그렇게 생각에 잠겨 계십니까?"

미스 마플은 퍼뜩 정신을 차렸다.

"아이구, 미안합니다. 나는 말이에요, 로젠 박사의 편지 속에 정직하게 말해서(in all Honesty)라는 말의 H자가 어째서 대문자로 씌어 있을까 하는 생각을 하고 있었어요."

밴트리 부인이 편지를 집어들었다.

"어머나, 정말 그렇군요!"

"그래요, 모두들 깨달으신 줄 알았는데요!"

"그 편지에는 뚜렷한 경고가 담겨 있네. 첫눈에 나는 그것을 알았지. 이래 뵈도 나는 남들이 생각하는 것보다 눈치가 빠르거든. 아주 뚜렷한 경고인데——누구에게 대해서일까?" 하고 밴트리 대령이 말했다.

"이 편지에는 기묘한 점이 있단 말일세. 템플턴이 말했는데, 로젠 박사는 아침 식사를 하며 이 편지를 뜯어 보고는 그런 남자는 전혀 모른다고 하며 그에게 휙 던져 주었다는군" 하고 헨리 경은 말했다.

"그것은 남자가 아니잖아요. '조지나'라고 씌어 있는걸요" 하고 제인 헬리아가 말참견을 했다.

"조지였는지도 모르지요. 하지만 조지나가 맞는 것 같아요. 필적이 남자 같긴 하지만요."

"참으로 재미있군그래." 밴트리 대령이 말했다. "그런 식으로 아무것도 모르는 척하며 편지를 슬쩍 내던졌으니 말일세. 누군가의 표정을 살피려고 그랬을 거야. 누구의 표정일까, 조카딸? 비서?"

"아니면 하녀였을까요?" 하고 밴트리 부인이 말했다. "그 여자는 아마 쟁반을 들고 그 방에 서 있었을 테니까요. 하지만 이상한 것은……."

그녀는 눈썹을 찡그리며 편지를 보았다.

미스 마플이 옆으로 다가왔다. 그리고 편지에 손을 댔다. 두 사람은 작은 소리로 소곤거렸다.

"그런데 비서는 어째서 자기에게 온 편지를 찢었을까요?" 제인 헬리아가 불쑥 물었다. "어쩌면 그것은——아니에요, 모르겠어요——좀 묘하군요. 어째서 독일에서 편지가 왔을까요? 하지만 비서는 확실한 사람이라고 하셨지요……."

"헨리 경은 그렇게 말씀하시지는 않았어요."

밴트리 부인과 소곤거리고 있던 미스 마플이 갑자기 고개를 들었다.

"네 사람의 용의자라고 하셨지요? 그러니까 템플턴도 포함되어 있는 거예요. 그렇지요, 헨리 경?"

"그렇습니다, 미스 마플. 나는 쓰디쓴 경험에 의해 한 가지 배운 것이 있습니다. 아무에게도 의심할 여지가 없다는 말은 절대로 할 수 없다는 사실입니다. 나는 조금 아까 네 명 가운데 세 명이 어쩌면 범인일는지도 모른다는 이유를 말했습니다. 도저히 그럴 것 같지는 않았지만 말입니다. 그때는 같은 이유를 찰스 템플턴에게 적용시키지 않았었지요. 그러나 마지막에는 지금 말씀드린 원칙을 템플턴에게도 적용시켜 보았습니다. 그리고 다음과 같은 사실을 인정하지 않을 수 없었어요. 육군에도 해군에도 경찰에도, 그 내부에 상당한 배신자들이 있다고 말입니다. 생각만 해도 싫은 일이지만요. 그래서 나는 냉정하게 찰스 템플턴에게 불리한 점을 이것저것 검토해 보았습니다.

나도 역시 지금 미스 헬리아가 물으신 것과 똑같은 질문을 나 자신에게 했습니다. 어째서 그는 자기에게 온 편지를 나에게 보여 줄 수 없었을까. 더욱이 독일 우표가 붙은 편지를? 어째서 독일에서 편지가 왔을까?

이 나중 질문은 아무것도 아닌 질문이었으므로 나는 그에게 직접 물어 보았지요. 그의 대답은 매우 간단했어요. 그의 이모가 독일 사람과 결혼했다더군요. 그 편지는 이모의 딸, 즉 사촌 누이동생인 독일 소녀에게서 온 것이었답니다. 여기서 나는 여태까지 몰랐던 사실──찰스 템플턴의 친척이 독일에 있다는 사실을 알았습니다. 그리고 그것은 확실히 그를 용의자 리스트에 올리기에 충분한 이유였습니다. 그는 나의 부하였고 여태껏 사랑하고 신뢰해 온 아들과 같은 사나이였습니다. 하지만 일반적인 정의와 공평한 입장에서 볼 때 그가 네 명의 용의자 가운데 가장 의심스러운 인물임을 인정하지 않을 수 없었습니다. 하지만 모르겠어요. 정말 모르겠어요…… 앞으로도 십중팔구는 끝내 모를 일일 겁니다. 살인범을 처벌하는 것이 문제가 아닙니다. 나에게 그보다 수백 배 더 중대한 문제는 훌륭한 사람의 온 생애가…… 검은 그림자에 뒤덮인다는 것입니다. 의심의 검은 그림자에 말입니다. 그리고 나는 그 의심을 도저히 거두어들일 수가 없었어요."

미스 마플이 헛기침을 하고 나서 조용히 말했다.

"그렇다면 헨리 경, 당신의 마음에 걸리는 것은 오직 템플턴 씨 한 사람뿐인 것 같군요."

"네, 어떤 의미에서는 그렇습니다만, 이론적으로는 네 사람 모두 다 마찬가지입니다. 그러나 실제로는 그렇지 않아요. 예를 들어 돕브스인데 내가 그를 수상하다고 의심한들 그의 생애에 별 영향을 끼치지 못할 겁니다. 마을 사람들은 로젠 박사가 우연한 사고로 사망한 줄 알고 있으니까요. 게르트루트는 얼마쯤 영향을 받겠지요. 아마도 그녀에 대한 로젠 양의 태도가 달라질 테니까요. 그러나 그것은 그리 대단한 문제가 아닐 겁니다.

글레타 로젠에 대해서는——네, 여기서 우리는 어려운 문제에 부딪칩니다. 글레타는 매우 아름다운 아가씨이고 찰스 템플턴 역시 풍채가 좋은 젊은이입니다. 이 두 사람이 다섯 달 동안이나 아무런 오락도 없이 한집에서 살았으니 일어나고야 말 일이 일어났던 것입니다. 두 사람은 서로 사랑에 빠진 겁니다. 입 밖에 내어 고백할 만큼은 되지 않았습니다. 그러다가 그런 사고가 일어났던 것이지요. 지금으로부터 약 석 달 전, 내가 그곳에서 돌아온 지 하루나 이틀이 지난 어느 날 글레타 로젠이 나를 찾아왔습니다. 큰아버지의 사건도 일단락지어졌으니 집을 팔고 독일로 돌아가야겠다는 것이었어요. 그녀는 내가 이미 은퇴했다는 것을 알고 있었지만, 개인적으로 나와 의논하고 싶다는 것이었어요. 처음에는 빙 둘러 말하다가 마침내 털어놓더군요. 그 독일 우표가 붙어 있던 편지에 대하여 어떻게 생각하느냐고 말입니다. 찰스가 찢은 편지——그녀는 그 편지가 마음에 걸려 견딜 수 없다고 말했습니다. '그 편지는 아무것도 아닌 편지였을까요? 그야 물론 아무것도 아닌 편지였겠지요. 저도 그의 말을 믿어요. 그러나 아! 똑똑히 알았으면 좋겠어요! 확실한 것만 알 수 있다면 얼마나 좋겠어요!' 하고 그녀는 말하더군요.

나도 같은 기분이었습니다. 믿고 싶은 마음은 간절하면서도——마음 속 깊이 파고드는 무서운 의심, 눌러도 끈질기게 고개를 쳐드는 의심——나는 탁 터놓고 그녀와 이야기했습니다. 찰스를 사랑하고 있는가, 찰스도 그녀를 사랑하고 있는가 하고 물었지요.

'그렇다고 생각합니다' 하고 그녀는 말하더군요. '네, 서로 사랑하고 있었어요. 우리는 무척 행복했답니다. 날마다 즐겁게 지냈거든요. 우리는 서로 알고 있었어요. 서로 사랑하고 있다는 걸 말이에요. 하지만 서두를 것은 없다. 때가 오기를 기다리자고 생각했지요. 언젠가는 그이가 나를 사랑하고 있다고 말해 주겠지. 나도 그 말을 해야지. 아, 그러던 것이 그 일이 일어난 다음부터 완전히 달라지고 말았어요. 검은 구름이 우리 두 사람 사이에 드리워지고 말았지요. 우리는 얼굴을 마주칠 때마다 서로 어색한 기분이 들어 무슨 말을 해야 할지 모르게 되어 버렸어요…… 우리는 각자가 '확실한 것을 알면 얼마나 좋을까!' 하고 혼잣말을 하는 것이었어요. 제가 이렇게 찾아온 것은 '누군가가 큰아버지를 죽였겠지만 찰스 템플턴이 아니라는 것만은 확실합니다!' 라고 선생님께서 말씀하시는 것을 듣고 싶어서예요. 아! 말씀해 주세요! 제발——제발.' 그런데 슬프게도——."

헨리 경은 주먹을 움켜쥐고 탁자를 쾅 치며 외쳤다.

"나는 그 말을 할 수가 없었습니다. 두 사람은 서로 멀어지겠지요. 서로 유령과 같은 의혹을, 지워 버릴 수 없는 유령과 같은 의혹을 품은 채 말입니다."

그는 의자에 등을 기댔다. 그의 얼굴빛은 파리했고 피곤해 보였다. 맥이 빠진 듯이 한두 번 고개를 저었다.

"이 상 아무런 방도가 없어요. 만일——."

그는 또다시 고쳐 앉으며 쓸쓸한 미소를 지었다.

"만일 미스 마플이 도와 주지 않으신다면 말입니다. 부디 힘을 빌려 주십시오, 미스 마플. 당신은 그 편지를 해석할 수 있으실 겁니다. 교회의 친목회에 대해 쓴 편지 말입니다. 그 편지를 보시고 뭔가 분명한 것을 끌어 낼 수 없을까요? 행복을 갈망하는 그 가엾은 두 젊은이를 어떻게든 도와 주실 수 없을까요?"

덧없이 이 말 속에는 어떤 열정 같은 것이 담겨 있었다. 그는 이 가냘프고 고풍스러운 노처녀의 지적 능력을 높이 평가하고 있었다. 그는 눈 속에 희망의 빛마저 띠며 그녀를 바라보았다.

미스 마플은 헛기침을 하고 레이스의 주름을 폈다.

"애니 폴트니가 생각나는군요" 하고 그녀는 고개를 끄덕였다. "물론 편지를 읽고 분명한 것을 알아 냈어요. 밴트리 부인도 저도 말이에요. 교회의 친목회에 대해 쓴 편지가 아니라 또 하나의 다른 편지에서요. 당신은 오랫동안 런던에만 계셨고 원예가가 아니므로 모르셨겠지요, 헨리 경."

"네? 뭘 몰랐다는 겁니까?"

밴트리 부인은 한 장의 카탈로그를 끄집어 내어 펼치고서 매우 즐거운 듯이 소리 높이 읽었다.

"헬름즈 스퍼 박사(Dr)──라일락 빛의 아름다운 꽃. 보통 이상으로 길고 튼튼한 줄기에 피며 꽃꽂이용이나 화단의 장식용으로도 매우 알맞고 화려한 새로운 종류.

에드거(Edgar) 잭슨──선명한 벽돌빛인 국화 모양의 아름다운 꽃.

아모스(Amos) 페리──선명한 빨간 색. 우수한 데콜라 종.

친타우(靑鳥──Tingtau)──선명한 주홍색. 화려한 화단용 또는 꽃꽂이용으로 뛰어남.

어네스티(정직──Honesty)──."

"H가 대문자에요, 아시겠지요?" 하고 미스 마플이 속삭였다.

"어네스티──연한 장밋빛. 큰 꽃송이로 유명한 꽃."

밴트리 부인은 카탈로그를 내동댕이치며 큰 소리로 외쳤다.

"다알리아를 말하는 거예요!"

"그리고 각각의 머리글자만 연결하면 'D-E-A-T-H(죽음)'라는 단어가 되지요" 하고 미스 마플은 설명했다.

"하지만 그 편지는 로젠 박사에게 보내 온 것이 아닙니까" 하고 헨리 경은 이의를 내세웠다.

"바로 그 점이 교묘하다는 겁니다. 그것과 그 안에 담겨 있는 경고가 말이에요. 모르는 사람으로부터 모르는 사람의 이름이 잔뜩 씌어 있는 편지를 받았다면 어떻게 할까요? 그야 물론 박사는 비서에게 편지를 내던져 버리겠지요."

"그럼, 결국——."

"아니에요" 하고 미스 마플은 말했다. "비서가 아니랍니다. 오히려 그것으로서 비서가 아니었다는 것이 뚜렷해졌습니다. 만일 비서가 범인이었다면 비서는 이 편지를 없애버렸을 것이고, 또 자기에게 온 독일 우표가 붙어 있는 편지를 찢거나 해서 의심을 사지는 않았을 겁니다. 참으로 그의 무죄는——이런 말이 어울릴는지 모르겠습니다만——찬란하게 빛나고 있습니다."

"그럼, 누가——."

"네. 아주 똑똑히 알 수 있어요. 이 세상에서 그 무엇보다도 똑똑히. 그 아침 식탁에는 또 한 사람이 앉아 있었지요. 지극히 자연스러운 거동으로 그 편지를 집어들고 읽은 사람이 있었어요. 같은 시기에 원예 카탈로그가 그녀에게도 도착하지 않았습니까?"

"글레타 로젠."

헨리 경은 천천히 말했다.

"그럼, 그녀가 나를 만나러 온 것은——."

"남자분들은 좀처럼 이런 흥정을 꿰뚫어보지 못하시지요. 그리고 남자분들은 나 같은 할머니는 그저 심술궂은 늙은 고양이라고 생각하시지만, 바로 그 점이에요. 인간이란 이상하게도 동성에 대해서는 잘 안답니다. 틀림없이 그 두 젊은이 사이에는 장벽이 생겼습니다. 그 젊은이는 갑자기 설명할 수 없는 혐오감을 느꼈지요. 본능적으로 그녀를 의심했던 거예요. 그 의심을 감출 수가 없었지요. 그녀가 당신을 만나러 간 것은 그 분풀이였다고 생각해요. 그녀는 전혀 의심을 받을 만한 데가 없습니다. 그러나 당신이 그 가엾은 템플턴 씨를 의심하도록 하기 위해 그녀는 당신을 찾아갔던 겁니다. 당신은 그녀의 방문을 받기 전까지는 템플턴 씨를 그다지 의심하지 않으셨지요?"

"그녀의 말을 대수롭게 여기진 않았습니다만──."

"남자분들은 그런 속셈을 꿰뚫어보진 못하지요" 하고 미스 마플은 조용히 말했다.

"그렇다면 그녀는" 헨리 경은 말을 끊었다. "끔찍한 살인을 하고도 뻔뻔스럽게 달아났군요!"

"아! 아니에요, 헨리 경" 하고 미스 마플은 말했다. "무사히 달아나진 못해요. 당신이나 나나 그런 일을 믿나요? 조금 아까 당신이 하신 말씀 기억하시지요, 네? 글레타 로젠은 벌을 모면하지는 못했을 거예요. 우선 첫째로 그녀는 이상한 패들──공갈범이나 테러리스트──그녀에게 온전한 짓을 할 리 없는 패들 속으로 들어가야 합니다. 그러다가 아마도 그 패들 손에 의해 비참한 최후를 마치게 되겠지요. 당신이 말씀하신 대로 범죄자에 대해서는 그다지 걱정하지 않아도 됩니다. 중요한 것은 죄가 없는 사람입니다. 템플턴 씨는 아마 독일의 사촌과 결혼하게 되겠지만, 사촌의 편지를 찢은 것은 좀 '수상쩍어요.' 우리들이 오늘 밤에 여지껏 사용한 '수상쩍다'는 의미와는 전혀 다른 것이지만요. 또 하나의 여자, 글레타가 그 편지를 보여달라고 하면 어떡하나 하고 생각했던 거겠지요. 틀림없어요, 그럴싸한 로맨스가 있었을 테니까요. 그리고 돕브스 말인데요, 당신은 얼마쯤 염려하셨지만 별일없을 겁니다. 아마 점심 도시락 걱정이나 하고 있겠지요. 그리고 그 가엾은 게르트루트 할멈——나는 그녀 때문에 언뜻 애니 폴트니가 생각났던 거예요. 가엾은 애니 폴트니. 50년 동안이나 미스 램을 충실히 섬겼는데 미스 램의 유서가 없다는 것 때문에 아무런 증거도 없이 의심을 받았답니다. 가엾게도 충실한 그녀는 가슴이 찢어지는 괴로움을 받았지요. 그 뒤 애니가 죽고 난 다음에야 미스 램이 안전하게 간수한다고 손수 차를 담아 두는 나무함의 비밀 서랍 속에 넣어 둔 것이 발견되었지요. 그러나 그때 애니는 이미 이 세상에 없었으니, 너무 늦었지요.

이런 일이 그 독일인 할멈에게도 있을까봐 나는 걱정이군요. 나이를 먹으면 금방 비참한 기분이 드는 법이랍니다. 템플턴 씨보다도 이 할멈이 훨씬 더 안됐어요. 템플턴 씨는 젊고 미남이니만큼 여자들에게도 인기가 있을 테니까요. 그 할멈에게 편지를 하세요, 헨리 경. 그녀에 대한 의심이 깨끗이 가셨다고요. 의지하던 주인은 돌아가셨고, 의심마저 받고 있다고 생각하며 아마 죽고 싶은 심정에 빠져 있을 거예요. 아! 생각만 해도 참을 수 없어요."

"네, 편지하겠습니다, 미스 마플."

핸리 경은 이상하다는 듯이 그녀를 보았다.

"그런데 나는 당신을 알 수가 없군요. 당신의 견해는 언제나 내가 생각하고 있던 것과는 다르니 말입니다."

"나의 견해는 보잘 것 없는 것이에요. 나는 세인트 메리 미드 마을에서 벗어난 적이 없는걸요, 뭐." 미스 마플은 겸손하게 말했다.

"그러나 국제적인 어려운 사건이라고도 할 수 있는 것을 당신은 푸셨어요. 당신이 바로 '푸셨다'고 나는 확신합니다."

미스 마플은 얼굴을 붉히며 몸을 조금 뒤로 젖혔다.

"나는 옛날의 표준으로 보면 상당한 교육을 받은 편이랍니다. 나의 언니와 나는 독일인 가정교사에게——미혼이었습니다만——가르침을 받았지요. 무척 감상적인 사람이어서 꽃말 같은 것도 가르쳐 주더군요. 지금은 다 잊어 버렸지만 매우 아름다운 말이었어요. 예를 들어 노란 튤립은 '희망없는 사랑', 과꽃은 '나는 그대의 발 밑에서 질투 때문에 죽으리'라는 뜻이 있었거든요. 그 편지에 조지나라고 서명되어 있었는데, 조지나는 독일 말로 다알리아입니다. 그렇다면 전체가 뚜렷해지지요. 다알리아의 꽃말을 기억하고 있으면 좋으련만…… 도무지 생각이 나지 않는군요. 기억력이 전같지 않아서요."

"어쨌든 죽음이라는 뜻은 아니겠지요?"

"네, 아니에요. 끔찍스러워요. 이 세상에는 슬픈 일이 너무 많아요."

"정말 그래요" 하고 밴트리 부인이 한숨지었다. "꽃을 가진다든지 친구가 있다든지 하는 것은 정말 행복한 일이에요."

"친구가 꽃보다 뒤라니, 이거 참……" 하고 로이드 의사가 말했다.

"매일 밤 극장으로 난초를 보내 주던 남자가 있었어요." 제인이 꿈을 꾸듯이 말했다.

"그건 '저에게 호감을 가져 주십시오'라는 뜻이랍니다."

미스 마플이 명랑하게 말했다.

헨리 경은 야릇한 기침을 하며 얼굴을 돌렸다.

미스 마플이 갑자기 큰 소리를 질렀다.

"생각났어요. 다알리아는 '배신과 허위의 진술'이라는 뜻이 있어요."

"굉장해, 정말 굉장한 분이야."

헨리 경은 이렇게 말하고 한숨을 푹 쉬었다.

A christmas Tragedy
크리스마스의 비극

"한 가지 불평이 있습니다."

헨리 클리더링 경이 말했다.

그는 눈을 정답게 반짝이며 모여 있는 사람들을 둘러보았다. 밴트리 대령은 다리를 쭉 뻗고 벽난로 위의 장식 선반을 마치 열병(閱兵)할 때 의무를 소홀히 하고 있는 사병을 보듯이 얼굴을 찌푸리며 보고 있었다. 부인은 지금 막 우편으로 온 구근 카탈로그를 살짝 보고 있었고, 로이드 의사는 제인 헬리아를 감탄해 마지않는 표정으로 바라보고 있었다. 그 당사자인 아름다운 젊은 여배우는 핑크빛으로 반들반들하게 닦인 손톱을 생각에 잠긴 표정으로 뚫어지게 보고 있었다. 오직 한 사람, 미혼의 노부인 미스 마플만이 몸을 꼿꼿이 세우고 단정하게 앉아 있었다. 그녀의 연푸른 눈은 헨리 경의 눈길에 대답하듯 반짝 빛났다.

"불평이라니오?"

그녀는 중얼거렸다.

"진지한 불평입니다. 우리는 지금 여섯 명인데 세 사람씩 각각 남성과 여성을 대표하고 있는 셈입니다만, 나는 여기서 짓밟힌 남성의 권리를 위해 이의를 제기하는 바입니다. 우리는 오늘 밤 세 개의 이야기를 했습니다. 모두 세 명의 남성이 이야기를 했단 말이에요! 여성들 쪽이 정당한 의무를 이행하지 않은 데 대해 항의하는 바입니다."

"어머나!" 밴트리 부인은 분개하여 말했다. "이행했잖아요, 여러분의 이야기를 흥미있게 들어 드렸으니까요. 우리는 아주 여성다운 태도를 취하려 했던 거예요. 무대 한복판에 뛰어드는 그런 짓을 어떻게——."

"슬쩍 발뺌하시는군요. 하지만 그럴 수는 없어요. 아라비안 나이트에도 좋은 예가 많아요. 자, 어서 이야기하십시오, 샤라자드(아라비안 나이트에 나오는 인도의 왕비)!"

"저 말인가요? 하지만 저는 할 이야기가 없는걸요. 살인이니 괴사건이니 하는 것과는 인연이 멀어서요."

"피비린내나는 사건이라야만 한다는 말은 아닙니다. 부인들 세 분 가운데 한 분쯤은 틀림없이 희한한 사건을 알고 계실 겁니다. 자, 미스 마플——'가정부의 이상한 부호(符號)'라든가 '어머니회의 괴사건' 같은 것은 없습니까. 세인트 메리 미드에서 나를 실망시키지 마십시오."

미스 마플은 고개를 저었다.

"당신께서 흥미를 가질 만한 이야기는 하나도 없어요, 헨리 경. 그야 조금 수수께끼 같은 이야기는 있지요. 그 껍질을 벗긴 새우 분실 사건 같은 것 말이에요. 하지만 그런 이야기는 재미없으시겠지요. 모두 하찮은 사건들이니까요. 그러나 그런 것들이 인간성을 밝히는 실마리를 뚜렷이 보여 준답니다."

"당신은 인간성을 중요시하라고 가르쳐 주셨습니다." 헨리 경은 진지하게 말했다.

"당신은 어떻습니까, 미스 헬리아? 뭔가 재미있는 경험 같은 것은 없으신지요?" 밴트리 대령이 물었다.

"그야, 있으시겠지요" 하고 로이드 의사가 말했다.

"제가요? 그럼, 저더러 경험담을 말하라시는 거예요?"

"아니면 친구분이 겪은 일이라도 좋습니다." 헨리 경이 고쳐 말했다.

"저는 그런 경험 같은 게 하나도 없어요. 그야 이런 일이라면 있지요. 꽃다발을 받았다든지 괴상한 전갈을 받았다든지 하는 일은 말이에요. 남자분들은 흔히 그런 일을 하시잖아요? 저에게는 이야기할 것이 그다지 없는 것 같은데요."

그녀는 입을 다물고 생각에 잠겼다.

"그럼, 그 새우 이야기라도 들려 주시겠습니까, 미스 마플."

"놀리시는군요. 새우 이야기는 아주 시시한 것이랍니다. 옳지, 지금 머리에 퍼뜩 떠오른 것이 있어요. 어떤 사건인데요. 사건이라기보다는 좀더 심각한 어떤 비극이에요. 그리고 어떤 뜻에서는 나도 그 사건과 관계가 있답니다. 나는 지난일에 대해서 후회하진 않아요. 네, 조금도 후회하지 않고말고요. 그러나 이것은 세인트 메리미드에서 일어난 일이 아니에요."

"그렇다면 실망했는데요. 하지만 들려 주십시오. 당신의 이야기라면 틀림없이 재미있을 테니까요."

헨리 경은 열심히 듣겠다는 듯이 몸을 도사렸다. 미스 마플은 얼굴을 약간 붉히며 "조리있게 얘기할 수 있다면 좋으련만, 요령없이 길다랗게 늘어놓는 버릇이 있어서요" 하고 근심스럽게 말했다. "나도 모르는 사이에 사잇길로 빠져 버린답니다. 게다가 옳은 순서로 여러 가지 사항을 기억하고 있기는 힘드니까요. 재미없이 이야기하더라도 참아 주세요. 이것은 아주 옛날 이야기예요. 아까 말씀드린 대로 세인트 메리 미드와는 관계가 없어요. 실은 수치료원(水治療院——광천을 마시기도 하고 목욕도 하며 水치료법을 쓰는 병원)이 나오지요."

"수상 비행기 말인가요?" 하고 제인이 눈을 크게 떴다.

"당신은 모르실 거예요."

밴트리 부인이 그것을 설명하자 남편이 덧붙여 말했다.

"아주 몹쓸 곳이랍니다. 형편없어요. 아침 일찍 일어나서 고약한 맛이 나는 물을 마셔야만 하지요. 할머니들만 우글거리는데, 그들은 심술궂은 이야기만 한답니다. 아, 나도——."

"하지만 아서, 당신은 그래서 나았잖아요." 밴트리 부인이 부드럽게 남편을 보고 말했다.

"할머니들이 여럿이 빙 둘러앉아서 소문의 꽃을 피우지요." 밴트리 대령은 투덜거렸다.

"그 말씀대로예요. 나도——" 미스 마플이 말했다.

"아, 미스 마플." 대령은 죄송하다는 듯한 소리로 말했다. "나는 당신을——."

미스 마플은 얼굴을 붉히며 손으로 그를 막았다.

"하지만 말씀하신 대로예요, 밴트리 대령님. 마음을 조금 진정시킬 수 있게 해주세요. 네, 됐어요. 대령님 말씀대로 쑥덕공론만 하지요. 너무 그러기 때문에 비난을 많이 받아요. 특히 젊은 사람들에게 말이에요. 나의 조카는 소설가인데——상당히 좋은 글을 쓰고 있지요——아무런 증거도 없이 남의 험담을 함으로써 그 사람을 얼마나 해치고 얼마나 나쁘게 만드는지 아느냐고 화를 내지만, 내가 말하고 싶은 것은 그런 젊은이들도 먼저 신중히 생각해 보지도 않고 말을 함부로 한다는 점이에요. 사실을 알아보려고 하지도 않지요. 가장 중요한 점은 다름이 아니라 소위 '수다'가 진실일 경우가 얼마나 많은지 아느냐는 것이에요. 실제로 사실을 알아보면 십중팔구 그것이 사실이니까요! 그렇기 때문에 험담의 대상이 되는 사람은 분개하는 것이지요."

"육감이 작용한단 말씀이시군요." 헨리 경이 말했다.

"아니에요, 틀려요! 그것은 습관과 경험의 문제랍니다. 누구에게서 들은 이야기인데, 어떤 이집트 학자에게 기묘한 작은 장식품을 보이면 겉으로 보고 만지기만 하고도 기원전 몇 년의 것인지, 또는 버밍엄에서 만든 모조품인지 알아맞춘다더군요. 그런 것만 취급하며 일생을 지내 왔기 때문이지요.

내가 하고 싶은 말은 이런 것입니다(잘 표현할 수 있을는지). 저의 조카가 말하는 차라리 없느니만 못한 할머니들은 모두 시간이 남아 돌아가서 야단이지요. 따라서 다른 사람들의 일로 머릿속이 가득차 있답니다. 그러다 보면 그 길에 정통하는 사람이 나오게 마련이지요. 그런데 요즈음 젊은이들은 우리가 젊었을 때에는 입에 담지도 않았던 말을 마음대로 지껄이지만, 그와는 반대로 마음 속은 아직 어린아이 같아요. 누구든지 신용하고 무엇이든지 믿어 버려요. 그래서 누군가가 그 점을 주의시키면, 아무리 상냥하게 주의를 주어도 이렇게 말하지요. 그런 것은 빅토리아 시대의 사고방식이라고요. 그리고 부엌의 하수도라고요."

"그 '부엌의 하수도'가 어째서 나쁘다는 겁니까?" 헨리 경이 물었다.

"그 말씀이 맞아요. 어느 집에나 하수도가 있어야 하지만 조금도 낭만적인 게 아니거든요. 그런데 나도 여러분과 마찬가지로 감정을 가지고 있어요. 그래서 이따금 조심성없는 말 때문에 감정이 몹시 상하는 수가 있지요. 남자분들은 집안일이 재미없으시겠지만, 우리

집 하녀 에셀에 대한 이야기를 해야겠습니다. 에셀은 예쁘고 예의 바르고 친절한 아이였어요. 하지만 나는 그녀를 본 순간, 가엾은 블위트 댁의 여자아이나 애니 웨브와 같은 타입의 아이라는 것을 알았습니다. 기회가 있기만 하면 남의 것을 슬쩍 하고 싶어하는 성질이지요. 나는 한 달 만에 그녀를 해고하고 신원증명서에는 정직하고 착실하다고 써 주었습니다. 그리고 에드거 부인에게는 살짝 그녀를 고용하지 말라고 경고했지요. 내 조카 레이몬드는 매우 성을 내며 그런 악의있는 일을——네, 악의가 있다는 거예요——해서는 안 된다는 것이었어요. 그 뒤 그 아이는 내가 그다지 충고해 줄 의무가 없는 아슈턴 양 댁에 갔는데 무슨 일이 일어났는지 아세요? 속옷의 레이스를 모조리 잘라 내고 다이아몬드 브로치를 두 개 훔쳐 한밤중에 달아나 행방불명이 되었답니다!"

미스 마플은 입을 다물고 길게 숨을 쉰 다음 다시 이야기를 계속했다.

"여러분은 이런 이야기는 케스튼 스퍼 수치료원에서 일어난 사건과 전혀 관계가 없다고 생각하시겠지만 어떤 점에서는 크게 관계가 있답니다. 나는 처음에 샌더스 부부가 함께 있는 것을 보았을 때, 곧바로 이 사람은 자기 부인을 죽이려고 하는구나 하고 느꼈답니다. 그 이유는 지금 말씀드린 대로예요."

"뭐라구요?" 헨리 경이 몸을 앞으로 내밀었다.

미스 마플은 부드러운 얼굴로 그를 보았다.

"지금 말씀드린 대로 확실하게 느낄 수 있었기 때문이지요, 헨리 경. 샌더스 씨는 혈색이 좋고 체격이 큰 미남이며 또한 친절하여 인망이 높았습니다. 부인에게는 그 누구보다도 친절하게 대했어요. 그러나 나는 척 알았지요! 부인을 죽이려고 했던 거예요."

"하지만 미스 마플——."

"네, 알아요. 조카 레이몬드 웨스트가 티끌만한 증거도 없지 않느냐고 말했던 것을. 하지만 그린 맨 여관을 경영하고 있던 월터 혼즈가 생각나는군요. 어느 날 밤 부인과 함께 집으로 돌아가는 도중 부인이 개울에 빠져 죽었답니다. 그래서 그는 보험금을 탔답니다. 그리고 지금까지 처벌을 받지 않고 활개를 치면서 나돌아 다니는 다른 한두 사람도 또 알고 있어요. 그 중의 한 사람은 우리와 같은 수준의 생활을 하고 있답니다. 여름 휴가 때 그는 부인과 함께 스위스에 등산을 갔었어요. 나는 가지 않는 편이 좋겠다고 부인에게 경고했지요. 가엾게도 부인이 무척 마음 상하리라고 생각했는데 별로 그렇지도 않더군요. 대수롭지 않게 웃어 넘길 뿐이었어요. 부인으로서는 나 같은 이상한 할머니가 자기 남편 해리에 대해 그런 식으로 말하니까 우스웠던가 봐요. 네, 그래서 그만 사고가 일어나고 말았지요. 그리고 해리는 지금 다른 여자와 결혼했답니다. 그러니 나는 '어떻게 하면' 좋았겠어요. 나는 '알고 있었지요.' 그러나 무엇 하나 증거다운 것이 없었단 말이에요."

"어머나! 미스 마플, 당신은 설마——" 밴트리 부인이 소리질렀다.

"부인, 이런 것은 흔히 있는 일이랍니다. 아주 흔히 있는 일이에요. 남자분들이란 유혹을 받게 마련이니까요. 여자보다 훨씬 강하기 때문에 오히려 유혹을 이겨 내지 못하나 봐요. 더구나 우연한 사고로 보이게 하면 문제없거든요. 아까 말한 대로 샌더스 씨를 보고 대뜸 알았지요. 함께 전차를 타고 간 일이 있었는데, 매우 혼잡해서 2층 좌석으로 올라가야만 했어요. 우리 세 사람이 내리려고 일어서는 순간 샌더스 씨는 평형을 잃고 부인 쪽으로 쾅 쓰러졌어요. 부인은 곤두박질을 하며 계단 밑으로 떨어졌지요. 다행히도 차장이 힘센 젊은 남자여서 부인을 받아 안았지만요."

"하지만 그것은 그 순간 어쩔 수 없었던 일이 아니겠어요."
"네, 그야 어쩔 수 없는 일이었는지도 모르지요. 아주 우연한 일처럼 보였으니까요. 하지만 샌더스 씨는 전에 해운업에 종사한 일이 있다고 했어요. 심하게 흔들리는 배 위에서도 균형을 잡을 수 있던 사람이 전차 2층에서 평형을 잃을 리 있겠어요? 더구나 나 같은 할머니도 비틀거리는 정도에 그쳤는데 말이에요."
"어쨌든 당신이 그 자리에서 그렇게 생각했다는 것은 충분히 이해할 수 있습니다, 미스 마플." 헨리 경이 말했다.
노부인은 고개를 끄덕였다.
"네, 정말 확신할 수 있었어요. 그리고 얼마 뒤에 큰길을 가로지를 때에도 조금 이상한 일이 있었기 때문에 더욱 더 확신을 굳혔지요. 그러니 헨리 경, 어떻게 했으면 좋았겠어요? 여기에 귀엽고 세상일에 만족하며 살고 있는 한 행복한 아내가 있는데, 얼마 뒤에 죽음을 당하게 되어 있었다면 말이에요."
"이거 참, 당신은 나를 궁지에 몰아넣으시는군요."
"그것은 당신이 그때의 대부분의 사람들과 마찬가지로 사실과 정면으로 대면하지 않기 때문이에요. 그런 일은 있을 수 없다고 생각하시기 때문이지요. 그런데 실제로 그랬거든요. 그것을 나는 알고 있었어요. 하지만 어떻게도 할 수가 없었어요. 경찰에 알릴 수도 없었고 또한 그 젊은 부인에게 경고해도 헛수고이었습니다. 부인은 그에게 몸도 마음도 다 바치고 있었으니까요. 그래서 나는 될 수 있는 대로 두 사람을 살피기로 했지요. 난로가에서 뜨개질을 하고 있으면 그런 기회가 상당히 많이 있게 마련이에요. 샌더스 부인(이름은 글라디스)은 자기 편에서 많은 이야기를 하더군요. 두 사람은 결혼한 지 얼마 안 되는 것 같았어요. 샌더스 씨는 앞으로 약간의 재산을 상속받게 되어 있긴 해도 당장은 생활이 어려웠으며, 아내의 적은 수입으로 생활을 꾸려 나가고 있다는 거였어요. 이 세상에 흔히 있는 일이지만 부인의 수입도 원금에는 손을 댈 수가 없기 때문에 곤란하다고 하더군요. 아마 어떤 분별있는 사람이 뒤에서 돌봐 주고 있었나봐요! 그러나 돈은 그녀의 것이었으므로 유언장에는 자기 마음대로 상속인을 지정할 수 있다——이런 것까지 나는 알아 낼 수가 있었습니다. 두 사람은 결혼한 바로 뒤 각자 유언장을 만들어 서로가 상대방에게 유산을 남겨 주도록 했다는 거예요. 기특한 일이었어요. 물론 잭(샌더스의 이름)의 일이 잘되면 문제없지요. 그러나 그것이 그날 그날의 가장 큰 고민거리였고, 당장은 매우 돈에 쪼들린다고 하더군요. 방도 하인들이 쓰는 방으로 둘러싸인 제일 꼭대기의 방이었고 창문 바로 밖에는 비상 계단이 있긴 하지만 불이라도 나면 매우 위험한 곳이었어요. 나는 넌지시 발코니가 있느냐고 물어 보았지요. 발코니는 위험하니까요. 한번 떠밀기만 하면 그야말로! 나는 발코니에 나가지 말라고 부인에게 단단히 일렀지요. 꿈자리가 사나워서 그렇다고 말했어요. 부인도 그 말은 귀담아듣더군요. 미신도 때에 따라서는 필요해요. 부인은 창백하고 기운없는 얼굴에 흩어진 머리카락을 목 언저리까지 드리우고 있었어요. 남의 말을 잘 믿는 성격으로, 내가 한 말을 남편에게 되풀이하더군요. 그러나 남편은 이상한 표정을 지으며 나를 한두 번 훔쳐보는 것을 나는 알았어요. 남의 말을 쉽게 믿을 사람도 아니거니와, 내가 그 전차에 함께 타고 있었다는 것을 알고 있었거든요.

 나는 매우 걱정이 되었습니다. 여러 가지 궁리를 해보았으나 아무래도 그를 막을 방도가 떠오르지 않았어요. 사건을 미리 방지하기 위해서는 내가 그를 의심하고 있다는 말을 입 밖에 내어 그가 알아차리도록 하면 되는지도 모르지만 그것은 다만 범행을 조금 연기하게 할 뿐이랍니다. 네, 여기에는 단 한 가지 대담한 수단이 있을 뿐이었어요. 어떻게 해서든지 그를 함정에 빠뜨려야겠다고 생각했습니다. 만일 내가 생각해 낸 방법으로 부인을 죽이도록 그를 유도할 수 있다면——아, 그때는 가면을 벗길 수 있을 테니 말이에요. 부인은 심한 충격을 받겠지만 남편의 정체를 보여 줄 수 있지 않겠어요."

"그야말로 꼼짝도 못하게 할 수 있지요." 로이드 의사가 말했다.
"그래, 어떤 계획을 실행하시려고 했습니까?"

"나는 절대로 안심할 만한 계획을 세웠지요" 하고 미스 마플은 말했다. "하지만 그는 너무 영리했어요. 나를 따돌릴 만큼 말이에요. 그는 시간을 끌지 않았습니다. 내가 자기를 의심한다는 것을 알아차렸던 거예요. 그래서 이쪽이 요지부동한 확신을 갖기 전에 일을 벌였어요. 내가 사고라는 것을 의심할 터이므로 살인사건으로 해 버렸답니다."

모여앉은 사람들 사이에 나직한 신음 소리가 흘렀다. 미스 마플은 입술을 꼭 깨물며 끄덕였다.

"아, 내가 이런 말을 불쑥 해선 안 되는데…… 사건을 정확하게 설명해야겠지만 그 일을 생각할 때마다 참을 수가 없어서 그만——아무튼 어떻게 해서든 그런 일이 일어나지 않도록 손을 써야 했던 거예요. 하지만 분명히 하느님께서는 가장 잘 알고 계셨습니다. 나로서는 최선을 다했다고 생각해요.

어쩐지 그 날은 기분나쁜 느낌이 감돌고 있었어요. 우리 모두를 압박하는 듯한 불행한 예감이 들었지요. 우선 현관 담당 급사 조지 말이에요. 오랫동안 수치료원에 근무하여 모두 안면이 있었는데, 기관지염에서 폐렴으로 넘어가더니 나흘째 되던 날 그만 덜컥 숨을 거두고 말았지요. 너무나도 슬픈 일이었습니다. 모두들 큰 충격을 받았어요. 더구나 크리스마스 나흘 전의 일이었답니다. 이어서 한 하녀가──아주 착한 아이였어요──손가락에 파상풍 병균이 들어가 24시간 동안 앓다가 또한 죽고 말았어요. 나는 미스 트로로프며 나이 지긋한 카펜터 부인과 함께 응접실에 있었지요. 카펜터 부인은 매우 무정한 사람이었어요. 기가 막히게도 이 불행을 즐기고 있는 듯했거든요.

'내 말을 잘 들어 보세요' 하고 부인은 말했지요. '이것이 끝이 아니에요. 이런 격언을 아시지요? 두 번 있는 일은 세 번 있을 수도 있다는 말 말이에요. 나는 여러 번 그런 경험을 했어요. 틀림없이 앞으로 한 사람 더 죽을 거예요. 그것도 그리 머지않아서요. 두 번 있는 일은 세 번 있을 수도 있으니까요.'

부인이 마지막 말을 마치고 머리를 끄덕이며 뜨개바늘을 맞부딪치고 있을 때였습니다. 내가 문득 얼굴을 들었더니 샌더스 씨가 문가에 서 있지 않겠어요. 그 순간 그는 가면을 벗고 정체를 드러내고 있었습니다. 나는 그의 표정을 알아챘지요. 이 비정한 카펜터 부인이 한 말이 그대로 그의 머릿속에 살인 계획을 새겨넣었다고 나는 죽을 때까지 믿을 것입니다. 그는 마음 속에 어떤 일을 계획하고 있는 것같이 보였습니다.

그는 여느 때처럼 싱글거리며 방 안으로 들어왔습니다.

'뭐든 크리스마스를 위해 사 올 것은 없습니까? 이제부터 케스튼에 가는데요.'

잠시 동안 그는 웃으며 이야기하고 있다가 나가 버렸습니다. 나는 걱정이 되어 견딜 수가 없었어요. 그래서 물어 보았지요.

'샌더스 부인은 어디 계실까요? 모르십니까?'

부인은 모티머 댁에 브리지놀이를 하러 갔다고 미스 트로로프가 말했으므로 조금 마음이 놓였지만, 그래도 불안해서 어떻게 하면 좋을지 몰랐습니다. 30분쯤 뒤 나는 내 방으로 올라가다가 층계에서 아래로 내려오는 콜스 의사 선생님을 만났습니다. 나는 관절염에 대하여 선생님과 의논하고 싶은 생각이 나서 그대로 내 방으로 가시자고 했지요. 그때 선생님은 비밀에 붙여 달라고 하시면서 그 가엾은 하녀 메리가 죽었다는 사실을 말씀하시더군요. 지배인이 소문나는 것을 싫어하기 때문에 말을 퍼뜨리지 말아 달라고 했다는 것이었어요. 물론 하녀가 숨을 거둔 다음부터 여태껏 온통 그 이야기로 들끓고 있다는 사실을 나는 선생님에게 말하지 않았어요. 이런 일이란 아무리 숨겨도 금방 퍼지는 것이 아니겠어요. 콜스 선생님처럼 경험이 풍부한 분은 잘 이해하시지만, 선생님은 단순해서 아무도 의심하지 않는 성미이며 자기가 믿으려고 생각한 것만 믿는 분이었어요. 그 다음에 내가 깜짝 놀란 것도 선생님의 그런 성격을 알았기 때문이었습니다.

선생님은 내 방에서 나가기 직전에 이렇게 말씀하셨답니다. 샌더스가 말하기를, 자기 아내의 건강이 요즈음 좋지 않은데 소화불량인 것 같으니 좀 와서 봐 달라고 하더라는 것이었어요.

그런데 바로 같은 날 글라디스 샌더스는 요즈음 매우 소화가 잘 돼서 기쁘다고 나에게 말했거든요. 아시겠지요, 그 남자에 대한 의심은 백 배나 되어 다시 돌아왔답니다. 그 사람은 그 준비 공작을 하고 있다. 하지만 무슨 준비를? 모든 것을 이 콜스 선생님께 털어놓을까 하고 망설이고 있는데 선생님은 가 버렸어요. 털어놓는다고는 하지만 무엇을 털어놓아야 할는지도 알 수 없었지만 말이에요. 내가 방을 나가자 그 장본인 샌더스가 위층에서 내려오고 있었습니다. 외출복 차림이었으며, 다시 거리에 나가는데 뭔가 시킬 일이 없느냐고 묻더군요. 나는 남자에 대해 실례가 되지 않을 정도의 태도를 취하는 것이 고작이었습니다. 그리고 곧바로 휴게실에 가서 차를 주문했지요. 5시 반이었다고 기억하고 있습니다.

자, 그럼, 그 다음에 일어난 일을 똑똑히 말씀드려야겠군요. 나는 7시 25분 전에 다시 휴게실에 들어갔는데, 그때 샌더스가 들어왔습니다. 그는 두 남자와 함께 들어왔으며, 모두 기분이 매우 좋아 보였어요. 샌더스 씨는 두 친구를 남겨 놓고 나와 미스 트로로프가 앉아 있는 곳으로 성큼성큼 걸어오더군요. 아내에게 줄 크리스마스 선물에 대해 의논하고 싶어서 그러는데 야회용 핸드백은 어떻겠느냐고 묻더군요.

'두 분께서도 아시다시피 저는 그저 막된 뱃놈이었기 때문에 그런 것에 대해 알 리가 없지요. 마음에 들면 사겠다는 조건으로 세 개 가져오라고 했는데, 그것을 보시고 좋은 의견을 말씀해 주시면 고맙겠습니다.'

우리는 물론 기꺼이 도와 드리겠다고 했지요. 그러자 그는 여기에 그 물건을 가지고 와서 보여 드리다가 아내가 돌아오면 곤란하므로 위층으로 올라갈 수 없겠느냐는 것이었어요. 그래서 우리는 함께 올라갔지요. 그 다음부터의 일을 나는 절대로 잊을 수가 없습니다. 지금도 생각할 때마다 손가락 끝까지 오싹해지니까요.

샌더스 씨는 침실 문을 열고 전기 스위치를 켰습니다. 우리들 가운데 누가 제일 먼저 그것을 보았는지 지금도 나는 모르겠어요……

샌더스 부인은 마룻바닥에 쓰러져 있었습니다. 엎드린 채 죽어 있었습니다.

나는 맨 먼저 그녀 곁으로 가서 무릎을 꿇고 손을 잡아 맥을 짚어 보았습니다. 이미 때는 늦었더군요. 팔도 싸늘하게 굳어 있었어요. 머리 바로 옆에 모래가 가득 담긴 양말이 있었습니다. 그것이 흉기였으며, 그것으로 한 대 내리쳤겠지요. 미스 트로로프는 마음이 약한 사람이어서 입구에서 머리를 감싸쥐고 그저 비명 소리만

지르고 있을 뿐이었어요. 샌더스는 큰 소리로 '우리 집사람이, 우리 집사람이!' 하고 외치며 달려 왔습니다. 나는 만지지 말라고 했지요. 아시겠지만 나는 그 순간 틀림없이 그의 짓이라고 확신했기 때문에, 그가 무얼 숨기든지 치우든지 할 것 같아서였습니다.

'아무것도 손대지 마세요. 정신을 가다듬어야 합니다, 샌더스 씨. 미스 트로로프, 아래로 내려가서 지배인을 불러 주세요.'

나는 시체 옆에 무릎을 꿇은 채 있었습니다. 샌더스 씨 혼자 시체 옆에 있게 할 수는 없었습니다. 하지만 만일 그가 연극을 하고 있다면 참으로 훌륭한 연기력을 보이고 있다고 인정하지 않을 수 없었습니다. 멍청히 서서 어찌할 바를 모르고 있더군요. 놀라움 때문에 이성을 잃은 듯한 태도였어요. 지배인은 곧 왔습니다. 그는 재빠르게 방안을 검사하고는 우리를 밖으로 내보내고 자물쇠를 잠근 다음 그 열쇠를 자기가 가졌습니다. 그 다음 경찰에 전화를 걸었지요. 경찰관이 올 때까지는 상당한 시간이 걸리는 것 같았습니다(나중에 알았습니다만 전화가 고장이 났었더군요). 지배인은 경찰서까지 사람을 보내야만 했는데, 수치료원은 변두리의 황야에 있었거든요. 카펜터 부인은 우리들을 진절머리나게 만들었습니다. '두 번 있는 일은 세 번 있을 수도 있다'라는 예언이 금방 맞아들었으므로 매우 기뻐하고 있었지요. 샌더스는 마당을 서성거리며 머리를 쥐어뜯고 신음 소리를 내며 온갖 슬픔의 표시를 나타내고 있다는 것이었습니다.

겨우 경찰관이 왔습니다. 지배인과 샌더스 씨를 2층으로 데리고 올라갔는데, 나중에 나도 불려 갔습니다. 내가 2층에 올라갔을 때 형사는 테이블에 앉아 무엇을 쓰고 있었어요. 이지적인 풍채의 남자여서 나도 호감을 가졌습니다.

'제인 마플 씨입니까?'

'네.'

'이 시체가 발견되었을 때 당신도 그 자리에 계셨다지요?'

나는 그렇다고 대답하고 그때의 상황을 정확하게 설명했습니다. 조금 전에 당황하고 있는 샌더스와 에밀리 트로로프 때문에 애를 먹은 형사는 똑똑하게 질문에 대답하는 나를 만나자 가엾게도 마음이 놓였던 모양입니다. 에밀리 트로로프는 정말 한심했답니다! 나의 어머니는 이렇게 가르쳐 주셨지요. 숙녀란 자기 혼자 있을 때는 어떻든간에 사람들 앞에서는 마음을 단단히 가라앉히고 자기를 억제할 줄 알아야 한다고 말이에요."

"훌륭한 가르침이십니다."

헨리 경이 엄숙하게 말했다.

"내가 모든 설명을 끝마치자 형사는 말했습니다. '고맙습니다. 그럼, 죄송합니다만 다시 한 번 시체를 봐 주십시오. 당신이 방에 계셨을 때와 똑같은 위치에 있습니까? 움직인 흔적은 없습니까?'

샌더스 씨가 움직이려고 하는 것을 내가 말렸다고 나는 말했지요. 형사는 잘 알았다는 듯이 끄덕였습니다.

'샌더스 씨는 매우 당황하고 있지요?'

'그런 것 같습니다——네.'

나는 '그런 것 같다'는 말을 특별히 강조해서 말했다고는 생각하지 않았지만, 형사는 나를 날카로운 눈초리로 보더군요.

'그럼, 시체는 아까 그대로라고 인정해도 좋겠지요?'

'네, 다만 모자의 위치만 빼놓고는.'

형사는 갑자기 고개를 들었습니다.

'그건 무슨 뜻입니까. 모자라니오?'

모자는 글라디스의 머리에 씌워져 있었는데, 지금 보니 옆에 놓여 있다고 나는 설명했지요. 형사가 그렇게 했나 보다고 생각했었거든요. 그러나 형사는 강하게 부정했습니다. 아무것도 만지지 않았고 움직이지도 않았다는 것이었습니다. 당황한 듯 얼굴을 찌푸리고 그는 가엾은 시체를 내려다보고 있었습니다. 글라디스는 깃에 회색 털이 달려 있는 진홍색 외출복을 입고 있었습니다. 모자는 빨간 싸구려 펠트 모자였는데, 바로 옆에 놓여 있더군요.

형사는 한 마디 말도 없이 꼼짝하지 않고 서 있었는데, 언뜻 생각이 떠오른 듯 입을 열었습니다.

'혹 기억하고 계실는지요 ? 시체의 귀에 귀걸이가 달려 있었던가요 ? 혹은 고인은 늘 귀걸이를 달고 있는 습관이 있었던가요 ?'

다행히도 나는 사물을 자세히 관찰하는 성미였습니다. 그때는 특별히 눈여겨본 것은 아니었으나, 그 모자의 차양 아래에서 진주가 반짝였던 것이 생각났으므로 그에게 그렇다고 대답할 수가 있었습니다.

'그렇다면 알았습니다. 이 부인의 보석상자가 흩어져 있었어요. 별로 값나가는 것이 있었던 것 같진 않습니다만, 그리고 손가락의 반지가 없어졌어요. 범인은 귀걸이를 빼가는 것을 잊고 있다가 범행이 발견된 다음에 다시 돌아와서 가지고 갔을 것입니다. 참으로 대담한 녀석이군요 ! 세상에——.'

그는 방 안을 둘러보며 천천히 말했습니다.

'이 방 안에 숨어 있었는지도 모르지요. 그때까지 말입니다.'

그러나 나는 그 말에 찬성하지 않았습니다. 나는 침대 밑도 보았고 지배인은 옷장문도 열어 보았거든요. 그밖에 사람이 숨을 만한 곳은 아무 데도 없었어요. 옷장 속의 모자를 넣어 두는 선반에는 자물쇠가 잠겨 있었고, 어쨌든 좁은 그곳에 사람이 숨을 수는 없었지요.

형사는 내가 설명하고 있는 동안 계속 고개를 끄덕이고 있었지

크리스마스의 비극 211

요.
 '당신 말씀을 믿겠습니다. 그렇다면 아까 말씀드린 대로 놈은 다시 왔던 겁니다. 정말 대단한 놈이로군요.'
 '하지만 지배인은 문을 잠근 다음 열쇠를 가지고 갔는데요!'
 '그건 문제없습니다. 발코니와 비상 계단이 있으니까요. 도둑은 그곳으로 들어왔습니다. 당신들이 그놈의 일을 방해했기 때문에 창문으로 빠져나갔겠지요. 그리고 당신들이 나가자 다시 돌아와서 일을 해치웠을 겁니다.'
 '틀림없이 도둑이었을까요?'
 그는 조금도 웃지 않고 말했습니다.
 '네, 그런 것 같군요.'
 그러나 그의 말투에는 나를 안심시키는 그 무엇이 있었습니다. 이 사람이라면 샌더스 씨의 슬퍼하는 연극을 그대로 받아들이지는 않으리라고 생각했습니다.
 솔직히 말해서 나는 프랑스 사람들이 말하는 고정관념이라는 것에 완전히 지배되고 있었어요. 난 샌더스라는 사나이가 부인을 죽일 것을 알고 있었으니까요. 내가 참을 수 없었던 것은 그 기묘하고도 비현실적인 우연의 일치라는 점이었습니다. 샌더스 씨에 대한 나의 견해는 절대적으로 틀림이 없었어요. 여기에는 확신이 있었습니다. 그 남자는 비열한 사람이었지요. 제아무리 슬픈 척해 보여도 나는 속지 않았습니다. 그러나 그가 얼마나 넋을 잃은 듯한 표정을 잘 해냈는지 지금도 잊을 수가 없어요. 진심으로 슬퍼하는 것 같았거든요. 아시겠지요? 그런데 형사와 이야기를 주고받은 뒤에 이상한 의심이 내 마음에 일어났습니다. 그것은 만일 샌더스가 이 끔찍스러운 살인을 범했다면 어째서 비상 계단에서 다시 방으로 돌아와 아내의 귀에서 귀걸이를 뺐을까 하는 것이었어요. 그것은 그다지 분별있는 행동이라고 할 수가 없거든요. 그런데 샌더스는 매우 분별있는 사람이었어요. 나는 그의 그 분별 때문에 그를 위험한 인물로 생각했었으니까요."

미스 마플은 귀를 기울이고 있는 사람들을 휘이 둘러보았다.

"내가 무슨 말을 하려고 하는지 아마도 아시리라고 생각합니다만, 이 세상에는 이따금 생각지도 않은 일이 일어나는 법이에요. 내가 너무도 뚜렷한 확신을 가지고 있었기 때문에 그것이 나를 장님으로 만들어 버렸던 겁니다. 결과는 나에게 큰 충격을 주었습니다. 아무리 의심을 해보아도 샌더스 씨가 범인일 수 없다는 것이 증명되었던 것입니다……."

밴트리 부인이 놀라서 숨을 들이마셨다. 미스 마플은 부인을 보며 말했다.

"부인의 기분을 알 만해요. 내가 처음 이야기를 시작했을 때는 예상도 못하셨을 테니까요. 나도 뜻밖이었답니다. 하지만 사실이니 별수 없었어요. 자기가 틀렸다는 것을 알았으면 겸손한 마음으로 다시 생각해야 되지요. 다만 샌더스 씨가 정신적으로는 살인범이라는 것──이러한 나의 굳은 확신을 뒤엎기에 충분한 일은 하나도 일어나지 않았습니다.

그럼, 실제로 어떻게 되었느냐 하는 점이 궁금하시겠지요. 샌더스 부인은 그날 오후 아시다시피 친구인 모티머 부부와 브리지놀이를 하다가 6시 15분쯤 그 집에서 나왔습니다. 그곳에서 수치료원까지 걸어서 15분──서두르면 조금 더 빨리 닿을 수 있으므로 6시 반쯤 돌아왔을 거예요. 아무도 현관으로 들어가는 것을 못 보았으니 옆의 출입문으로 들어와 자기 방으로 곧장 올라갔겠지요. 옷을 갈아입고(브리지 모임에서 입었던 연한 갈색 윗도리와 스커트는 옷장에 걸려 있었어요) 다시 외출할 준비를 하고 있었지요. 바로 그때 한 대 얻어맞았으리라고 생각됩니다. 누가 때렸는지 알아볼 틈도 없었겠지만, 사실 모래 주머니는 강력한 흉기니까요. 범인은 방 안에 숨어 있었겠지요. 아마 큰 옷장 속에——샌더스 부인이 열지 않은 옷장 속이었을 겁니다. 그럼 샌더스 씨의 행동은 어땠는가 하면, 5시 반 혹은 5시 반 조금 뒤에 아까 말씀드린 대로 외출했습니다. 두 상점에서 물건을 사고 6시에 그랜드 스퍼 호텔에 가서 두 친구들——나중에 수치료원으로 데리고 온 사람들을 만났지요. 당구를 치기도 하고 함께 위스키 소다를 마시기로 했겠지요. 이 두 사람은 (히치코크와 스펜더라는 것이 그들의 이름이었습니다만) 6시부터 내내 샌더스와 행동을 함께 했습니다. 그들과 함께 걸어서 수치료원으로 돌아온 다음 그는 혼자서 나와 미스 트로로프 옆으로 왔던 겁니다. 그때가 7시 15분 전이었으며 그 무렵 그의 아내는 이미 죽어 있었습니다.

이 두 남자에 대해서도 말씀드려야겠군요. 나는 그들을 좋게 볼 수는 없었습니다. 유쾌한 사람도, 신사적인 사람들도 아니었어요. 그러나 단 한 가지 확실한 것은 그들이 샌더스와 내내 함께 있었다는 사실, 조금도 거짓이 없는 사실이라는 점이었습니다.

그리고 모티머 댁에서 브리지를 하고 있을 때, 샌더스 부인에게 전화가 걸려 왔었다고 합니다. 리틀워즈라는 사람으로부터였다고 하는데, 부인은 어쩐지 안절부절못하며 기쁨을 감추지 못하는 듯했답니다. 브리지를 하면서도 한두 번 실수를 했다더군요. 그리고 생각했던 것보다 일찍 돌아갔다고 합니다.

샌더스 씨는 부인 친구 가운데 리틀워즈라는 사람이 있느냐고 질문을 받았는데, 그런 이름은 들은 적도 없다고 대답하더군요. 나는 부인의 태도로 미루어 보아서도 그것이 사실이라는 생각이 들었습니다. 그녀도 리틀워즈란 사람은 모른다는 듯한 태도였다고 하니까요. 그런데도 불구하고 전화를 끊고는 웃으며 얼굴을 붉혔다는 것이었어요. 그러므로 그것이 누구이건 전화의 상대는 본명을 대지 않은 것이 아닌가 하는 생각이 들었어요. 이것만 보더라도 수상쩍은 점이 있지 않습니까?

어쨌든 남은 문제는 쉽사리 믿어지지 않는 강도설과 또 하나의 가설, 즉 샌더스 부인이 누군가를 만나기 위해 외출 준비를 하고 있는데 누군가가 비상 계단을 통해 방으로 들어온 것이 아닌가 하는 거예요. 그들은 싸움을 했을 것이다. 그래서 그 남자가 부인을 배신하고 죽인 것이 아닐까 하는 문제들이었습니다."

미스 마플은 입을 다물었다.

"그렇다면 답은 어느 쪽입니까?" 헨리 경이 말했다.

"어느 분이건 맞춰 보지 않으시겠어요?"

"맞을 것 같지도 않아요. 샌더스 씨에게 그런 틀림없는 알리바이가 있으니 유감이군요. 하지만 당신이 인정하시니만큼 그대로이겠지만요." 밴트리 부인이 말했다.

제인 헬리아가 아름다운 머리를 흔들며 물었다.

"어째서 모자 선반이 잠겨 있었을까요?"

"용케 그 점을 아셨군요." 미스 마플이 얼굴을 반짝였다. "나도 그 점을 이상하게 생각했답니다. 하지만 그 이유는 간단했어요. 그 속에는 수놓은 슬리퍼와 손수건이 들어있을 뿐이었어요. 부인은 남편에게 줄 크리스마스 선물로 수를 놓고 있었던 거예요. 그래서 들키지 않기 위해 선반을 잠가 놓았었지요. 그 열쇠는 그녀의 핸드백 속에 있었습니다."

"어머나! 그런 일이었다면 그다지 재미도 없군요." 제인이 말했다.

"아니에요! 그 점이 재미있었답니다. 바로 여기에 의미심장한 데가 있었던 거지요. 그것이 살인범의 계획을 완전히 틀어지게 만들었으니까요."

모두들은 노부인을 바라보았다.

"나도 이틀 동안은 그 이유를 몰랐어요. 생각하고 또 생각했지요. 그러다가 갑자기 알았답니다. 모두 알았지요. 나는 형사한테 가서 어떤 일을 시험해 보라고 부탁했어요. 형사는 곧 나의 부탁을 들어주었습니다."

"무엇을 알아보라고 하셨나요?"

"가엾은 부인의 머리 위에 있던 모자가 꼭 맞는지 어떤지 알아보는 일이었습니다. 물론 맞지 않았어요. 부인의 모자가 아니었던 거지요."

밴트리 부인은 눈을 크게 떴다.

"처음부터 쓰고 있었던 게 아니었나요?"

"네, 그렇답니다."

미스 마플은 이 말을 모두 잘 이해하도록 잠시 잠자코 있다가 이윽고 다시 계속했다.

"우리는 그곳에 쓰러져 있는 사람이 가엾은 글라디스이거니 했었지요. 하지만 얼굴은 한 번도 보지 않았거든요. 엎드려 있었으니까요. 모자에 완전히 가려져 있었어요."

"하지만 글라디스는 살해당하지 않았습니까?"

"그래요. 그 뒤에 그랬지요. 경찰에 전화를 걸고 어쩌고 할 때에 글라디스 샌더스는 팔팔하게 살아 있었답니다."

"그렇다면 그 시체는 다른 사람이었단 말입니까? 하지만 당신이 손으로 맥을 짚었을 때에 분명히——."

"네, 분명히 시체였어요."

미스 마플은 엄숙하게 말했다.

"그러나 좀 이상하군요" 하고 밴트리 대령은 말했다. "시체란 그리 손쉽게 구할 수 있는 것이 아니잖습니까. 그 처음 시체를 나중에 어떻게 처리했을까요?"

"샌더스가 제자리에 도로 갖다 놓았지요. 비열한 방법인데 아주 교묘하게 해치웠어요. 우리들이 응접실에서 지껄이는 것을 듣고 착안했나 봐요. '하녀 메리의 시체, 그것을 사용하면?' 하고 말이지요. 샌더스의 방은 하인들의 방에 둘러싸여 있었거든요. 메리의 방은 두 방 건너서 있었습니다. 장의사는 날이 저물어야만 옵니다. 그는 그것을 계산에 넣었던 거지요. 시체를 발코니를 통해 옮겨다 놓고 (5시면 벌써 어두워지니까요) 부인의 옷과 빨간 코트를 입혔지요. 그런데 모자 선반이 잠겨져 있지 뭡니까! 하는 수 없이 그는 하녀의 모자를 갖다가 씌웠어요. 아무도 그런 것까지 알아차리지는 못할 테니 말입니다. 그 옆에 모래 주머니를 놓고는 알리바이를 성립시키려 나갔지요.

그는 부인에게 전화를 걸었어요. 리틀워즈라고 하며, 부인에게 뭐라고 말했는지는 모르겠습니다만 아까도 말씀드렸듯이 부인은 남을 잘 믿는 성품이었습니다. 그는 빨리 브리지놀이를 끝마치고 돌아오다가 수치료원에 들어가지 말고 7시에 비상 계단 근처에 있는 수치료원 마당에서 만나자고 했지요. 아마도 부인이 놀랄 만한 일이 있다고 말했겠지요.

그런 다음, 친구들과 함께 수치료원에 돌아와 미스 트로로프와 나를 방으로 데리고 가서 현장을 발견시킨다는 순서로 계획했던 것입니다. 시체를 젖혀 놓으려고까지 했었지요. 그것을 내가 글쎄, 못하게 했지 뭡니까! 그런 다음 경찰을 부르게 했고, 그는 비틀거리며 마당으로 나갔던 겁니다. 범죄가 이루어진 다음의 그의 알리바이 같은 것을 묻는 사람은 아무도 없었습니다. 그는 부인을 만나 함께 비상 계단을 통해서 방안으로 들어왔습니다. 아마도 시체에 대해 이야기했겠지요. 부인이 허리를 굽혀 그것을 들여다보는 순간 모래 주머니로 일격을 가했던 겁니다…… 아! 생각만 해도 끔찍스러워요. 아직까지도! 그런 다음, 부인의 윗도리와 스커트를 벗겨 옷장 속에 걸어 놓고, 또 하나의 시체에서 옷을 벗겨 부인의 시체에 입혔던 거예요.

다만 모자는 맞지 않았지요. 메리는 뒷머리를 짧게 깎은 머리 모양이었으나 글라디스 샌더스는 아까도 말씀드렸듯이 숱이 많은 머리카락을 묶어 올렸었거든요. 하는 수 없이 모자를 옆에 놓아 두고는 아무도 알아차리지 못하기를 바라며 마음을 졸이고 있었겠지요. 그런 다음 메리의 시체를 제자리에 갖다 놓고 깨끗이 뒤처리를 했던 겁니다."

"도저히 믿을 수가 없군요" 하고 로이드 의사가 말했다.
"위험천만한 일입니다. 경찰이 조금 더 빨리 왔더라면 큰일이었을 테니까요."
"전화가 고장이라고 말했지요. 그것도 그의 짓이었어요. 경찰이 금방 오면 곤란했을 테니까요. 경찰이 온 다음에도 지배인 사무실에서 시간을 잡아먹었거든요. 그의 범행의 가장 두드러진 약점은 2시간 전에 죽은 시체와 겨우 30분 전에 죽은 시체의 차이를 누가 혹시 알면 어쩌나 하는 것이었습니다. 그러나 맨 처음 시체를 발견하는 사람이 전문적인 지식을 가지고 있지는 못할 것이라고 마음을 놓고 있었지요."
로이드 의사는 고개를 끄덕이며 말했다.
"범행은 7시 15분 전쯤에 이루어졌다고 생각되었겠지요. 실제로 7시나 7시 2, 3분 조금 지나서 살해당했으니까요. 의사가 검시했을 때가 아무리 빨라도 7시 반쯤이었겠지요. 도저히 확실한 것을 말할 수는 없었을 겁니다."

"내가 알아차렸어야 했지요. 그 가엾은 여자의 손을 잡았을 때 얼음장처럼 차가웠거든요. 하지만 뒤에 형사는 우리가 발견하기 조금 전에 살해당했다고 했었지요. 그런데도 우리는 아무것도 알아차리지 못했어요."

"그러나 결국 모조리 밝혀 내셨잖습니까, 미스 마플." 헨리 경이 말했다. "그것은 내가 근무하기 이전의 사건인 것 같군요. 들은 일이 없으니까요. 결과는 어떻게 되었습니까?"

"샌더스는 교수형을 당했어요. 당연하다고 생각합니다. 그 사나이를 재판에 걸기 위해 내가 한몫 톡톡히 한 것을 후회하지는 않습니다. 그 무렵의 말대로 인도주의적 견지에서 볼 때 사형을 주저한다는 것은 천만부당한 일이니까요."

그녀의 엄격한 얼굴이 부드러워졌다.

"하지만 그 불쌍한 여자의 목숨을 구하지 못하여 나는 나 자신을 무척 꾸짖었습니다. 그러나 이 늙은이의 지나친 속단에 귀를 기울여 줄 사람이 어디 있어야지요. 그 부인으로서는 이 세상이 갑자기 무서워지고 불행과 환멸 속에서 살아 가는 것보다 오히려 아직 행복할 때 죽은 편이 나았는지도 모르지요. 그 비열한 남자를 사랑하고 믿을 뿐 그 남자의 정체는 모르고 죽었으니까요."

"맞아요, 오히려 그편이 나아요. 정말이에요. 나도——."

제인 헬리아는 이렇게 말하고 갑자기 입을 다물었다.

미스 마플은 세상의 성공을 획득한 이 유명하고 아름다운 헬리아를 보고 상냥하게 고개를 끄덕였다.

"네, 알겠어요. 당신의 기분을 알고말고요."

The Herb of Death
죽음의 풀

"자아, B부인."

헨리 클리더링 경은 격려하듯이 말했다.

밴트리 부인은 새침한 얼굴로 나무라듯이 그를 보았다.

"B부인이라고 부르지 말아 달라고 전에도 말씀드렸잖아요. 천박하게 들려요."

"그럼, 샤라자드님."

"어머나, 싫어요. 샤——뭐라고 하셨지요? 저는 말재주가 없어요. 거짓말 같으면 아서에게 물어 보세요."

"당신은 사실 그대로는 말할 수 있잖소, 돌리. 하지만 멋있게 꾸며대진 못하지" 하고 밴트리 대령은 말했다.

"네, 맞아요."

밴트리 부인은 자기 앞의 탁자 위에 놓여 있는 구근의 카탈로그를 펄럭거리며 말했다.

"여러분이 하시는 말씀을 들으면서 어떻게 그토록 재미있게 이야기하실 수 있을까 생각했어요. '그는 말했다, 그녀는 말했다, 당신은 이상하게 여겨졌습니다, 그들은 생각했습니다, 모두 그렇게 하기로 했습니다'라는 식으로 저는 도저히 말할 수가 없어요. 정말이에요. 게다가 이야깃거리가 하나도 없는걸요."

"믿을 수가 없는데요, 부인."

로이드 의사는 속지 않는다고 말하듯이 희끗희끗한 머리를 저었다. 미스 마플은 다정한 목소리로 말했다.

"그렇고말고요."

밴트리 부인은 계속 완강하게 고개를 저었다.

"제 생활이 얼마나 평범한 것인지 여러분은 모르실 거예요. 하인들과 하녀들을 거느려야 하는 고생이며, 옷을 고르기 위해 거리에 나간다든지 치과에 간다든지, 또는 아스코트 경마장과 (아서는 싫어하지만요) 정원을——."

"오, 정원! 당신이 무엇에 열중하고 계시는지 모두들 알고 있답니다" 하고 로이드 의사는 말했다.

"정원을 가지고 계시다니, 정말 멋있어요."

아름다운 여배우 제인 헬리아가 말했다.

"흙을 파헤친다거나 손이 엉망이 되지만 않는다면, 저도 꽃을 무척 좋아해요."

"정원이라." 헨리 경이 말했다. "정원에서 무슨 얘기가 나올 것도 같은데요, B부인. 독이 있는 구근이니, 죽음의 수선화니, 죽음의 약초니 하고 말입니다."

"어머나, 묘하군요. 그렇게 말씀하시니까 생각나는 게 있어요." 부인이 입을 열었다. "여보, 크롯다람 코트의 그 사건, 기억나세요? 그, 저, 앰브로즈 버시 경 말이에요. 참으로 고상한 노인이라고 우리는 생각했었지요. 생각 안 나세요?"

"암, 생각나고말고. 괴상한 사건이었지. 그럼, 이야기해 봐요, 돌리."

"당신이 이야기하세요, 여보."

"무슨 소릴 하는 거요. 자, 자, 어서 당신이 해요. 내 몫은 벌써 아까 했으니까."

밴트리 부인은 휴우 깊이 숨을 쉰 다음 손을 마주잡고 괴로운 표정을 짓고 있었으나, 빠른 어조로 거침없이 이야기하기 시작했다.

"그렇다면 이야기하겠습니다만 그리 길지 않아요. 죽음의 약초라는 말에서 생각이 났어요. 저는 그것을 '샐비어 잎(요리용)'과 '양파'라고 하는 편이 좋겠어요."

"샐비어 잎과 양파라고요?" 로이드 의사가 물었다.

밴트리 부인은 고개를 끄덕이며 말했다.

"그 요리가 원인이 되어 일어난 사건이었거든요. 아서와 제가 앰브로즈 버시 경의 저택, 크롯다람 코트에 묵고 있을 때의 일이었어요. 어느 날, 디기탈리스 잎을 샐비어 잎으로 잘못 알고 마구 섞어서 따 왔다고 합니다(실수를 해도 분수가 있지, 정말 너무 얼빠진 짓이었어요). 그래서 그날 저녁 식사에 그것을 채워넣은 오리고기가 나왔기 때문에 모두 중독을 일으키고 말았지요. 가엾게도 한 처녀——앰브로즈 경이 후견인으로 맡아서 데리고 온 아가씨였습니다만——가 그 때문에 목숨을 잃었답니다."

그녀는 입을 다물었다.

"저런, 가엾어라!" 미스 마플이 말했다.

"세상에 어쩌면!"

"그래서 어떻게 되었습니까?"

"그만이에요." 부인은 말했다. "이것으로 끝입니다."

모두들 어이가 없었다. 아무리 그렇기로서니 이렇게 짧을 줄은 몰랐던 것이다.

"하지만 부인," 헨리 경이 항의했다. "끝이 아니겠지요. 지금 하신 얘기는 확실히 비극입니다만, 아무리 찾아보아도 수수께끼는 없는 것 같은데요."

"그래요. 조금 더 이야기하지 않은 한 그럴 거예요. 하지만 조금 더 이야기해 버리면 모두들 알게 되는걸요."

그녀는 고집스럽게 모두들을 둘러보며 처량하게 덧붙였다.

"그래서 제가 아까 말씀드렸잖아요. 멋있게 꾸며대서 이야기할 수 없다고 말이에요."

"아하!"

헨리 경이 고쳐 앉으며 안경을 치켜올렸다.

"굉장하십니다, 샤라자드. 이건 정말 가슴이 뛰는데요. 우리의 총명한 점을 향해 도전한 셈이로군요. 우리의 호기심을 자극하기 위해서 당신은 일부러 그렇게 하신 것이 아닙니까? '스무 고개' 시합을 해보란 말씀이시지요. 자, 그럼, 미스 마플, 당신부터 어서 하십시오."

"나는 요리사에 대해서 묻고 싶어요," 미스 마플이 말했다. "그녀는 머리가 조금 모자라는 여자였거나 요리에 익숙하지 못한가 보군요."

"참으로 어리석은 여자였어요. 나중에 엉엉 울더군요. 뜯어 온 잎이 샐비어라고 하기에 그냥 받았다는 거예요. 그러니까 그녀는 전혀 몰랐다는 것이지요."

"찬찬히 살펴보는 성격이 아니었나 보지요. 나이도 꽤 지긋하고 솜씨도 좋은 요리사였겠지요?"

"네, 솜씨는 대단했어요."

"당신 차례입니다, 헬리아 양" 하고 헨리 경이 말했다.

"어머나! 저더러 질문하라는 거예요?"

제인은 잠시 생각하더니 마침내 난처한 표정으로 대답했다.
"무엇을 물어 봐야 할는지 모르겠네요."
그녀의 아름다운 눈이 애원하듯이 헨리 경을 바라보았다.
"등장 인물에 대해서 물어 보시면 어떨까요, 헬리아 양."
그는 미소지으며 암시하듯이 말했다.
제인은 여전히 멍청한 표정을 짓고 있었다.
"등장순으로 인물을 말씀해 달라고 말입니다."
헨리 경은 상냥하게 말했다.
"네, 그렇군요. 좋은 생각이에요."
밴트리 부인은 손을 꼽아 가며 기운차게 등장인물을 늘어놓았다.
"앰브로즈 경, 실비아 킨(죽은 처녀예요), 그리고 실비아의 친구로 그 댁에 묵고 있던 모드 와이라는 처녀, 가무잡잡하고 그다지 잘생기지 않은 얼굴이었지만 어딘지 매력적인 데가 있었어요. 어디서 그런 매력이 나오는지는 모르겠지만요. 그 다음에 앰브로즈 경과 책에 대한 이야기를 하러 온 칼 씨, 라틴 어로 된 희귀하고 낡은 책으로, 곰팡이 냄새가 풍기는 양피지 책이었어요. 그리고 젤리 롤 리머——그는 말하자면 이웃에 사는 사람인데, 페어리즈 저택이라는 그의 집이 앰브로즈 경의 저택 가까이에 있었지요. 그 다음 카펜터 부인, 언제나 어느 집이건 끼어들어가 편안하게 도사리고 앉아 있는 고양이 같은 중년 부인으로서 아마도 실비아의 말벗이었던 듯싶어요."

"미스 헬리아 다음에 앉아 있으니, 이번엔 내 차례 같군요. 물어 보고 싶은 말이 산더미같이 많아요. 간단간단하게 인물 묘사를 해주셨으면 좋겠습니다. 지금 열거한 사람들을 모조리 말입니다, 밴트리 부인." 헨리 경이 말했다.

"어머나!" 밴트리 부인은 당황했다.

"자, 앰브로즈 경부터 이야기해 주십시오. 어떤 사람이었습니까?"
헨리 경은 다시 물었다.
"네, 아주 인상이 좋은 노인이었습니다. 노인이라고는 하지만 60을 넘은 것 같지는 않았어요. 하지만 몸이 약하고 더구나 심장이 나빠서 혼자서는 2층에도 올라가실 수가 없었어요. 그래서 엘리베이터를 설치할 정도였으니 나이보다 늙어 보였겠지요. 움직이시는 품이 아주 보기 좋았고, 고상하다고 표현하는 것이 가장 적당하겠어요. 난폭하거나 당황하는 일이 전혀 없었으며, 아름다운 백발에다 특히 목소리가 매력적이었지요."
"좋습니다. 앰브로즈 경이 눈 앞에 보이는 듯합니다. 다음 실비아라는 아가씨의 성은 무엇이었지요?"
"실비아 킨. 아름다운 아가씨였어요. 정말 미인이었지요. 금발에 특히 살결이 아름다웠어요. 하지만 그다지 영리한 편은 아니었지요. 솔직히 말씀드리면 조금 모자라는 데가 있었습니다."
"여보, 무슨 말을 그렇게 하오, 돌리."
남편이 항의했다.
"저이는 물론 그렇게 생각하지 않지만요."
부인은 아무것도 아니라는 듯이 말했다.
"하지만 조금 멍청한 아가씨였어요. 귀담아들을 만한 말을 입 밖에 내어 본 일이 없었으니까요."
"내가 본 아가씨 가운데에서는 가장 아름다웠지. 테니스를 칠 때의 모습은 정말 매력적이었어. 그리고 쾌활했거든. 재미있는 아가씨였어. 동작이 또한 더할 나위 없이 귀여웠지. 아마 젊은 녀석들은 모두 다 그렇게 생각했을걸."
밴트리 대령은 열심히 말했다.
"바로 그런 데가 당신의 이상한 점이란 말이에요" 하고 부인은 말했다. "요즘 젊은이들이 그런 여자를 좋아하는 줄 아세요? 그렇게 생각하는 것은 젊은 아가씨라면 그저 좋아하는 당신같이 늙은 난봉꾼 뿐이에요."

"젊었다는 것만으로는 안되겠지요. S A가 있어야 해요." 하고 제인이 말했다.

"S A라니요, 그게 뭐지요?" 하고 미스 마플이 물었다.

"성적 매력(섹스 어필)이지요."

"아, 네. 우리 때는 '추파를 던진다'고 말했지요."

"그 표현 방법은 별로 나쁘지 않군요." 헨리 경이 말했다. "말벗이라던 여자를 고양이 같다고 하셨지요, 부인?"

"모습이 고양이 같다는 것은 아니에요. 크고 포동포동한 흰 고양이가 그르렁거리며 우는 것처럼 이야기하기 때문에 그랬어요. 무척 붙임성이 있었는데 이름은 애드레이드 카펜터였습니다."

"몇 살이나 되었나요?"

"아마 40살쯤 되었던 것 같아요. 그 집에는 꽤 오래 전부터 살았나 봐요. 실비아가 11살 때부터였다니까요. 상냥한 사람이었어요. 왜 세상에 흔히 있잖아요. 불행한 과부인데 귀족 친척은 많아도 돈과는 인연이 먼 사람 말이에요. 저는 그녀를 그다지 좋아하지 않았어요. 더구나 길다랗고 하얀 손을 가진 사람은 아주 싫어해요. 그리고 고양이도 싫고요."

"칼 씨는?"

"네, 그저 평범한 중년 신사로 등이 약간 굽었어요. 그와 비슷한 사람이 많기 때문에 언뜻 분간하기가 힘들어요. 곰팡이 핀 책에 대한 이야기를 할 때만은 아주 열심이더군요. 앰브로즈 경과 그다지 깊이 아는 사이는 아니었던 것 같아요."

"이웃의 젤리라는 사람은?"

"매우 매력적인 젊은이였습니다. 실비아와는 약혼한 사이여서 무척 슬퍼하더군요."

"그렇다면——" 미스 마플이 말을 하려다 말고 입을 다물었다.

"무슨 말씀이십니까?"

"아무것도 아니에요."

헨리 경은 의아스러운 듯이 노부인을 바라보았다. 그러더니 생각에 잠기며 말했다.

"약혼한 사이라고 하셨는데, 약혼 기간이 길었나요?"

"실비아가 아직 어리다는 이유로 앰브로즈 경이 1년 가량 반대해 왔지만, 마침내 고집을 굽히시고 곧 결혼하기로 되어 있었답니다."

"그 아가씨에게는 재산이 있었습니까?"

"없는 거나 다름없었어요. 1년에 겨우 100파운드나 200파운드 정도."

"버드나무 밑에 미꾸라지는 없다네, 클리더링" 하고 밴트리 대령은 웃었다.

"이번에는 의사 선생님이 질문하실 차례입니다. 나는 물러서겠습니다" 하고 헨리 경이 말했다.

"내가 묻고 싶은 것은 직업상 주로 의학적인 것입니다. 검시 결과 나타난 의학상의 증명이 어떤 것인지 알고 싶군요. 기억하고 계십니까?" 로이드 의사가 물었다.

"대략은 알고 있습니다. 디기탈링(디기탈리스에 함유되어 있는 일종의 배당체)이라고 하나요? 그것의 중독이었습니다."

로이드 의사는 끄덕였다.

"디기탈리스는 심장에 작용하기 때문에 어떤 종류의 심장병에는 특효약으로 되어 있지요. 이것은 매우 보기 드문 경우로군요. 디기탈리스 잎을 조리한 음식을 먹고 목숨을 잃었다니, 쉽사리 믿어지지 않는 일입니다. 대체적으로 독이 있는 잎이나 열매를 먹으면 죽는다는 생각은 과장된 것입니다. 독의 성분인 알칼로이드는 아주 세심한 주의와 철저한 준비 끝에 빼내는데 사람들은 이것에 대해 거의 모르고 있답니다."

"얼마 전에 매커서 부인이 트미 부인에게 어떤 특수한 종류의 구근을 보냈어요. 그런데 트미 부인의 요리사가 양파인 줄 알고 그것을 요리했다가 온 가족이 심한 중독을 일으켰었지요" 하고 미스 마플이 말했다.

"그 때문에 죽지는 않았겠지요?"

"네, 목숨은 건졌어요."

"제가 알고 있는 어떤 처녀는 프토마인 중독으로 죽었어요" 하고 제인 헬리아가 말참견을 했다.

"우리는 누가 범죄를 저질렀는지 찾아 내야 합니다" 하고 헨리 경이 주의를 주었다.

"범죄라고요?" 제인은 깜짝 놀란 듯이 말했다. "저는 사고라고 생각했는데요."

"단순한 사고였다면 밴트리 부인이 이야기를 꺼내지도 않으셨겠지요. 언뜻 보기에는 단순한 사고 같지만 그 뒷면에 뭔가 흉악한 것이 숨어 있어요. 이런 사건이 있었지요. 어떤 파티에 초대받은 손님들이 식사 뒤에 잡담을 하고 있었습니다. 벽에는 여러 종류의 옛스러운 무기가 장식되어 있었지요. 손님 하나가 장난삼아 옛날식의 대형 권총을 집어들고 다른 한 사나이를 겨냥하여 쏘는 시늉을 했습니다. 그런데 그 권총에는 실탄이 들어 있었던 것입니다. 총알을 맞은 사람은 죽고 말았습니다. 우리는 그때 누가 어느 틈에 그 권총에다 총알을 재었는지 조사했고, 그 다음에 누가 그런 난동이 일어나도록 이야기를 몰고 가서 그러한 일이 벌어지게끔 했는지 조사했지요. 권총을 쏜 장본인은 정말 아무 죄도 없었으니까요!

 똑같은 문제가 이 이야기 속에 있다고 생각합니다. 디기탈리스 잎이 어떤 결과를 가져다 주는지 잘 알고 몰래 샐비어 잎과 섞어 놓았겠지요. 요리사는 용의자 속에서 빼야 할 겁니다. 그래도 되겠지요? 문제는 누가 잎을 따다가 부엌에 갖다 놓았느냐 하는 것입니다."

"그야 누군지 알고 있어요. 부엌에 갖다 놓은 사람은 바로 실비아 자신인걸요. 샐러드용 야채며 향신용 풀이며 당근 같은 것——정원사가 빨리 따 주지 않는 것을 따 오는 일이 그녀의 일과였거든요. 정원사란 어리고 연한 것을 따기 싫어하는 법이니까요. 소담하게 자랄 때까지 따려고 하지 않지요. 그래서 카펜터 부인과 실비아는 자기들이 손수 그런 것을 따 오곤 했어요. 그러다가 정원 한구석에 샐비어에 섞여 디기탈리스가 자라고 있던 것을 잘못 따 온 것도 무리는 아니지요."

"정말 실비아 양이 땄을까요?"

"그것은 아무도 모릅니다. 그저 그러리라고 추정할 따름이지요."

"그 추정이라는 것이 위험해요." 하고 헨리 경이 말했다.

"어쨌든 카펜터 부인은 따지 않았어요." 하고 밴트리 부인은 말했다. "그날 아침, 저는 부인과 함께 테라스를 거닐었거든요. 아침 식사가 끝난 다음 둘이서 테라스에 나갔지요. 이른봄치고는 아주 따뜻한 날씨여서 실비아는 혼자 정원에 나갔습니다. 얼마 뒤에 모드 와이와 팔짱을 끼고 걸어오더군요."

"두 사람은 사이가 좋았나요?" 하고 미스 마플이 물었다.

"네." 밴트리 부인은 무슨 말을 하려다가 그대로 입을 다물었다.

"모드 와이는 오랫동안 머무르고 있었나요?"

"2주일 가량이었어요." 부인의 목소리에 난처한 듯한 어조가 담겨 있었다.

"당신은 그 아가씨를 좋아하지 않으셨군요." 헨리 경은 아무렇지도 않게 물었다.

"좋아했어요. 아주 좋아했답니다." 난처한 듯한 밴트리 부인의 목소리에 비통한 어조가 섞여 있었다.

"뭔가 숨기고 계시는군요, 밴트리 부인." 헨리 경은 따지듯이 말했다.

"아까 어쩌면——하고 생각한 것이 있었습니다만, 말하고 싶지 않았어요." 미스 마플이 말했다.

"언제 그런 생각을 하셨습니까?"

"당신이 젤리와 실비아가 약혼한 사이라고 말할 때였어요. 매우 슬퍼하더라고 하셨지만 내게는 그렇게 들리지 않더군요. 그 약혼자가 정말 슬퍼한 것 같지가 않았어요."

"당신은 참으로 무서운 사람이군요, 뭐든지 아시니 말예요. 저는 다른 어떤 생각을 하고 있었어요. 하지만 이야기해서 괜찮을는지 모르겠군요."

"말씀하셔야 합니다. 조금 마음에 걸리더라도 숨겨서는 안 됩니다."

"그럼, 이야기하겠어요. 어느 날 밤, 즉 비극이 일어나기 전날 밤이었어요. 저녁 식사 전에 무심코 테라스에 나갔더니 응접실의 열린 창문으로 젤리 롤리머와 모드 와이가 있는 것이 보였습니다. 그는 그녀에게, 저…… 키스하고 있었어요. 그저 장난삼아 했는지 어떤지는 잘 모르겠습니다만. 앰브로즈 경은 젤리 롤리머를 그다지 좋아하지 않았지요. 아마 그런 청년이라는 것을 알고 계셨는지도 모르지요. 어쨌든 확실한 것은 모드 와이가 정말로 젤리를 좋아했다는 사실입니다. 멍청히 젤리를 바라보고 있는 그녀의 눈길을 보면 누구나 알 수 있는 일이었어요. 저도 그와 실비아보다는 이 두 사람이 훨씬 더 어울린다고 생각했답니다."

"미스 마플보다 한 걸음 앞서 질문하겠습니다만," 하고 헨리 경이 말했다. "비극이 일어난 다음 젤리 롤리머는 모드 와이와 결혼했습니까?"

"네, 했어요. 여섯 달 뒤에 말입니다."

"아! 샤라자드 씨. 이 이야기를 시작하셨을 때에는 뼈대뿐이었는데 지금은 고기가 잔뜩 붙었군요."

"식인종 같은 말씀은 하지 마세요" 하고 밴트리 부인이 말했다. "고기라는 말은 쓰지 않았으면 좋겠어요. 채식주의자는 이렇게 말하지요. '나는 고기 종류를 일체 먹지 않습니다'라고요. 그 말을 들으면 그 맛있는 비프스테이크가 아주 맛없어지거든요. 칼 씨는 채식주의자였지요. 아침 식사로 꼭 왕겨 같은 묘한 것을 먹고 있었어요. 그처럼 등이 굽은 중년 남자는 대개 유별한 것을 좋아하더군요. 속옷도 신안 특허를 받은 것이었어요."

"아니, 대체 어떻게 칼 씨의 속옷에 대해 알고 있지, 돌리?" 하고 남편이 물었다.

"아무것도 몰라요. 그저 상상일 뿐이에요."

"아까 한 말을 바로잡겠습니다." 헨리 경이 말했다. "대신 이야기 속의 등장인물들이 아주 재미있다고 말하겠습니다. 차츰 한 사람 한 사람에 대해서 알 것 같군요. 그렇지요, 미스 마플?"

"인간성이란 언제나 흥미진진하지요, 헨리 경. 그런데도 어떤 타입의 사람이 언제나 똑같은 짓을 한다는 것은 참으로 묘한 일이에요."

"'두 여자가 한 남자를'. 옛부터 끝없이 되풀이되는 삼각 관계지요. 그것이 이 문제의 근본이겠지요? 나는 그렇게 생각합니다만."

헨리 경이 말을 맺자 로이드 의사가 헛기침을 하고 조금 망설이는 듯 말했다.

"지금 생각났습니다만, 밴트리 부인, 당신도 중독을 일으켰었나요?"

"네, 물론이에요. 아서도, 다른 사람들도 모두!"

"바로 그 점입니다. 모두라고 하셨지요. 내가 생각하고 있는 것이 무엇인지 아시겠습니까? 헨리 경이 아까 하신 이야기입니다만, 한 남자가 다른 한 남자를 쏘았습니다. 그 방에 있던 다른 사람들을 쏠 필요는 없었던 것입니다."

"저는 잘 모르겠어요" 하고 제인이 말했다. "누가 누구를 쏘았다는 거지요?"

"즉 이렇습니다. 누가 그 사건을 꾸몄는지 모르겠습니다만, 아주 유별난 방법이에요. 무턱대고 했거나 인간의 목숨을 가볍게 생각하고 아무렇게나 했는지는 알 수 없으나, 여덟 사람 가운데 한 사람을 죽이기 위해 여덟 사람 모두에게 독을 먹이다니, 도저히 생각할 수 없는 일입니다."

"말씀하시는 뜻을 잘 알겠습니다. 나도 그 점을 생각해야만 했어요." 헨리 경은 생각에 잠기며 말했다.

"그렇다면 살인 계획을 세운 사람 자신도 독을 먹었겠군요." 제인이 말했다.

"그날 저녁 식사에 참석하지 않은 사람이 있었나요?" 미스 마플이 물었다.

밴트리 부인은 고개를 저었다.

"모두 참석했어요."

"롤리머 씨는 없었겠지요. 그 사람은 그 집에 묵고 있는 사람이 아니니까요."

"하지만 그날 밤엔 그 집에서 저녁 식사를 들었답니다."

"저런!" 미스 마플이 큰 소리로 외쳤다. "그렇다면 전혀 짐작이 빗나가는데요." 그녀는 난처한 듯이 눈썹을 찌푸리며 중얼거렸다.

"어리석었어요. 정말 어리석었는데요."

"로이드 선생, 당신이 하신 말씀이 마음에 걸리는군요." 헨리 경이 말했다. "그 처녀만이 치사량을 먹었다는 것을 어떻게 보증할 수 있을까요?"

"없어요. 내가 하고 싶은 말은 바로 그것입니다. 결국 그 처녀를 죽이는 것이 목적이 아니었다면……."

"뭐라고요?"

"식중독의 경우, 결과는 매우 불확실한 것이랍니다. 여러 사람이 같은 음식을 먹었다해도 한두 사람은 가벼운 증세, 다른 사람은 심한 증세, 또 다른 사람은 죽는다든지 해서 확실성이 하나도 없지요. 그러나 다른 요소가 개입되는 경우는 있을 수 있습니다. 디기탈리스는 심장에 직접 영향을 끼치는 약입니다. 아까도 말했듯이 병세에 따라 처방되는 수도 있습니다. 아마 그 집에 심장이 나쁜 사람이 있었을 겁니다. 그 사람을 노린 것이 아닐까요? 다른 사람에게는 별탈이 없어도 그 사람에게는 치명적인 결과를 가져다 줄 것이다──이렇게 그 범인은 생각했겠지요. 결과가 전혀 다른 방향으로 흘러갔다는 것 자체가 내가 말씀드렸듯이 인체에 대한 약품의 작용은 불확실하여 믿을 수가 없다는 하나의 증거가 되겠지요."

"앰브로즈 경이 목표였다는 이야기가 되는군요. 처녀가 죽은 것은 잘못이었군요."

"앰브로즈 경이 죽으면 누가 그 재산을 받게 되어 있지요?" 제인이 물었다.

"매우 견실한 질문이군요, 미스 헬리아. 나의 본디 직업에서도 맨 먼저 묻는 질문입니다" 하고 헨리 경은 말했다.

"앰브로즈 경에게는 아들이 하나 있었지만 오래 전부터 사이가 좋지 않았습니다. 방탕아였겠지요. 그러나 앰브로즈 경은 그 아들의 상속권을 박탈할 수가 없었어요. 크롯다람 코트는 상속인이 한정되어 있었기 때문에 아들 마틴 버시가 칭호와 재산을 물려받았습니다. 그러나 앰브로즈 경이 마음대로 할 수 있는 다른 재산이 상당히 많아서 그것을 실비아에게 주었었지요. 이 사건이 있은 지 1년도 채 못되어 앰브로즈 경이 세상을 떠난 다음 이러한 사실이 밝혀졌답니다. 실비아가 죽은 다음에도 새로운 유서를 만들지 않았던 것입니다. 그 재산이 왕실 소유로 되었는지 또는 근친이라는 이유로 아들이 받았는지는 잘 모르겠어요."

"그럼, 그 유언장은 그곳에 없었던 아들과, 앰브로즈 경을 죽이려다가 자기가 파놓은 함정에 빠져 버린 실비아에게만 유리했었군요." 헨리 경은 생각에 잠겼다. "도무지 석연치 않은걸."

"또 한 여자는 아무것도 받지 못했나요? 아까 고양이 같다고 말씀하신 여자 말이에요." 하고 제인이 물었다.

"그 여자의 이름은 유서에 쓰여 있지 않았어요."

"미스 마플은 듣고 계시지 않는군요." 헨리 경이 말했다. "방심 상태에 빠져 있어요."

"나는 약방의 버셔 할아버지 생각을 하고 있었어요" 하고 미스 마플이 말했다. "젊은 가정부를 고용하고 있었지요. 손녀딸이라고 해도 좋을 만큼 젊은 여자였어요. 할아버지는 아무에게도 자기 두 사람의 사이에 대해 말하지 않았어요. 친척이나 많은 조카들은 모두 유산을 바라고 있었는데, 할아버지가 죽었을 때 믿기 어려운 일이었지만 2년 동안이나 가정부와 내연의 부부였다는 사실이 밝혀졌답니다. 물론 버셔는 약방 주인에 불과하고 교양도 없는 평범한 노인이었고 앰브로즈 경은 밴트리 부인이 말씀하셨듯이 매우 품위있는 신사였지만, 인간성이란 모두 비슷한 법이거든요."

모두들 말이 없었다. 헨리 경이 눈을 똑바로 뜨고 미스 마플을 보자, 미스 마플은 상냥하게 놀리는 듯한 파란 눈으로 그의 시선을 마주 받았다. 제인 헬리아가 침묵을 깨뜨렸다.

"카펜터 부인은 미인이었나요?"

"네, 눈에 띌 만큼 아름답진 않았지만요."

"남을 동정하는 듯한 목소리였었지."

"고양이가 목구멍을 울리는 듯하다고 우리는 말했지요."

"당신도 머지않아 고양이 같다는 말을 듣게 될 거야, 돌리."

"집안 식구끼리는 고양이 같다는 말을 들어도 좋아요. 어쨌든 저는 여자를 그다지 좋아하지 않아요. 남자와 꽃을 좋아해요."

"좋은 취미십니다. 특히 남자를 먼저 꼽으시니 말입니다." 헨리 경이 말했다.

"빈틈이 없지요. 자, 제가 내놓은 문제는 어떤가요? 저는 공정하게 말씀드렸다고 생각하는데요. 아서, 그렇지요?"

"암, 그렇고말고. 경마 클럽의 이사 나리들조차도 뭐라고 트집을 잡을 수 없을 거라고 생각해."

"우선 첫 번째 나리부터 시작하시지요."

밴트리 부인은 헨리 경을 가리켰다.

"좀 장황하게 늘어놓을는지도 모르겠습니다. 이 사건은 이렇다하게 꼭 짚이는 데가 없어요. 우선 앰브로즈 경 말씀인데요, 그런 기발한 방법으로 자살하려고 하진 않았을 테고 그렇다고 해서 자기가 돌봐 주고 있는 처녀를 죽인들 아무런 이득도 없을 테니 이 사람은 제외하겠습니다. 칼 씨 말씀입니다만, 그 처녀를 죽여야 할 아무런 이유도 없지요. 만일 앰브로즈 경을 노렸다면 틀림없이 다른 사람들에게는 아무것도 아닌 진기한 고문서를 한두 권 실례했을 정도였을 테니까요. 하지만 그런 일은 거의 있을 수 없지요. 밴트리 부인은 그 사람의 속옷이 어쩌니 저쩌니 하셨지만 칼 씨는 결백하다고 봅니다. 그 다음 와이 양인데, 이 사람은 앰브로즈 경을 죽여야 할 이유는 없지만 실비아를 죽여야 할 이유는 대단히 많아요. 실비아의 약혼자를 자기것으로 만들고 싶어 견딜 수가 없다——밴트리 부인의 말씀에 의하면 말입니다. 그녀는 그날 아침 실비아와 함께 있었으니까 함께 잎을 땄을 것입니다. 그래요, 와이 양을 가볍게 볼 수는 없어요. 롤리머 청년은 양쪽에 동기가 있을 수 있겠군요. 그의 애인이 없어지면 또 한 여자와 결혼할 수 있게 되는데, 그러나 애인을 죽일 필요까지는 없겠지요. 약혼은 취소할 수도 있으니까요. 한편, 앰브로즈 경이 죽으면 가난한 여자가 아닌 부자 여자와 결혼할 수 있다는 사실이 중요한지 어떤지는 그의 경제 상태에 달려 있지요. 그의 저택이 저당에 들어가 있다면, 그리고 이 점을 밴트리 부인이 일부러 우리에게 말씀하지 않으셨다면 나는 따져야겠습니다. 그 다음 카펜터 부인인데, 이 사람도 수상해요. 첫째로 그 하얀 손, 그리고 잎을 땄을 때의 알리바이——나는 늘 알리바이를 믿지 않습니다. 그리고 또 한 가지 부인을 의심할 이유가 있는데, 그것은 말하지 않기로 하겠습니다. 그러나 전체적으로 보아 오직 한 사람에게 못을 박아야 한다면 모드 와이 양에게 가장 많은 근거가 있다고 할 수 있겠지요."

"다음 분, 말씀하세요."

밴트리 부인은 로이드 의사를 지적했다.

"당신의 의견은 틀렸다고 생각합니다, 클리더링. 실비아가 목표였다고만 생각하는 점 말입니다. 나는 살인자가 앰브로즈 경을 없애려고 했다고 생각합니다. 롤리머 청년은 독살하기에 필요한 지식이 그다지 없었을 터이고, 오히려 카펜터 부인이 아무래도 의심스러워요. 오랫동안 가족이나 다름이 없었으므로 앰브로즈 경의 건강 상태를 잘 알고 있었을 겁니다. 실비아에게(당신 말씀대로 조금 머리가 모자라는 여자였으니까) 그 잎을 따 오게 하는 것은 문제가 없었겠지요. 동기가 무엇이었느냐고 따지면 조금 곤란합니다만, 아마 앰브로즈 경이 어느 때였는지 몰라도 유서에 부인에 대해서도 썼기 때문이라고 말해 둘까요. 내 의견은 이것이 전부입니다."

밴트리 부인의 손가락은 제인 헬리아를 가리키고 있었다.

"뭐라고 하면 좋을는지 모르겠지만, 단 한 가지 있어요. 그 실비아 자신이 했다고 생각하는 것은 어떨까요? 그녀 자신이 그 잎을 부엌으로 가지고 갔으니까요. 앰브로즈 경은 결혼을 반대했으므로 그가 죽으면 재산을 물려받고 결혼도 빨리할 수 있거든요. 그녀는 카펜터 부인과 마찬가지로 앰브로즈 경의 건강에 대해 잘 알고 있었겠지요."

밴트리 부인은 천천히 미스 마플을 지적했다.

"자, 드디어 '여사님' 차례입니다."

"헨리 경은 뚜렷하게 아주 잘 알 수 있도록 설명하셨고, 로이드 선생님의 말씀도 맞아요" 하고 미스 마플은 말했다. "두 분의 말씀으로써 여러 가지가 뚜렷해졌어요. 다만 로이드 선생님은 자신의 의견의 다른 또 한 면을 똑똑히 못 보시는 것 같지만요. 선생님은 앰브로즈 경의 담당 의사가 아니었으므로 앰브로즈 경이 어떤 종류의 심장병을 앓고 있었는지 모르셨겠지요."

"말씀하시는 뜻을 잘 모르겠군요, 미스 마플." 로이드 의사가 말했다.

"선생님은 앰브로즈 경의 심장병이 디기탈링으로 더욱 나빠진다고 가정하고 계시지요? 하지만 그런 증거는 하나도 없어요. 다른 경우도 생각할 수 있지 않을까요?"
"다른 경우라니오?"
"네, 디기탈링은 심장병의 특효약으로서 처방되는 수도 있다고 하셨지요?"
"그건 그렇다 치고, 그럴 경우 어떻게 된다는 말씀입니까, 미스 마플?"
"그럴 경우 디기탈링을 앰브로즈 경이 늘 가지고 있는 것은 당연한 일이겠지요. 특별히 설명을 덧붙이지 않아도 말입니다. 내가 하고 싶은 말은(늘 나는 얘기가 서툴러서 탈이에요) 이렇습니다. 어느 한 사람에게 디기탈링의 치사량을 먹여서 죽이고 싶을 때, 모두에게 중독을 일으키게 하는 것은 간단하고도 쉬운 일이지요. 디기탈리스 잎으로 말입니다. 다른 사람은 목숨에 이상이 없고 단 한 사람만 죽었다 하더라도 모두 놀라지 않을 테니까요. 로이드 선생님이 말씀하신 대로 그 결과는 여러 가지로 나타나겠지요. 아무도 실비아가 디기탈리스 잎의 중독으로 죽었는지 다른 어떤 그런 종류의 약을 치사량에 이르도록 먹어서 죽었는지 따지지 않을 테니까요. 칵테일이나 커피에 넣었겠지요. 아니면 강장제라고 하며 아주 간단하게 먹일 수도 있잖아요."
"그렇다면 당신은 앰브로즈 경이 자기가 후견인이 되어 귀여워하고 있던 처녀를 독살했다고 말씀하시는 겁니까?"
"네, 그렇습니다" 하고 미스 마플은 대답했다. "버셔 씨와 그의 젊은 가정부의 경우처럼 말입니다. 60이 넘은 할아버지가 20살밖에 안 된 처녀를 사랑하다니 우습다고 생각하시겠지만, 그런 일은 흔히 있습니다. 앰브로즈 경같이 나이가 지긋한 독신자는 연애가 사람을 이상하게 만들 수도 있습니다. 때로는 미치게 만들 수도 있지요. 그 처녀가 결혼한다는 생각만 해도 견딜 수가 없어 될 수 있는 대로 반대했으나 안됐지요. 미칠 듯한 질투심이 덮쳐서 그는 젊은 롤리머와 결혼시키느니 차라리 죽여 버리는 편이 낫다고 생각했겠지요. 아마 상당히 오래 전부터 생각하고 있었다고 할 수 있어요. 디기탈리스의 씨앗을 샐비어 속에 섞어서 심은 것을 보면 말입니다. 때가 오자 그는 손수 그것을 따서 실비아에게 그것을 부엌으로 가지고 가게 했지요. 무서운 일이에요. 그런 나이의 신사는 젊은 여자의 일이라면 이따금 무서운 일도 저지르는 법이에요. 하지만 될 수 있는 대로 관대하게 봐 주어야 합니다. 교회의 전번 오르가니스트도——아니에요. 그야말로 쑥덕공론은 그만둡시다."

"밴트리 부인, 이것이 진상입니까!" 하고 헨리 경이 물었다.

밴트리 부인은 끄덕였다.

"네, 그렇습니다. 뜻밖이었어요. 단순한 사고인 줄 알았었거든요. 누가 그러리라고 꿈엔들 생각했겠습니까! 앰브로즈 경이 돌아가신 다음 편지를 받았지요. 주소를 적어 놓고 저에게 보내 달라고 했었나 봐요. 그 편지에 진상이 적혀 있더군요. 어째서 저에게 털어놓았는지 모르겠지만 저는 그 노인과 꽤 뜻이 맞았었거든요."

모두들 쥐죽은 듯 조용했다. 입 밖에 내지는 않았으나 사람들의 비난의 눈초리를 느꼈는지 부인은 다급하게 덧붙였다.

"그분의 신뢰를 제가 배신했다고 생각하실는지도 모르겠습니다. 하지만 그렇지 않아요. 이름을 모두 바꾸었거든요. 사실은 그는 앰브로즈 버시 경이라는 이름이 아니에요. 제가 그런 이름을 댔을 때 아서가 얼빠진 듯이 저를 뚫어지게 바라보는 것을 눈치채지 못하셨나요? 저이는 처음부터 모르고 있었답니다. 모두 이름을 바꾸었으니까요. 잡지나 책머리에 흔히 '이 이야기 속의 인물은 모두 가공 인물임'이라고 씌어 있듯이 말입니다. 실제에 있어 누가 누구인지 여러분은 모르실 거예요."

The Affair at the Bangalow
방갈로 사건

"생각이 납니다" 하고 제인 헬리아가 말했다.

그녀의 아름다운 얼굴에는 아이들이 칭찬을 받고 싶어할 때의 천진 난만한 미소가 반짝이고 있었다. 런던의 관객을 밤마다 유혹하고 브로마이드 상인들의 주머니를 두둑하게 하는 그 미소였다.

"제 친구의 신상에 있었던 일인데요."

그녀는 조심스럽게 이야기하기 시작했다.

모두들은 격려하듯이 흥을 돋우어 주었다. 그러나 다들 시치미를 떼고 있었다. 밴트리 대령, 그의 부인, 헨리 클리더링 경, 로이드 의사, 미스 마플, 모두 한결같이 제인의 '친구'가 바로 제인 자신이라는 것을 알고 있었던 것이다. 그녀는 다른 사람의 신상에 일어난 일에 흥미를 느끼거나 또는 그것을 기억하고 있을 수 없는 성품이었기 때문이었다.

"저의 친구(이름은 밝히지 않겠습니다)는 유명한 여배우였어요."

아무도 놀라지 않았다. 헨리 클리더링 경은 마음 속으로 생각했다.

'얼마나 지껄이면 가면을 벗고 그녀 대신 나라는 말이 나올까.'
"그 친구는 지방 순회를 하고 있었지요. 1, 2년 전의 일이었어요. 그 고장의 이름은 말하지 않는 편이 낫겠어요. 런던에서 그다지 멀지 않은 강가의 거리, 그곳 이름은——."

그녀는 난처한 듯이 이마에 주름을 모으고 입을 다물었다. 간단한 이름을 지어 내는 것조차도 그녀에게는 큰일이었다. 헨리 경이 도와주었다.

"리버베리라고 해 두면 어떨까요?"

그는 자못 진지한 표정으로 제안했다.

"아, 네, 좋은 이름이군요. 리버베리라…… 외어 두어야지. 그럼, 지금 말씀드린 대로 제 친구가 단원들과 함께 리버베리에 있었을 때 아주 이상한 일이 생겼답니다."

그녀는 또다시 이마에 주름을 모으고 슬프게 말했다.

"여러분의 마음에 들게 이야기하기는 힘들어요. 여러 가지 일이 뒤범벅이 되고 순서도 엉망이 되는걸요, 뭐."

"그렇지 않을 겁니다. 어서 말씀하십시오." 하고 로이드 의사가 북돋워 주었다.

"정말 이상한 일이 생겼어요. 그 친구가 경찰에 불려 갔었으니까요. 강가의 방갈로에 도둑이 들어 한 젊은이가 체포되었는데, 그 젊은이가 이상한 이야기를 했기 때문에 그 친구가 호출을 당했던 거예요. 친구는 경찰에 가 본 적이 한 번도 없었는데, 경관들은 매우 친절했다는군요."

"그랬겠지요, 암, 그렇구말구요." 헨리 경이 말했다.

"경사——저는 경사라고 생각했지만 경감이었는지도 모르겠어요——경사는 의자에 앉으라고 하고는 설명을 했습니다. 물론 저는 곧 어떤 착오가 생겨서 그렇다는 것을 알았지요."

'아하, 이제 나라고 하는군. 그렇게 될 거라고 생각했다니까!' 헨리 경은 마음 속으로 생각했다.

"제 친구는 말했지요." 제인은 자기가 입을 잘못 놀린 것도 모르고 느긋하게 말을 이었다. "이렇게 말했답니다. 자기는 그때 호텔에서 다른 여배우를 상대로 연습을 하고 있었으며, 그 포크너라는 젊은이는 이름조차도 들은 적이 없다고요. 그러자 경사는 '미스 헬──'"

그녀는 말이 막혀 얼굴을 붉혔다.

"미스 헬르망."

헨리 경은 눈을 깜박거리며 도와 주었다.

"네, 맞아요. 고마워요. 그는 '네, 미스 헬르망, 당신이 브리지 호텔에 계신 것을 알고 있었기 때문에 어떤 착오임에 틀림이 없다고 생각했습니다'라고 말하더군요. 그리고는 만나 보겠느냐고 물었어요. 아니, 만나 봐도 좋겠느냐고 한 것 같아요."

"그런 것은 아무래도 좋습니다." 헨리 경이 안심시키듯이 말했다.

"어쨌든 저는 좋다고 했지요. 경사는 그 젊은이를 데리고 오더니 '이분이 미스 헬리아시다'라고 ──어머나!"

제인은 입을 크게 벌린 채 말을 잇지 못했다.

"상관없어요."

미스 마플이 위로하듯 말했다.

"우리는 결국 알게 될 테니까요. 그 장소의 이름이며 뭐며 연관성 있는 것은 아무것도 말하지 않으면 그만이에요."

"다른 사람의 신변에 일어난 일처럼 이야기하려고 했는데, 어렵군요. 금방 잊어 버리니 말이에요."

모두들 저마다 그것은 어려운 일이라고 안심시키며 달랬기 때문에 그녀는 얼마쯤 복잡한 이 이야기를 다시 계속했다.

"그 남자는 미남이었어요. 굉장히 풍채가 좋았지요. 젊고 불그레한 머리털을 가지고 있었어요. 저를 보는 순간 입을 떡 벌리더군요. 경사가 '이 부인이었나?' 하고 묻자 '아닙니다, 전혀 다른 사람이었습니다. 저는 정말 바보였군요' 하고 외치더군요. 저는 그에게 미소를 지어 보이며 걱정하지 말라고 말해 주었지요."
"그 장면이 눈에 보이는 듯한데요." 헨리 경이 말했다.
제인 헬리아는 눈썹을 찌푸렸다.
"저…… 앞을 계속해서 말할까요?"
"끝까지 말씀해 주셔야 하지 않을까요?"
미스 마플이 온화하게 말했기 때문에 모두들 그녀가 비꼬아 말하고 있음을 알아차리지 못했다.
"그 청년이 무엇을 잘못 알고 있었는지, 도둑은 어떻게 되었는지 말이에요."
"네, 그렇군요. 그 젊은이——레슬리 포크너는 희곡을 쓰고 있는 사람이었어요. 하나도 상연된 것은 없지만, 오래 전부터 많은 희곡을 쓰고 있었답니다. 그래서 이번에 새로 쓴 희곡을 저더러 읽어 달라고 보냈다는 거예요. 저는 그것을 몰랐지요. 저에게는 상당히 많은 희곡이 오지만 아주 조금밖에 읽지 않으니까요. 그래서 제가 알고 있는 것은 아주 적은 수에 지나지 않지요. 어쨌든 포크너 씨는 저의 편지를 받았다는 거예요. 정말은 저의 편지가 아니었어요. 아시겠지요——."
그녀는 걱정스러운 듯 입을 다물었기 때문에 모두들 알았다고 대답했다.
"그 편지에는, 희곡을 읽어 보고 매우 마음에 들었으므로 그것에 대해 이야기하고 싶으니 와 주었으면 좋겠다고 하며 주소가 적혀 있더라는 거예요. 리버베리의 방갈로 주소가 말이에요. 그래서 포크너 씨는 뛸 듯이 좋아하며 그곳 방갈로로 갔대요. 하녀가 문을 열어 주어 미스 헬리아를 만나러 왔다고 했더니 '미스 헬리아께서 기다리고 계십니다' 하며 응접실로 안내했다더군요. 잠시 뒤 한 여자가 들어왔는데, 그는 어쩐지 이상하다고 생각했대요. 저를 무대에서도 보았고 브로마이드로 잘 알려져 있으니 안 그렇겠어요?"
"영국의 구석구석까지 알려져 있지요."
밴트리 부인은 사이를 두지 않고 말했다.
"하지만 브로마이드와 본인은 상당히 다를 수도 있어요, 제인. 그리고 조명이 비치는 무대 위의 얼굴과 여느 때의 얼굴은 아주 다르거든요. 모든 여배우의 얼굴이 화장을 하지 않았을 때도 당신만큼 아름다울 수는 없으니까요."
제인은 조금 기분이 좋아져서 말을 계속했다.
"네, 그럴는지도 모르지요. 어쨌든 그 여자는 키가 크고 커다란 파란 눈의 미인이었대요. 저하고 무척 비슷했는지 아무튼 그 청년은 저라고 생각했대요. 그 여자는 앉아서 희곡에 대해 이야기했고, 꼭 그것을 상연해야겠다고 말하더라는군요. 이야기하는 도중 칵테일이 나왔으므로 물론 마셨지요. 그리고 거기까지는 기억할 수가 있답니다. 칵테일을 마신 것까지는 말이에요. 언뜻 잠에서 깨어나 정신을 차리고 보았더니 그는 길바닥에 쓰러져 있더라는 거예요. 담장 옆에요. 그래서 물론 차에 치이진 않았지만 굉장히 기분이 이상하고 어질어질하더래요. 간신히 일어나 어디라는 목표도 없이 그저 비틀거리며 걷기 시작했대요. 그때 의식이 뚜렷했다면 방갈로에 가서 어떻게 된 영문인지 알아보았을 것이라고 말하더군요. 그저 바보처럼 몽롱한 기분으로 무엇을 하고 있는지도 모르는 채 서성거렸대요. 그러다가 조금 정신이 드는 순간 순경에게 붙잡혔답니다."
"어째서 붙잡혔을까요?" 로이드 의사가 물었다.
"어머나! 말씀드리지 않았던가요? 저는 정말 바보로군요. 도둑이

들었었거든요."

제인은 눈을 크게 뜨고 말했다.

"도둑 이야기는 하셨어요. 하지만 어디에 들었는지, 어째서 들었고, 어떻게 되었는지는 말씀하지 않으셨어요." 밴트리 부인이 말했다.

"그야 그 방갈로에 들었지요. 그가 찾아갔던 곳 말이에요. 물론 저의 방갈로는 아니었어요. 어떤 남자의 집이었는데, 그 남자의 이름은———."

제인은 다시금 이마를 찌푸렸다.

"또 작명가가 되어 드릴까요. 값은 받지 않겠습니다. 그 남자가 어떤 사람인지 설명해 주시면 당장에 지어 드리겠습니다" 하고 헨리 경이 말했다.

"작위가 있는 런던의 한 재산가가 빌리고 있었어요."

"하면 코헨 경."

"어머나, 멋져요. 그분이 한 여자를 위해 그 방갈로를 빌리고 있었어요. 그 여자는 배우의 아내였고, 자기도 배우였지요."

"그 배우는 클로드 리슨, 그 부인의 예명은 미스 메리 카라고 해둡시다."

"당신은 정말 머리가 좋은 분이에요." 제인은 말했다. "어쩌면 그렇게도 적당한 이름이 술술 떠오르지요. 그곳은 하면 경———하면이었지요?———과 그 여자가 주말을 즐기기 위한 집이었어요. 물론 그의 부인은 그런 일을 전혀 모르고 있었지요."

"흔히 있는 일이지요" 하고 로이드 의사가 말했다.

"하면 경은 그 여배우에게 많은 보석을 사 주었는데, 그 속에는 굉장히 값진 에머랄드도 있었대요."

"점점 재미있어지는군요" 하고 로이드 의사가 말했다.

"그 보석은 평범한 보석 상자에 넣어 그저 쇠를 채운 채 방갈로에 놓아 두었었지요. 순경은 허술하기 짝이 없는 일이라고 말하더군요. 아무나 가지고 갈 수 있었으니까요."

"그것 봐요, 돌리. 내가 늘 말하지 않았어?" 밴트리 대령이 말했다.

"하지만 저의 경험으로 미루어 보아 물건을 잘 잃어 버리는 것은 지나치게 조심하는 사람이더군요. 저는 보석 상자에 자물쇠 같은 것은 잠가 놓지 않아요. 보석을 서랍 속의 양말 밑에 아무렇게나 넣어 두지요. 그——이름이 뭐였더라——메리 카도 그렇게 넣어 두었다면 잃어 버리지 않았겠지요."

"그래도 잃어 버렸을 거예요." 제인이 말했다. "서랍은 모두 열려 있었고 그 안의 것들이 흩어져 있었으니까요."

"그렇다면 보석이 목적이 아니었겠지요. 비밀 서류를 찾았을 겁니다. 소설 같은 데 흔히 나오잖아요."

"비밀 서류는 모르겠어요." 제인은 수긍할 수 없다는 듯이 말했다.

"그런 말은 들은 적이 없었거든요."

"신경쓰지 말아요, 미스 헬리아." 밴트리 대령이 말참견을 했다.

"돌리의 멋대로의 상상을 상대하다가는 큰일나니까요."

"어서 도둑 이야기나 하십시오" 하고 헨리 경이 말했다.

"네, 그래서 미스 메리 카라는 사람에게서 경찰에 전화가 걸려 왔지요. 방갈로에 도둑이 들었는데, 그 도둑은 그날 아침에 찾아왔던 빨간 머리 청년이라는 거예요. 하녀가 어쩐지 이상하다 싶어서 안으로 들여보내지 않았는데, 나중에 창문으로 그 남자가 나오는 것을 보았다는 것예요. 미스 메리 카는 너무나도 정확하게 그 남자의 인상을 설명했기 때문에 겨우 한 시간 뒤에 그 젊은이는 붙잡히고 말았어요. 그 젊은이는 자초지종을 이야기하고 저에게서 받은 편지를 보였지요. 그래서 저는 호출을 당했고 그 젊은이는 저의 얼굴을 보자마자 이렇게 말하더군요——'사람이 달라요!'라고 말이에요."

"무척 색다른 이야기로군요. 포크너라는 젊은이는 미스 카를 알고 있었나요?" 로이드 의사가 물었다.

"아니오, 몰랐어요. 그가 그렇게 말했어요. 하지만 가장 이상한 일을 아직 이야기하지 않았군요. 경찰은 물론 그 방갈로에 가서 전화로 들은 것과 똑같은 상태를 보았답니다. 서랍은 열려 있었고, 보석은 없었어요. 그런데 집안은 텅 비고 아무도 없었다더군요. 몇 시간이 지난 다음 메리 카가 돌아왔는데, 전화 같은 것은 건 적도 없고 그런 말은 지금 처음 듣는 이야기라고 하더랍니다. 그날 아침 매니저에게서 대단히 좋은 역을 맡게 되었으므로 만나야겠다는 전보를 받고 부랴부랴 런던으로 달려갔답니다. 그런데 그것이 모두 거짓말이었으며, 매니저는 전보를 친 적이 없다고 하더라는군요."

"집을 비우게 하기 위한 상투 수단이었군요. 하녀들은 어떻게 했답니까?" 헨리 경이 말했다.

"역시 비슷한 일이 있었대요. 하녀는 한 사람뿐이었는데 전화가 걸려 오기를——메리 카의 부탁인데 침실에 있는 핸드백을 가지고 곧 1번 기차를 타고 와야 한다는 것이었답니다. 그래서 하녀는 온 집 안의 자물쇠를 잠그고 갔지요. 그런데 미스 카가 있다는 클럽에 가 보았더니 그녀가 없더랍니다. 하지만 그곳에서 만나기로 약속이 되어 있었기 때문에 언제까지나 미스 카가 나타나기를 기다렸다지 뭐예요."

"아하, 이제 알 것 같아요. 집 안에 아무도 없었으니 창문으로 들어가기는 그리 어렵지 않았겠지요. 하지만 포크너의 입장을 도무지 알 수가 없군요. 미스 카가 전화를 걸지 않았다면 누가 경찰에 전화를 걸었을까요?" 헨리 경이 말했다.

"아무도 모른답니다."

"이상하군. 그 젊은이는 정말 자기가 말한 대로의 인물이었나요?"

"네, 물론이지요. 틀림없었어요. 제가 보냈다는 가짜 편지도 가지고 있었고요. 제 필적과는 전혀 다른 것이었지만요. 하지만 그가 그런 것을 알 리 없지요."

"그럼, 여기서 그의 입장을 어디 한 번 검토해 봅시다." 헨리 경이 말했다. "틀리면 정정해 주십시오. 메리 카와 하녀가 유인되어 나간 다음 그 젊은이가 가짜 편지의 꾐을 받아 그 집으로 왔다. 그 주일에 당신은 실제로 리버베리에서 출연을 하고 있었으니 그 편지는 정말 같았겠지요. 그리고 그는 마취제를 마셨다, 그 뒤 경찰에 전화가 걸려오고 그는 혐의를 받았다, 도둑은 정말 들어가서 보석을 훔쳐 갔나요?"

"네, 그렇답니다."

"그 뒤 찾았나요?"

"아니오, 전혀 못 찾았어요. 정말은 하면 경이 이 사실을 한결같이 숨기려고 했기 때문이랍니다. 하지만 결국 탄로나게 되었고, 그 결과 아마 부인이 이혼 소송을 제기했을 거예요."

"레슬리 포크너는 어떻게 되었습니까."

"결국 석방되었지요. 경찰도 그를 구속할 아무런 증거를 잡지 못했으니까요. 아주 기묘한 이야기지요?"

"참으로 이상하군요. 우선 첫째 문제는 누구의 말을 믿어야 하느냐겠지요. 그리고 보니 미스 헬리아, 당신은 포크너 씨를 믿으려고 하시는데, 그 이면에는 단지 직관뿐만이 아닌 어떤 믿을 만한 이유가 있어서 그러시는 것이겠지요?"

"아니오, 없어요." 제인은 마지못해 말했다. "하지만 무척 의젓한 분이었고 사람을 잘못 알아본 것을 매우 미안하게 생각하고 있었거든요. 그러니까 거짓말은 하지 않은 것 같았어요."

"알았습니다." 헨리 경은 미소지었다. "그러나 얘기를 지어 내기는 쉬운 일이며, 당신에게서 왔다는 그 편지도 자기 스스로 쓸 수 있고, 감쪽같이 도둑질을 한 다음 제 손으로 약을 먹을 수도 있지요. 하지만 솔직히 말해서 어떤 목적으로 그런 짓을 했는지 알 수 없군요. 이웃 사람에게 들켰다면 별문제이지만요. 그 집에 들어가 하고 싶은 짓을 다 하고 살짝 모습을 감추어 버리는 편이 훨씬 나았을 터인데 말이에요. 어쩌면 누가 보았기 때문에 의심받지 않으려고 그 부근에 와서 무슨 이유라도 만들기 위해 그런 연극을 했는지도 모르겠군요."

"그 젊은이는 부자로 보이던가요?" 하고 미스 마플이 물었다.

"그렇게 보이진 않았어요. 오히려 조금 형편이 어려운 것 같았지요."

"아무튼 이상하군요. 그 젊은이의 말이 정말이라면 사건은 더욱 더 복잡해지는데요. 미스 헬리아라고 사칭한 수수께끼의 여자가 어째서 이 낯선 남자를 사건에 끌어들였는지, 그리고 어째서 이런 빈틈없는 희극을 연출했는지……?"

"이봐요, 제인, 그 포크너라는 젊은이가 조사받을 때 메리 카와 대면했었나요?" 하고 밴트리 부인이 물었다.

"글쎄요."

제인은 생각해 내려고 애썼다.

"만일 대면하지 않았다면 사건은 해결할 수 있어요!" 밴트리 부인은 말했다. "런던으로 불려 간 것처럼 꾸미기는 쉽잖아요? 파딘턴이나 어디 적당한 정거장에서 하녀에게 전화를 걸어 하녀를 런던으로 가게 한 다음 다시 집에 돌아와 있다가, 청년이 약속대로 찾아오면 마취제를 먹이고는 큰 도둑이 들었던 것처럼 집 안을 꾸며 놓고 경찰에 전화를 걸어서 그 청년의 인상을 자세히 설명하지요. 그리고는 다시 런던으로 갔다가 늦은 기차로 돌아와 어이가 없다는 태도를 취하면 되거든요."

"그럼, 어째서 자기 보석을 훔쳐야만 했을까, 돌리?"

"흔히 있는 일이지요. 어쨌든 여러 가지 이유가 있을 수 있어요. 당장에 돈이 필요해서 그랬는지도 모르지요. 하면 경은 아마 현금은 주지 않았나 봐요. 그래서 보석을 도둑맞은 것처럼 꾸며 놓고 살짝 팔아 버린 게 아닐까요. 아니면 누구에게 협박을 당했을 거예요. 그녀의 남편이나 하면 경의 부인에게 폭로하겠다는 협박을 받았겠지요. 또는 이미 보석을 팔아 버렸는데 하면 경이 수상쩍게 여기고 보석을 보자고 했겠지요. 그래서 무슨 수를 써야만 했던 거예요. 책에도 그런 얘기가 흔히 나오잖아요. 혹은 하면 경이 보석의 대(臺)를 바꾸어 주겠다고 했는데, 갖고 있는 것이 모조품이어서 그랬는지도 모르구요. 그렇지 않으면——이것은 좋은 생각이에요. 책에도 그다지 나오지 않아요——도둑맞은 것처럼 꾸며 놓고 히스테리라도 부리면 하면 경이 다시 새것을 사 주겠지요. 그러면 두 벌의 보석을 가질 수 있거든요. 그런 여자란 무척 교활한 법이니까요."

"아주 그럴 듯한데요, 돌리. 저는 그런 것까지는 상상도 하지 못했어요" 하고 제인이 탄복했다.

"근사하군그래, 돌리. 하지만 그 말이 맞는다고 미스 헬리아가 인정하지는 않잖아" 하고 밴트리 대령이 말했다. "나는 그 런던의 신사가 수상하다고 생각해. 그 여자가 집을 비우지 않을 수 없는 전보를 쳐 놓고는 다른 여자 친구의 도움을 빌어서 쉽게 해치운 것 같거든.

아무도 그의 알리바이를 추궁하진 않았던 것 같으니까."

"당신은 어떻게 생각하세요, 미스 마플?"

제인은 노부인을 보았다. 미스 마플은 난처한 듯 얼굴을 찌푸리고 말없이 앉아 있었다.

"뭐라고 말씀드려야 좋을지 모르겠군요. 헨리 경은 웃으실는지도 모르겠지만, 이 사건만은 나에게 도움을 줄 만한 마을의 이야기가 하나도 생각나지 않아요. 그야 여러 가지 의문점이 있긴 하지만요. 예를 들어 하녀에 대한 의문점입니다. 그, 저, 말씀하신 대로 그처럼 정상적이 아닌 가정에 고용되어 있는 하녀란 내막을 잘 알고 있을 테니까 정말 착실한 아가씨라면 그런 집에서 일을 하지 않을 겁니다. 어머니가 그런 집에는 하루도 있게 하지 않을 테니까요. 그러니 그 하녀도 믿을 만한 인물이 아닐 것으로 여겨지는군요. 도둑과 한패였는지도 모르지요. 도둑을 위해 집을 비우고 런던으로 갔는지도 모르고요. 거짓 전화를 믿었다는 듯이 말이에요. 이것이 가장 있음직한 이야기인 듯하지만 그저 평범한 도둑치고는 무척 이상해요. 하녀보다 영리한 사람이 그 뒤에서 조종한 것 같은 생각이 드는군요."

미스 마플은 잠시 입을 다물고 있다가 꿈을 꾸는 듯한 어조로 다시 말을 이었다.

"내 생각으로는 아무래도 이 사건 전체에 어떤 개인적인 감정이 얽혀 있는 것 같아요. 예를 들어 원한의 감정 따위 말이에요. 하면 경에게 버림받은 여배우가 있었다면? 그래서 하면 경을 곤경에 빠뜨리기 위해 일부러 꾸미지 않았나 하는 생각이 들긴 하지만, 그래도 완전히 납득이 간다고 할 수는 없어요."

"어머나, 선생님! 선생님은 아무 말씀도 하지 않으셨어요. 잊고 있었군요." 하고 제인이 말했다.

"나는 언제나 잊혀진답니다." 희끗희끗한 머리의 의사는 슬픈 듯이 말했다. "꽤나 눈에 띄지 않는 존재인 모양입니다."

"그럴 리가 있겠어요! 생각하신 바를 말씀해 주시겠지요?"

"나는 여러분의 의견에 찬성할 것 같기도 하고 또 하지 않을 것 같기도 한 상태입니다. 억지로 갖다 붙이는 것 같고 아주 동떨어진 이야기일는지도 모르겠습니다만, 그 부인이 관계하고 있지 않나 하는 생각이 듭니다. 하먼 경의 부인 말입니다. 별로 근거는 없지만요, 배신당한 아내란 터무니없는 일을 생각해 내는 법이니까요."

"어쩌면! 로이드 선생님" 하고 미스 마플이 흥분하며 외쳤다.

"당신은 정말 머리가 좋은 분이세요. 덕분에 이제 겨우 가엾은 페브마슈의 일이 생각났어요."

제인이 그녀를 뚫어지게 보았다.

"페브마슈? 페브마슈가 누구지요?"

"네, 저——" 미스 마플은 잠시 말을 더듬었다. "그 일이 도움이 되는지 모르겠군요. 페브마슈는 세탁부였는데, 블라우스에 꽂혀 있던 오팔 핀을 훔쳐서 다른 여자의 집에다 갖다 놓았답니다."

제인은 더욱 더 모르겠다는 표정을 지었다.

"그럼, 모두 해결이 되었습니까, 미스 마플?" 헨리 경이 눈을 깜박거렸다.

그러나 뜻밖에도 미스 마플은 고개를 저었다.

"아니오, 해결이 되지 않아요. 나도 도무지 짐작을 할 수가 없군요. 내가 알 수 있는 것은 다만 같은 여자라는 점뿐이에요. 나는 사람이란 만일의 경우에는 동성을 도와야 한다는 것이 미스 헬리아가 지금 하신 이야기의 교훈이라고 생각해요."

"이 이야기에 윤리적인 특별한 의의가 있다는 것을 미처 몰랐군요."

헨리 경이 진지하게 말했다.

"미스 헬리아가 그 해결을 이야기하시면 의의가 더욱 뚜렷해지겠는데요."

"네?"

제인은 오히려 당황하는 것 같았다.

"그 왜 아이들이 흔히 말하듯이 우리 모두들은 '항복'해야만 할 것 같습니다. 미스 헬리아, 당신만이 전적으로 풀 수 없는 수수께끼를 제공하신 명예를 지니게 되었나 봅니다. 미스 마플도 항복하셨으니까요."

"여러분, 정말 항복하셨나요?" 하고 제인이 물었다.

헨리 경은 다른 사람이 무슨 말을 하나 하고 조금 기다렸다가 다시 한 번 대변자의 역할을 맡았다.

"네, 결국 지금 차례차례로 내놓은 빈약한 해석으로 승부를 결정하려고 했으니까요. 비참한 남자들은 각각 하나씩 내놓았고, 미스 마플은 두 개, B부인은 한 다스 가량."

"어머나, 한 다스가 아니에요. 하나의 해석을 여러 가지로 변화시켰을 뿐이지요. 그리고 B부인이라고 부르지 말아 달라고 얼마나 말씀드려야 아시겠어요?"

"그럼, 모두 항복하셨단 말이지요."

제인은 골똘히 생각에 잠기며 말했다. 그녀는 의자에 등을 기대고 건성으로 손톱을 닦기 시작했다.

"제인, 그 해결은 뭐지요?"

"해결이라니오?"

"실제로 어떻게 되었느냔 말이에요."

제인은 그녀를 바라보았다.

"전혀 모른답니다."

"뭐라고요?"

"저는 지금까지 그저 이상하게 생각하고 있을 뿐이에요. 여러분 모두가 굉장히 현명하시기 때문에 어느 한 분이 결말을 내어 주시리라고 생각했지요."

모두 화가 났다. 제인이 미인이라는 것은 매우 좋은 일이지만 이때만큼은 멍청한 것도 분수가 있지 하고 모두들 생각했다. 아무리 세상에서 보기 드문 미인이라도 변명할 여지가 없다.

"진상은 끝내 모른다는 말씀인가요?" 하고 헨리 경이 물었다.

"네. 그래서 지금 말한 대로 여러분이 말씀해 주시리라고 생각했다니까요."

제인은 퉁명스럽게 말했다. 분명히 마음 속으로 불만을 느끼고 있었다.

"그럼——내가——그——."

밴트리 대령이 말을 하려다가 그만두었다.

"제인, 정말 화가 나요." 밴트리 부인이 말했다. "어쨌든 저의 의견이 옳은 것만은 확실해요. 그 사람들의 진짜 이름을 대면 더욱 확신을 가질 수 있겠지만요."

"그렇게 할 수는 없어요" 하고 제인이 천천히 말했다.

"그럴 테지요. 그렇게 할 수 없을 겁니다" 하고 미스 마플이 말참견을 했다.

"할 수 있어요. 너무 그렇게 재지 말아요, 제인. 우리 같이 나이든 사람들은 다소 추문을 알고 있어도 상관없으니까요. 어쨌든 그 런던의 재산가가 누구인지 말해 봐요" 하고 밴트리 부인이 말했다.

그러나 제인은 고개를 저었다. 그리고 미스 마플은 옛날 사람답게 제인의 편을 들었다.

"무척 괴롭고 고달픈 일이었겠군요."

"아니오, 오히려 재미있었어요."
제인은 정직하게 말했다.
"옳아. 그랬는지도 모르겠군요. 심심풀이가 되었을 테니까요. 그때, 어떤 연극을 상연하고 있었나요?"
"'스미스'였어요."
"네, 그래요. 서머셋 몸의 것이지요? 그 사람의 작품은 모두 재치가 있어요. 나는 거의 빼놓지 않고 보고 있답니다."
"이번 가을에 지방 공연에서 또 그것을 상연하겠지요?" 하고 밴트리 부인이 묻자 제인은 끄덕였다.
"자, 이젠 그만 돌아갑시다."
미스 마플은 일어서며 말했다.
"너무 늦게까지 실례했습니다. 하지만 무척 재미있었어요. 이렇게 유쾌해 보기는 처음이에요. 미스 헬리아는 상을 타야겠어요."
"여러분의 기분이 상하셔서 저는 슬퍼요. 제가 결말을 모르고 있기 때문에 말이에요. 그 점을 진작 말씀드릴 걸 그랬어요."
풀이 죽은 말투였다. 로이드 의사가 그 자리를 정중하게 수습했다.
"아닙니다. 당신은 우리의 기지를 활용시키려고 훌륭한 문제를 내놓으셨습니다. 유감스럽게 아무도 충분히 납득이 갈 만한 해답을 내놓지 못했을 뿐이지요."
"그렇게 말씀하시지만 저는 해결했다고 생각합니다. 저는 제 의견이 사실이라고 확신하니까요." 밴트리 부인이 말했다.
"네, 맞아요. 당신의 말씀이 가장 그럴 듯해요." 제인이 말했다.
"밴트리 부인의 일곱 개의 해답 가운데 어느 것이 맞습니까?"
헨리 경이 이죽거렸다.
로이드 의사는 미스 마플이 오버 슈즈를 신는 것을 친절하게 도와주었다. 의사는 그녀의 고풍스러운 집까지 바래다 주기로 되어 있었던 것이다. 여러 겹으로 털목도리를 두른 미스 마플은 다시 한 번 모두들에게 잘 자라는 인사를 하고는 마지막으로 제인 헬리아에게 몸을 굽히고서 뭐라고 귓속말로 속삭였다. 제인은 "어머나!" 하고 놀란 듯 큰 소리로 외쳤으므로 다른 사람들은 저도 모르게 제인을 돌아다 보았다.

미소지은 얼굴을 끄덕이며 미스 마플이 나갔다. 제인 헬리아는 그녀의 등을 뚫어지게 바라보고 있었다.

"이제 그만 쉬지 그래요, 제인." 밴트리 부인이 말했다. "아니, 왜 그러지요? 마치 유령이라도 본 사람처럼 눈을 크게 뜨고 있으니 말이에요."

크게 한숨을 쉬고 제 정신으로 돌아온 제인은 아름답고 매력있는 미소를 두 남자에게 던지며 안주인의 뒤를 따라 2층으로 올라갔다. 밴트리 부인은 제인의 방까지 따라왔다.

"불이 꺼져 가네요."

밴트리 부인은 익숙하지 못한 솜씨로 불을 긁어모았으나 소용이 없었다.

"하녀들이 불도 제대로 피우지 못하니 정말 한심해요. 어머나, 벌써 1시가 넘었잖아요."

"그런 사람이 또 있을 것 같아요?" 하고 제인이 물었다. 그녀는 생각에 잠기며 침대 끝에 걸터앉았다.

"하녀 말인가요?"

"아니오, 그 이상한 할머니 말이에요. 뭐라고 했더라? 마플?"

"아하! 글쎄요. 그저 작은 마을에 사는 평범한 타입이 아닐까요?"

"아, 저는 어떻게 하면 좋을지 모르겠어요."

그녀는 깊은 한숨을 쉬었다.

"왜요?"

"걱정이 되어서 그래요."

"무엇이?"

"돌리." 제인 헬리아는 이상하리만큼 엄숙했다. "그 묘한 할머니가 돌아갈 때 저에게 속삭였어요. 뭐라고 했는지 아세요?"

"몰라요. 뭐라고 했는데요?"

"이렇게 말했어요. '내가 만일 당신이었다면 그런 짓은 안합니다. 다른 여자 앞에서 고개도 쳐들 수 없는 짓을 해서는 안 됩니다. 비록 그때는 당신 편이라고 생각했더라도 말이에요'라고요. 그 말이 정말 맞아요."

"처세훈이로군요. 사실 그 말이 맞아요. 하지만 그 말이 어떻게 그 사건과 결맞는지 저는 도무지 알 수가 없군요."

"여자란 속속들이 믿어서는 안 되나 봐요. 이제 저는 그 여자 앞에서 고개를 들지 못하게 될 거예요. 그런 건 미처 생각해 보지도 않았답니다."

"누구 말이에요?"

"네타 그린, 저의 대역을 하는 여배우랍니다."

"미스 마플이 어떻게 당신의 대역 여배우를 알지요?"

"알고 말았어요. 하지만 어떻게 알았는지는 모르겠어요."

"제인, 모조리 이야기해 보세요, 네?"

"제가 아까 이야기했지요. 아, 돌리. 그 여자——저에게서 클로드를 빼앗아 간 여자를 아시지요?"

밴트리 부인은 머리를 끄덕였다. 그리고 제인의 여러 번에 걸친 불행한 결혼의 첫 상대자인 클로드 아라베리라는 배우가 머리에 떠올랐다.

"클로드는 그 여자와 결혼했답니다. 저는 클로드에게 앞으로 어떻게 될 것인지를 가르쳐 주어야만 했어요. 클로드는 아무것도 모르지만, 그 여자는 조셉 사르본 경과 가깝게 지내고 있거든요. 아까 말씀드린 방갈로에 주말마다 데리고 간답니다. 저는 그 여자의 정체를 폭로하고 싶어요. 그래서 도둑이니 뭐니 하며 연극을 꾸며 보았답니다."

"어쩌면, 제인." 밴트리 부인은 신음했다. "아까 우리에게 들려 준 이야기는 당신이 꾸민 것이었군요."

제인은 끄덕였다.

"그래서 '스미스'를 택했지요. 그 연극에서 저는 하녀로 나오기 때문에 그 의상을 그대로 사용할 수가 있어요. 경찰에 호출당할 때 호텔에서 대역 여배우와 연습을 하고 있었다고 말하기가 쉬우니까요. 그리고 정말은 우리는 방갈로에 있는 거지요. 저는 문을 열고서 칵테일을 갖다 주고, 네타는 저처럼 행동하는 거예요. 그 젊은이는 두 번 다시 네타를 보는 일이 없을 테니 탄로날 염려도 없어요. 저는 저대로 하녀의 의상을 입고 있었기 때문에 전혀 딴 사람으로 보일 테고, 더구나 하녀 따위를 눈여겨보는 사람은 없으니까요. 우리는 그런 다음 젊은이를 길가에 끌어내 놓고는 보석 상자를 훔친 다음 경찰에 전화를 걸고 다시 호텔로 돌아오는 거예요. 저는 그 젊은이를 곤경에 빠뜨리고 싶진 않았어요. 하지만 헨리 경은 그 젊은이가 너무 고통을 당한 것 같다고 하셨지요? 아무튼 그 여자의 추문이 신문이나 잡지에 실릴 테고, 클로드는 그 여자가 어떤 사람인지 알게 되겠지요."

밴트리 부인은 맥없이 주저앉으며 신음 소리를 냈다.

"아! 머리가 아파요. 그렇다면 아까의 이야기는…… 제인 헬리아, 당신은 사기꾼이로군요! 그럴싸하게 늘어놓았으니 말이에요!"

"저는 훌륭한 여배우지요. 누가 뭐라고 하든 늘 훌륭한 연극을 했으니까요. 한 번도 실수한 일이 없어요, 그렇지요?" 하고 제인은 혼자서 좋아하며 말했다.

"미스 마플이 말한 대로예요. 개인적인 요소, 아, 맞아요. 개인적인 요소예요, 제인, 하지만 도둑은 도둑이지요. 그런 짓을 하면 형무소에 간다는 것을 알고 있겠지요?"

"어머나, 아무도 몰랐잖아요. 미스 마플만 빼놓고는 말이에요."

제인의 얼굴에 근심스러운 표정이 깃들었다.

"돌리, 정말로 미스 마플 같은 사람이 또 있을까요?"

"솔직히 말해서 없을 거예요."

제인은 또다시 한숨을 쉬었다.

"하지만 위험한 강은 건너지 않는 편이 나아요. 게다가 저는 네타 앞에서 고개를 쳐들 수 없게 되겠지요. 언제 저를 배반하고 저를 협박하거나 어떻게 하거나 할지 모르니까요. 네타는 자질구레한 부분까지 생각해 주었어요. 어느 곳에서든 저에게 충실히 봉사하겠다고 공언했지요. 하지만 여자란 알 수 없는 거예요. 미스 마플의 말이 맞아요. 하지 않는 편이 좋겠어요."

"어머, 이미 해치운 것이 아니었던가요?"

"아니오." 제인은 파란 눈을 동그랗게 떴다. "모르셨어요? 실제로는 아직 아무 일도 하지 않았어요! 그저, 말하자면 예행 연습을 해본 것에 지나지 않아요."

"연극에 대해서는 나는 아무것도 모르지만" 하고 밴트리 부인은 위엄을 보이며 말했다. "장래의 계획이지 과거에 일어났던 일은 아니란 말이지요?"

"이번 가을——9월에 해보아야겠다고 생각했어요. 하지만 지금은 어떻게 할까 하고 망설이고 있어요."

"미스 마플이 진상을 정통으로 맞췄는데도 우리에게는 말씀하지

방갈로 사건

않으셨군요." 밴트리 부인이 화를 냈다.

"그것은 미스 마플이 여자는 여자 편이어야 한다고 하셨잖아요. 바로 그 때문이었어요. 남자들 앞에서 저의 계획을 폭로하고 싶지 않으셨던 거예요. 상냥한 분이에요. 당신은 아셔도 상관없지만요, 돌리."

"그렇다면 그런 계획은 버리세요, 제인."

"버리게 되겠지요" 하고 미스 헬리아는 중얼거렸다. "미스 마플 같은 사람이 또 없다고 단언할 수는 없으니까요……."

Death by Drowning
익사

 런던 경시청의 전 경시총감 헨리 클리더링 경은 세인트 메리 미드 마을 부근에 있는 친구 밴트리 씨 댁에 머무르고 있었다.

 어느 토요일 아침, 손님의 식사 시간으로 알맞은 시간인 10시 15분에 식사를 하기 위해 아래층으로 내려가다가 식당 입구에서 안주인 밴트리 부인과 하마터면 부딪칠 뻔했다. 부인은 무서운 기세로 식당에서 뛰어나왔는데 대단히 흥분하여 당황하고 있었다.

 밴트리 대령은 식탁 앞에 앉아 여느 때보다 붉은 얼굴을 하고 있었다.

 "잘 잤나, 클리더링. 오늘은 날씨가 아주 좋군그래. 어서 들게나."

 헨리 경은 권하는 대로 자리에 앉았다. 그의 앞에는 돼지 콩팥과 베이컨이 담긴 접시가 놓여 있었다.

 "돌리는 오늘 아침 조금 흥분해 있다네."

 "아, 그래. 그런 것 같더군." 헨리 경은 조용히 말했다.

 그렇게 말은 했지만 헨리 경은 조금 이상하게 생각했다. 이 집 안주인은 침착한 성격이어서 좀처럼 흥분하거나 화를 내는 일이 없었다. 헨리 경이 아는 한에 있어서는 단 한 가지, 원예에만 신경을 쓰고 있는 것 같았다.

"오늘 아침에 잠깐 들은 이야기 때문에 흥분했다네. 마을 처녀 에모트의 딸 말일세. 저 푸른 곰(술집 이름)을 경영하고 있는 에모트 말이야."

"아, 그 집 말인가?"

"맞아. 그 집 딸에 대한 이야기를 들었다네."

밴트리 대령은 생각에 잠기며 말했다.

"귀여운 처녀인데 애를 뱄다는군. 흔히 있는 일이지. 그 처녀의 일로 돌리와 토론을 했지. 내가 조금 지나쳤나 봐. 여자란 대체로 마음이 좁지 않은가. 돌리는 그 처녀를 몹시 동정하면서 여자는 약하고 남자는 짐승이라느니, 그 밖에도 말이 많았다네. 그렇게 간단하게 규정지을 수도 없는데 말이야. 요즘은 처녀들도 다 알고 행동하기 때문에 여자를 유혹하는 남자가 반드시 불량배라고만은 할 수 없거든. 반반인 경우가 흔하지. 나는 어느 쪽인가 하면 샌포드의 편을 들겠네. 내가 보기에는 난봉꾼이 아니라 얼빠진 풋내기 같단 말일세."

"그 처녀에게 아이를 갖게 한 남자가 샌포드인가?"

"그런 것 같아. 나는 직접 아는 것은 하나도 없지만 그렇게 소문이 나 있는 모양일세. 이 고장이 어떤 곳인지 자네도 알겠지! 돌리나 나는 무턱대고 결론을 내리거나 덮어놓고 비난하거나 하지는 않네. 좀더 조심해서 말을 해야 하니까. 검시니 뭐니 함부로 지껄일 수는 없지."

"검시라고?"

밴트리 대령은 눈을 크게 떴다.

"그렇다네. 내가 말하지 않았던가? 그 처녀가 투신 자살을 했거든. 그래서 이러니저러니 말이 많다네."
"끔찍한 사건이로군."
"암, 끔찍하지. 생각만 해도 끔찍해. 가엾게도, 무척 예쁜 말괄량이 처녀였는데 말일세. 처녀의 아버지는 누구에게 물어 보아도 까다롭고 엄격하다는 말을 듣는 사람이니 그애는 도저히 견딜 수 없다고 생각했겠지."
그는 잠시 말을 끊었다가 다시 이었다.
"그래서 돌리가 흥분해 있는 거라네."
"어디서 투신 자살을 기도했나?"
"강에서. 물방앗간 바로 밑일세. 물살이 상당히 빠른 곳이지. 오솔길이 있고 다리가 놓여 있는데, 거기에서 뛰어내린 모양이야. 아, 생각만 해도 마음이 언짢군."

밴트리 대령은 버석버석 소리를 내며 신문을 펴더니 애처로운 사건을 잊으려는 듯 최근의 정부 부정 행위에 대한 기사를 열심히 읽었다.

헨리 경은 이 마을의 비극에는 그다지 깊은 관심이 없었다. 아침 식사를 마치고 기분좋은 잔디 의자에 몸을 내맡기고 모자를 깊숙이 내려쓴 다음 인생에 대하여 평화스러운 각도에서 조용히 생각하고 있었다.

깨끗한 인상의 하녀가 잔디밭을 가로질러 왔을 때는 벌써 11시 30분경이었다.

"실례합니다, 나리. 미스 마플께서 오셔서 뵙고 싶다고 하십니다."
"미스 마플이?"

헨리 경은 일어나 앉아 모자를 고쳐 썼다. 이름만 듣고도 그는 놀라는 것이었다. 그는 미스 마플에 대하여, 그녀의 다소곳하고 조용한 거동과 놀라운 통찰력 등을 똑똑히 기억하고 있었다. 수많은 해결되지 못한 사건과 억측이 구구한 사건의 수수께끼를 이 전형적인 시골의 노처녀가 훌륭하게 풀어 나가는 것을 보았고, 그녀에 대하여 존경심을 품게 되었던 것이다. 오늘은 또 무엇 때문에 자신을 만나러 왔을까 하고 이상하게 생각했다.

미스 마플은 응접실에 앉아 있었다. 여느 때와 마찬가지로 몸을 곧바로 세우고 화려한 빛깔의 외국풍인 쇼핑 백을 무릎 위에 놓고 있었다. 두 뺨이 발그레하니 다소 흥분해 있는 듯싶었다.

"헨리 경 반갑습니다. 만나 뵐 수 있어서 정말 기뻐요. 얼핏 당신이 이 댁에 계시다는 말을 듣고…… 실례인 줄 알면서도……."

"잘 오셨습니다. 유감스럽게도 밴트리 부인은 외출 중이십니다만."

"네, 이리 오다가 푸줏간집 피티트와 이야기하고 계시는 것을 보았어요. 헨리 피티트가 어제 차에 치였답니다. 그 사람이 기르고 있던 개인데, 푸줏간에서 흔히 볼 수 있는 그런 개였었지요. 뚱뚱하고 싸움 잘 하고 털이 매끈매끈한 폭스테리어 종이었어요."

"아, 네." 헨리 경은 어서 계속하라는 듯이 말했다.

"부인이 안 계셔서 오히려 다행입니다. 내가 뵙고 싶은 것은 당신이니까요. 그 슬픈 사건에 대해서 말씀드리려고요."

"헨리 피티트에 대해서 말입니까?"

헨리 경은 다소 어이가 없다는 듯이 물었다.

"아닙니다. 로즈 에모트에 대해서지요. 벌써 들으셨겠지요?"

헨리 경은 끄덕였다.

"밴트리가 들려 주더군요. 가엾게도……."

그는 약간 당황했다. 미스 마플이 어째서 로즈 에모트의 사건 때문에 자기를 만나러 왔는지 알 수 없었기 때문이었다.

미스 마플이 다시 앉았으므로 헨리 경도 앉았다. 노부인은 이야기를 시작하자 태도가 갑자기 달라졌다. 무게있고 위엄있는 태도였다.

"기억하고 계시겠지요. 우리가 추리 문제를 내놓고 서로 그것을 풀어 나가며 유쾌하게 지낸 일을 말이에요. 당신은 내가 그다지 빗나간 해답을 내진 않았다고 말씀하셨지요."

"당신에게는 우리 모두가 탄복하고 있답니다. 당신은 진상을 파악하는 데에 천재적인 소질을 가지고 있습니다. 더구나 늘 같은 마을의 예를 들며 단서를 잡으셨지요."

그는 웃으며 이야기했지만 미스 마플은 웃기는커녕 딱딱한 표정을 짓고 있었다.

"그렇게 말씀하시니 여기 오기를 잘했다는 생각이 드는군요. 내가 이제부터 무슨 말을 하든 적어도 당신만은 웃어넘기지 않으시리라고 믿고 왔답니다."

그는 미스 마플이 필사적이라고 할 수 있을 만큼 진지하다는 것을 곧 알아차렸다.

"염려 마십시오. 웃지 않고말고요."

"헨리 경, 그 처녀는——로즈 에모트는 투신 자살한 것이 아니랍니다. '살해 당했답니다'…… 나는 누가 죽였는지도 알고 있어요."

헨리 경은 너무 놀라서 한 3초 이상이나 말을 못하고 있었다. 미스 마플의 목소리는 참으로 평온하고 침착했다. 그녀는 아무리 감정에 사로잡혀 있을 때라도, 말투만은 여느 때와 다름없이 할 수 있는 것 같았다.

"그것은 예사롭게 넘길 수 없는 말씀이시군요, 미스 마플."

헨리 경은 겨우 말문이 열리자 이렇게 말했다.

그녀는 조용하게 여러 번 머리를 끄덕였다.

"네, 잘 알고 있습니다. 그래서 당신을 찾아온 것이 아닙니까."

"그렇다면 나에게 오실 일이 아니지요. 나는 이제 민간인에 지나지 않으니까요. 그토록 확실한 진상을 알고 계시다면 경찰에 가셔야지요."

"그렇게 할 수는 없어요."

"어째서 그럴 수 없습니까?"

"나는 아무것도 뚜렷한 증거를 갖고 있지 못하니까요."

"그럼, 단지 당신의 상상에 불과하다는 말씀이신가요?"

"그렇게 생각하고 싶으시다면 그렇게 생각해도 좋아요. 하지만 사실은 그런 것이 아닙니다. 나는 알고 있어요. 알 수 있는 입장에 있거든요. 그러나 알게 된 이유를 드레위트 경감에게 설명해 보아야 그저 웃을 뿐이겠지요. 사실 웃는 것도 무리는 아니에요. 내가 가지고 있는 특수한 지식을 이해하기란 힘든 일이니까요."

"예를 든다면 어떤 것 말씀입니까?" 헨리 경이 재촉했다.

미스 마플은 약간 미소지었다.

"예를 들어 5, 6년 전 피스굿(좋은 콩이라는 뜻)이라는 남자가 수레에 야채를 싣고 와서 조카딸에게 팔고 갔는데, 당근 대신 무를 놓고 갔답니다. 그 이유를 내가 알고 있다고 한들——."

그녀는 빠른 어조로 말을 하고는 입을 다물었다.

"야채 장수에 아주 어울리는 이름이군요." 헨리 경이 중얼거렸.

"그럼, 다른 비슷한 사건을 통해 판단을 내렸단 말씀인가요?"

"나는 인간성을 알고 있습니다. 여러 해 동안 시골에 살고 있으면 저절로 인간성을 알게 되지요. 문제는 나를 믿어 주시느냐 아니냐에 있어요."

그녀는 그를 똑바로 쳐다보았다. 뺨은 홍조를 띠고 눈은 까딱도 않은 채 뚫어지게 그의 눈을 보고 있었다. 헨리 경은 인생 경험이 풍부한 사람이었다. 망설이지 않고 그 자리에서 마음을 정했다. 미스 마플의 진술은 엉뚱하고도 세상에 흔히 없는 일일는지도 모른다. 그러나 믿어야겠다고 생각했던 것이다.

"믿고말고요, 미스 마플. 하지만 이 일을 위해 나에게서 무엇을 바라고 찾아오셨는지 모르겠군요."

"나도 곰곰이 생각한 끝에 왔습니다. 앞에서도 말씀드렸지만 아무런 증거도 없이 경찰에 가 보았자 무슨 소용이 있겠습니까. 부탁드리고 싶은 것은 이 사건에 관심을 가져달라는 것입니다. 드레위트 경감도 틀림없이 기뻐하실 거예요. 그리고 사건이 해결되는 방향으로 발전하면 경찰서장 메르티트 대령도 아마 당신이 원하시는 대로 따르실 겁니다."

미스 마플은 호소하듯 그를 보았다.

"이 사건에 착수하는 데 있어 뭔가 참고될 만한 자료라도 있습니까?"

"이름을 적어서——범인의 이름을 종이에 적어서 드리겠습니다. 그리고 조사 결과 만일 그 사람이 아무 관련이 없다면, 그렇다면 내가 터무니없는 실수를 저지른 셈이 되겠지요."

그녀는 잠깐 입을 다물고 약간 몸서리치더니 다시 덧붙여 말했다.

"아, 무서워요. 아주 무서운 일이에요. 만일 죄없는 사람이 교수대에 오르게 된다면——."

"그게 무슨 말씀이십니까?" 헨리 경은 깜짝 놀라 큰 소리를 질렀다.

그녀도 근심스러운 얼굴로 그를 보았다.

"어쩌면 내가 잘못 판단했는지도 모르겠어요. 그렇지 않으리라고는 생각합니다만, 드레위트 경감은 매우 총명한 분이십니다. 하지만 어설픈 총명이란 때때로 가장 위험한 것이기도 하거든요. 어정쩡한 결과를 가져오는 수가 있으니까요."

헨리 경은 이상하다는 듯이 그녀를 보았다.

미스 마플은 작은 핸드백을 열고 노트를 꺼내더니 한 장 찢어서 그

위에다 정성들여 누군가의 이름을 적었다. 그리고 그것을 반으로 접어 헨리 경에게 주었다.

그는 그것을 펼쳐서 이름을 읽었다. 그에게는 아무 뜻도 없는 이름이었지만 그의 눈썹이 꿈틀 하고 움직였다. 그는 미스 마플을 보면서 호주머니에 그 종이를 집어넣었다.

"이거 참, 큰일을 맡았나 봅니다. 하지만 나는 당신을 높이 평가하는 뜻에서 충실히 해보겠습니다, 미스 마플."

헨리 경은 마을 경찰서에서 경찰서장 메르티트 대령과 드레위트 경감과 마주앉아 있었다.

경찰서장은 거만한 군대식 태도를 휘두르는 키가 작은 남자였고, 경감은 몸집이 크고 어깨가 떡 벌어진 이해심 많은 사람이었다.

"주제넘은 일인 것 같지만" 헨리 경은 인상좋은 웃음을 띠며 말했다. "어째서 내가 이 일에 관계하게 되었는지는 설명하기 조금 곤란하네."

'그 말이 맞아!'

"원, 별말씀을. 대단히 영광스럽게 생각합니다."

"황송할 따름입니다, 헨리 경" 하고 경감도 말했다.

경찰서장은 마음 속으로 생각했다.

'따분해서 죽을 지경인 모양이로군. 그 밴트리네 집에 있으니 안 그러려구. 가엾게도, 밴트리는 정부의 험담만 할 테고, 마나님은 구근이 어쩌니저쩌니하는 얘기만 하고 있을 테니 말이야.'

경감은 생각했다.

'우리가 정말로 어려운 사건과 부딪치지 못한 것이 유감스럽군. 영국에서 가장 우수한 사람 가운데 하나인 이분이 이런 시시한 사건 따위나 취급해서야 어디⋯⋯.'

경찰서장은 큰 소리로 말했다.

"이것은 그저 흔해 빠진 불결한 사건에 지나지 않는 것 같습니다. 처음에는 투신 자살인 줄 알았습니다. 처녀가 임신을 하고 있었으니까요. 그런데 이곳 의사 헤이독은 주의깊은 사람이어서 양쪽 팔에 타박상이 있는 것을 발견했답니다. 죽기 전에 입은 것으로, 누군가가 처녀의 팔을 붙잡고 강물에 던져넣음으로써 생긴 상처인 듯합니다."

"그렇게 하려면 무척 힘이 들었겠군······."

"그렇지도 않은 것 같습니다. 저항한 흔적이 없고 아마 불의의 습격을 받은 모양입니다. 미끈미끈한 통나무 다리 위에서였으니까 밀어뜨리기가 쉬웠겠지요. 한쪽에는 난간도 없거든요."

"참사가 그 자리에서 일어난 것은 틀림없겠지?"

"네, 지미 브라운이라는 12살 난 소년이 있는데 그 아이가 마침 건너편 강가의 숲속에 있었다는군요. 다리 쪽에서 비명과 함께 풍덩하는 물소리가 들렸답니다. 그러나 어두워서 잘 보이지 않았나 봐요. 그러다가 뭔가 하얀 것이 물 위에 떠내려와 달려가서 도움을 청했답니다. 여러 사람이 간신히 건져올렸지만 이미 때는 늦어서 살아나지 못했다고 합니다."

헨리 경은 고개를 끄덕였다.

"다리 위에는 아무도 없었나?"

"네, 그러나 지금 말씀드린 대로 어두웠고 그곳에는 늘 안개가 끼어 있어서 말입니다. 저는 그 아이에게 그 직전이나 직후에 아무도 보지 못했느냐고 물어 볼 작정입니다. 그 아이도 그 처녀가 투신 자살했다고만 생각했답니다. 처음에는 모두 그렇게 생각했지요."

"하지만 우리는 편지를 입수했습니다." 드레위트 경감은 헨리 경을 보며 말했다.

"처녀의 호주머니 속에서 나왔지요. 도화 연필 같은 것으로 썼는데, 종이가 흠뻑 젖어 있었지만 그럭저럭 읽을 수는 있었습니다."

"그 내용은?"

"샌포드라는 젊은이가 보낸 것으로, 이렇게 적혀 있었습니다. '알았다. 8시 30분쯤 다리에서 만나자——R.S.' 지미 브라운이 비명 소리와 풍덩 소리를 들은 것이 그럭저럭 8시 30분쯤이었다고 합니다."

"당신께서는 샌포드라는 사나이를 만난 적이 있으신지 모르겠습니다만" 하고 메르티트 대령은 말을 이었다. "약 한 달 전에 이 마을에 왔습니다. 그 괴상한 건물을 짓는 현대 건축가라는 족속 가운데 한 사람이지요. 앨링턴의 집을 짓고 있는데, 어떤 집이 되는지, 원. 희한한 재료를 잔뜩 쓰고 있으니까요. 유리로 만든 식탁이니, 철사며 가죽끈으로 만든 외과 병원에서나 쓰는 것 같은 의자니 하며 말입니다. 하기야 그런 것들은 이번 사건과는 관계가 없지만요. 그 샌포드란 자는 이를테면 과격파라고 할 수 있습니다. 아무튼 도덕 관념이 없는 녀석입니다."

"난봉꾼이란" 헨리 경은 조용히 말했다. "예로부터 흔히 있는 죄가 아닌가. 그야 물론 살인죄만큼 기원이 오랜 것은 아니지만 말이야."

메르티르 대령은 눈을 크게 떴다.

"네, 그야 그렇지요!"

"그런데 말씀입니다, 헨리 경." 드레위트 경감이 말했다. "공교롭게도 확실한 증거가 있답니다. 샌포드가 그 처녀에게 임신을 시킨 것이지요. 그렇게 되자 감쪽같이 런던으로 달아나고 싶었겠지요. 런던에는 애인이 있으니까요. 미인인데, 그녀와는 약혼까지 한 사이랍니다. 그러니 그 애인이 그의 행실을 알게 되면 결혼은 취소되고 말겠지요. 그래서 나쁜 꾀를 쓴 것입니다. 녀석은 로즈와 다리에서 만나——안개 낀 밤인데다 사람의 그림자도 없으니——어깨를 움켜쥐고 던져 버렸겠지요. 참으로 몹쓸 녀석입니다. 무슨 벌을 받아도 마땅한 놈입니다. 이것이 제 의견입니다."

헨리 경은 1,2분 동안 말이 없었다. 마을 사람들 사이에 퍼져 있는 뿌리깊은 편견을 느꼈던 것이다. 새롭고 이색적인 건축이 세인트 메리 미드 같은 보수적인 마을에서 받아들여질 리가 없다.

"샌포드란 남자가 정말 그 처녀가 가진 아기의 아버지인가?" 하고 그는 물었다.

"틀림없습니다. 로즈 에모트가 그 사실을 자기 아버지에게 고백했거든요. 로즈는 샌포드가 결혼해 주리라고 생각했지요. 하지만 그 남자가 결혼 같은 것을 해줄 턱이 있나요!"

"저런!" 하고 헨리 경은 생각에 잠겼.

'그렇다면 빅토리아 중기의 멜로드라마의 세계로 돌아간 것 같군. 의심할 줄 모르는 소녀, 런던에서 온 난봉꾼, 엄격한 아버지, 변심…… 아, 단 한 가지 모자라는 것은 소녀를 사랑하는 충실한 마을의 젊은이뿐이로군. 옳지, 이번에는 그것을 물어 봐야지.'

그는 큰 소리로 물었다.

"그 처녀를 사랑하는 이 마을의 젊은이는 없었나?"

"아, 조 에리스 말씀입니까?" 경감이 대답했다. "목수인데 아주 착실한 남자지요. 그 처녀도 조와 정답게 결합했더라면 좋았을 것을……."

메르티트 대령도 끄덕이며 "분수를 알아야 한다는 얘기지요" 하고 따끔하게 말했다.

"조 에리스는 이 사건에 대해 어떤 태도를 취하고 있나?"

"아무도 모릅니다. 조는 내성적이고 적극성이 없는 남자입니다. 로즈의 일이라면 무엇이든지 그에게는 좋게만 보였지요. 로즈는 그를 제 마음대로 다루고 있었던 모양입니다. 언젠가는 자기에게로 돌아오겠지——하는 것이 그의 태도였나 봅니다."

"만나 보고 싶군그래" 하고 헨리 경이 말했다.

"저희들도 만나려고 합니다. 일단 샅샅이 조사해야 할 테니까요, 우선 에모트를 만나 봐야지요. 그 다음 샌포드를 만나고 나서 한 걸음 더 나아가서 에리스도 만납시다. 사정은 어떠신지요?" 하고 메르티트 대령이 묻자 헨리 경은 바라고 있던 바라고 대답했다.

톰 에모트는 '푸른 곰'에 있었다. 몸집이 우람한 중년 남자로, 잔인스러워 보이는 턱과 수상쩍다는 듯한 눈매로 그들을 맞이했다.

"잘 오셨습니다요, 여러분. 서장님, 어서 이리 들어오십시오. 여기라면 방해꾼도 없을 테니까요. 무얼로 드시겠습니까? 안 드시겠다고요? 아, 네, 좋으실 대로 하십시오. 저의 가엾은 딸아이 때문에 오셨겠지요. 아! 로즈는 정말 착한 아이였습죠. 암요, 언제나 착한 아이였지요. 그 망할 놈의 자식이——용서하십시오. 하지만 정말 그랬으니까요. 그놈이 오기 전까지는 착한 아이였거든요. 그놈은 우리 아이와 결혼하겠다고 속였지 뭡니까. 저는 그녀석이 벌을 받도록 해야겠습니다. 내 딸을 그런 꼴로 만들다니, 살인자 같으니라구. 우리 얼굴에 똥칠을 했단 말입니다. 아이고, 가엾은 내 딸!"

"댁의 따님이 가진 아이의 아버지가 정말 샌포드라고 말했소?" 메르티트는 거침없이 물었다.

"그렇고말고요. 바로 이 방에서 말했습죠."

"그래서 당신은 뭐라고 했소?" 헨리 경이 물었다.

"딸아이에게 말입니까?"

에모트는 허를 찔린 듯 움찔했다.

"그렇소. 가령 내쫓겠다는 둥, 겁을 주지 않았느냔 말이오."
"그야 조금은 야단을 쳤지요. 당연하지 않습니까. 나리들께서도 당연하다고 생각하시겠지요. 하지만 내쫓기야 하겠습니까. 그럴 생각은 없었어요."
그는 분해 못 견디겠다는 듯한 표정으로 말을 이었다.
"그저 다만 무엇 때문에 법률이 있느냐고 저는 말하고 싶을 따름입죠. 그놈은 딸아이에 대해 책임질 의무가 있어요. 그렇지 못하겠다면 무엇으로든 보상을 받아야지요."
그는 탁자를 주먹으로 쳤다.
"따님을 마지막으로 본 것은 언제였소?" 메르티트가 물었다.
"어제 차 마시는 시간이었습죠."
"그때 따님의 태도는 어땠나요?"
"글쎄요. 여느 때와 다른 데는 없는 것 같았습죠. 저는 아무 눈치도 못 챘으니까요. 만일 제가 알았다면——."
"어쨌든 당신은 몰랐잖소?" 경감은 냉정하게 말했다.
그들은 술집에서 나왔다.
"에모트는 인상이 좋지 않군요" 하고 헨리 경은 생각에 잠기며 말했다.
"좀 악질적인 면이 있는 사람이니 기회있는 대로 샌포드를 괴롭힐 겁니다" 하고 매르티트는 말했다.
다음에 찾아간 것은 건축가였다. 렉스 샌포드는 헨리 경이 머릿속에 무의식적으로 그리고 있던 인물과는 상당히 달랐다. 큰 키에 깡마른 미남으로, 그 눈은 꿈을 꾸듯이 새파랗고 긴 머리털은 부시시했다. 이야기하는 태도는 마치 여자 같았다.
메리티트 대령은 자기와 일행을 소개한 다음 방문의 목적을 이야기하고 나서 건축가에게 지난밤에 무엇을 했는지 말하라고 요구했다.

"잘 아시리라고 생각합니다만, 나는 당신에게 억지로 털어놓으라고 요구할 권리는 없습니다. 그리고 당신의 진술이 당신에게 불리한 증거로 쓰일는지도 모릅니다. 이러한 내 입장을 당신에게 똑똑히 밝혀 두겠습니다."

메르티트 대령은 경고하는 뜻에서 말했다.

"저는 무슨 말씀인지 잘 모르겠습니다." 샌포드가 말했다.

"로즈 에모트라는 여자가 어젯밤에 익사한 것을 아시지요?"

"알고 있습니다. 아! 정말 비참한 일이에요. 사실 저는 한잠도 자지 못했습니다. 오늘은 일이고 뭐고 손에 잡히지도 않아요. 저는 절실히 책임을 느낍니다. 정말 책임을 느껴요."

렉스 샌포드는 머리카락 속에 손을 처넣고 쥐어뜯었으므로 머리가 더욱 부시시해졌다.

"절대로 악의가 있었던 것은 아닙니다." 그는 애처로운 목소리로 덧붙였다. "꿈에도 생각해 본 적이 없었어요. 그녀가 그토록 외곬으로 생각하고 있으리라고는 말입니다."

그는 탁자 앞에 앉아서 두 손에 얼굴을 묻었다.

"그럼, 샌포드 씨, 어제 저녁 8시 반에 어디 있었는지 말할 수 없다는 겁니까?"

"아닙니다. 말 못할 리가 있습니까. 저는 외출했습니다. 산책하고 있었어요."

"에모트 양을 만나러 갔었지요?"

"아니오, 혼자서 숲을 가로질러 오랫동안 걸었습니다."

"그렇다면 이 편지는 어떻게 설명하시겠습니까? 죽은 처녀의 호주머니에서 나왔는데요."

드레위트 경감은 무표정한 얼굴로 그것을 크게 읽었다.

"그래도 당신은 이것을 쓰지 않았다고 우기겠습니까?"

"아닙니다. 말씀이 맞아요, 제가 썼습니다. 로즈가 만나 달라고 저에게 자꾸만 부탁했어요. 저는 어찌할 바를 몰라서 그 편지를 썼던 겁니다."
"그랬겠지요" 하고 경감은 말했다.
"하지만 저는 가지 않았습니다!"
샌포드의 목소리는 흥분하여 날카로웠다.
"정말 가지 않았어요! 그렇게 하는 것이 나을 것 같아서였지요, 내일은 런던으로 돌아갈 작정이었거든요. 그래서 만나지 않는 편이 낫겠다고 생각했지요. 런던에서 편지를 보내고 어떻게든 결말을 지을 작정이었습니다."
"그 처녀가 임신했으며, 그 아이의 아버지가 당신이라고 말했다는 사실을 잘 알고 있겠지요?"
샌포드는 신음 소리를 낼 뿐 대답은 하지 않았다.
"그것이 사실입니까?"
샌포드는 더욱 더 얼굴을 파묻고 "그럴는지도 모르지요" 하고 더듬거리며 말했다.
"아!" 드레위트 경감은 만족의 빛을 감출 수가 없었다. "그럼, 당신의 그 산책에 대해 묻겠소만, 도중에서 누구를 만났습니까?"
"모르겠어요, 제가 기억하고 있는 한에 있어서는 아무도 만나지 않았습니다."
"그건 유감인데."
"무슨 뜻입니까?"
샌포드는 괴로운 듯이 경감을 보았다.
"제가 산책했건 안 했건 아무래도 좋지 않습니까? 그것이 로즈의 투신 자살과 무슨 관계가 있습니까?"
"그야 그렇지요! 하지만 그녀는 투신 자살한 것이 아니오, 떠밀려

익사 275

서 물에 빠졌답니다, 샌포드 씨."

"그녀가——" 그는 잠시 동안 그 무서운 의미를 이해하지 못하는 것 같았으나 "그렇다면——" 하고 풀썩 의자에 주저앉았다.

메르티트 대령은 일어서며 이렇게 말했다.

"알겠소, 샌포드 씨, 무슨 일이 있어도 마음대로 이 집 밖으로 나가선 안 되오."

세 사람은 함께 그 집에서 나왔다. 경감과 경찰서장은 서로 마주보았다.

"이것으로 충분하다고 생각합니다." 경감이 말했다.

"그렇군. 영장을 신청해서 녀석을 체포하세."

"잠깐 실례하겠네. 장갑을 잊고 나와서……."

헨리 경은 이렇게 말하고 급히 그 집으로 다시 들어갔다. 샌포드는 그들이 나왔을 때 자세 그대로 자기 앞을 멍하니 보고 있었다.

"잠깐 이야기할 것이 있어서 다시 왔소." 헨리 경이 말했다. "나는 개인적으로 될 수 있는 한 당신의 힘이 되어 주고 싶소. 그 동기는 말할 수 없지만요. 가능하다면 짤막하게 당신과 로즈 사이에 있었던 일을 이야기해 주지 않겠소?"

"로즈는 매우 귀여운 처녀였습니다. 미인이고 매혹적이었어요. 게다가 로즈 쪽에서 적극적으로 저에게 접근해 왔지요. 이것은 하느님께 맹세코 정말입니다. 그녀는 저를 혼자 있게 내버려 두지 않았어요. 아무도 저를 좋게 생각하지 않았으므로 저는 이곳에서 쓸쓸하기 짝이 없었습니다. 그리고 지금도 말씀드렸지만 그녀는 매우 아름다웠고 무엇이든지 스스로 알아서 하는 것 같아서……."

목소리가 기어들어가는 듯하더니 갑자기 번쩍 얼굴을 들었다.

"그런데 이번 일이 일어난 것입니다. 그녀는 저와 결혼하자고 말했지만, 저는 어떻게 하면 좋을지 몰랐습니다. 저는 런던에 약혼녀가 있습니다. 만일 그 약혼녀가 이 사실을 알게 되면 물론 일이 이렇게 됐으니 알게 되겠지요. 모든 일은 끝장입니다. 저의 약혼녀는 이해해 주지 않을 겁니다. 저는 시시한 놈이에요. 어떻게 하면 좋을지 몰랐어요. 로즈와는 두 번 다시 만나지 않고 런던으로 돌아가야겠다고 생각했습니다. 아, 참으로 어리석었지요! 이 사건은 전적으로 저에게 불리합니다. 그러나 그녀는 자기 스스로 몸을 던졌음에 틀림없어요."
"로즈가 그전에 죽겠다고 협박한 일은 없었소?"
샌포드는 고개를 저었다.
"아니오, 한 번도 없었습니다. 아, 그런 처녀로는 보이지 않았는데……."
"조 에리스는 어떤 사람인가요?"
"목수 말입니까? 사람 좋은 촌놈이지요. 느려 빠진 녀석인데 로즈에게 홀딱 반해 있었지요."
"질투하지 않던가요?"
"조금은요. 하지만 소 같은 녀석이어서 말없이 고민했지요."
"알았소. 그럼, 실례하오."
헨리 경은 두 사람에게로 돌아왔다.
"여보게, 메르티트, 결정적인 수속을 취하기 전에 또 한 남자──에리스를 조사해 볼 필요가 있겠네. 체포한 다음에 잘못되었다는 게 드러나면 곤란하거든. 질투라는 것은 흔히 살인의 동기가 되는 수가 있으니까, 상당히 흔히 있을 수 있지."
"지당한 말씀이십니다" 하고 경감이 말했다. "하지만 조 에리스는 그런 사람이 아닙니다. 파리 한 마리도 죽이지 못할 겁니다. 그가 화를 내는 것을 본 사람은 아무도 없으니까요. 그러나 어젯밤에 어디 있었는지 물어 볼 필요는 있겠지요. 그는 지금 집에 있을 겁니다. 버틀레트 부인 집의 방을 빌려쓰고 있어요. 아주 좋은 아주머니지요. 세탁 일을 맡아하며 살고 있는 과부랍니다."

그들이 들른 작은 집은 티끌 하나 없이 깨끗했다. 몸집이 크고 뚱뚱한 중년 부인이 문을 열었다. 생글생글 웃는 얼굴에 파란 눈이었다.

"안녕하시오, 버틀레트 아주머니. 조 에리스는 있소?" 경감이 말했다.

"10분 전에 막 돌아왔어요. 어서 들어오세요."

앞치마로 손을 닦으며 그녀는 세 사람을 첫 번째의 좁은 방으로 안내했다. 박제된 새며 사기로 만든 개며 소파며 쓸모없는 가구들이 놓여 있었다.

그녀는 황급히 그들이 앉을 자리를 만들고 방을 조금 더 넓게 하기 위해 장식장을 들어서 한쪽 구석에 밀어넣고는 밖으로 나가서 소리를 질렀다.

"조, 세 분이 만나러 오셨수."

뒤쪽 부엌에서 대답하는 소리가 났다.

"세수하고 가겠어요."

버틀레트 부인은 미소지었다.

"이리 들어와서 앉으시지요, 버틀레트 부인." 메르티트 경감이 말했다.

"아이고, 황송합니다."

버틀레트 부인은 어쩔 줄 몰라했다.

"조 에리스는 좋은 하숙인인가요?"

메르티트는 자연스럽게 물었다.

"좋다 나쁘다 할 것도 없이 그런 착실한 젊은이는 없을 겁니다. 술은 한 모금도 마시지 않지, 일 잘한다고 으스대지도 않지, 언제나 친절하고 집안일도 늘 도와 주지요. 저 선반도 만들어 주었어요. 부엌에도 새 찬장을 설치해 주었고요. 뭐든지 집안에 필요한 것이 있으면 당연한 듯이 해준답니다. 그리고는 고맙다는 말도 못하게 해요. 아아! 조 같은 젊은이는 흔하지 않을 거예요."

"어느 집 처녀인지는 모르겠지만 조의 아내가 될 사람은 행복하겠군."

메르티트는 무심히 말했다.

"조는 그 가엾은 로즈 에모트에게 반했었지요?"

버틀레트 아주머니는 한숨을 쉬었다.

"정말 기가 막혀서…… 조는 그 여자가 밟은 흙이라도 핥을 만큼 좋아하지만 그 처녀는 조를 한푼의 값어치도 없다는 듯이 다루었지요."

"조는 밤에 늘 어디서 지내나요, 버틀레트 아주머니?"

"늘 집에 있지요, 나리. 이따금 밤일로 간단한 것을 만들기도 합니다. 그리고 통신 교육으로 부기를 배우고 있고요."

"아, 그래요. 어젯밤에는 집에 있었소?"

"있었습니다, 나리."

"틀림없겠지요, 버틀레트 아주머니?" 헨리 경이 다짐을 했다.

그녀는 헨리 경을 보았다.

"틀림없습니다, 나리."

"8시나 8시 반쯤 어디 나가지 않았소?"

"아니오."

버틀레트 부인은 웃었다.

"거의 저녁 내내 부엌에서 찬장을 설치하고 있었지요. 저도 도운걸요."

헨리 경은 그녀의 자신만만한 웃는 얼굴을 보고 비로소 불현듯 의심스러운 마음이 솟아오름을 느꼈다.

이윽고 에리스가 방 안으로 들어왔다.

키가 크고 어깨가 떡 벌어진 시골 사람티가 나는 미남으로, 수줍은 듯한 파란 눈에 호인다운 미소를 띠고 있었다. 어느 모로 보나 착해 보이는 젊은 거인이었다.

메르티트가 조 에리스와 이야기를 시작했으므로 버틀레트 부인은 부엌으로 가 버렸다.

"우리는 로즈 에모트의 사인을 조사하고 있는데, 그 처녀를 알고 있겠지, 에리스?"

"네." 그는 주춤하며 중얼거렸다. "언젠가는 결혼하려고 했는데, 가엾게 되었습니다."

"그녀가 임신했다는 사실을 알고 있었겠지?"

"네."

노여움의 빛이 에리스의 눈에서 타올랐다.

"그 남자가 로즈를 버렸어요. 하지만 그 편이 오히려 나아요. 그런 남자와 결혼한들 행복하지 못할 테니까요. 그래서 저는 로즈가 틀림없이 저에게로 돌아올 줄 알았는데 그만⋯⋯ 제가 좀더 정신을 차리고 있었어야 했어요."

"그런 몸이 되었는데도──."

"로즈가 나쁜 게 아니었는걸요. 지키지도 못할 약속으로 감쪽같이 속였으니 그렇게 되었지요. 아, 그런 녀석 때문에 물에 빠져 죽을 게 뭐람!"

"어젯밤 8시에 자네는 어디 있었나, 에리스?"

헨리 경은 선입관 때문일까──치면 금세 울려나오는 듯한──지나치게 빨리 입에서 튀어나오는 그의 대답에 어딘지 어색한 데가 있다고 느꼈다.

"여기 있었지요. 아주머니를 위해 부엌에 새 찬장을 설치하고 있었어요. 아주머니에게 물어 보시면 아실 겁니다. 아주머니도 그렇게 말할 테니까요."

헨리 경은 생각했다.

'대답이 너무 빨리 나오는걸. 그는 머리 회전이 느린 사람인데 말이야. 그런데도 이렇게 술술 말이 나온다는 것은 미리 준비했기 때문이 아닐까.'

이렇게 생각은 하면서도 선입관 탓이겠지 하고 스스로에게 타일렀다. 지나친 상상 때문일 거야. 맞아, 저 파란 눈이 근심스럽게 반짝이는 듯하다는 생각도 그 탓일 거야, 라고.

그 다음 두세 가지 질문을 더하고 세 사람은 그 집에서 나왔다. 헨리 경은 구실을 만들어 부엌으로 갔다. 버틀레트 부인은 분주하게 화덕 앞에서 일을 하고 있다가 상냥한 웃음을 띠며 고개를 들었다. 새 찬장이 설치되어 있었다. 아직 미완성인 채 연장이며 나뭇조각들이 널려 있었다.

"어젯밤에 에리스가 만들었다는 찬장은 이것인가요?"

"네, 나리. 아주 잘 만들었지요? 조는 솜씨가 대단하답니다."

그녀의 눈에는 조금도 두려움이나 당황하는 빛이 없었다.

그러나 에리스에게는――그렇게 생각해서 그럴까. 아니, 틀림없이 '뭔가 있었다'.

'에리스를 쳐야겠군' 하고 헨리 경은 생각했다.

부엌에서 나가다가 그는 유모차에 부딪쳤다.

"아기의 잠을 깨우지 않았는지 모르겠군" 하고 그가 말하자 버틀레트 아주머니는 큰 소리로 웃었다.

"아니에요, 나리. 우리 집에는 아기가 없어요. 쓸쓸하지만요. 이것은 세탁물을 싣고 다니는 수레랍니다."

"아, 그래요."

헨리 경은 멈춰서며 즉석에서 떠오른 질문을 했다.

"버틀레트 아주머니, 당신도 로즈 에모트를 아시겠지요? 그 처녀를 어떻게 생각하고 있는지 어디 좀 말해 주시겠소?"

그녀는 이상하다는 듯이 그를 쳐다보았다.

"글쎄요, 바람둥이라고 할 수 있겠지요. 하지만 이젠 죽었으니까 저세상에 간 사람을 나쁘게 말하고 싶지는 않아요."

"나는 이유가 있어서——뚜렷한 이유가 있어서 물어 보고 있는 거요" 하고 그는 타이르듯 말했다.

그녀는 조심스럽게 상대방의 안색을 살피며 생각에 잠기는 듯하더니, 마침내 마음을 정하고 말했다.

"그 처녀는 나빠요. 조 앞에서 이런 말을 하지는 않았습니다만, 조를 완전히 손아귀에 넣고 있었어요. 그런 처녀를 보면 화가 나서 견딜 수가 없어요. 제가 어떤 기분이었는지 아시겠지요, 나리?"

물론 헨리 경은 알 수 있었다. 조 에리스 같은 남자는 특히 상처를 입기가 쉬운 법이다. 맹목적으로 믿으니까. 그러나 그렇기 때문에 사실을 알았을 때의 충격이 훨씬 컸을지도 모른다.

헨리 경은 갈피를 잡지 못한 채 그 집을 떠났다. 그는 벽에 부딪치고 만 것이다. 조 에리스는 어제 저녁 내내 집에서 일을 했다고 한다. 버틀레트 부인도 그와 함께 있었다고 한다. 그런 말을 듣고도 그 뒤에 숨겨져 있는 것을 추궁할 수 있겠는가? 그 진술에는 의심스러운 데가 하나도 없다. 다만 조 에리스의 대답이 지나치게 빨라서 미리 준비해 두었던 대답을 하고 있지 않나 하는 의심을 빼고는.

"이 사건도 그럭저럭 해결이 난 것 같군그래, 안 그런가?" 메르티트가 말했다.

"그렇군요" 하고 경감이 맞장구를 쳤다. "틀림없이 샌포드일 것입니다. 변명할 여지가 없어요. 사태는 아주 명확하니까요. 아마 그 딸과 아버지가 샌포드에게서 돈을 뜯어 내려고 법석을 떨었겠지요. 샌포드는 그만한 돈은 없고 약혼녀의 귀에 들어갈까봐 겁도 나고 해서 아마 그런 짓을 저질렀을 겁니다. 그렇지 않을까요, 클리더링 경?"

경감은 헨리 경에게 저자세로 물었다.

"그런 식으로 생각할 수도 있겠지. 하지만 샌포드가 그런 거친 짓을 할 것 같지는 않네."

그러나 헨리 경은 이렇게 말하면서도 그다지 유력한 이론이 아니라는 것을 잘 알고 있었다. 쥐가 고양이를 무는 수도 있는 법이다.

"어쨌든 나는 그 비명 소리를 들었다는 소년을 만나 보고 싶네." 헨리 경이 불쑥 말했다.

지미 브라운은 영리해 보이는 소년으로 나이에 비해서 작고 민첩했으며 얼마쯤 교활한 얼굴을 하고 있었다. 그는 질문을 받고 싶어서 좀이 쑤시던 참이었다. 그래서 그 운명의 날 밤에 들은 비명에 대하여 극적인 어조로 진술하려는데 그것은 설명하지 않아도 좋다는 말을 듣자 조금 실망했다.

"너는 강 저쪽에 있었다지?" 하고 헨리 경이 말했다. "다리 건너 저쪽 마을의 강가였지? 네가 다리에 이르렀을 때 그쪽에는 아무도 없었느냐?"

"누군가 숲 속을 거닐고 있었지요. 샌포드 같았어요. 그 이상한 집을 짓는 건축가 말이에요."

세 사람은 서로 눈을 마주보았다.

"그것은 네가 비명 소리를 듣기 10분쯤 전이었겠지?"

소년은 끄덕였다.

"다른 사람은 못 보았니? 마을 쪽의 강가에서 말이야."

"그쪽에서 한 남자가 왔어요. 휘파람을 불며 천천히 걸어왔어요.

아마 조 에리스였을 거예요."

"너는 누구인지 분간을 못했을 텐데 어떻게 그런 소리를 하지?" 경감이 날카롭게 말했다. "안개가 짙고 어두웠잖니."

"휘파람 소리로 알 수 있어요. 조 에리스는 늘 같은 곡을 불거든요. '행복해지고 싶다'──조가 아는 것은 그 곡뿐이니까요."

소년은 유행을 좋아하는 사람이 유행에 뒤떨어진 사람을 멸시하는 듯한 어조로 말했다.

"누구나 그 곡을 휘파람으로 불 수 있지." 메르티트가 말했다. "다리 쪽을 향해서 오더냐?"

"아니오. 마을 쪽으로 갔어요."

"그런 누구인지도 모르는 사람을 문제삼을 필요는 없겠지" 하고 메르티트가 말했다. "너는 비명 소리와 풍덩 하는 소리를 들었고 2, 3분 뒤에 강물에 사람이 떠내려가는 것을 보았단 말이지? 그 다음 다리로 와서 다리를 건너 곧장 마을에 달려가 도움을 청했지? 그때 다리 근처에서 아무도 만나지 않았니?"

"강가의 길에서 손수레를 밀고 가는 두 남자를 본 것 같은데, 조금 거리가 멀어서 이쪽으로 오는 것인지 저쪽으로 가는 것인지 알 수가 없었어요. 자이루스 씨 댁이 가장 가까웠기 때문에 저는 그 집으로 달려갔지요."

"잘했다. 너는 침착하고 훌륭하게 행동했어. 보이스카우트 단원이냐?"

"네."

"정말 잘했다."

헨리 경감은 깊은 생각에 잠기며 아무 말도 하지 않았다. 호주머니에서 종이쪽지를 꺼내어 그것을 읽어 보고 고개를 저었다. 아무래도 이것은 틀린 것 같다. ──그러나──.

그는 미스 마플을 찾아가기로 마음먹었다.

미스 마플은 여러 가지의 아름다운 물건들이 좀 지나치게 많은 옛스러운 응접실로 그를 안내했다.

"경과를 보고하러 왔습니다만, 우리들의 견지로 볼 때 그다지 신통치 않은 것 같습니다. 모두 샌포드를 체포하자고 하는데, 아무래도 그 말이 옳은 것 같군요."

"그럼, 내 의견을——뭐라고 하면 좋을까요——지지할 만한 것은 아무것도 없었단 말씀인가요?"

그녀는 몹시 난처한 듯한——걱정스러운 듯한 표정을 지었다.

"아마도 내가 잘못 짚은 모양이군요. 터무니없는 생각을 했었나 봐요. 당신은 많은 경험을 쌓으신 분이니 만일 그것이 맞았다면 틀림없이 꿰뚫어보셨을 테니까요."

"그러나 한편으로는 나도 이상하게 여겨지는 점이 있습니다. 그러나 다른 한편 그 알리바이를 도저히 무너뜨릴 수가 없어서…… 조에리스는 그날 밤 내내 부엌에서 찬장을 설치하고 있었다고 했고 버틀레트 아주머니도 함께 있었다고 하니까요."

미스 마플은 숨을 헐떡이며 몸을 앞으로 내밀었다.

"하지만 그럴 리가 없어요. 그것은 금요일 저녁이었으니까요."

"금요일 저녁?"

"네. 금요일 저녁이었지요. 금요일 저녁에 버틀레트 아주머니는 세탁물을 이 집 저집으로 돌려 주게 되어 있답니다."

헨리 경은 의자 등에 몸을 기댔다. 지미 소년의 진술이 생각났던 것이다. 휘파람 부는 남자와 그리고——옳아, 이치가 딱 들어맞는다.

그는 일어서서 진심으로 미스 마플의 손을 잡았다.

"이제 알겠습니다. 어쨌든 해보겠습니다……"

5분 뒤에 헨리 경은 버틀레트의 집에 다시 돌아와 사기로 만든 개들에게 둘러싸인 작은 응접실에서 조와 마주앉았다.
"자네는 어젯밤 일에 대해 거짓말을 했더군, 에리스."
그는 따끔하게 말했다.
"8시에 8시 반 사이에 부엌에서 찬장을 설치하고 있었다고 했지? 에모트가 살해당하기 2, 3분 전에 자네가 강가의 길을 다리 쪽을 향해 걸어가는 것을 본 사람이 있는데 말이야."
조는 숨을 헐떡였다.
"전 로즈를 죽이지 않았습니다. 죽이지 않았어요. 저는 아무 짓도 하지 않았어요. 자살한 거예요. 자포자기하고 있었거든요. 저는 로즈의 머리카락 하나도 건드리지 않았습니다. 아무 짓도 안했어요."
"그럼, 어디 있었느냐고 물었을 때 어째서 거짓말을 했지?"
헨리 경이 엄격하게 다그쳤다.
남자는 눈길을 돌리더니 거북한 듯이 눈을 내리떴다.
"저는 무서웠습니다. 버틀레트 아주머니가 그곳에서 서성거리고 있는 저를 보았거든요. 그리고 그 바로 뒤에 투신 자살이 있었다는 말을 들었기 때문에 의심받을까봐 그랬지요. 그래서 저는 여기서 일을 하고 있던 것으로 말하기로 했고 아주머니도 그렇게 말해 주겠다고 약속했습니다. 아주머니는 좋은 분이거든요. 늘 저에게는 친절하게 해주셨어요."
헨리 경은 입을 다문 채 방에서 나가 부엌으로 들어갔다. 버틀레트 부인은 빨래를 하고 있었다.
"버틀레트 아주머니, 모든 것을 알았으니 고백하시지요. 조 에리스가 억울하게 교수대에 올라가도 상관없다면 별문제지만——물론 당신이 그럴 생각이 없다는 것은 알고 있소. 내가 말하겠소. 당신은 그날 밤 세탁물을 돌려 주려 나갔소. 그러다가 로즈 에모트와 마주쳤던 것이오. 로즈가 조를 버리고 다른 지방에서 온 사람과 친하게 지내는 것을 당신은 알고 있었지. 그런데 로즈는 임신을 했고 조는 로즈를 도와 주려고 했거든. 로즈가 자기를 받아들이기만 한다면 조는 결혼까지도 할 작정이었소. 조는 당신 집에서 4년이나 살았고 당신은 조를 사랑하게 되었겠지. 조를 당신 것으로 만들고 싶었으니 로즈가 몹시 미웠을 거요. 당신은 이 칠칠치 못한 여자에게 당신의 사랑하는 사람을 빼앗기는 것이 죽기보다 더 싫었소. 그래서 힘센 당신은 그 처녀의 어깨를 움켜쥐고 강물에 던져 버렸겠지. 2, 3분 뒤에 조 에리스를 만났는데, 그것을 지미 소년이 먼 발치에서 보았다오. 그러나 어두운데다 안개가 끼어서 유모차를 손수레로 알았고 두 남자가 밀고 가는 줄 알았지. 당신은 조에게 의심받으면 좋지 않다고 타이르고 그를 위해 알리바이를 조작했소. 그러나 실제로는 당신을 위한 알리바이였지요. 어떻소, 내 말이 맞지요?"

그는 숨을 죽였다. 이 한 마디에 모든 것을 맡기고 있었던 것이다.

그녀는 앞치마로 손을 닦으며 천천히 각오를 하고 그의 앞에 우뚝 섰다.

"말씀이 맞습니다, 나리."

그녀는 여느 때의 침착한 목소리로(위험한 목소리구나 하고 헨리 경은 불현듯 느꼈다) 겨우 입을 열었다.

"무엇에 홀려서 그런 짓을 했는지 저도 모르겠습니다. 철면피——그 처녀는 확실히 철면피였어요. 저는 울컥해서 조를 저런 여자에게 주어서는 안되겠다고 생각했지요. 저는 행복하게 살아 본 적이 없었습니다, 나리. 죽은 남편은 불량배였습니다. 병이 든데다 마음이 뒤틀린 사람이었지만, 죽는 날까지 열심히 남편을 간호해 주었습니다. 그리고 난 다음 조가 하숙을 하게 되었는데, 저는 이렇게 머리는 세었지만 아직 그다지 늙지는 않았습니다, 나리. 이제 겨우 40인걸요. 조는 천에 하나 있을까말까한 남자입니다. 저는 조를 위해서라면 무슨 일이라도 할 수 있을 것 같아요. 무슨 일이든 말입니다. 조는 어린애같이 다정하고 믿어 주거든요. 조는 저의 것이었습니다. 돌보아 주고 위해 주었지요. 그런데 이렇게…… 이렇게……."

그녀는 북받쳐오르는 설움을 삼키며 감정을 꾹 눌렀다. 이런 상황에서도 그녀는 강한 여자였다. 우뚝 서서 헨리 경을 보았다.

"각오는 되어 있습니다, 나리. 다만 아무도 모르리라고 생각했었지요. 어떻게 당신께서 아셨는지 저는 모르겠군요."

헨리 경은 조용히 고개를 저었다.

"알아차린 것은 내가 아니오."

이렇게 말하며 그는 아직 호주머니 속에 있는 종이쪽지를 생각했다. 그 종이쪽지에는 옛날 식의 예쁜 글씨로 이렇게 적혀 있었던 것이다.

'루미 주택가 3번지 조 에리스의 하숙집 주인 버틀레트 부인'

미스 마플은 다시금 올바른 해답을 찾아 냈던 것이다.

Philomel Cottage
나이팅게일 장(莊)

"다녀올게."

"다녀오세요."

앨릭스 머어틴은 낮은 통나무 문에 기대어 마을 쪽으로 걸어가는 남편의 뒷모습을 배웅하고 있었다.

이윽고 남편이 모퉁이를 돌아 보이지 않는데도, 앨릭스는 아직도 그대로 서서 얼굴에 흘러 내리는 갈색 머리카락을 쓸어올리며 꿈 꾸는 듯 먼 곳을 바라본다.

앨릭스 머어틴은 아름다운 편은 아니었다. 분명하게 말한다면 귀엽지도 않았다. 그러나 전성기를 막 넘어선 그 얼굴은 윤기와 상냥함을 띠고 있어, 지난 날 회사에 같이 근무하던 동료들이 좀처럼 알아보지 못할 정도였다. 미혼 시절의 앨릭스 킹은 똑똑했다. 좀 쌀쌀하지만 유능하고 실제적이며, 꼼꼼한 사무적인 여자였다. 그녀는 아름다운 갈색 머리를 지니고 있었으나 제대로 돌보지 않았다. 입은 언제나 딱 다물은 채며, 요염한 데는 전혀 없었다.

앨릭스는 엄격한 학교에서 자격을 따, 18살부터 33살까지 15년 동안 속기 타이피스트로서 자립해 왔다(그 사이의 7년 동안은 병든 어머니를 모시고). 그녀의 소녀다운 얼굴의 부드러운 선이 딱딱해진 것은 살기 위한 고생 탓이었으리라.

사실 그녀에게 로맨스──로맨스와 비슷한 것──가 없었던 것은 아니다. 상대는 같은 회사 사원인 딕 윈디포오드였다. 본디 아주 여자다운 마음을 지닌 앨릭스는 전부터 그가 자기를 좋아한다는 사실을 알면서도 모르는 체하고 지냈다. 겉보기에 두 사람은 그냥 친구로서, 그 이상은 아니었다. 딕은 적은 급료를 받으면서도 동생을 학교에 보내고 있었다. 당장 그녀에게는 결혼 같은 것은 생각할 수조차 없는 일이었다. 그런데도 앨릭스는 장래를 생각할 때, 자기가 딕의 아내가 될 것을 이미 반은 기정 사실로 생각하고 지냈다.

둘이는 서로 사랑하고 있으니까, 그녀는 그 말을 입 밖에 낼까 생각한 적도 있었다. 하지만 그들은 분별이 있는 사람들이었다. 시간은 얼마든지 있었다. 조금도 서두를 필요가 없었다. 그렇게 세월이 흘러가 버렸다.

그런데 갑자기 앨릭스는 뜻밖에도 나날의 짜증나는 일에서 해방되었다. 먼 친척이 죽으면서 앨릭스에게 유산을 남겨 준 것이다──수천 파운드인데, 1년에 2백 파운드 정도의 수입은 충분히 있었다. 이것은 앨릭스에게 있어 자유, 생활, 독립을 의미했다. 이로써 그녀와 딕은 더이상 기다릴 필요가 없어졌다.

그런데 딕의 태도는 뜻밖이었다. 하기는 그때까지도 그가 분명하게 애정을 고백한 일이 없었지만, 한층 더 그런 쪽으로 굳어져갔다. 그는 앨릭스를 피했다. 침울하고 더 우울해했다. 앨릭스는 그 이유를 알 수 있었다. 그녀가 부자가 되었기 때문이었다. 딕은 수줍고 부끄러운 마음과 자존심 때문에 오히려 결혼을 신청할 수 없게 되어버린 것이다.

그녀는 그렇다고 딕이 싫어진 것은 아니었다. 사실 그녀는 자기 쪽에서 이야기를 진척시키는 것이 어떨까 하고 생각을 했다. 그때, 또다시 뜻하지 않은 일이 생겼다.

그녀는 친구 집에서 제럴드 머어틴을 만난 것이다. 제럴드는 무턱대고 그녀에게 반했다. 일주일도 채 못 되어 두 사람은 약혼해 버렸다. 그녀는 일찌기 스스로 〈연애를 할 수 없는 여자〉라고 생각해 왔다. 그런 앨릭스가 완전히 제 다리를 감고 넘어진 셈이다.

의식하지 못하는 사이에 그녀의 행동은 딕에게 정신이 들게 하는 결과를 가져왔다. 딕 윈디포오드는 매우 성이 나서 말도 못 할 정도가 되어 그녀를 찾아왔다.

"그 녀석, 당신에게는 전혀 낯선 사람이 아닌가. 어떻게 생겨 먹은 놈인지 알게 뭐야."

"난 내가 그 사람을 사랑하고 있다는 사실을 느끼고 있어요."

"어떻게 그런 걸 느낄 수 있다는 말이지?——겨우 일주일 동안에?"

"여자를 사랑하고 있다는 사실을 아는 데 모두 당신처럼 11년이나 걸리는 건 아녜요." 앨릭스는 화를 내며 소리질렀다.

딕은 얼굴이 파래졌다.

"난 당신을 만난 뒤 쭉 당신을 사랑하고 있었어. 그리고 당신도 나를 사랑하고 있다고 생각했어."

앨릭스는 정직했다.

"나도 그렇게 생각하고 있었어요. 하지만 그것은 사랑을 모르기 때문이었어요."

딕은 다시 그녀에 대한 격정을 털어놓았다. 간절한 애원, 그리고 협박까지——자기를 밀어 제친 남자에 대한 협박. 앨릭스는 자기가 잘 안다고 생각한 남자의, 소극적인 겉모습과 달리 깊숙이 숨어 있던 화산이 폭발하는 광경을 보고 놀랐다. 그와 동시에 그녀는 조금 무서워졌다…… 딕이 저런 심한 말을 진심으로 할 리가 없다. 제럴드 머어틴에게 복수를 하다니. 다만 화가 나서 하는 말이겠지…….

그녀는 지금 이 한가로운 아침, 문에 기대 서 있으려니, 마음은 딕과 만난 그 때의 일로 되돌아가고 있었다. 결혼한 지 한 달이 지난 그녀는 조용한 행복에 젖어 있었다. 그런데 그녀의 모든 것인 남편이 조금이라도 집을 비우면, 완전한 행복 속에 희미한 불안이 숨어 들어오는 것이었다. 그 불안의 원인은 윈디포오드였다. 그녀는 결혼한 뒤에 세 번이나 똑같은 꿈을 꾸었다. 주위의 상황은 달랐지만 그 사실은 세 번 다 똑같았다. 남편이 죽어 누워 있고, 딕이 덮치듯 서 있었다. 그리고 딕이 남편을 죽였다는 사실을 그녀는 확실히 알고 있었다.

그것은 무서운 꿈임에 틀림없지만 더욱더 무서운 것은 잠에서 깨어났을 때의 무서움이었다. 왜냐하면 꿈 속에서의 일이 참으로 자연스럽고 당연한 것처럼 생각되었기 때문이었다. 꿈에서 앨릭스 머어틴은 남편의 죽음을 기뻐하고 있었다——그 살인자를 향해서 고마움의 손을 뻗고, 때로는 감사의 말까지 했다. 꿈의 끝은 언제나 같았다. 그녀가 딕 윈디포오드의 팔에 꼭 안기는 것이었다.

그녀는 이 꿈 이야기를 남편에게 하지 않았으나, 마음 속으로 무척이나 괴로와했다. 이것은 경고가 아닐까——딕을 조심하라는 경고가 아닐까? 그가 무엇인가 비밀스런 힘을 가지고 있어, 멀리서 자기를 조종하려는 것은 아닐까? 그녀는 최면술에 대해서 별로 알지 못했으나 '사람이란 의사에 반해서 최면술에 걸리는 일은 없다'라는 말을 확실히 들은 기억이 있다.

집 안에서 요란스럽게 전화가 울렸다. 앨릭스는 생각에서 깨어났다. 그리고 집에 들어가 수화기를 집어 들었다. 갑자기 그녀는 몸을 비틀거리다가 손을 뻗어 벽에 몸을 지탱했다.

"누구십니까?"

"이봐, 앨릭스. 어떻게 된 거야, 왜 그래, 그 목소리는? 걱정이 되는데 딕이야."

"어머! 어디에——어디에 계세요?"

"〈트라베라즈 아암즈〉야——정확하게 말한다면 그런 이름이지? 자기 동네에 그런 여관이 있다는 것을 당신은 모르고 있나? 휴가 왔어——낚시나 좀 할까 하고, 오늘 저녁 식사 뒤에 두 분을 찾아가면 안 될까?"

"안 돼요." 앨릭스는 강하게 말했다. "오면 안 돼요."

잠깐 말이 없더니 곧 다시 딕이 말했다. 그 목소리에는 알아차리기 어려울 정도의 변화가 있었다.

"이거 실례했군" 하고 그는 딱딱하게 말했다. "물론 찾아갈 생각 같은 건……."

딕은 틀림없이 내 태도를 이상하게 생각했을 것이다. 사실 야릇했으니까. 머릿속이 엉망으로 혼란해져 있었다. 내가 그런 꿈을 꾼 것은 딕 탓이 아니다. 앨릭스는 급히 말했다.

"그게 아녜요. 그저 저희가——오늘 밤에 약속이 있어서요" 하고 그녀는 되도록 보통 때 목소리를 내려고 애쓰며 설명했다. "어때요? ——내일 밤에 식사하러 오지 않으시겠어요?"

그런데 딕은 그녀의 말투에 성의가 담기지 않은 것을 알아차린 것 같았다.

"고맙군" 하고 그는 아까와 마찬가지로 딱딱하게 말했다. "하지만 내일이라도 돌아갈지 몰라서 말야. 친구가 오게 돼 있는데, 그때 형편을 보아야 하니까 말야. 잘 있어요, 앨릭스." 그는 조금 사이를 둔 다음 지금까지와는 다른 투로 서둘러 덧붙였다. "안녕!"

앨릭스는 안도하며 수화기를 놓았다.

"딕을 집으로 오게 할 수는 없어. 무슨 일이 있어도 오게 해서는 안 돼" 하고 그녀는 마음속으로 몇 번이나 되뇌이었다. "어머, 난 정말 바보야, 혼자 이런 생각을 하고. 하지만 역시 그 사람은 오지 않는 게 좋아."

그녀는 테이블 위에 있는 촌스러운 밀짚모자를 집어 들고 다시 뜰로 나가다가, 잠깐 발을 멈추고 포오치에 새긴 표찰을 올려다보았다.
〈나이팅게일 장(夜鶯莊)〉

"재미있는 이름이군요" 하고 그녀는 언젠가 결혼 전에 제럴드에게 말한 적이 있었다. 그때 제럴드는 웃었다.

"당신은 런던 태생이지?" 하고 그는 가엾다는 듯이 말했다. "그러니, 나이팅게일(夜鶯) 소리를 들었을 리가 없지. 듣지 않아서 다행이야. 나이팅게일은 연인들을 위해서만 노래하는 새야. 앞으로 여름밤 같은 때, 밖에서 새의 노래를 함께 들을 수 있겠군."

그리고 앨릭스는 정말로 나이팅게일의 노래를 들었을 때의 일을 생각하고, 자기 집 현관에 서서 행복하게 얼굴을 붉혔다.

〈나이팅게일 장〉을 찾아 낸 것은 제럴드였다. 그때 그는 흥분으로 터질 듯한 얼굴을 하고 앨릭스에게 왔다. 두 사람에게 있어 실로 딱 알맞은 곳——멋진——둘도 없는——일생에 다시 없는 장소——를 발견했다고 했다. 그리고 앨릭스도 그 집을 보고 마음을 빼앗겨 버렸다. 위치는 조금 한적하고 쓸쓸했지만——가장 가까운 마을에서 2마일이나 떨어져 있었다——고색 창연한 외관, 튼튼하고 기분 좋은 욕실, 온탕 설비, 전등과 전화 등이 있고, 매우 정성 들여 지은 집이었다. 그녀는 보는 순간부터 그 집의 매력에 사로잡혀 버렸다. 그런데 좀 까다로왔다. 소유자는 부자여서 심심풀이로 이 집을 지었는데, 빌려 주기는 싫고, 팔고 싶다고 했다.

제럴드 머어틴은 상당한 수입이 있었으나 자본에까지 손을 댈 수는 없었다. 그가 낼 수 있는 돈은 1천 파운드가 빠듯했다. 소유자는 3천 파운드를 내라고 했다. 그래서 집에 반해 버린 앨릭스가 도왔다. 그녀의 재산은 무기명 증권이어서 바로 현금으로 바꿀 수 있었다. 그녀는 이 집을 사는 데 재산의 반을 내겠다고 제의했다.

이렇게 해서 〈나이팅게일 장〉은 그들의 소유가 되었는데, 앨릭스는 이 선택을 한순간이라도 후회한 적이 없었다. 고용인들은 시골 생활을 기뻐하지 않는 것이 사실이지만——현재 하인은 두지 않았다——가정 생활에 굶주린 앨릭스는 간단하고 맛있는 요리를 만드는 등 가사를 돌보는 것을 진심으로 좋아했다.

눈부실 만큼 꽃에 덮힌 뜨락은 일 주일에 두 번 오는 마을 노인에게 돌봐 달라고 했다. 그리고 원예에 관심이 있는 제럴드 머어틴은 거의 시간을 뜨락에서 보냈다.

앨릭스는 집 모퉁이를 돌다가 화단에서 일하고 있는 그 늙은 정원사를 보고 깜짝 놀랐다. 그가 와서 일하기로 되어 있는 날은 월요일과 금요일인데, 오늘은 수요일이었기 때문이었다.

"어머 조지, 거기서 뭘 하고 계셔요?" 그녀는 노인 쪽으로 다가가면서 물었다.

노인은 웃으며 허리를 펴고 낡은 모자에 손을 댔다.

"놀라시리라고 생각했어요, 마님. 그런데 금요일에 지주님 댁에서 잔치가 있어서요. 그래서 저는 생각했지요. 머어틴 씨와 마님은 제가 금요일 대신 수요일에 와도 기분을 상하지는 않으실거라고요."

"그런 일이라면 괜찮아요." 앨릭스는 말했다. "잔치에 가면 즐겁게 놀다 오세요."

"그럴 작정입니다." 조지는 선뜻 말했다.

"배불리 먹을 수 있고, 게다가 돈을 내지 않으니 기분이 좋지요.

지주님은 언제나 소작인들을 위해서 음식을 마련해 주거든요. 그리고 마님이 여행을 떠나시기 전에 화단을 어떻게 해 두어야 할지 여쭈어 보기 위해서라도 제가 와서 만나 보는 편이 좋을 것 같아서요. 언제 돌아오실지 모르니까요."
"하지만 난 여행을 떠날 예정이 없는걸요."
조지는 눈이 휘둥그래져서 그녀를 보았다.
"내일 런던에 가지 않으십니까?"
"네? 왜 그렇게 생각하게 됐죠?"
조지는 얼굴을 들고 돌아보았다.
"어제 마을에서 주인 어른을 만났는데, 두 분다 내일 런던에 가신다더군요. 그리고 언제 돌아올지 모른다고 말씀하셨어요."
"그런 터무니없는 일이" 하고 앨릭스는 웃으며 말했다. "아마 당신이 잘못 들었을 거예요."

그런데 그이가 노인에게 무슨 말을 했기에 이렇게 잘못 알아듣고 있을까 하고 그녀가 이상했다. 런던에 가다니? 두 번 다시 런던에 가고 싶은 생각이 없는데.

"난 런던이 싫어요." 그녀는 느닷없이 사납게 말했다.
"그렇습니까?" 조지는 조용히 말했다. "그렇다면 뭔가 제가 잘못 들었겠지요. 그러나 주인 어른께서는 분명히 그렇게 말씀하신 것 같았는데…… 마님이 아무 데도 가지 않으신다니까 저도 기뻐요. 저는 젊은 두 분이 나돌아다니시는 것이 어떨까 싶고, 더구나 런던 따위는 생각하지도 않았어요. 그런 곳에 가실 일도 없을 거구요. 첫째, 자동차가 너무 많아요——요즘에는 그게 귀찮은 물건이랍니다. 자동차를 손에 넣기가 무섭게 그 패들은 가만히 있지를 못하니까요. 이 집 전 주인 에임즈 씨도——자동차를 사기 전까지는 훌륭하고 얌전한 신사였는데, 자동차를 산 지 한 달도 못 돼서 이 집을 팔려고 내놨다니까요, 침실에까지 수도를 끌어 들이고, 전등이니 뭐니 해서, 엄청난 돈을 들였었지요. '그만한 돈이 되돌아오진 않아요. 세상 사람들이 모두 집 안의 어느 방에서나 몸을 씻고 싶어하지는 않으니까요' 하고 제가 말했더니, '하지만 나는 이 집을 2천 파운드에서 한 푼만 모자라도 팔지 않겠어' 하고 그분은 말했어요. 그리고 사실 그 값에 팔았어요."

"3천 파운드였어요." 앨릭스는 미소하며 말했다.

"2천 파운드지요." 조지는 우겼다. "그때 확실히 그렇게 말했어요. 그게 아주 좋은 값이라고 생각했던 기억이 있어요."

"사실은 3천 파운드였다구요." 앨릭스는 말했다.

"부인들은 돈 계산에 대한 것은 잘 몰라요." 조지는 지지 않고 말했다. "설마 에임즈 씨가 뻔뻔스럽게 3천 파운드라고 큰소리로 말했다는 건 아니겠지요?"

"나에게 한 말이 아녜요" 하고 앨릭스는 말했다. "주인에게 그렇게 말했어요."

조지는 화단에 쭈그리고 앉으면서

"값은 2천 파운드라구요." 그는 다시 완고하게 우겼다.

앨릭스는 노인을 상대로 말다툼할 생각은 없었다. 그래서 먼 화단 끝으로 가서 두 팔에 가득 찰 만큼 꽃을 꺾기 시작했다. 햇빛, 꽃 향기, 바쁜 듯이 나는 벌의 조용한 날개짓 소리 등이 하나가 되어, 그날을 나무랄 데 없는 전원 분위기를 만들었다.

그녀가 향기로운 꽃을 안고 집 쪽으로 걸어가다가 화단의 잎 사이로 작은 진녹색 물건이 보였다. 그녀가 주워 보니, 그것은 남편의 수첩이었다. 풀을 뽑다가 주머니에서 빠진 거겠지.

앨릭스는 호기심을 느끼며 수첩을 펴 보았다. 그녀는 결혼 초부터,

충동적이고 감성적인 제럴드에게 꼼꼼하고 규칙바른 성품이 있음을 알고 있었다. 제럴드는 식사 시간을 엄격히 지키며, 하루의 일도 미리 시간표를 작성해서 정확한 계획을 세웠다. 그는 오늘 아침에만 해도 식사를 마치고 나서 10시 15분에 마을에 간다고 했다. 그리고 정각 10시 15분에 집에서 나갔다.

그녀는 수첩을 넘겨 가다가 5월 14일의 기재사항을 보고 흐뭇한 생각이 들었다. 거기에는 〈앨릭스와 결혼, 성 피이터 교회에서 2시 30분〉이라고 씌어 있었다.

"별난 분이야." 앨릭스는 혼자 중얼거리며 페이지를 넘겼다. 그 손이 갑자기 멈추어졌다.

"〈6월 18일, 수요일〉——어머, 오늘인데."

오늘 날짜에 제럴드의 꼼꼼한 글씨로 〈오후 9시〉라고 씌어 있었다. 그것뿐이었다. 오후 9시에 제럴드는 무엇을 하려는 것일까? 앨릭스는 '이것이 흔히 읽는 소설이라면 수첩에서 놀라운 사실을 발견할 텐데' 하고 혼자 미소를 지었다. 확실히 다른 여자의 이름이 나와 있을 것이다. 그녀는 무심히 앞 페이지를 넘겨 보았다. 날짜, 약속, 상업상의 거래에 관한 비밀 메모는 있었으나, 여자의 이름은 하나밖에 없었다——그녀 자신의 이름뿐이었다.

그런데 그녀는 수첩을 주머니에 넣고, 꽃을 안고 집 쪽으로 걸어가는 동안, 무언가 정체를 알 수 없는 불안을 느꼈다. 딕 윈디포오드의 말이 귀 밑에서 속삭이듯 되살아났다.

'그 녀석, 당신에게는 전혀 낯선 남자가 아닌가. 어떻게 생겨 먹은 놈인지 알 게 뭐야.' 그것은 사실이었다. 그녀가 제럴드에 대해 무엇을 알고 있다는 말인가. 어쨌든 제럴드의 나이는 마흔이다. 마흔이나 되었다면 그 사이에 여자 한 두 사람쯤은 있었을 것이다…….

앨릭스는 초조해옴을 느끼며 고개를 흔들었다. 이런 생각을 해서는 안 된다. 먼저 처리해야 할 훨씬 중요한 일이 있다. 딕 윈디포오드에게 전화가 걸려 온 사실을 남편에게 이야기해야 할 것인지, 하지 말아야 할 것인지?

이미 제럴드는 마을에서 딕을 만났을지도 모른다. 그렇다면 남편이 돌아와서 바로 그 이야기를 할 테니까 문제는 그녀에게서 떠난 것이 된다. 그렇지 않다면——어쩌지? 앨릭스는 어쩐지 이 이야기만은 하고 싶지 않았다. 제럴드는 남에게 언제나 친절을 보였다. '가엾게도' 하고 그가 말한 적이 있었다. '그 남자 또한 나 못지 않게 당신에게 열중하고 있었어. 버림을 받은 것은 운이 나빴기 때문이야.' 그는 앨릭스의 마음을 조금도 의심하지 않았다.

남편이 이 이야기를 듣게 되면 틀림없이 딕을 〈나이팅게일 장〉으로 초대하라고 할 것이다. 그 경우 딕 자신이 오겠다고 하더라는 사실을 설명하지 않으면 안 되고, 또 구실을 만들어 오지 못하게 한 이야기도 하지 않으면 안 된다. 그리고 왜 그런 짓을 했느냐는 추궁을 당하면 뭐라고 말해야 할까? 꿈 이야기를 할까? 그런 말을 해도 남편은 웃을 뿐이겠지——아니면, 이 편이 더 나쁜데, 자기는 아무렇지도 않게 생각하고 있는데, 그녀 쪽이 그 꿈을 몹시 꺼림칙하게 생각하고 있다는 것을 알겠지. 그렇게 되면 남편은 생각을 하게 되겠지——아아, 무슨 생각을 할지 알 수 없다!

앨릭스는 얼마간 꺼림칙하지만 아무 말도 하지 않기로 작정했다. 그녀가 남편에게 비밀을 가진 것은 이번이 처음인데, 그것을 의식하니 어쩐지 불안했다.

점심 시간 조금 전에 남편이 마을에서 돌아오는 소리를 듣고 그녀는 급히 부엌으로 가서 불안을 숨기기 위해 짐짓 요리에 열중하는 시늉을 했다.

제럴드가 딕을 만나지 않았다는 사실은 곧 알았다. 앨릭스는 안도와 함께 곤혹을 느꼈다. 그녀는 이렇게 되니 어쩔 수 없이 끝까지 숨기지 않을 수 없게 되었다. 그녀는 주뼛거려지고, 마음이 허전해진 듯하고, 조그만 소리에도 섬뜩했는데, 남편은 아무것도 눈치채지 못한 듯했다. 남편도 뭔가 다른 일을 생각하고 있는지, 그녀가 무슨 말을 해도 바로 대답하지 않는 일이 한두 번 있었다.

그들은 간단한 저녁 식사를 마친 다음, 열어 제친 창으로 보라색과 흰색의 스톡 꽃 향기를 지닌 달콤한 공기가 흘러 들어오는, 떡갈나무 마룻대가 보이는 거실에서 쉬었다. 그때, 비로소 앨릭스는 수첩 일이 생각났다. 그녀는 두 사람 사이의 의혹이나 당혹에서 마음을 돌리기 위해 부랴부랴 그 이야기를 꺼냈다.

"이것으로 꽃에 물이라도 줄 셈이었나요? 이런 것이 떨어져 있었어요" 하고 그녀는 수첩을 그의 무릎 위에 던져 주었다.

"화단에 떨어뜨렸던가?"

"네에, 이것으로 당신의 비밀을 다 알았어요."

"알아 보았자, 무서워할 건 하나도 없으니까" 하고 제럴드는 고개를 흔들며 말했다.

"오늘 밤 9시란 무슨 뜻예요?"

"응, 그건 말야……." 그는 약간 당황해하는 것 같더니, 곧 뭔가 특별히 재미있는 일이라도 있는 듯이 싱글벙글 웃었다. "예쁜 여자와의 약속이야, 앨릭스. 그 여자는 말야, 머리카락이 갈색이고, 눈이 파랗고, 당신과 아주 닮았어."

"모르겠어요, 전" 하고 앨릭스는 일부러 딱딱한 얼굴을 하고 말했다. "당신은 중요한 점을 피하고 있는걸요."

"그런 일 없어. 사실은 말야, 오늘 밤 사진 현상을 할 작정이어서, 그걸 메모해 둔 거야. 당신이 거들어 주었으면 해."

제럴드는 사진에 열중하고 있었다. 그는 오래된 것이지만, 훌륭한 렌즈가 달린 카메라를 가지고 있었다. 지하실을 개조한 좁은 암실에서 직접 현상까지 했다. 그는 곧잘 앨릭스에게 여러가지 포즈를 취하게 하며 촬영에 질릴 줄을 몰랐다.

"그것을 정확히 9시에 하지 않으면 안 되는군요?" 앨릭스는 놀리듯 말했다. 제럴드는 조금 난처한 얼굴을 했다.

"이봐, 앨릭스" 하고 그는 무언가 초조한 듯한 얼굴로 말했다. "무엇을 하든 시간을 확실히 정해 두지 않으면 안 돼. 그렇게 하면 일이 정확히 처리되는 법이야."

앨릭스는 말없이 얼마 동안 남편을 바라보았다. 그는 검은 머리를 의자 등받이에 기대고, 깨끗이 면도한 윤곽이 뚜렷한 얼굴을 어둑어둑한 배경으로부터 똑똑히 드러내고, 담배를 피우며 한가롭게 의자에 앉아 있었다. 그녀는 갑자기 이유 없는 공포가 물결처럼 덮쳐 와서, 입을 막을 틈도 없이 소리를 지르고 말았다. "오오, 제럴드, 전 당신에 대해 더 알고 싶어요."

남편은 깜짝 놀라며 그녀에게 얼굴을 돌렸다.

"하지만 앨릭스, 당신은 다 알고 있잖아. 어렸을 때는 노잰버랜드에서 살았다는 이야기며, 남아프리카에서의 생활, 최근 10년 동안에 캐나다에서 겨우 성공한 일 등 모두 이야기해 주지 않았어."

"어머, 또 사업 이야기군요."

제럴드가 갑자기 웃었다.

"알겠어. 당신이 말하는 것은——연애 사건 말이군. 여자들은 모두 마찬가지야. 개인적인 생활밖에는 흥미가 없어."

앨릭스는 목이 칼칼해지는 것을 느끼며 알아들을 수 없는 가냘픈 목소리로 말했다. "하지만 전혀 없었던 것은 아니겠죠——연애 사건이? 전요, 그저——알고만 있으면——."

한참 동안 다시 침묵이 이어졌다. 제럴드는 망설이는 빛을 띠고 미간을 찌푸렸다. 이윽고 입을 연 그의 어조는 엄숙해서 이제껏처럼 농담같이 들리지 않았다.

"그것이 영리한 짓일까, 앨릭스? 그런——바람둥이의 잠꼬대를 듣다니. 내 생활에도 그야 여자는 있었지. 굳이 부정은 않겠어. 비록 내가 부정한다 해도 당신은 믿지 않겠지. 그러나 확실히 여기서 맹세하겠는데, 나에겐 그런 여자들이 지금은 아무 의미도 없어."

그 목소리에 진지함이 담겨져 있어서 앨릭스는 마음이 편해졌다.

"만족해, 앨릭스?" 하고 그는 미소지으며 말했다. 그러고 나서 이번에는 흥미를 느끼는 듯 그녀의 얼굴을 보았다.

"왜 오늘 밤에는 이런 불쾌한 문제에다 머리를 쓰지? 지금까지 이런 이야기를 꺼낸 적은 없었잖아?"

앨릭스는 일어나서 부지런히 걸어다니기 시작했다.

"저도 모르겠어요" 하고 그녀는 말했다. "오늘은 왠지 온종일 초조해서."

"거참, 이상한데" 하고 제럴드는 혼자 말하듯 낮은 목소리로 말했다. "정말 이상해."

"무엇이 이상하죠?"

"좌우간 그렇게 대들 건 없어. 그저 평소의 당신은 친절하고 침착했기 때문에 이상하다고 했을 뿐이야."

앨릭스는 억지로 웃었다.

"오늘은 모든 사람이 짜고서 저를 괴롭히려 드는 것만 같아요" 하고 그녀는 이야기했다. "그 조지 할아범까지도 무슨 생각인지 우리가 런던에 간다는 엉뚱한 말을 했어요. 당신한테서 들었다면서요."

"할아범을 어디서 만났지?" 하고 제럴드는 날카로운 어조로 물었다.

"금요일 대신이라며 오늘 집에 왔어요."

"엉터리 늙은이 같으니!" 하고 제럴드는 성을 내며 말했다.

앨릭스는 깜짝 놀라 눈을 크게 떴다. 남편의 얼굴이 노기로 일그러져 있었다. 그녀는 이렇게 화를 내는 남편을 지금까지 본 적이 없었다. 그녀의 놀라는 품을 보고 제럴드는 노기를 가라앉히려고 노력했다.

"거참, 엉터리 늙은이란 말이야" 하고 그는 또다시 목소리를 높여 말했다.

"할아범을 그렇게 생각하다니, 당신이 무슨 말을 하셨길래?"

"내가? 난 아무 말도 하지 않았어. 적어도——응, 그렇지, 생각이 나는군. 아무것도 아닌 농담으로 '내일 아침에 런던에 간다'고 했는데, 그 영감이 그 말을 정말로 알아들은 모양이야. 그렇게 알아들었다면 물론 거짓말이라고 말해 주었을 텐데."

그는 불안한 듯이 그녀가 말하기를 기다렸다.

"그야 물론이겠죠. 하지만 그 할아범은 한번 이렇다 하고 마음먹으면——좀처럼 돌리기 힘든 사람이에요."

그렇게 말하고 나서 그녀는 이 집 값에 대해, 조지가 2천 파운드라고 우기던 이야기를 했다.

제럴드는 한참 동안 묵묵히 있다가 이윽고 천천히 말했다.

"에임즈는 현금으로 2천 파운드, 나머지 1천 파운드는 저당에 넣어주면 된다고 했어. 아마 그 점을 잘못 알았겠지."

"그랬는지도 모르겠군요." 앨릭스도 말했다.

그때 그녀는 시계를 올려다보며 장난스럽게 가리켜 보였다.

"인제 시작해야겠어요, 제럴드. 예정보다 5분 늦었어요."

매우 미묘한 웃음이 제럴드 머어틴의 얼굴에 떠올랐다.

"마음이 변했어" 하고 그는 조용히 말했다.

"오늘 밤엔 현상은 그만두겠어."

여자의 마음이란 묘하다. 그 수요일 밤, 침대에 들어간 앨릭스는 모든 게 만족하고 편했다. 한때 상처받을 뻔했던 그녀의 행복도 다시 예전처럼 의기양양하게 뿌리를 내렸다.

그런데 그녀는 이튿날 저녁때가 되자, 뭔가 정체를 알 수 없는 힘이 작용해서 이 행복을 좀먹고 있다는 것을 알아차렸다. 딕 윈디포오드에게서 전화가 걸려 오지 않았는데도, 그녀는 그의 힘이 자기에게 작용되고 있음을 느꼈다. 그녀는 몇 번이나 그가 한 말이 떠올랐다.

'그 녀석, 당신으로서는 전혀 낯선 남자가 아닌가. 어떻게 생겨 먹은 놈인지 알 게 뭐야.' 그리고 그 말과 함께 남편이 '그것이 영리한 짓일까, 앨릭스? 그런——바람둥이의 잠꼬대 같은 소리를 듣다니' 하고 말했을 때, 그녀의 머리에 새겨진 그 얼굴이 되살아났다. 왜 남편은 그런 말을 했을까? 그 말은 무엇을 뜻할까?

그 말 속에는 경고가——협박하는 기미가 섞여 있었다. 그것은 마치 '내 생활을 넘겨다보지 않는 편이 좋아, 앨릭스, 그런 짓을 하면 따끔한 일을 당할지도 모른다구' 하는 말 같았다. 남편은 그 바로 뒤에, 지금까지 이렇다 할 여자는 없었다고 분명하게 말하기는 했다——앨릭스는 남편의 성실함을 믿으려고 애를 썼으나 헛일이었다. 그것은 막다른 자리에 몰려서 어쩔 수 없이 한 말이 아닐까?

앨릭스는 금요일 아침에 이르러 제럴드의 생활에 틀림없이 여자가 있었다고 믿게 되었다——남편에게는 힘껏 숨기려고 애쓰는 바람둥이의 잠꼬대가 있는 것이다. 때 늦게 눈뜬 그녀의 질투심이 맹렬히 타올랐다.

남편이 그 수요일 9시에 만나려던 상대는 여자가 아니었을까? 사진을 현상한다는 이야기는 그 순간에 생각해 낸 거짓말이 아니었을

가? 앨릭스는 그 수첩을 발견한 뒤로는 자기가 고문당하는 괴로움을 맛보아 왔다는 사실을 깨닫고 묘한 놀라움을 느꼈다. 그것은 전혀 우연이었다. 그것은 실로 얄궂은 일이기도 했다.

사흘 전이라면 그녀는 남편에 대한 것은 모조리 알고 있다고 의심없이 말할 수 있었다. 그런데 지금은 남편이 아무것도 모르는 타인같이 생각되었다. 평소의 호인다운 태도와는 얼토당토않은, 조지 할아범에 대한 불합리한 남편의 분노를 그녀는 생각했다. 그것은 하잘것없는 사건이기는 하겠지. 그런데 그것은 남편으로 삼은 남자에 대해서 그녀는 아무것도 모르고 있다는 사실을 역력히 나타내는 것이었다.

앨릭스는 금요일에 자질구레한 용건이 몇 가지 있었다. 그녀는 오후에 뜰에 나가 있는 제럴드에게 그 용건을 처리하러 마을에 가야겠다고 했다. 그런데 굳이 그녀 대신 자기가 가겠다고 우겼다. 앨릭스는 하는 수 없이 남편의 말에 따랐다. 하지만 그녀는 남편 말투의 강경함에 놀라기도 하고 불안감이 느껴졌다. 어째서 남편은 그녀가 마을에 가는 것을 그렇게 열심히 말렸을까?

그녀는 갑자기 모든 일을 확실히 해명할 수 있는 설명이 문득 떠올랐다. 그녀에게는 아무 말도 하지 않았지만, 제럴드는 딕을 만난 것이 아닐까? 자기의 질투심도 결혼 즈음엔 잠자고 있었는데, 나중에 눈을 뜨지 않았던가. 제럴드도 자기와 마찬가지가 아니었을까? 그리고 자기가 딕과 만나는 것을 애써 방해하고 있는게 아닐까? 그녀는 이 설명이 사실과 잘 맞고 자기의 흩어진 마음을 위로해 주기에 그런 생각에만 매달렸다.

그녀는 차 마실 시간이 지나자 다시 침착성을 잃고 불안해졌다. 그녀는 제럴드가 나간 뒤 쭉 덮치고 있던 유혹과 싸웠다. 마침내 그녀는 방을 잘 청소해야 한다는 구실을 찾아 내어 양심을 달래며 남편의 화장실로 올라갔다. 자못 주부다운 모습을 하기 위해 빗자루를 가지고 갔다.

"진실만 안다면," 하고 그녀는 몇 번이나 자신에게 타일렀다. "진실만 안다면."

그녀는 의심의 자료가 될 만한 것은 훨씬 전에 틀림없이 처분되었으리라고 자신에게 타일렀으나 헛일이었다. 그런 것에 대해 남자는 일부러 과장해서 생각하는 감상벽이 있어, 어쩌면 무서운 증거가 될 수 있는 것들을 버리지 않기도 한다고 그녀는 생각했다.

결국 그녀는 졌다. 그녀는 자기의 부끄러운 행동에 볼을 붉히면서도 숨을 죽이고, 편지와 서류 뭉치를 뒤지고, 서랍 밑바닥까지 뒤집었다. 심지어 남편 옷의 주머니에까지 손을 넣었다. 조사할 수 없는 것은 서랍 두 개뿐이었다. 장롱 밑 서랍과 책상 오른쪽 작은 서랍에만 자물쇠가 잠겨 있었다. 앨릭스는 앞뒤를 분별할 수 없게 되었다. 그녀는 자기의 마음을 따라다니는 과거의 여자에 대한 증거가 이 서랍 중 어느 쪽엔가 들어 있을 것만 같았다.

그녀는 제럴드가 아래층 식기 선반 위에 열쇠 묶음을 방치해 둔 것을 생각해 냈다. 그녀는 바로 그것을 가지고 와서 하나하나 맞추어 보았다. 세째 열쇠가 책상 서랍에 맞았다. 앨릭스는 가슴을 두근거리며 그 서랍을 열었다. 수표책과 지폐로 불룩한 지갑이 있고, 깊숙이 테이프로 묶은 편지 다발이 있었다.

앨릭스는 숨을 헐떡이며 테이프를 풀었다. 그녀는 한번 보고 나서 얼굴을 붉히고, 그 편지 다발을 서랍에 던져 넣고 다시 자물쇠를 잠갔다. 왜냐하면 그것은 결혼 전에 그녀가 제럴드 머어틴에게 보낸 편지 다발이었기 때문이다.

이번에는 장롱으로 향했다. 그녀는 자기가 찾고 있는 것을 발견할 수 있다는 기대보다, 모든 장소를 다 찾아 보았다고 자신이 납득하고 싶은 마음 쪽이 더 컸다.

 난처하게도 제럴드의 열쇠 묶음 속에는 이 서랍에 맞는 열쇠가 없었다. 그러나 단념하지 않고 그녀는 다른 방으로 가서 자기 열쇠 묶음을 가지고 왔다. 요행히 손님방 반침 열쇠가 그 서랍에 맞았다. 열쇠를 돌리자 서랍이 열렸다. 그런데 그 속에는 더러워지고 색이 변한, 오려 낸 신문 조각들이 돌돌 말려 있을 뿐이었다.

 앨릭스는 안도의 숨을 쉬었다. 그러면서도 제럴드가 이렇게 때묻고 헌 신문 조각들을 일부러 보관하다니 대체 어떤 기사들인가 하고 호기심이 생겨 그것들을 훑어보았다.

 거의 온 미국의 신문이 모아져 있는데, 대개 7년 전의 것이었다. 내용은 차알스 루메에틀이라는 악명 높은 사기꾼의 이중 결혼에 대한 재판의 보도였다. 자기 여자를 살해했다는 혐의였다. 루메에틀이 빌어 살던 집 마루 밑에서 백골이 발견되고, 그와 〈결혼〉한 대부분의 여자가 그 뒤 행방 불명이 되었다.

 그는 미국에서도 유능한 변호사의 응원을 받아, 조금도 빈틈이 없을 만큼 자기에게 걸린 혐의에 대해 변호했다. 그 사건은 스코틀랜드식의 〈증거 불충분〉이라는 판결이 가장 적합한 듯했다. 그런데 그는 첫째 혐의에 대해서는 〈무죄〉를 선고받았지만, 고발당한 다른 죄상 때문에 장기 징역을 판결받았다.

 앨릭스도 그때 이 사건이 일으킨 흥분, 그리고 3년쯤 뒤에 루메에틀이 탈옥한 사건 때문에 일어난 소동을 잘 기억하고 있었다. 그는 그 이후 체포되지 않았다. 그 즈음 영국 신문도, 그 남자의 성격이나 여성을 유혹하는 이상한 매력, 법정에서 흥분 잘 하는 점, 심한 항변, 모르는 사람은 연극이라고 생각하는데, 사실은 심장이 약하기 때문에 가끔 갑자기 일으키는 육체적인 허탈 상태 등에 대해 기사와 함께 여러 가지로 보도했다.

앨릭스는 손에 든 신문 조각에 그 남자의 사진이 실렸기 때문에 호기심이 생겨 자세히 보았다――긴 수염을 기르고 얼른 보기에 학자 타입의 신사였다. 그녀는 이것을 보고 있으려니 누군가가 생각났다. 그런데 지금은 그 사람이 누구인지 알 수 없었다. 그녀는 제럴드가 범죄라든가 유명한 재판이라든가에 흥미를 갖고 있다는 사실을 미처 몰랐다. 하기야 남자들 중에는 그런 변덕을 가지고 있는 사람이 꽤나 있다는 이야기를 듣고 있었지만.

이 얼굴이 기억이 있는데, 누구일까? 그녀는 갑자기 그 사람이 제럴드라는 사실을 깨닫고 흠칫 놀랐다. 눈과 미간 근처가 아주 닮았다. 아마 그래서 그가 이 신문 조각들을 보관해 두었겠지. 그녀의 눈이 사진 옆의 기사를 더듬었다. 수사 당국은, 범인의 수첩에 몇 가지 날짜가 기입되어 있는데, 그것은 그가 희생자를 죽인 날짜라고 주장했다. 그리고 한 여성이 나타나 그 남자에게는 왼쪽 손목 손바닥 가까운 곳에 점이 있다는 사실로 그 용의자가 장본인임에 틀림없다고 증언했다.

앨릭스는 손에 든 신문 조각들을 떨어뜨리고 비틀거렸다. 남편의 왼쪽 손목 손바닥 가까운 곳에 작은 흉터가 있었다.

방이 빙글빙글 돌았다. 그녀는 나중에 생각하니, 어떻게 그런 절대적인 결론에 단숨에 이르렀는지 이상하기 짝이 없었다. 제럴드 머어틴은 차알스 루메에틀인 것이다! 그녀는 순식간에 그 사실을 믿게 되었다. 산산히 흩어져 있던 생각들이 그림 맞추기 놀이의 그림조각들처럼 머릿속을 빙글빙글 돌다가 정확히 한 가지 사실에 귀착되었다.

집을 사기 위해 치른 돈――그녀의 돈――과 그에게 맡겨 둔 무기명 증권을 생각하면, 결혼 후 세 번이나 꾼 그 꿈에 어떤 뜻이 담겨 있었다. 그녀의 의식 깊은 곳에서는 항상 제럴드를 무서워하고 그로부터 도망치려고 원했던 것이다. 그리고 그녀는 딕 윈디포오드에게 도움을 구하고 있었다. 그래서 그녀는 의심을 품지 않고 주저도 없이 이렇게 바로 일의 진상을 납득할 수가 있었다. 그녀도 루메에틀의 희생이 될 뻔했다. 그것도 아주 가까운 장래에……

그녀는 어떤 생각을 해 내고 비명에 가까운 소리가 입에서 새어 나왔다. 수요일 오후 9시. 지하실에는 들어 올릴 수 있는 부석이 깔려 있다! 전에도 그는 희생자 한 사람을 지하실에 묻은 일이 있었다. 그는 모든 것을 수요일 밤에 하기로 계획을 세워놓고 있었다. 그렇게 꼼꼼하게 미리 써 두다니——미친 생각이다! 아니, 그러는 편이 줄거리가 통한다. 제럴드는 할 일이 있으면 미리 메모를 해 둔다. 그에게 있어 살인은 다른 일과 마찬가지로 장사인 셈인다.

그런데 어째서 그녀는 살아났을까? 그럴 이유가 없을 텐데? 최후의 순간에 연민의 정을 베풀었을까? 아니, 그렇지는 않다. 바로 그 답이 그녀의 머릿속에 떠올랐다——조지 할아범 때문이다.

그녀는 지금 생각해 보니 남편의 너무나 지나친 격노의 이유도 알 수 있었다. 남편은 틀림없이 둘이서 이튿날 런던에 간다고 만난 사람들에게 말해 놓아, 미리 도피로를 만들어 두었다. 그런데 예정하지 않은 조지가 와서 그녀에게 런던 이야기를 하고, 그녀가 그것은 사실이 아니라고 했다. 그는 조지가 그런 말을 했기 때문에, 그날 밤 그녀를 처리한다는 일이 위험하다고 깨달았다. 얼마나 아슬아슬했는가! 만약 무슨 일로 그런 사소한 일을 화제로 삼지 않았다면——앨릭스는 오싹했다.

그녀는 이렇게 되자 한시도 우물쭈물하고 있을 수 없었다. 바로 도망쳐 나가야지——남편이 돌아오기 전에. 그녀는 이제 도저히 하룻밤이라도 남편과 한 지붕 밑에서는 살 생각이 없었다. 그녀는 급히 신문 조각들을 제자리에 놓고, 서랍을 닫고 자물쇠를 잠갔다.
 그 순간 그녀는 꼼짝도 할 수 없었다. 길을 마주한 문이 삐걱거리는 소리가 들렸던 것이다. 남편이 벌써 돌아왔다.
 앨릭스는 잠시 화석이 된 듯 서 있었는데, 곧 발소리를 죽이고 창가로 다가가 커튼 그늘에서 밖을 살폈다.
 분명히 남편이었다. 그는 혼자서 뭔가 회심의 미소를 띠고 콧노래를 부르고 있었다. 그의 손에 든 물건을 보고 겁먹은 앨릭스의 심장은 거의 고동이 그칠 지경이었다. 그것은 새 삽이었다.
 앨릭스는 본능적으로 사태를 짐작했다. 오늘밤이 틀림없다——
 아직 도망칠 기회가 없는 것은 아니다. 제럴드는 여전히 콧노래를 부르며 집 뒤쪽으로 돌아갔다.
 '지하실에 놓아 둘 작정이다——바로 쓸 수 있도록.'
 앨릭스는 이렇게 생각하자 오싹 소름이 끼쳤다.
 그녀는 잠시도 주저하지 않고 계단을 뛰어내려 집 밖으로 나갔다. 그런데 그녀가 현관으로 나가는 순간, 남편이 집 반대쪽에서 모습을 나타냈다.
 "이봐" 하고 그는 불렀다. "어딜 그렇게 허겁지겁 가는 거야?"
 앨릭스는 필사적인 마음으로 평소대로 평정을 유지하려고 애썼다. 현재로서는 도망칠 기회를 잃었지만, 그가 의심을 품지 않도록 조심한다면 다시 기회가 찾아오지 않을 것도 없다. 지금이라도 아마……
 "밖에 나가 길 끝까지 산책이라도 하고 올까 해서요" 하고 그녀는 말했는데, 그 목소리는 자기 귀에도 연약하고 불안스럽게 들렸다.
 "그래? 그럼 나도 같이 가지."
 "아니——괜찮아요, 전——초조하고, 그리고 머리가 아파요——혼자 가고 싶어요."
 그는 앨릭스를 찬찬히 쳐다보았다. 순간, 그 눈에 의심의 빛이 떠오르는 것처럼 그녀는 생각되었다.

"어떻게 된 거야, 앨릭스? 얼굴이 파래 가지고 떨고 있는데."

"아무것도 아녜요." 그녀는 일부러 쌀쌀한 어조로 말했다――미소를 지으면서. "머리가 아플 뿐예요. 산책이라도 하면 곧 나을 것 같아요."

"나보고 오지 말라고 해도 소용없어" 하고 제럴드는 예의 태평한 웃음 소리를 내며 말했다. "난 가겠어, 당신이 뭐라고 하든."

그녀는 그 이상 거역하지 않았다. 만일 자기가 알고 있다는 것을 그가 의심이라도 한다면…… 그래도 남편이 아직 안심할 수 없다는 듯 가끔 곁눈질로 자기를 보고 있는 것 같아 불안했다. 그녀는 그의 의심이 완전히 걷히지 않았다는 것을 느꼈다.

집 안으로 들어가서 그는 억지로 그녀를 눕히고 오 드 콜로뉴(향수의 하나)를 가지고 와서 관자놀이를 적셔 주었다. 언제나 다름없는 애정 깊은 남편이었다. 앨릭스는 올가미에 손과 발을 묶인 것처럼 어쩔 수 없었다.

잠시도 그는 앨릭스를 혼자 있게 하지 않았다. 그는 부엌에까지 같이 가서, 그녀가 미리 준비해둔 간단한 냉요리를 나르는 일을 거들었다. 그녀는 음식을 제대로 목구멍으로 넘길 수 없었다. 그래도 그녀는 억지로 먹으며 쾌활하게 평소처럼 보이려고 애썼다. 그녀는 지금 생명을 걸고 투쟁해야 한다는 것을 알았다. 도움을 청하려해도 마을에서 멀리 떨어진 곳이고, 완전히 생사 여탈권을 빼앗긴 채, 이 남자와 단둘이 있는 것이다. 그녀에게 남겨진 유일한 방법이라면 어떻게든지 그의 의심을 누그려뜨려, 잠시라도 좋으니 그녀가 혼자 있을 수 있게 하는 것뿐이었다――현관에 있는 전화까지 가서 도움을 구할 만한 시간을. 지금은 그것이 단 한 가지의 희망이었다. 그녀가 도망친다 해도 구원의 손길이 미치기 전에 틀림없이 붙잡힐 것이다.

앨릭스는 그가 전에도 계획을 포기한 것을 생각해 내자 희망이 조금 마음을 스쳤다. 딕 윈디포오드가 오늘 밤에 오기로 했다고 이야기하면 어떨까?

말이 떨리면서 혀 끝까지 나왔다——그러나 그녀는 급히 그것을 참았다. 그는 두 번 다시 실행을 주저할 남자가 아니다. 그 조용한 태도의 깊은 곳에서는 무서운 결의와 의기 양양한 듯한 자신이 엿보였다. 이런 이야기를 하면 그는 당장 그녀를 살해하고, 그러고 나서 침착하게 딕에게 전화를 걸어, 급한 용건이 생겨서 외출한다든가 해서 속이겠지. 아아, 오늘 밤에 딕이 와 주기만 한다면! 딕이 만약……

그녀는 갑자기 어떤 생각이 뇌리를 스쳤다. 그녀는 자기의 마음 속을 남편이 알아차린 것이 아닐까 하고 날카롭게 곁눈질로 그를 보았다. 그녀는 계획이 짜짐과 동시에 용기가 되살아났다. 그리고 그녀는 스스로 놀라울 정도로 자연스런 태도를 취할 수 있었다. 제럴드는 안심하고 있었다.

그녀는 커피를 타서 포오치로 날라 갔다. 맑은 밤에 그들은 곧잘 이곳에 나와 커피를 마셨다.

"그런데 말야" 하고 제럴드가 느닷없이 말을 꺼냈다. "조금 있다가 사진 현상을 하자구."

앨릭스는 무서워 온몸이 떨렸으나 태연한 태도로 대답했다. "당신 혼자 하지 않으시겠어요? 전 오늘 밤 조금 피곤하니까요."

"그리 시간이 걸리진 않아." 그는 미소를 지었다. "그리고 지금 말해 두는데, 마친 뒤에는 피로하지 않아."

이 말이 그에게는 재미있는 것 같았다. 앨릭스는 오싹했다. 계획을 실행하려면 지금이다. 그러지 않으면 이제 기회는 영원히 오지 않는다.

그녀는 일어났다.

"저, 푸줏간에 전화를 좀 걸고 오겠어요" 하고 그녀는 아무렇지도 않은 듯이 말했다. "제발 당신은 이대로 계세요."

"푸줏간에? 이렇게 늦게?"

"가게는 닫혔어요, 물론. 하지만 집에는 있겠죠. 내일은 토요일이 잖아요. 그러니까 송아지 커틀릿을 다른 손님에게 빼앗기기 전에 일찌감치 갖다 달래야겠어요. 그 가게에선 제 주문이라면 뭐든지 들어 주니까요."

그녀는 급히 집 안으로 들어가 문을 닫았다. 제럴드가 "문을 닫지 말아요" 하고 말하는 소리가 들렸기 때문에 그녀는 재빨리 가볍게 대답했다. "나방이 들어오지 못하게 닫았어요. 전 나방이 아주 싫어요. 제가 푸줏간 사람과 전화로 노닥거리기라도 할 줄 아세요?"

집에 들어가서 그녀는 곧 수화기를 들고 〈트라베라즈 아암즈〉의 번호를 말했다. 전화는 바로 통했다.

"윈디포오드 씨는? 아직 계세요? 잠깐 전화를 받으실 수 없을까 요?"

순간 그녀는 심장이 크게 고동쳤다. 문이 열리고 남편이 들어왔다.

"오지 말아요, 제럴드" 하고 그녀는 뾰로통해서 말했다. "전 전화를 걸 때 남이 듣는 게 제일 싫어요."

그는 씩 웃고는 의자에 털썩 주저앉았다.

"전화 상대가 정말 푸줏간 사람이야?" 하고 그는 놀리듯이 말했다.

앨릭스는 절망했다. 계획은 실패로 돌아갔다. 이제 곧 딕이 전화에 나올 것이다. 사느냐 죽느냐. 큰소리로 구원을 청하는 편이 좋을까? 제럴드가 전화를 빼앗기 전에, 딕은 그녀의 말의 뜻을 이해해 줄까? 그렇지 않으면 딕이 농담으로 생각하지는 않을까?

그런데 그녀는 들고 있는 수화기의 작은 단추를 신경질적으로 눌렀다 놓았다 하는 동안에 다른 한 가지 계획이 떠올랐다. 전화기는 이 단추를 누르고 있으면 이 쪽 목소리가 상대방에게 들리고, 놓으면 들리지 않게 되어 있다.

'이것은 쉬운 일이 아니다,' 하고 그녀는 속으로 생각했다. 냉정히 적당한 말을 찾아야 하고, 조금이라도 잘못 말해서는 안 된다. 그녀는 할 수 있을 것 같았다. 아니, 기어코 해 내지 않으면 안 되었다.

마침 그 때 딕의 목소리가 들렸다.

앨릭스는 깊은 숨을 들이마셨다. 단추를 단단히 누르고 말을 시작했다.

"저는 머어틴의 안사람이에요——〈나이팅게일 장〉에서 사는. (여기서 단추를 놓고) 내일 아침, 송아지 커틀릿 6인분을 가지고 (여기서 단추를 누르고) 제발 와 주세요. 중요한 일이니까 빠뜨리지 말고 잘 들어 주세요. (여기서 단추를 놓고) 미안해요, 헥스위시 씨. 이렇게 늦게 전화를 해서요. 하지만 이 송아지 커틀릿은 저에게 있어서는 (여기서 단추를 누르고) 죽느냐 사느냐 하는 문제예요. (여기서 단추를 놓고) 네에, 좋아요——내일 아침 (여기서 단추를 누르고) 되도록 빨리요."

그녀는 수화기를 놓고 남편 쪽으로 돌아섰다. 숨결이 거칠어졌다.

"당신은 푸줏간 사람에게 그런 말투를 쓰나?" 하고 제럴드가 말했다.

"여자는 그렇게 말하는 거예요" 하고 앨릭스는 가볍게 받아넘겼다.

그녀는 흥분 때문에 어쩔 줄 모를 정도였다. 남편은 아무것도 눈치채지 못했다. 딕은 비록 뜻은 알 수 없어도 틀림없이 와 줄 것이다.

그녀는 거실로 가서 전등을 켰다. 제럴드가 뒤따라왔다.

"갑자기 몹시 기운이 나는 것 같은데?" 하고 그가 의아하다는 듯이 그녀를 보며 말했다. "네에" 하고 앨릭스는 말했다. "아픈 머리가 나았어요."

그녀는 늘 앉는 의자에 앉아, 맞은편 자기 의자에 앉은 남편에게 웃는 얼굴을 보였다. 이로써 살았다. 아직 8시 25분밖에 안 되었다. 9시까지는 충분히 딕이 와 줄 것이다.

"아까의 커피는 별로 맛이 없는 것 같았어" 하고 제럴드가 말했다. "되게 쓰던데."

"새 것을 시험삼아 써 보았어요. 당신이 싫다면 앞으로 쓰지 않겠어요."

앨릭스는 뜨개질 감을 집어 들고 바늘을 움직이기 시작했다. 그는 2, 3 페이지를 읽고 나서 시계를 힐끗 보더니 책을 내던졌다.

"8시 반이야. 지하실로 가서 일을 시작하자구."

뜨개질 감이 앨릭스의 손가락 사이에서 미끄러져 떨어졌다.

"어머, 아직 시간이 있잖아요. 9시가 되면 시작해요."

"안 돼——지금 8시 반. 난 그렇게 시간을 정해 두었어. 그러는 편이 당신도 일찍 잘 수 있다구."

"하지만 9시에 하고 싶어요, 전."

"8시 반이야" 하고 제럴드는 집요하게 말했다. "내가 일단 시간을 정하면 반드시 그것을 지킨다는 걸 당신도 알고 있잖아. 자 가자구, 앨릭스, 인제 단 일 분도 기다릴 수 없어."

앨릭스는 남편을 올려다보았다. 그리고 자신도 모르게 온몸에 공포를 느꼈다. 가면은 벗겨진 것이다. 제럴드의 손은 꿈틀꿈틀 움직이고, 눈은 흥분 때문에 번득번득 빛나고, 혀는 마른 입술을 쉴 사이 없이 핥고 있었다. 이미 그는 자신의 흥분을 감추려고 하지도 않았다.

앨릭스는 생각했다. '이것은 거짓말이 아니다——기다릴 수가 없는 것이다——마치 미치광이 같은데.'

그는 그녀에게 다가와 어깨에 손을 얹더니 싹 끌어 일으켰다.

"자, 가자구——가지 않겠다면 안아서라도 데리고 가겠어."

그의 어조는 쾌활했다. 그러나 그녀는 그 속에서 노골적인 잔인함이 느껴져 선 채 꼼짝하지 못했다. 그녀는 온몸의 힘을 내어 그의 손을 뿌리치고, 몸을 옹크리고 벽에 매달렸다. 도망칠 수 없다——아무래도 방법이 없다——더구나 그는 한 발짝 한 발짝 다가온다.

"자 가요, 앨릭스——"

"안 돼요——안 돼요."

그녀는 그를 쫓듯이 힘없이 두 손을 뻗으며 외쳤다.

"제럴드——그만둬요——하고 싶은 이야기가 있어요, 고백할 것이——"

제럴드는 멈춰 섰다.

"고백할 것이?" 하고 그는 문득 흥미를 느끼며 말했다.

"네에, 고백할 것이." 그것은 아무렇게나 한 말인데, 그녀는 그의 주의를 빗나가게 하지 않으려고 필사적으로 계속했다. "전부터 이야기하지 않으면 안 되겠다고 생각한 일이 있어요."

경멸하는 듯한 표정이 그의 얼굴을 스쳤다.

"옛날 애인 이야기겠지" 하고 그는 놀리며 말했다.

"그렇지 않아요." 앨릭스는 말했다. "다른 이야기예요, 말하자면, 그렇군요——범죄라고나 할까요?"

당장 그녀는 적중한 것을 알았다. 그의 주의를 끈 것이다. 그 사실을 알자 그녀는 용기가 되살아났다. 그녀는 다시 자기가 이 자리의 주도권을 쥔 것을 알았다.

"아무튼 잠시 앉으세요" 하고 그녀는 조용히 말했다.

그리고 그녀는 먼저 의자로 돌아가 앉았다. 뜨개질 감마저 집어 들었다. 그러나 그녀는 그 태연함 속에서도 열에 뜬 것처럼 생각을 계속했다. 왜냐 하면 지금부터 생각해 내는 이야기로 구원이 올 때까지 그의 흥미를 묶어두지 않으면 안 되기 때문이었다.

"제가 15년 동안 속기 타이피스트를 하고 있다는 이야기는 전에 했죠?" 그녀는 천천히 말했다.

"하지만 그것은 전부 정말은 아녜요. 그 사이에 두 번 다른 시기가 있었어요. 처음은 스물 두 살 때였어요. 전 별로 돈이 없는 나이 지긋한 남자를 만났어요. 그 남자는 저를 사랑하니 결혼하자는 거예요. 전 승낙하고 결혼했어요." 그리고 조금 사이를 두고 "전 그 남자에게 권해서 저를 수취인으로 한 생명 보험에 가입시켰어요."

그녀는 남편의 얼굴에 갑자기 흥미로운 빛이 짙게 떠오르는 것을 보고 한층 자신을 갖고 계속했다.

"전 전쟁 중에 한동안 어느 병원의 약국에서 근무했어요. 거기서 저는 신기한 약이며 독약 등을 취급했어요."

그녀는 그 즈음의 일을 생각하듯 잠깐 말을 끊었다. 남편이 지금 강한 흥미에 끌려 있다는 것은 의심할 여지가 없었다. 살인범이 살인 사건에 흥미를 갖는 것은 당연한 일이다. 사느냐 죽느냐 해 보았는데, 그것이 제대로 들어맞은 셈이다. 그녀는 슬쩍 시계를 보았다. 9시 25분 전이었다.

"약국에 어떤 독약이 있었어요——흰 분말이었는데, 아주 적은 양으로 사람을 죽일 수가 있었어요. 당신도 독약에 대해서 다소 알고 있겠죠?"

그녀는 주뼛거리며 물었다. 알고 있다면 여간 주의하지 않으면 안 된다.

"아니," 하고 제럴드는 말했다. "독약에 관해서는 전혀 몰라."

그녀는 안도의 한숨을 내쉬었다. 이것으로 일은 하기 쉽게 되었다.
"당신도 히오스신이라는 독약의 이름쯤은 들은 일이 있겠지요. 그것은 독성은 강하지만, 절대로 흔적이 남지 않는 약예요. 어떤 의사라도 심장 마비의 사망 진단서를 써 준다고요. 전 이 약을 조금 훔쳐 몰래 보관해 두었어요."
그녀는 말을 끊고 기력을 가다듬었다.
"그리고?" 하고 제럴드가 다그쳐 물었다.
"이젠 그만둬요. 무서운걸요. 도저히 이야기할 수 없어요. 이 다음에……."
"지금 계속해서 이야기 해" 하고 그는 기다릴 수 없다는 듯이 말했다. "듣고 싶으니까."
"우리는 한 달 동안 결혼 생활을 했어요. 전 그 나이 먹은 남편을 아주 친절하게 애정을 담아 돌봤어요. 남편은 이웃 사람들에게 저를 아주 칭찬했어요. 제가 얼마나 헌신적인 아내인가 모르는 사람이 없을 정도였어요. 전 저녁마다 언제나 제 손으로 남편에게 커피를 끓여 주었어요. 그런 어느 날 밤, 단둘이 있을 때, 전 그 독약을 남편의 커피 컵 속에 조금 넣었어요."
앨릭스는 말을 끊고 천천히 바늘에 실을 꿰었다. 지금까지 한 번도 연극을 하지 않은 앨릭스도 이 때만은 세계 제일의 여배우에 필적할 정도였다. 냉혹하기 짝이 없는 독살자 역할을 하는 것이었다.
"정말 조용하더군요. 전 빤히 남편을 지켜 보고 있었어요. 그래서 창을 열어 주었지요. 그런데 그는 의자에서 일어날 수 없다는 거예요. 그리고 이내 죽어 버렸어요."
그녀는 미소를 띠고 말을 끊었다. 9시 15분 전이었다. 인제 곧 구원자가 올 것이다.
"얼마였나?" 하고 제럴드가 말했다. "그 생명 보험은?"

"2천 파운드 정도였어요. 그래 전 다시 전의 직장으로 돌아갔지요. 하지만 언제까지나 그 곳에서 근무할 생각은 없었어요. 그러는 사이에 또 다른 남자를 만났어요. 전 근무처에서는 친정의 성(姓)을 대고 있었어요. 그래서 그 남자는 제가 전에 결혼할 일이 있다는 사실을 몰랐어요. 나이가 젊고, 조금 미남이고, 아주 부자였어요. 우린 결혼해서 서섹스에서 조촐하게 살았어요. 그 남자는 생명 보험에는 들려고 하지 않았지만, 저를 위해서 유언장을 만들어 주더군요. 그 남자도 첫 남편처럼 제가 커피를 끓여 주는 걸 좋아했어요."

앨릭스는 그때를 추억하듯 웃는 얼굴을 짓고, 그리고 나서 선뜻 덧붙였다.

"제가 끓인 커피는 아주 맛이 있거든요."

그리고 그녀는 이야기를 계속했다.

"저에게는 그 마을에 몇 사람인가의 친구가 있었어요. 그 사람들은, 어느 날 밤 저녁 식사 후에 남편이 심장 마비로 급사했다는 소식을 듣고, 매우 안 됐다고 위로해 주더군요. 그런데 전 의사가 못마땅했어요. 저를 의심하지는 않았지만, 확실히 남편의 급사에 놀라는 것 같았으니까요. 그리고 나서 저는 다시 전의 직장으로 돌아갔는데, 왜 그런 짓을 했는지 자신도 모르겠어요. 아마 습관처럼 돼 있었던 모양이죠. 두 번째 남편은 4천 파운드쯤 남겨 주었어요. 전 이번에는 투기를 하지 않았어요. 정확하게 투자를 해 두었어요. 거기다 당신도 알고 있는 것처럼——"

그런데 그녀는 거기까지 말했을 때 이야기를 중단당했다. 얼굴이 새빨갛게 충혈된 제럴드가 숨이 터질 듯 막혀, 떨리는 집게손가락으로 그녀를 가리키고 있었다.

"커피——아아, 커피야!"

그녀는 그를 응시했다.

"아까의 커피가 썼던 까닭을 이제야 알았다. 이 망할 년, 나에게 독약을 먹였구나!"

그의 손이 의자의 팔걸이를 꽉 움켜잡았다. 그는 금방 뛰어 덤빌 듯한 기세였다. "나에게 독약을 먹였구나!"

앨릭스는 난로 쪽으로 슬금슬금 도망쳤다. 겁먹은 그녀는 입을 열어 그것을 부정하려고 했다. 그러나 그냥 말을 하지 않았다. 그는 당장 덤벼들 것만 같았다. 그녀는 온몸의 힘을 짜냈다. 그녀는 눈길을 꽉 누르듯 그의 눈에서 떼지 않았다.

"그래요" 하고 그녀는 말했다. "독약을 넣었어요. 이미 독기가 돌았어요. 지금도 당신은 의자에서 일어설 수 없어요——움직일 수도 없고——"

이 남자를 의자에 붙들어 매어 둘 수만 있다면——그것도 아주 잠깐이면 되니까.

아아! 저 소리는 뭘까? 밖의 길에서 발소리가 들렸다. 문이 삐걱거렸다. 이어 바깥 작은 길에서 발소리가.

정면 문이 열렸다.

"당신은 이제 움직일 수 없어요" 하고 그녀는 다시 말했다.

그리고 그녀는 남편 옆을 지나 방에서 뛰어나가, 거의 정신을 잃고 딕 윈디포오드의 팔 안에 몸째로 쓰러졌다.

"오오, 앨릭스!" 딕은 소리쳤다.

그리고 딕은 함께 온 남자를 돌아보았다. 경관 제복을 입은, 키가 크고 힘이 세어 보이는 몸집의 남자였다.

"방에 들어가 무슨 일이 있었는지 보아 주게."

딕은 앨릭스를 살짝 긴 의자에 눕히고 들여다 보았다.

"오오, 인제 괜찮아. 가엾게도…… 놈이 어떤 짓을 했지?"

그녀는 눈꺼풀이 조금 움직이더니, 입술이 그의 이름을 알아들을 수 없을 정도로 중얼거렸다.

경관이 팔을 낚아채는 바람에 딕은 혼란한 생각에서 제정신으로 돌아왔다.

"그 방은 별일이 없습니다. 다만 남자 한 사람이 의자에 앉아 있을 뿐입니다. 아마 심한 쇼크를 받고, 그 때문에."

"그 때문에?"

"끝내, 그는——죽었어요."

앨릭스의 목소리에 두 사람은 퍼뜩 정신을 차렸다. 마치 꿈이라도 꾸고 있는 듯한 말투였다.

"끝내 그는," 하고 그녀는 무슨 책에서 인용하는 듯한 투로 말했다.

"죽어 버렸어요."

우아한 통찰 견고한 지성 탐정 미스 마플

미스 마플은 세인트 메리 미드 마을에서 평온한 생활을 보내고 있는 노처녀이다. 정다운 눈매에 평온한 기쁨을 띠고 흔들의자에 앉아 털실 뭉치를 던져놓고 뜨개질하는 손길을 멈추지 않는다. 읽는 이들은 그녀가 털실과는 또 다른 추리의 실마리를 솜씨좋게 재빨리 풀어내는 것으로 감칠맛이 나는 한편 통쾌할 정도로 속이 후련해진다. 참으로 영특하고 머리가 좋은 할머니 미스 마플, 그녀는 매력 넘치는 부인이다. 여러 사람과 섞여 있을 때는 그 존재가 쉽사리 눈에 띄지 않지만, 놀라운 능력을 갖고 있다.

마플의 집에 조카인 작가, 여류화가, 런던 경시청의 전 경시총감, 교구의 목사, 변호사 등 여섯 사람이 모여 자신만이 결말을 알고 있는 사건을 이야기하며 저마다 해답을 제출하기로 했다. 그 이야기가 나온 것이 화요일이었으므로 '화요 나이트 클럽'이라고 이름짓고 주일마다 모여서 차례로 한 사람씩 문제를 내게 되어 있었다.

첫 번째 이야기는 중독사를 다룬 것이었는데, 세상 일을 잘 모른다는 이 노처녀가 진상을 간파한다. 두 번째 이야기는 다트무어의 황량

한 땅에 있는 신비스러운 신전에서 일어난 흥기 없는 살인 사건이었는데, 이것도 마플은 자기의 경험으로 문제없이 사실을 지적한다.

그 다음의 모든 문제에 있어서도 다른 사람들은 해답이 틀리거나 잘못 겨냥하거나 하는데, 겸손한 마플은 뜨개질을 하며 맨 나중에 올바른 해답을 불쑥 내놓는다. 그녀는 거의 마을 밖으로 나가 본 적이 없는데, 그것이 오히려 인간성을 관찰하는 한없는 기회를 주었던 것이다.

"내가 올바르게 꿰뚫어볼 수 있는 것은 언제나 작은 일에서부터 관찰하기 때문입니다" 하고 그녀 자신이 말했듯이 작은 문제를 올바르게 관찰할 수 있는 능력에 기인하는 것이다. 그러므로 그녀는 좁은 마을에 사는 인물의 성격이나 행동을 찬찬히 관찰한 경험에서 다른 커다란 미해결의 수수께끼를 풀었던 것이다.

그녀는 파란이 없는 생애를, 더구나 큰 사건이라곤 없는 마을에서 지냈으므로 세상에서 미해결인 채 남겨진 수수께끼는 참으로 손도 대지 못할 것 같은데, 그녀 말대로 인간성이란 어디를 가나 마찬가지여서 인간에 대해 여러 가지를 알기 위해서는 오히려 이런 마을에 사는 것이 사실을 훨씬 더 가까이에서 관찰할 수 있다고 할 수 있다.

그녀의 모습은 이 책 앞부분에 있는 '지은이의 말'에 잘 나타나 있다. 크리스티는 할머니의 모습을 염두에 두고 긴 인생의 지혜로부터 인간의 마음을 속속들이 알아내는 노부인을 창조해 냈던 것이다.

'매우 사람이 좋으면서도 전혀 시대에 뒤떨어진 분'으로 보이는 마플이 차례차례 어려운 문제를 멋있게 파헤쳤기 때문에 "당신이 모르시는 것은 이 세상에 하나도 없을 것 같군요" 하는 찬사를 받기도 하고, 또 전 경시총감으로부터 "런던의 경시청에 당신을 추천해야겠습니다"라는 말을 듣게 된다.

처음에 발표한 6개의 단편은 독자에게 환영을 받았다. 여기에 덧붙여 또 6개의 작품을 쓰게 되었다. 7번째 이야기부터가 그것인데, 저마다 문제를 제시한다는 구성은 앞의 것과 마찬가지나 이야기하는 사람이 다르다. 시기는 화요일 밤의 모임이 이루어졌던 다음해이며, 배경은 마플이 사는 마을 어귀에 있는 고신턴 홀의 밴트리 대령 댁으로 되어 있다. 그곳에는 대령 부부, 여배우, 의사, 그리고 전 경시총감 등이 모였는데, 이 경시총감의 제안으로 다시 한 번 미스터리 해결 놀이를 하게 되었고, 그는 마플을 이 모임에 참여시키도록 강력하게 주장했던 것이다.

그녀는 해결 방법으로서 전 경시총감 클리더링 경이 놀랐듯이 흔히 마을의 사소한 일을 예로 들곤 하는데, 그녀는 그저 냉정한 사건의 심판자가 아니다. 어디까지나 사건 관계자에게 따뜻한 애정을 쏟으며 행복한 결말이 오기를 기원하는 것이었다.

이 6개의 이야기 뒤에 덧붙여진 13번째 이야기는 클리더링 경이 밴트리 대령 집에 머무르고 있을 때 마플이 가지고 온 사건이었다. 그전의 이야기는 과거에 일어났던 사건(개중에는 일어났던 것처럼 보이게 한 것도 있었다)이었는데, 이것은 현재 일어나고 있는 사건이었다. 경찰 당국이 수사 방향에 착오를 일으키고 있는 데 비해 마플은 확신을 품고 있었다.

그러나 당국을 납득시킬 만한 구체적인 증거가 희박했고 또한 그것을 수집할 만한 권한도 없다. 그러자 조심성있는 그녀는 헨리 경에게 매달렸던 것이다. 경은 그녀의 놀랄 만한 통찰력에 깊은 존경심을 품고 있었으므로 은퇴한 몸이지만 직접 마을 사건의 해결에 힘을 빌려 줌으로써 그녀의 판단이 옳다는 것을 인식시킨다.

크리스티가 말하고 있듯이 그녀 자신이 애착을 느끼고 있는 이색적인 노처녀 탐정이 여기에 탄생한 것이다. 이 단편집 《미스 마플 13 수수께끼》가 한데 모아진 것은 1932년이었지만, 잡지에 발표된 것은 그보다 여러 해 전이었다. 마플을 주인공으로 한 첫 장편인 《목사관의 살인(The Murder at the Vicarage)》이 1930년에 간행되었다. 마플은 크리스티가 이상으로 삼는 노부인인 만큼 고상하고 사람의 마음을 감동시키는 태도를 지닌 백발의 여성이다.

미스 마플은 바로 크리스티 자신이라고 할 수 있다. 크리스티가 도일이나 크로프츠와 어깨를 나란히 할 수 있는 작가가 된 것도 모두 미스 마플 속에서 드러난 예리한 두뇌가 있었기 때문이다. 애거서 크리스티가 1류 작가인 이유는(그녀를 여류작가라고 부르지 않는다. 그러나 굳이 여성 작가를 여류작가로 불러야겠다면 남성작가들도 남류작가라 불러야 마땅할 것이다. 그러니 남녀를 구분하기 전에 작가는 그저 '작가'로서 충분하지 않은가?) 그녀가 미스 마플의 두뇌 그 자체이기 때문이다.

미스 마플은 미인은 아니지만 섬세하고 고운 얼굴 생김새이다. 몸집이 작고 조금 마른 편으로, 품이 넉넉한 윗도리에 털실로 짠 숄을 두르고 풍성한 주름치마를 입고 아장아장 걷는다. 늘 미소가 끊이지 않지만 눈은 웃고 있지 않다. 웃음 속에 예리한 바늘과도 같은 영리함이 번뜩이고 있는 것이다.

미스 마플은 분홍, 연두, 하양, 엷은 노랑 색깔 고운 털실을 소매나 몸에 휘감고서 생글생글 미소 짓는다. 그 웃음 뒤에 차갑고 섬뜩한 추리의 눈초리가 빛을 발한다.

1942년에 나온 《서재의 시체(The Body in the Library)》는, 우리에게 낯익은 밴트리 대령의 저택 서재에 아침에 일어나 보았더니 금발의 여자 시체가 누워 있으므로 대령 부인은 여러 가지 사건을 해결한 마플에게 당장 전화하여 와 달라고 요청하는 것이다.

이어서 1943년에는 《움직이는 손가락(The Moving Finger)》, 1950년에는 《예고 살인(A Murder is Announced)》, 1952년에는 《마

술의 살인(They Do It with Mirrors)》, 1953년에는 《호주머니에 호밀을(A Pocket Full of Rye)》 등의 장편과 단편을 내어 활약했고 포와로의 것과는 다른 풍격의 작품을 씀으로써 많은 독자의 사랑을 받고 있다.

뒤에 수록한 《나이팅게일 장》은 세 번이나 영화로 만들어져 절찬받았다. 이 작품은 애거서 크리스티 단편들에서 비평가들이 가장 빼어난 작품으로 꼽고 있다. 처음부터 읽는 이들로 하여금 숨가쁘게 긴박감 속을 질주케하며 결말에 이르는 후추같은 매콤한 맛을 느끼게 하는 명작이다.